本书由内蒙古大学一流学科建设经费资助出版

现代汉诗
『词的歧义性』

范云晶——著

社会科学文献出版社
SOCIAL SCIENCES ACADEMIC PRESS (CHINA)

前言

　　现代汉语诗歌自诞生之日起就存在两种焦虑，一种是面对成熟的古代汉语诗歌而产生的"影响的焦虑"，另一种是因自身文体建设与合法性确立的崎岖艰难而生出的焦虑。现代汉诗被质疑、被谩骂、被否定的一切因由仿佛都与这两者有关：古典汉诗阅读和审美习惯的强加，新诗草创时期诗人们既想摆脱又无法完全摆脱的模仿痕迹，以及百余年来关于新诗的变革创新、喧哗纷争都是如此。现代汉诗总是被拿来与古典汉诗作比较，懂与不懂、好与不好、有无诗意等截然相反的评价成为人们对两种诗歌体式总体印象的直观表达。两极化评价形成的原因有很多，从诗歌文体内部看，最根本原因在于语言范式的变革。这种变革集中体现在词语变得具有歧义性这一问题上。词语主观能动性的增强使其特质和功能都发生了变化，写作和理解也就变得困难。本书的研究重点和落脚点就是现代汉诗"词的歧义性"问题，主要论述了充满歧义性的词语具有何种功能和特质，通过何种运作机制和表意策略，产生了哪些影响，把现代汉诗变成了它所是的样子，进而从语言变革维度合理并有效地解释了现代汉诗何以变得复杂难解。

　　本书在汉语诗歌文体范式古今转换的背景下，以古典汉诗和现代汉诗的差异性为大前提，以古典汉诗为参照系，系统论述了现代汉语诗歌"词的歧义性"的内涵、特质、功能、存在的必要性和合理性、生成原因、运作机制、表意策略、意义及影响。

　　本书分为6大部分，包括导言、结语及四章内容，整个论证结构从逻辑上来说是环环相扣、层层递进。导言的第一节引出要论及的核心问题。以词语春天为引子，通过对古代诗人杜甫和现代诗人赵野创作的同题诗《春望》的细读以及有关春天的古今诗歌的整体观照，分析"春天"在古典汉诗和现代汉诗中的差异，并揭示产生这种差异的原因。第二节从"词"的内涵以及词与世界、语言和现代汉诗三者之间的关系入手，对从"词"进入现代汉诗本体和语言研究的合法性与合理性进行了详细论证。第三节是研究构架及研究述评，主要论述了立题依据与研究设想，研究相关动态与述评，研究路径、方法与主要内容等问题。

第一章"词的歧义性"概念的界定、释义与辨析。在对古今中外诗学概念比较研究的基础上，厘清"词的歧义性"这一核心概念，确定基本内涵和外延，阐述主要特质、功能以及其于现代汉诗的重要性。首先，从"歧"的词源学考察开始，以"歧"的同源字和异体字为意义来源，由核心词"歧义"入手，界定"词的歧义性"概念，比较并辨析"歧义"与"含混""多义"，与语言学中的"歧义"，以及与古典汉诗中的"歧义""兴"和"隐"等概念的不同。其次，从现代汉诗的文体合法性（现代汉诗是）和言说阐释能力（现代汉诗说）两个维度论述了"词的歧义性"之于现代汉诗的必要性与合理性，从反方向证明了古典汉诗不能也不需要而现代汉诗却应该且必须存在"词的歧义性"的问题。再次，从"歧义"的原始意义出发，论述"词的歧义性"延伸出的偏离、繁复和精确等特质。最后，以词语"石头"为例，阐述了"词的歧义性"具有"返源"后的"敞开"功能。

第二章以汉语诗歌文体范式的古今转换为背景，从文体秩序的打破与确立两个向度论述了"词的歧义性"的生成。第一节以语言和形式都相对成熟的唐诗为例，探讨古典汉诗文体秩序与稳定性的生成。程式化意象、较为固定的"催眠节奏"和柔软、"节制"的话语方式保证了文体的稳定性，也体现了对"圆形"时间观念和秩序的遵从。第二节论说了三个重要词根的出现，寓意了现代汉诗对原有时间和文体秩序的破坏和改写。"（电）灯"扰乱和破坏时间；"钟表"加速和割裂时间；"远方"拉伸和延长时间。第三节论述了现代汉诗中的"快餐意象""惊醒节奏"和"硬质"话语方式，昭示着原有秩序的坍塌和失效。词语因摆脱文体秩序的束缚而获得自由，促使"歧义性"最终生成。

第三章论述了"词的歧义性"的运作机制。重新获得自由的词语借助"歧义性"特质，恢复了"自述"功能，变绝对性为相对性，隐喻能力亦得以复活。首先论述了通过"去词具化"、恢复词语表情和柔韧性3个步骤，词语获得了"自述性"。其次阐述了具有自述能力的"词"介入和破坏了"神"与"物"之间原本清晰的二维关系，词语的绝对命名权威和确定性无效，它只是进入现实世界的一种可能或小的入口，一切言说只能在相对性中展开。最后论及了复活的隐喻能力，迫使"词"与"物（词）"的裂隙加大，词语在裂隙填充的过程中，因获得全新意义而成为"新词"。同时，裂隙加大与"新词诞生"反过来又会激发全新的隐喻活力。

第四章论述了"词的歧义性"的表意策略。以"月亮"作典型个案，阐述了古典汉诗与现代汉诗中有关月亮的两种想象范式，分析了这种差异与不同的原因，总结了现代汉诗"词的歧义性"表意策略的主要范型。第一节首先由古典汉诗中的月亮意象入手，爬梳想象路径和抒写轨迹，阐述古典想象的特征。其次，论述和分析了月亮的现代想象特质，提取出四种主要的表意方法。最后，对比古今想象范式的不同，分析生成原因以及带来的启示。第二节由个别到一般，详尽论述和分析了变形（缩小与膨胀）、分裂（拆解与打碎）、合成（并置与进入）、悖逆（颠覆与背叛）四种主要表意策略，以及词语因此而具有的多义性和敞开可能。

结语探讨了"词的歧义性"之于现代汉诗的意义及影响：一方面赋予了词语以新的生命力，扩展了词语意义的边界，丰富了语言的表现力，最大限度地做到言说的多样性和阐释的有效性，并保证现代汉诗是其自身。另一方面过于活泛和难以控制的词语增加了现代诗人驾驭语言和写作的难度，也加大了认识和阐释现实/世界的难度。无论是褒扬还是贬斥，现代汉诗借助词语经由"歧义性"这一特质，刺入了语言的心脏、探测了人性的幽谷、说出了现实的复杂、触及了世界的繁复，这本身就是最大的意义。

目 录

导言

现代汉诗「词的歧义性」

第一节

问题的提出：始于春天的想象

如果说一首诗是一座房子，那么一个词语就是一扇门，"一个入口，通向生活与历史，通向隐藏在每一个词语背后的故事"[①]。由"词语之门"进入"诗歌之屋"，意味着走进自足而开放的心灵世界、语言世界和想象世界。在此，诗人与词语相遇，词语与灵魂相遇，灵魂与世界相遇。"每位作家都在与词语不懈作战，以强迫其表达出自己最内心的东西。"[②] 在纠缠与博弈中创造出"这一个"或"那一个"诗人，"这一首"或"那一首"诗歌，生育出"独特"与"不同"，词语的神奇效用因此产生。

以"春天"为例，在古典中国，这是一个可以令想象的宝藏"芝麻开门"的神奇词语，在白居易那里可以被填充以"早莺、新燕、春泥、乱花、浅草、绿杨、白沙"[③]。春天是一个被深度迷恋又藏尽无限幽怨[④]，令古人几欲"断肠"[⑤] 和"断魂"的季节，一个被强行赋予时间想象，施以时间魔咒的开端。倚春而望，望春而思，唐代大诗人杜甫

[①] 韩少功：《语言的表情与命运》，《马桥词典》，作家出版社，2011，第316页。

[②] 〔法〕埃德蒙·雅贝斯（Edmond Jabès）：《词语的记忆——我如何阅读保罗·策兰》，刘楠祺译，http://www.poemlife.com/libshow-3354.htm，2015年5月10日。

[③] 白居易《钱塘湖春行》中的诗句："孤山寺北贾亭西，水面初平云脚低。几处早莺争暖树，谁家新燕啄春泥。乱花渐欲迷人眼，浅草才能没马蹄。最爱湖东行不足，绿杨阴里白沙堤"（《全唐诗》，中华书局，1999，第4977页）。

[④] 中国古典汉诗以春天为题材的诗歌多为表达"怨""恨"等情感，春怨、闺怨、宫怨诗都是如此，"伤春"一说也由此产生。杜甫、孟郊、韩偓都写过题为《伤春》的诗歌（钱锺书《管锥编》一，三联书店，2008，第130~133页）。

[⑤] 李白《春思》中的诗句："燕草如碧丝，秦桑低绿枝。当君怀归日，是妾断肠时。春风不相识，何事入罗帏？"〔（清）王琦注《李太白全集》，中华书局，1999，第350页〕。

和当代诗人赵野都有感而发，并以跨越千年的时间和距离完成了同题诗《春望》。相隔千年的诗人面对同一个事物、同一个季节，借助同一个词语，却生发出个性迥异的诗意。古意深沉、悲切、愤懑；今思尖锐、幽深、庞杂。

至德二载（757 年）三月①，时值"安史之乱"的第二年春天，杜甫身陷贼营。面对繁华不再，满目疮痍的国家，诗人感怀伤世，悲从中来，遂作千古名篇《春望》："国破山河在，城春草木深。感时花溅泪，恨别鸟惊心。烽火连三月，家书抵万金。白头搔更短，浑欲不胜簪。"这首诗乃"忧乱伤春而作也。上四，春望之景，睹物伤怀。下四，春望之情，遭乱思家"②，寥寥 40 字，写尽乱世之痛。首句诗人由"破"而"立"，奠定了全诗悲痛难抑的情感基调，所谓"全首沉痛，正不易得"③，写景抒情都触目惊心。一个"破"字道出了杜甫痛失家国的伤感与无奈，"国破"与"山河在"造成强烈反差，形成鲜明的对比，表达诗人无限幽怨之情：国已破碎，山河却还在。"城春"一句看似写景，描写春天草木茂盛之状，实则寄情，草木茂盛却难掩国破之荒凉，与"国破"一句互为印证：兵荒马乱，家国不再，即使不解风情的春色撩人，也无人欣赏，只能任凭草木疯长；颔联"恨别"二字进一步深化了离家丧国之痛，并通过移情于物的方式，把这种情感"物化""外化"和"泛化"，花也会流泪，鸟亦能惊心，足见悲痛之广、之深。颈联中的"烽火连三月"一句足见战争时间之长，隐含百姓受苦之深，与家人联系、互通消息愈发显得可贵和不易——"家书抵万金"；尾联的"搔更短"和"不胜簪"等诸多细节尽显诗人忧国思家的焦虑与不安，沉痛之情通过细节化表现得以加强和深化。司马温公（司马光）对《春望》极为推崇，他说："古人为诗贵于意在言外，使人思而得之，故言之者无罪，闻之者足戒。近世唯杜子美，最得诗人之体……'山河在'，明无余物矣；'草木深'，明无人迹矣。花鸟平时可娱之物，

---

① 《春望》为至德二载三月，陷贼营时所作，三月者，指季春三月 ［（清）仇兆鳌注《杜诗详注》，中华书局，1999，第 320 页］。

② （清）仇兆鳌注《杜诗详注》，中华书局，1999，第 320 页。

③ （清）杨伦笺注《杜诗镜铨》上册，上海古籍出版社，1980，第 128 页。

见之而泣，闻之而悲，则时可知矣，他皆类此。"①

千余年后的 2013 年，在春天有所思的当代诗人赵野发表了同题诗《春望》。② 作为对中国古典诗歌传统充满"好感"③，甚至在某种程度上已经采得古典汉诗之"气"④ 的诗人，赵野选择向古典汉诗、向杜甫致敬的方式与古人进行隔空交谈和对话：

> 万古愁破空而来
>
> 带着八世纪的回响
>
> 春天在高音区铺展
>
> 流水直见性命
>
> 帝国黄昏如缎
>
> 满纸烟云已老去
>
> 山河入梦，亡灵苏醒
>
> 欲破历史的迷魂阵

诗歌甫一开始，"万古愁"三字便从天而降，凌空而下，似晴空一记闷雷，砸敲读者内心，略显突兀却又合情合理。赵野以此词破题，既与杜诗的"国破"以及由此引发的无限愁苦遥相呼应——"万古愁"郁积了"多少恨"！⑤ 愁苦之深无以言表，只能用"以愁言愁"的方式

---

① 司马光：《温公诗话》，左圭编《左氏百川学海》第二十三册，庚集四，1927，武进陶氏涉园影宋咸淳本，第 5 页。

② 赵野：《春望》，《西部》2013 年第 9 期。

③ 赵野说："我在诗歌写作上，就是想深入一种传统"（徐建雨：《诗人赵野：以东方传统为当代艺术确立地域价值》，《证券日报》2012 年 5 月 19 日）。

④ 当代诗人柏桦曾作诗歌《望气的人》。"气"原属哲学范畴，指构成万物和宇宙的始基物质，是宇宙的根源，也是艺术和美的根源。后来进入美学范畴，被引入文艺创作和文艺批评中，成为用以说明艺术生命的活动或艺术家的审美气质，或概括艺术家审美风格和审美创造力的一个重要术语。关于"气"的具体内涵可参见乐黛云等主编《世界诗学大辞典》（春风文艺出版社，1993，第 382～383 页），王又平《文学理论批评术语汇释》（高等教育出版社，2006，第 55 页）。本书所说的"气"在内涵上更贴近哲学本源中的"气"，与"精"意思相近，指古代汉诗的精髓和灵魂，内在精华。

⑤ 李煜有词《望江南》："多少恨，昨夜梦魂中。还似旧时游上苑，车如流水马如龙。花月正春风。"这里的"万古愁"与"多少恨"有异曲同工之妙，诗歌开篇便将愁情和恨意拎出来，并写尽和写满。

表达愁情；又将愁苦做了时间的拉伸和空间的延展，由"愁"升级为"万古愁"，强化了愁苦的程度。在表达愁情的同时，赵野一语道破深藏其中的"惊天秘密"："万古愁"一词凝练而精准地概括出古典汉诗的核心情感母题①，是深藏于汉诗深处的情感隐线。赵诗虽由杜诗阐发，却比杜诗更开阔、更繁杂。假如按照"万古愁"的思路推延，亦或按照古典汉诗的想象范式和构思模式写作，赵野版《春望》只会变成"加强版"或"升级换代版"的杜诗《春望》，无非是比愁苦更愁苦，比悲愤更悲愤，如此，"当代"诗人赵野只能算作"仿古"或"拟古"者，诗歌也只是用现代汉语写作的"唐诗"。然而，"诗歌是现实中的意外"②，在首节末句，赵野笔锋陡转，由向古代大师的致敬之"立"变为对古意的"拆"与"破"——"欲破历史的迷魂阵"。"迷魂阵"到底是什么？在接下来铺展的诗行中，赵野以考古学者的耐心和资深侦探的精细，将首节布下的谜团——"破译"和"破解"。在诗歌的第二节，他率先打破时间神话，拆穿人类习惯用以自欺欺人的谎言，暗含了对只懂得醉心于古意，没完没了地吟诵和褒赞"万古愁"这一现状的不满："永恒像一个谎言/我努力追忆过往/浮云落日，绝尘而去的/是游子抑或故人//春望一代一代/燕子如泣如诉/隐喻和暗示纷纷过江/书写也渐感无力。"尤其结尾两句，赵野笔力加深，由个别推及一般，陈述汉语诗歌在"万古愁"阴影的笼罩下，将面临更多难以掌控的选择和诱惑，导致"词"与"物"失和，并逐渐丧失语言想象力和隐喻活力这一事实。

在第三节和第四节，诗人进一步表达这种忧虑以及自我期冀："词与物不合，这世纪的/热病，让鸟惊心/时代妄自尊大/人民从不长进//

---

① 李白诗歌《将进酒》中有"与尔同销万古愁"的诗句。当代诗人张枣认为，万古愁是汉语诗的一个出发点，一个非常高级的出发点，诗歌的任务之一就是对付万古愁。在张枣的诗歌中也经常出现"万古愁"，较为典型的有《跟茨维塔伊娃的对话》中"我天天梦见万古愁"等（张枣：《张枣的诗》，人民文学出版社，2010，第224页）。臧棣也部分地认同张枣的看法："从万古愁身上，我们应该能梳理出汉语诗的最独特的线索。能不能这样设想，我们的诗学是有可能重新被万古愁激活的……万古愁，是汉语诗的永远的背景"（臧棣：《可能的诗学：得意于万古愁——谈〈万古愁丛书〉的诗歌动机》，《名作欣赏》2011年第15期）。

② 王小妮：《诗是现实中的意外》，《诗刊》2011年第12期。

羊群走失了，道路太多/我期待修辞复活/为自然留出余地/尘光各得其所//速度，呼吸，皮肤的声音/无限接近可能性/多年来我在母语中/周游列国，像丧家犬//等候奇迹出现/'鲤鱼上树，僧成群'/或一首诗，包含着/这个世界最圆融的生命。"要想真正做到"无限接近（也只能是无限接近）可能性"，需要对"万古愁"及其所隐含的传统文化资源加以甄别："万古愁"是一味毒药，忽视个体差异，不懂取舍和不加辨析地套用、滥用和生硬移植，无异于"饮鸩止渴"，结局只能是对想象力更大的伤害和对修辞活力的深度荼毒；"万古愁"也是一剂良药，将古方与今法混合、融通，以未来的眼光看待传统，发明新的诗意①，从而"激活古代的一些字或者词在当今的一种转换"②，让现代汉语诗歌生长出新的生机和诗意。赵野对此深信不疑，也乐见其成，他毫不隐晦地表达了自己对传统的热衷和迷恋：

> 祖国车水马龙
> 草木以加速度生长
> 八方春色压迫我
> 要我伤怀歌吟
>
> 要忠于一种传统
> 和伟大的形式主义
> 要桃花溅起泪水
> 往来成为古今

在悬疑、辩驳、分析和陈述之后，诗歌结尾又回到杜诗《春望》这一情感线索和言说内容上。至此，赵野的诗学立场和主张得以清晰呈现：要忠于传统和伟大的形式主义，但不是被动地全盘接受，不是对外在形式的固守，也不能以僵化和呆板的方式阐扬，而是"永远包

---

① 张枣认为："古典汉语的古意性是有待发明的，而不是被移植的。也就是说传统在未来，而不在过去，其核心应该是诗意的发明"（颜炼军编选《张枣随笔选》，人民文学出版社，2012，第216页）。

② 徐建雨：《诗人赵野：以东方传统为当代艺术确立地域价值》，《证券日报》2012年5月19日。

含着对其积极能动的选择、变构、剥离和重新'发现'。传统与现代，是互相打开的。因而，传统只能是'当代'重新理解中的传统……永远包含着创造的因素在内。对传统的'继承'，从最高价值上说，只能是传统意义的重新'生成'过程……不只是传统决定或造就了杰出的诗人，有时几乎相反，是杰出的诗人'生下了'传统。"[1] 只有深刻领略"化功大法"的精髓，采得古典汉诗优秀传统的"真气"和"元神（元身）"，对古老诗意进行"化用"而不是"挪用"和"搬用"，才能化古为今，化腐朽为神奇，融其之长，变为己用，最终获得圆融的诗意。

无论是杜甫的《春望》，还是赵野的《春望》，都隐藏着一个潜在的言说主体和客体，"谁望"（诗人望）以及"望什么"（望春）。在看似相近的情感寄托背后，暗含着由"望"和"思"产生的巨大差异。只看诗歌表层，两者好像都是伤春[2]主题，杜甫望春生悲情，赵野诗歌也写到伤怀，却有着内质的不同。杜诗由作为"物"的"春天"铺叙，用春景之"盛"反衬家国破碎，并将这一现实与情感融汇，生发出伤春悲国之情。杜甫"望春"望到的"社会现实"和"心理现实"，这种由实景触发的心绪、情感和思想更适合以抒情的方式来完成——这与中国古典汉诗的抒情传统[3]一致。与杜甫的伤怀不同，赵诗则从作为

---

① 陈超：《正典与独立的诠释——论现代诗人与传统的能动关系》，《打开诗的漂流瓶》，河北教育出版社，2003，第 156~157 页。

② 钱锺书先生在论及《诗经豳风·七月》"春日迟迟，采蘩祁祁。女心伤悲，殆及公子同归"一句时，对古典汉诗的"伤春"主题做了详细的梳理和考辨。《传》："春，女悲，秋，士悲；感其物化也"；《笺》："春，女感阳气而思男；秋，士感阴气而思女。是其物化，所以悲也。悲则始有与公子同归之志，欲嫁焉"……苟从毛、郑之解，则吾国咏"伤春"词章者，莫古于斯。钱锺书先生还列举了一些较为著名的伤春名篇，比如曹植的《美女篇》、唐代王昌龄的《闺怨》《春怨》，唐代张仲素的《春闺思》作为佐证。也就是说，从源头上说，"伤春"最初为女性所有（感）。然而，在谈到《牡丹亭》时，钱先生借书中人物"腐儒"陈再良之口对"只为女子所有（感）"提出了质疑："抑读此章而谨遵毛公、郑君之《传》、《笺》，以为伤春乃女子之事，而身为男子，只该悲秋欤？"遂伤春只是物感而情生，并无性别之分，将之命名为"淫词"或刻意"去情欲化"皆不可取（钱锺书《管锥编》一，三联书店，2008，第 130~133 页）。

③ 陈世骧先生认为，所有的文学传统"统统是"抒情诗的传统，"中国文学的荣耀并不在史诗，它的光荣在别处，在抒情的传统里"，这一点从文学创作或批评理论都能找到证明。"抒情传统始于《诗经》，因为它弥漫着个人弦音，含有人类日常（转下页）

"词"的"春天"出发，由"词"进入思考和写作，更具敞开性："词"对"物"的敞开，"语言"向"世界"的敞开。杜甫望到的是"春天"，赵野望到的是《春望》，既包含杜甫诗歌中的"春天"，又远比"春天"的内容繁杂、开阔，潜在着太多由"春天"所能引发的一系列"蝴蝶效应"和"连锁反应"，这就是"春天"在赵诗中能够被看作"词"（而非"物"）的理据所在。因此，赵野"望春"望到的除"社会现实"和"心理现实"之外，还有更间接、更深层的"文学（文化）现实"和"语言现实"。这种深层、潜藏而非直接的联想和想象，只借助单纯的陈述和抒情手段无法完成和实现，需要动用多种修辞手段、调动诗人的言说能力，通过诘问、辩驳、分析才能达成。这样的诗歌注定兼具双重品质，可以是诗歌，亦可以是关于"诗歌"本身的"诗歌"，完成对"诗歌创作"本身的述说，从而具有元诗①特质。

　　考察两首《春望》之后，有一个问题必须导出和提及：同是始于春天的想象，为何呈现在古典汉诗和现代汉诗中会有如此大的差异？仅是与创作主体的不同有关，还是与古典汉诗和现代汉诗自身的差异有

（接上页）的挂虑和切身的某种哀求，它和抒情诗的要义各方面都很吻合。"进而陈先生认为，"以字的音乐做组织和内心自由做意旨是抒情诗的两大要素。中国的抒情道统的发源，《楚辞》和《诗经》把那两大要素结合起来，时而以形式见长，时而以内容显现。此后，中国文学创作的主流便在这个大道统的拓展中定型"（陈世骧：《中国的抒情传统》，《陈世骧文存》，杨铭涂译，辽宁教育出版社，1998，第1~6页）。

① 古代汉诗也有"以诗论诗"，但更多是针对诗歌的具体内容、形式、艺术风格而言，如钟嵘的《诗品》、严羽的《沧浪诗话》等。现代汉诗的元诗却更为复杂。张枣这样界定"元诗歌"：当代中国诗歌写作的关键特征是对语言本体的沉浸，也就是在诗歌的程序中让语言的物质实体获得具体的空间感并将其本身作为富于诗意的质量来确立。如此，在诗歌方法论上就势必出现一种新的自我所指和抒情客观性。对写作本身的觉悟，会导向将抒情动作本身当作主题，而这就会最直接展示诗的诗意性。这就使得诗歌变成了一种"元诗歌"（metapoetry），或者说"诗歌的形而上学"，即：诗是关于诗本身的，诗的过程可以读作是显露写作者姿态，他的写作焦虑和他的方法论反思与辩解的过程。因而元诗常常首先追问如何能发明一种言说，并用它来打破萦绕人类的宇宙沉寂（张枣：《朝向语言风景的危险旅行——当代中国诗歌的元诗结构和写者姿态》，颜炼军编选《张枣随笔选》，人民文学出版社，2012，第174页）。姜涛对张枣的此番论述做了进一步探讨和延伸："元诗"不仅作为一种诗歌类型（以诗论诗），更是作为一种意识，广泛地渗透到当代诗歌的感受力中。在这种意识驱动下，诗人们挣脱了"真实性"的规约，普遍相信人类的记忆、经验、思辨在本质上都是一种语言行为，现实也不过是一种特殊的符号关系（姜涛：《一首诗又究竟在哪——全装修时代的元诗意识》，《巴枯宁的手》，北京大学出版社，2010，第43页）。

关？这种差异是否具有普泛性，是某个诗人的特性还是可以推及一般？这些都是在面对现代汉语诗歌本体或语言时亟须厘清和考虑的问题。

继续对"春天"一词做进一步考察。古今与"春天"有关的诗歌佳作颇多。就古典汉诗而言，自《诗经》以来，"春天"一词便因物象、景象与诗人的情感契合度，以及更适宜吟咏和传达忧思愁苦等特点，深得各朝各代诗人的钟爱，大有与"秋天"二分天下之势，简要列举如下：

> 春日迟迟，卉木萋萋。仓庚喈喈，采蘩祁祁。（《诗经·小雅·出车》）
>
> 池塘生春草，园柳变鸣禽。（南朝宋·谢灵运《登池上楼》）
>
> 自是寻春去校迟，不须惆怅怨芳时。（唐·杜牧《怅诗》）
>
> 东风不为吹愁去，春日偏能惹恨长。（唐·贾至《春思》）
>
> 新妆宜面下朱楼，深锁春光一院愁。（唐·刘禹锡《春词》）
>
> 春色恼人眠不得，月移花影上栏干。（宋·王安石《夜直》）
>
> 暖日晴风初破冻。柳眼梅腮，已觉春心动。（宋·李清照《蝶恋花》）
>
> 袅晴丝吹来闲庭院，摇漾春如线。（明·汤显祖《牡丹亭·惊梦》）
>
> 不须迎向东郊去，春在千门万户中。（清·卢道悦《迎春》）
>
> ……

因相思而恨春长，因韶华易逝而叹春短。无论是出于"春来春又去"的感伤，慨叹时光与青春易逝，还是出于"春去春又回"，却又"无计留春住"的大喜大悲，由爱生怨，"春天"总是寄寓着惹人恼、惹人悲、惹人怒和惹人怨的个人情感，古典汉诗中的"春天"意象也大都难逃"伤春"的窠臼，以及由此牵扯出的思春、怨春、惜春、恨春等大主题。从题材的开拓性和内容的突破性来说，格调最高的当属杜诗《春望》。不是关乎遣词造句之奇崛与绚丽，诗歌体式和内容的华美与明艳，而是在于诗歌内容的开拓和情感的延展：杜诗至少跳出了一己之伤的图圄，心怀国殇，在忧个人之忧的同时，更有忧国忧民的大气魄和大胸怀。即便如此，抛开诗歌创作的时代背景、个人际遇、情感体验等诸多外因的细小差异不谈，总体而言，古典汉诗范畴内的"春天"意象，情感指归相对鲜明、意象所指基本明确，"伤春"基本能概括其大致样貌，只是"谁伤""如何伤""伤什么""怎么伤"的差别。那么，裹挟着现代气息的春天和绿意又会如何呢？

同样以"春天"切题，"却不再是某一现实或者物的确指和终点，它只是进入现实再小不过的入口，是一种可能性，从此处进入，便是无限广阔和充满无限可能的现实和世界"①。"春天"在现代诗人的笔下成为与既定审美规约和想象范式迥异、无关甚至与语词原意相悖逆的"新词"②："春天"可能与实景有关，并由此带来各种感官上的联觉和对内心深处情感的触动："绿色的火焰在草上摇曳，/他渴求着拥抱你，花朵。/反抗着土地，花朵伸出来，/当暖风吹来烦恼，或者欢乐……呵，光，影，声，色，都已经赤裸，/痛苦着，等待伸入新的组合。"③ 在穆旦的这首诗中，季节的美好与生命的蓬勃找到了契合点，青春的热情与欲望都被激发。青春本身就是春天意义的深化，此诗已经很难区分是写春天还是写青春，看似在写作为季节的春天，又像在写类似春天的青春，"春天"与"青春"两个词的意义叠加在一起，完成了语词和意义的深层置换。"春天"可能表达了一种愉悦得无以复加的心情，是"雪锹铲平了冬天的额头"之后，万物重新生长，青春燃烧的纯粹快乐，"当田野强烈地肯定着爱情/我推拒春天的喊声/淹没在栗子滚下坡的巨流中//我怕我的心啊/我在喊：我怕我的心啊/会由于快乐，而变得无用"④。"春天"可能与美感、与"春天"本身无关，甚至可以转译和替换为其他词语，比如"痛苦的爱情"："不是因为仇恨，而是因为爱情，/那像狼爪子一样陷在肉中的春天的爱情！//……缠住我们脖子的春天是一条毒蛇，/扑进我们怀抱的春天是一群饿狼。/就像获救的溺水者被扔进火里，/春天把流血的权力交给了爱情。"⑤ 比如自来水的温度，或者对

① 范云晶：《词语的多副面孔或表意的焦虑——以孙文波诗集〈新山水诗〉为例》，《南京理工大学学报》2015 年第 4 期。
② 关于"新词"的问题，本书的第三章第三节还会进行详细论述。
③ 穆旦：《春》，《穆旦诗文集》一，人民文学出版社，2006，第 74 页。
④ 多多：《春之舞》，《多多四十年诗选》，江苏文艺出版社，2018，第 133～134 页。
⑤ 欧阳江河：《春天》，《透过词语的玻璃》，改革出版社，1997，第 100 页。

温度的感觉："早上　刷牙的时候／牙床发现　自来水已不再冰凉／水温恰到好处／可以直接用它漱口／心情愉快　一句老话脱口而出／春天来了。"①"春天"也可能不是实景，只是一个背景，提供一个与古人对话的契机，与传统对接的场所："在春天，当一树假花开放至酡颜／我想念传统　那些真的山／真的水　真的花鸟和工笔／那些使少女脸色美丽的颜色／来自于植物　那些美／得于气。"②"春天"还可能与"春天"本身相悖，谈论"春天"，其实是"反春天"，只是想陈述一种陷入困境的写作状态："我的想象枯竭，手臂低垂／无力承受春天的轻柔……我已退出春天，退到最后的边缘／……我会在／腐朽的树叶里，诅咒、哭泣和激动……"③

　　古典汉诗中的"词语与现实（包括心理现实）就像一条直线的两端——词语是直线的起点，现实则是直线的终点，当诗人从作为起点的词语开始'思想旅行'时，最后会毫无悬念地走到作为直线终点的现实"④。虽然直线可能是一条也可能是多条，却都有迹可循、清晰明晓。假如以终点为起点，沿着核心意象原路返回的话，仍可以到达曾经的起点。这就如古典汉诗中的"春天"，既是诗人想象和言说的出发地、言说中心和无法剥离的内核，又是诗人想象世界的终点。更确切地说，"春天"是一个基点，诗人情感源于"春天"，由"物"到"情"，又向"春天"靠拢。无论是感伤、快乐、幽怨、愁苦、愤恨，都以"春天"为中心来展开和传达。假如从词语"春天"出发，到达由此生发的情感终点回溯，又能毫无悬念、毫无偏差地返回到"春天"这一核心意象上来。春恨、春怨、春伤实际上与恨春、怨春、伤春无异。而"现代汉诗词语与现实的关系更类似于作为光源的太阳的照射，由一个点散射开来，辐照大地，阳光普照之处充满了无限的可能性和未知感"⑤。词语"春天"只是一个入口和出发点（起点），最终完成和到达的，可能与"春天"有

---

① 于坚：《棕皮手记》，东方出版中心，1997，第6页。
② 翟永明：《在春天想念传统》，《最委婉的词》，东方出版社，2008，第108页。
③ 赵野：《春天》，《逝者如斯》，作家出版社，2003，第60页。
④ 范云晶：《词语的多副面孔或表意的焦虑——以孙文波诗集〈新山水诗〉为例》，《南京理工大学学报》2015年第4期。
⑤ 范云晶：《词语的多副面孔或表意的焦虑——以孙文波诗集〈新山水诗〉为例》，《南京理工大学学报》2015年第4期。

关，也可能已经不是春天或者与春天无关。"春天"是起点和初始，却并不是言说的绝对中心和重点。古典汉诗中的"直线对称关系"① 在现代汉诗中失效：词语"春天"不能与词语"爱情"画等号，与写作困境也不一致。"词语"所引发的可能是情感，可能是"物"，亦可能是"词"。所以由"春天"开始的诗意想象其实只是一场不知所终的旅行，不管如何按照原路返回，也无法回到起点，反而离作为开始的"春天"越来越远，甚至背道而驰。从这个角度而言，现代汉诗中的词语是一次性的，无法往返。

不可否认，古典汉诗与现代汉诗的上述差异与诗歌之外的其他因素有关，但是其核心问题却在于"词"承担的任务、扮演的角色、所起的作用和具有功能的变化。古典汉诗是"心征服了词"，"心"（神）因"物"有所感，并借助词语以书写的方式把情感外化为诗歌；现代汉诗则是"词语征服了手"，"词"不再只是被征用、任人机械摆布和使用的无生命之物，而是具有无法被规训和限定的自由与活力。由此可以得出这样的结论：在承认古典汉诗和现代汉诗差异性②的大前提下，就诗歌生成和写作的内在机制而言，"词"可以成为进入（打入）现代汉诗内部，探测世界、探测诗歌内核和语言奥秘，从而确立现代汉诗独立品格的一个有效向度。

第二节

由"词"进入现代汉诗本体研究的合法性论证

一 何谓"词"

按照《说文解字注》中许慎的基础释义和段玉裁的补注，词，"意

---

① 这里所说的"直线对称关系"是指古典汉诗中"词"与"物"的联想模式相对固定和稳定，从而在想象方式上容易生成"一一映射"关系，即 A 词语约等于（甚至等于）B 物（情感），较为典型的有月亮与思乡、春天与幽怨、秋天与悲伤的对应。这一问题还会在第二章第二节进行详细论述。

② 本书讨论的重点在于古典汉诗和现代汉诗的差异性，但不否认现代汉诗对古典汉诗某些方面的承继性、相似性甚至一致性。

内而言外也……司者，主也。意主于内而言发于外，故从司言"。① 段玉裁在具体阐述"词"的基本构成和功用时，大致区分了"意内"和"言外"的不同："意者，文字之义也。言者，文字之声也。"② 抛开段玉裁关于词的意义在内、声音在外的论断不谈，也摒弃该释义所包含的"逻各斯中心主义"时代对书面语言的贬抑③不论，从"词"的基础释义维度考察，至少有如下信息值得注意："词"作为"语言中一种音义结合的定型结构，是最小的可以独立运用的造句单位"④，有能够通过声音传达的部分，即外露的部分，也有声音无法传达的部分，即藏于内里的部分，这是"词"的音、形、义各司其职的结果。这种"内外之别"对"词"的意义而言同样适用。所谓"内"，即"词"的系统意义（sense）或概念意义⑤，亦可称为"字（词）典意义"，与具体语境无关，可以单独成立和存在，相对孤立，被强制释义或约定俗成，有固定内涵和所指，具有权威性和不可随意篡改的特质，可以轻易被说出和言尽；所谓"外"，即"词"的外指意义（reference）⑥，需要把"词"放置于具体语境中，通过与"物/世界"发生这样或那样的关系，产生某种联系才得以实现和存活。"外指意义"深藏于语词深处，具有临时性、灵活性，甚至是一次性特征，要发挥"词"的潜能和充分调动隐喻

---

① （汉）许慎撰，（清）段玉裁注《说文解字注》，上海古籍出版社，1981，第 429 ~ 430 页。

② （汉）许慎撰，（清）段玉裁注《说文解字注》，上海古籍出版社，1981，第 430 页。

③ 学者张隆溪在《道与逻各斯》一书中，引用《说文解字》中"词"乃"意内而言外"的释义来证明在"逻各斯中心主义"（logocentrism）时代，作为非拼音文字的汉语，同样存在对文字（"书"）的贬低问题，即书面文字是第二性的能指；它们比言说更加远离心灵中内在发生的事情；它们构造出一个空洞、僵死的外壳，那里面却没有活生生的声音（张隆溪：《道与逻各斯》，冯川译，江苏教育出版社，2006，第 42 页）。关于"逻各斯中心主义"问题的论述与批判，可参见〔法〕德里达的《论文字学》（汪堂家译，上海译文出版社，2005）一书。

④ 葛本仪：《现代汉语词汇学》，山东人民出版社，2001，第 30 页。本书所说的词的基本内涵只限于此，即语言学范畴内的"词"，与作为文学体裁的"词"（比如宋词）和西方文论中的（语词）（逻各斯）无关。

⑤ 按照语义学的解释，系统意义（sense）相当于概念意义，即与语境无关，是语言系统中内部固定的意义（王寅：《语义理论与语言教学》，上海外语教育出版社，2001，第 65 页）。

⑥ 按照语义学的解释，外指意义（reference），即表明词语跟语言外部世界的关系的意义（王寅：《语义理论与语言教学》，上海外语教育出版社，2001，第 67 页）。

能力才能够被说出、被发现。洪堡特（Wilhelm von Humboldt）也认为："词的内在名称都包含着必须细致地加以区分的极不同的两个方面：一方面是对概念进行指称的行为，另一方面，还存在着一种独特的精神劳动，它把概念转化为一定的思维范畴或言语范畴，而词的完整意义是由这两个方面共同决定的。"①"词"的意义由可以被说出的部分和无法完全被说出的两部分组合而成，其魅力正在于无法轻易被说出的那部分。

仍以"春天"一词为例。躺在词典里的"春天"只是作为"一年的第一个季节"存在，只有被说出或写出，尤其是被诗人说出和写出，才能与情绪、感觉、存在、时间、心境等诸方面产生联系，并在意义和内涵上得以拓宽和延展。在词语深处的未知空间藏着生存和语言的无穷奥秘供诗人想象。正如加斯东·巴什拉（Gaston Bachelard）所说："确实，我对着词，对着书写的词，梦想联翩。"② 而这些可供探寻的无穷奥秘，在字（词）典中无法体现，也不可能存在。

把词语从呆板的字（词）典的囚禁中解救出来，让它"被使用""被运用"——被"说出"或"写出"，是词获得魅力的最直接、最有效的方式，也是"词"本身的固有之义——汉语语境中操纵和主宰言说（语）者为"词"（从构词角度看）；英语语境中"WORD"（从词源角度看）直接源自古英语的word，意为演讲、谈话和说。③"词"被说出（写出）的特性在英汉两种语言中不谋而合。"词"在"被说出"和"被写出"的一刹那便无限增大：当"词"与世界相遇时，激活了沉睡在词核中的无限潜能，内涵和外延随之变大；当"词"与言说或写作主体相遇时，便携带了"词"本身所不具备的基因，除具有"词"自身的潜能以外，还裹挟着说话者和书写者的思想。"词"不再只是"词"，而是"世界的血"："是啊，这是世界的血/浑浊的、粗糙的、彻底的/它的亲切让我惧怕/它和我一样简单……//故我在不问生死的烈火

---

① 〔德〕威廉·冯·洪堡特：《论人类语言结构的差异及其对人类精神发展的影响》，姚小平译，商务印书馆，1999，第129页。
② 〔法〕加斯东·巴什拉：《梦想的诗学》，刘自强译，三联书店，1996，第23页。
③ 〔英〕哈德：《牛津英语词源词典》，上海外语教育出版社，2000，第544页。

之畔/故我的血流穿了世界。"① 它从灵魂深处发声，经由诗人之手写出或借诗人之口说出，与我们的身体息息相关、血脉相连，恰如欧阳江河所表达的那样：

> 白昼，眼睛的陷落，
>
> 言词和光线隐入肉体。
>
> 伸长的手，使知觉萦绕或下垂。
>
> 如此肯定地闭上眼睛，
>
> 为了那些已经或将要读到的书卷。
>
> ……
>
> 谁洋溢得像一个词但并不说出？②
>
> （欧阳江河：《书卷》）

"词"与光线一道进入肉身，成为诗人的骨血。"词"因此关乎思想、关乎生命、关乎灵魂，更关乎诗歌。"在每个词的深处，我参加了我的诞生。"③ "我"参加了"现代汉诗"的诞生，"我"参加了"语言"的诞生，"我"参加了新的"世界"的诞生。

二 "词"（word）与"世界"（world）

作为欧洲文学两大源头④之一的《圣经》，在《新约全书·约翰福音》开篇便道出"言"与最初世界的亲密关系："太初有言，/言与神同在，/言就是神。"⑤尽管这里的"言"有着特定的神学（布道）和文

---

① 骆一禾：《世界的血》，张玞：《骆一禾诗全编》，三联书店，1997，第 611 页。
② 欧阳江河：《透过词语的玻璃》，改革出版社，1997，第 91 页。
③ 〔法〕阿兰·博斯凯：《首篇诗》，〔法〕加斯东·巴什拉：《梦想的诗学》，刘自强译，三联书店，1996，第 37 页。
④ 一般认为希伯来—基督教文学和古希腊—罗马文学是欧洲文学的两大源头（郑克鲁主编《外国文学史》，高等教育出版社，2006，第 1 页）。
⑤ 这句话的英语原文为 "In the beginning was the Word, and the Word was with God, and the Word was God"。译者通常把 "word"（希腊语 "logos" 之意）译为 "道"。中国古代哲学名作《老子》中，道与希腊词 "逻各斯" 一样，都包含两层含义：思想（理性）和言说（张隆溪：《道与逻各斯》，冯川译，江苏教育出版社，2006，第 37~38 页）。布罗斯基直接把 "太初有言（道）" 直译为 "起初依然是词语" 更能说明问题〔〔美〕约瑟夫·布罗斯基：《小于一》，黄灿然译，浙江文艺出版社，2014，第 265 页）。

化（基督教）背景，但有一点可以肯定，即"言"与人、与世界同在。那么，作为主宰"言"的"词"①（word）与兼具"迁流"时间概念和"方位"空间概念的"世界"②（world）相遇，会擦出怎样的火花，发生怎样的奇迹呢？

"词"面对"世界"，充满变数和无限阐释的可能，就像对于"word"（词）而言，"world"（世界）多出的字母"L"一样（从两者的词形上看）。当"L"从英语字母表中被拉出，置于"世界"之中的时候，"L"便不再只是无生命、命名单一、列第 12 位的英语字母，而变成具有纷繁复杂、暧昧不明的多重含义的万能词和拥有超能力的魔法师，幻化出万物："L"可能是字母，也可能是形状，更可能是罗马数字中的 50、失败的场数、服装的尺寸、动植物系统的命名、化学名字左旋色氨酸的缩写，方向、距离、长度，相当于英镑的钱币单位……③"词"因向"世界"敞开而变得丰富、多元、魅惑，充满变数与无限可能，"世界"亦变得神秘而不确定。这种不确定性反过来又可以激发"词"的潜力，"词"因此变得自信、主动、积极、活泼。它的反操纵特性（词的自述性）从被操纵特性（人对词的使用）的遮蔽中逃离出去，以新的姿态和面孔向"世界"打开，并试图把可能存在的种种谜团一一解开。难怪帕斯（OctavioPaz）会有这样的感受，他说："我们像看幻影戏一样，心中感到词语被赋予血肉之躯的那个时刻。词语确有生命，它把我们放逐。词语在对我们诉说，而不是我们把它说出。"④

> 词语起身而立
> 洁白如纸

---

① 从词语构成看，词，从司从言，传曰："司"，主也［（汉）许慎撰，（清）段玉裁注《说文解字注》，上海古籍出版社，1981，第 429 页］。

② "世界"一词为佛教用语，指宇宙。世指时间，界为空间（参见《辞源》上，商务印书馆，2009，第 86 页）。西方哲学家奥斯汀、福柯、维特根斯坦等都从哲学层面对"世界"加以阐释。本书所说的世界只包含世界的基本意义，不包含烦琐复杂的哲学衍生意义。

③ 关于"L"的多义，具体可参见《新牛津英汉双解大词典》（上海外语教育出版社，2007，第 1177 页）。

④ 〔墨〕奥克塔维奥·帕斯：《批评的激情》，赵振江译，云南人民出版社，1995，第237 页。

神采飞扬

它起步走在长长的丝线上

从沉寂到呼叫

走在

语言严厉的刀锋上

听觉：巢穴

或声音的迷宫。①

（奥·帕斯：《说出的话》）

在起身而立的"词语"面前，"我"瞬时变为"看客"和"倾听者"，倾听词语与世界对话的声音。占据主动地位、占尽先机的是"词语"和需要面对的"世界"。那么，"说犹未说/说出的：那没说的/该如何诉说"②，或者以何种方式诉说，是持有单方面的话语霸权还是选择对话？巴赫金做出了最恰切的回答："每一个词都是一个小小的竞技场，不同倾向的社会声音在这里展开冲突和交流。"③ 获得言说和阐释主动权的"词"，不是话语霸权的拥有者，而只是提供一个场域，一个"通过词语建立的另一个生存—文化—个体生命话语世界"④，一种解释（面对）世界的可能。对于意义的敞开而言，"词"只是一粒种子，提供的是可持续增加的"语义厚度"和可供生长的"含义土壤"⑤，而非最终产品和果实。在由"词"面对"世界"敞开提供的语义场中，"每

---

① 〔墨〕奥克塔维奥·帕斯：《批评的激情》，赵振江译，云南人民出版社，1995，第237~238 页。

② 〔墨〕奥克塔维奥·帕斯：《批评的激情》，赵振江译，云南人民出版社，1995，第238 页。

③ 〔美〕卡特琳娜·克拉克、〔美〕迈克尔·霍奎斯特：《米哈伊尔·巴赫金》，语冰译，中国人民大学出版社，2000，第290 页。

④ 陈超：《正典与独立的诠释——论现代诗人与传统的能动关系》，《打开诗的漂流瓶》，河北教育出版社，2003，第157 页。

⑤ 梅洛－庞蒂这样解释"语义厚度"和"含义土壤"：只有这些语词通过它们的一种指示能力（这一能力超越它们定义或者它们已经获得的含义，而又沉淀于这些定义或含义之中），通过它们完整地引向我们的生命，通过蓬热愉快地称为的它们的"语义厚度"和萨特所说的它们的"含义土壤"，把我们引导到一种新含义中，才能够做到这一点（〔法〕莫里斯·梅洛－庞蒂：《世界的散文》，杨大春译，商务印书馆，2005，第98 页）。

一个词都在三个向度上与他者发生关系，这是：词与物，词所指称的对象；词与人，即词的符号意象给人的语言知觉；词与（其他的）词，一个词在整个语言符号系统中，在具体的本文结构中的位置。换言之，每一个词都与来自三个世界里的意向在这里相遇"。① 按照耿占春的说法，"世界"因词的介入膨胀为"三个世界"："'物'的世界，人的主观经验世界和符号世界。"② 而"词"也在这种敞开和言说中增添了新的"语义厚度"："语词是这样三个世界的临界面。与语词所具有的这样三种类型的关系，词与物，词与人，词与词的关系相对应，词的意义就有三种相应的层次。"③

词对世界敞开，更确切地说是"词"与"世界"的双向互动。在互相打开、互相呈现的过程中，二者都获得了全新意义，完成了全新阐释：词因面对多种可能而插上想象力的翅膀，获得更丰厚的可供言说的物质和精神土壤；世界，"因为吐纳着'更恰切的微妙，更清晰的声响'，才秩序井然，因为有着'香门之词，隐约被星空烘托'，才令人迷醉，也才值得栖居。"④ 在词语构筑的想象乐园，世界获得精神上的全新意义，而作为看客的人并未被真正抛弃和放逐，虽然"随着流淌的词语漂移/世界并不与我共生/也不会与我同亡"⑤，但是"语言把我们从物的世界移居于意义的世界，从有的境界移居于无的境界"⑥，人在"意义的世界"里得以复活和永生。

"词"面对"三个世界"敞开时，需要接受"生活现实"（物）、"心理现实"（人）和"语言现实"（词）的三重考验。前两者属于"实存"⑦的现实世界，只是物质和精神层面的差异；后者则属于符号世界，"不是一个物的世界而是有意义的世界……世界进入了符号过程，

---

① 耿占春：《隐喻》，东方出版社，1993，第143页。
② 耿占春：《隐喻》，东方出版社，1993，第143页。
③ 耿占春：《隐喻》，东方出版社，1993，第143页。
④ 颜炼军编选《张枣随笔选》，人民文学出版社，2012，第11页。
⑤ 〔墨〕奥克塔维奥·帕斯：《天涯共此时》，《批评的激情》，赵振江译，云南人民出版社，1995，第244页。
⑥ 耿占春：《隐喻》，东方出版社，1993，第3页。
⑦ 这里所说的"实存"，强调现实世界未经虚构和想象的客观存在。

就是进入了有意义的结构，世界就是一个具有可理解性的世界"①。或者称作"可能世界"②，即通过对词语的捕捉，最终以语言的方式获得虚构和想象的世界。"实存"的现实世界无须用语言言说也会存在，"可能世界"则必须借助于语言才能存在和得以实现，因此带有强烈的主观色彩和言说（书写）特征。"通过语言行为、语言实践，人为炮制和生产出来的非实际的世界、非实存的世界……和我们存身其中的现实世界始终具有各种各样盘根错节、藕断丝连的关系。"③"现实世界"与"可能世界"首先是同时存在的并列关系；其次，后者又可以运用词语将前者包含，也就是说"现实世界"经由语言的言说或书写成为"可能世界"，并加以充分理解和阐释，从而获得意义。

一言以蔽之，人可以借助语词面对世界、阐释世界，最终"以语言的方式拥有世界"。④

三 "词"与"语言"

在"词"与"物"、"词"与"人"、"词"与"词"3对关系中，前两者与第三者除去有"实存世界"和"可能世界"的不同之外，还存在一个显著和本质的差异，即所属范畴的不同："词"与"物"、"词"与"人"分属两个不同范畴—语言范畴和现实范畴，更像是"我"和"你"或者"我"和"他"⑤的关系，属于外部关系中的联系，而"词"与"词"则复杂得多。如果把"词"的所属范畴，即语言范畴看作一个整体，那么"词"与"（其他）词"的对应关系或敞开关系就是纯粹的内部关系—所有的"词"都归属语言学范畴，即

---

① 耿占春：《隐喻》，东方出版社，1993，第15页。
② 奥斯汀认为，世界既意指一个由实际存在或实际发生的东西所构成的现实世界，又意指我们可以想象的、我们的语言所谈及的、由可能的事物或事态等构成的"可能世界"（他在1935年的"如何谈论"中所构想的So中的世界就典型的是一个想象的或可能的世界，尽管他本人从未用"可能世界"这个词）（杨玉成：《奥斯汀：语言现象学与哲学》，商务印书馆，2002，第43页）。
③ 敬文东：《守夜人呓语》，新星出版社，2013，第374页。
④ 耿占春：《隐喻》，东方出版社，1993，第17页。
⑤ 这里的人称代词"我""你""他"并不是单纯指人，而是用来强调我和他（你）并非同一个体，意在说明词与物（人）在范畴和属性上存在本质的不同。

"我"／"我"关系；而一旦把作为整体的语言场域悬空，只从"词"与"词"之间的差异性维度考虑，一个词与另一个词的关系又属于"我"／"他（你）"关系的集合。这就意味着"词"在面对"世界"敞开时，既可以通过逆行的方式（世界对词的反作用），外向互补，使语言变得丰富、具有深意；又会在语言内部，通过"词"与"词"之间的碰撞、交缠、互释、敞开，获得语义上的极大丰富，语言的意义因"词"义的膨胀而变得更加充实和丰满，从而使语言疆域得以扩展，这一切可能性结果的出现都得益于"词"。

"语言之词语有其神性的本源"（太初有言）①，语言凭借词语的神性本源也具有了神性，并获得阐释世界的优先权和特权（人相对于其他生物而言）。语言因为"词"的帮助和引领，成为明道、辨道、识道、释道的坦途，"经之至者道也，所以明道者其词也，所以成词者字也。由字以通其词，由词以通其道，必有渐"。② 更为重要的是，语言经由词语实现外化和传达，成为语言是其自身，得到本质性确认的关键，即"语言的本质是语言说话"③（写也是一种言说），通过文字、声音、词语、句子说。

语言分为两大方面，形式（语音和文字）和语义④，形式中的语音是约定俗成的，相对稳定和固定（方言也是小范围内的稳定），如果没有了意义，形式中的文字无法独立而有效地表达意义和阐释他物。因此对于语言而言，尽管形式不可或缺，但语义相对来说更本质化，更重要——"语言是表达意义的工具。"⑤ 语义⑥的载体是词和句子，

① 〔德〕海德格尔：《在通向语言的途中》修订译本，孙周兴译，商务印书馆，2005，第 5 页。
② （清）戴震：《与是仲明论学书》，王云五编《戴东原集》二，商务印书馆，1934，第 30 页。
③ 海德格尔认为，"语言说"有三个特点，即其是一种表达，一种活动，一种对现实和非现实东西的表象和再现（〔德〕海德格尔：《在通向语言的途中》修订译本，孙周兴译，商务印书馆，2005，第 4~5 页）。
④ 王寅：《语义理论与语言教学》，上海外语教育出版社，2001，前言第 2 页。
⑤ 王寅：《语义理论与语言教学》，上海外语教育出版社，2001，前言第 3 页。
⑥ 语义学指狭义的语义学，即逻辑语义学，它研究句子和词语本身的意义（何自然：《语用学概论》，转引自王寅《语义理论与语言教学》，上海外语教育出版社，2001，前言第 5 页）。

研究语义也就是研究词和句子的意义。在词和句子之中，词具有优先性——"我们使用语词，语词是些专供使用的东西，我们遣词造句，使用语词说话。我们通常并不使用句子"①。这与"词"的精确具体、纯粹单一有关，也与其灵活和自由程度、可以按规则搭配使用有关，就如同成语"遣词造句"，"遣词"先于"造句"，先"遣词"才能"造句"。作为整体的语言相对空泛，其意义难以概括，通过"词"的方式来理解和捕捉，却可以把语言由抽象的大范畴微缩成具体的小细节，准确地说出想要说出的话。

相对于固定化的声音、缺少独立指称功能和意义的字，以及冗长、庞杂、难以捕捉重点的句子而言，"词"能够最集中、最精准、最小限度地（也可以说是最大限度地）表达出说者与写者的思想和看法，"以最精确的命名呼唤出那本身是沉寂而命定将被言说的事物"②，从而更好地认识世界。比如用春、夏、秋、冬表达四季，用爱、恨、情、仇表达情感，用家、国、世界表达归属和归宿，用父亲、母亲、妻子、丈夫表达伦常。即使表达同一个内容，指向同一个意义，也因不同词语使用的不同语境，面对不同的事境③，表达出不一样的语言况味。以"与丈夫相对应，指男女结婚后，对女方的称谓"④为例来说，在具体到词语表达时，可以延伸出无数的命名，如妻子、爱人等，上述词语都隶属语言范畴，却因每个词语的生动可感而增强了语言的表现力，丰富了语言的表情。

"词"使语言变得丰满繁复的同时，又必须而且只能仰仗语言得以存在，"语言是存在的家"（海德格尔语），语言同样是"词"的家，"语词在语言里"⑤，语言是"词"存在的唯一理由。"语言和文字是两

---

① 陈嘉映：《语言哲学》，北京大学出版社，2003，第187页。

② 张枣：《朝向语言风景的危险旅行——当代中国诗歌的元诗结构和写者姿态》，颜炼军编选《张枣随笔选》，人民文学出版社，2012，第175页。

③ 敬文东认为，事境是包围着我们全部生活事件的总和，它本身就构成了一个巨大的场域。它对各种型号的人都充满了诱惑。我们一出生就既被事境包围，又主动加入事境之中，并构造出某种对我们来说十分有效而且有着明确目的的事境（敬文东：《守夜人呓语》，新星出版社，2013，第123页）。

④ "妻子"的词典释义。

⑤ 〔英〕维特根斯坦：《哲学研究》，陈嘉映译，上海人民出版社，2001，第73页。

种不同的符号系统，后者唯一的存在理由是在于表现前者。"① 语词要在语言土壤中才能绽放出意义的花朵，结出意义的果实，否则只是一种空洞的符号和无意义的形式，"语言符号系统是纯形式的，没有实质用途，因此，这个施指系统的力量乃至其存在都完全依赖于它本身的系统性……语词离开了语言却什么都不是"。②

至此，可以这样总结"词"与"语言"的关系："词"是能够独立运用的、有意义的最小语言单位。"词"在"语言"系统中获得生命力，通过"词"可以使"语言"变得具体可感，并进行意义的捕捉和理解，最终让"语言"成为言说世界和阐释世界的有效手段。而"语言"也会在"词"向外部世界以及在语言内部的双重敞开中，变得更加丰硕、繁华与饱满。

"词"与"世界"（物）在"语言"中相遇，而"诗是一种独特的语言形式，也是语言的原始形式"③，更是"语言最高的存在形式"④。从文体特性（想象力、对语言的高要求、语言的凝练程度）和优越性方面来说，诗歌是虚拟和构建"可能世界"的最佳场所。"词"与"世界"（物）在诗歌中相遇，便意味着以诗意的方式说出了"词语"与"世界"相遇的秘密，并试图揭开"词语"的谜团：

> 一个词语，一个句子——从密码中升起
> 熟悉的生命，突兀的意义，
> 太阳驻留，天体沉默
> 万物向着词语聚拢。
> 一个词语——是光、是飞絮、是火，
> 是火焰的溅射，是星球的轨迹——
> 然后又是硕大无朋的暗冥，

① 〔瑞士〕费尔迪南·德·索绪尔：《普通语言学教程》，高名凯译，商务印书馆，1999，第47页。

② 陈嘉映：《语言哲学》，北京大学出版社，2003，第2页。

③ 耿占春：《隐喻》，东方出版社，1993，第3页，第9页。

④ 〔美〕约瑟夫·布罗斯基：《诗人与散文》，《小于一》，黄灿然译，浙江文艺出版社，2014，第157页。

在虚空中环绕着世界和我。①

（哥特弗里德·伯恩：《一个词语》）

四　"词"与"现代汉诗"

"如果我们能通过诗作本身让词语的谜团向我们道说"②世界的秘密，那么就要勇敢地言说和表达，哪怕"一首诗最多只是这世界的一个小小的模型而已，这已足够了"③。诗意的言说可以在现实世界的基础上，通过言说和书写主体的主观想象与再造，让"世界"在诗歌中复活。世界不再只是无生命、无情感的"物"的合集，而是到处充满生命律动和生命实感的美丽新世界。"世界"可能是一棵树④（柏桦语），世界甚至处处都是诗，"一草一木，一动一响，人与事，茶杯，耳机，二胡……童年，灯芯绒上衣，体育老师的寂寞……会哭的门，古代的吊桥……灯泡里电的疼……古今不薄，东西双修。一切一切都是诗。"⑤ 而"世界"也让"词"在对"物"的指涉、对"物"的言说中充满新的生机与活力。"词与物之互馈在心灵凝注的那一瞬息所构幻出的美学远景"⑥，又成就了诗歌。诗歌—词—世界三位一体，齐心合力，让"语言能够在惰性的现实之外，发展出一种更高、更自由的秩序"⑦。

"更高、更自由"意味着在诗歌这个特殊文体中，词语从语言既定范式、习惯用法、常规语法、事实逻辑、现实逻辑的束缚中摆脱出来，而"可能世界"也较"现实世界"更加生动和繁丽。词语在摆脱诸种

---

① 〔德〕海德格尔：《在通向语言的途中》修订译本，孙周兴译，商务印书馆，2005，第 167~168 页。

② 〔德〕海德格尔：《在通向语言的途中》修订译本，孙周兴译，商务印书馆，2005，第 215 页。

③ 颜炼军编选《张枣随笔选》，人民文学出版社，2012，第 50 页。

④ "世界是一棵树/树上吊死了黄昏"。柏桦：《给一个有病的小男孩》，《往事》，河北教育出版社，2002，第 3 页。

⑤ 颜炼军编选《张枣随笔选》，人民文学出版社，2012，第 30 页。

⑥ 颜炼军编选《张枣随笔选》，人民文学出版社，2012，第 36 页。

⑦ 姜涛：《一首诗又究竟在哪——全装修时代的元诗意识》，《巴枯宁的手》，北京大学出版社，2010，第 55 页。

束缚之后，具有了只有在诗歌中才会呈现的超能力，一切看似不合理、不符合事实的奇异组合和表达方式却成为无法复制的神来之笔：时间不再只是与"水"一词有关的慨叹，而是"五点钟贴一角夕阳，/六点钟挂半轮灯光"[1]；"左边的鞋印才下午/右边的鞋印已黄昏了"[2]，可以更生动而俏皮地表达时间流逝之感；"喝"不再是酒、水、茶或汤的专属动词，在卞之琳的诗歌中，"我喝了一口街上的朦胧"[3]更加生动传神；思妇的遭遇不再只是遇人不淑的怨叹，"我的光阴嫁给了一个影子"[4]一句把时光飞逝的慨叹和情感上的孤绝融合在一起，准确地传达出抒情主人公的不幸遭遇。还有把味蕾感受和动物本性神奇地嫁接在一处，"猫太咸了，不可能变成/耳鸣天气里发甜的虎"[5]；把抽象情绪和事物变为可触可感的具体物，"人的梦像人的小拇指甲那样/没有前途"[6]……诸如此类看似奇崛无理、令人费解，却又精妙绝伦的诗句在现代汉诗中随处可见。

钟鸣说："当代诗没有什么真正的进步意义，词的胜利超过了人性的胜利。词语的繁丽，远超人性的进步。"[7] 抛开有关当代诗歌人性探询深度的价值判断正确与否不谈，钟鸣的这个论断至少具有部分的合理性，甚至还可以延伸到"现代汉诗"范畴中探讨。他精准地说出了藏在现代汉诗内部的核心机密，即词的胜利。相对于古典汉诗和外国诗歌而言，现代汉诗更容易也更适合语词施展其独特魅力，这与汉语自身的特性有关，也与现代汉诗本身的特质有关。

首先是汉语自身的特性。按照瑞士语言学家索绪尔的说法，世界上只存在两个文字体系，一个是表音系统，另一个是表意系统，而汉语确定无疑地属于后者。"一个词只用一个符号表示，而这个符号却与词赖以构成的声音无关。这个符号和整个词发生关系，因此也就间接地和它

---

① 卞之琳：《墙头草》，《三秋草》，华夏出版社，2011，第44页。
② 洛夫：《烟之外》，江苏文艺出版社，2010，第43页。
③ 卞之琳：《记录》，《三秋草》，华夏出版社，2011，第3页。
④ 张枣：《何人斯》，《张枣的诗》，人民文学出版社，2010，第47页。
⑤ 张枣：《猫的终结》，《张枣的诗》，人民文学出版社，2010，第212页。
⑥ 张枣：《那天清晨》，《张枣的诗》，人民文学出版社，2010，第195页。
⑦ 钟鸣、曹梦琰等：《蜀山夜雨》上，《名作欣赏》2015年第7期。

所表达的观念发生关系。这种体系的典范例子就是汉字。"① 汉字是典型的表意文字，天生携带某种神韵、意味甚至意义，有时候，即使不知道某个字的读音，也能通过对字形本身的观感来大致确定其意义，这是表音体系的语言和文字无法完成和难以实现的。就英语和汉语来说，汉语的特性决定了它本身的自足性和难以转译性，尤其是对于用汉语写作的诗歌而言更是如此，诗歌的难和汉语的难叠加在一起，即使精通两种语言的人，在互译的过程中，也只能做到形似却难以做到精准和传神。以李白诗歌的英语翻译②为例，英国汉学家翟理斯（Herbert Allen Giles）对李白诗歌《独坐敬亭山》中 "相看两不厌，只有敬亭山" 两句，做了如下翻译："But we never tire of each other, not we, /As we sit there to-gether – the mountains and I."③ 如果说前一句还能与李白原诗意蕴近似的话，后一句的翻译就显得不尽如人意了。最明显的一个问题是原诗中的 "独" 字及其所传达出的李白特有的高傲和孤独感，在译诗中荡然无存。题目中的 "独坐" 也因译为 "companions"，只剩下 "相互" 之意，而失去 "独坐" 之味。同样的问题在翟理斯翻译的《秋浦歌》中也存在。翟理斯把 "白发三千丈，缘愁似个长" 译为 "My whitening hair would make a long long rope, /Yet could not fathom all my depth of woe."④ "三千丈" 运用了夸张的修辞手法，形容白发之长，愁苦之深，"make a long long rope" 虽然与之意思相近，却因带有鲜明传统文化基因的 "三"⑤ 字的遗漏和丢失，而失去了原诗应有的况味。即使由美国意象派大师埃兹拉·庞德（Ezra Pound）亲自操刀翻译，被称为英译诗歌的典范之作的《长干行》，也存在这样的问题，"感此伤妾心，坐愁红颜老。" 被译为 "They hurt me/I grow older."⑥ "坐愁" 中颇具深意的

---

① 〔瑞士〕费尔迪南·德·索绪尔：《普通语言学教程》，高名凯译，商务印书馆，1999，第 50～51 页。

② 闻一多认为日本学者小畑薰良翻译的李白诗集也存在谬误（闻一多：《英译李太白诗》，《唐诗杂论》，上海古籍出版社，2006，第 120～127 页）。

③ 石民编《诗经 楚辞 古诗 唐诗选》，香港中流出版社，1982，第 88 页。

④ 石民编《诗经 楚辞 古诗 唐诗选》，香港中流出版社，1982，第 96 页。

⑤ "三" 在中国文化语境中，有着浓厚的文化和哲学特质。《道德经》曰："一生二，二生三，三生万物"〔（魏）王弼注《老子道德经》，中华书局，1985，第 41 页〕。

⑥ Ezra Pound, *cathay*, london：Elkin Mathews, 1915, p. 12.

動词"坐"以及"妾""红颜"等重要语词并未被译出。未被译出的部分不是无关紧要，而是非常重要，因为很多语词携带特定的表情、含义以及中国古代独有的文化基因。对现代汉诗的翻译也存在同样问题，"中国诗歌所凭借的语言媒介毕竟是汉民族语言，因此，现代诗学的基本属性自然隐含在汉语言在（疑为'的'笔误——引者注）某些本质规律之中，是无法单纯地套用西方诗学体系所能解释清楚的"①。意义尚且难以准确重现，更不用说汉语自身所携带的节奏，形式上的美感了。由此可见，与表音体系的语言相比，汉语在"词"的运用组接、表情达意方面更具天然优势。

其次是现代汉诗的独特性。现代汉诗"词"的胜利至少可以从两方面来理解：一是"词"对现代汉诗成为其本身的重要意义。与古典汉诗有所不同，"旧体诗的基本语义单位是句子，而现代诗的基本语义单位却是词语。在此，每个词被迫变得格外敏感，关键处，若一脚踏空，全盘皆输"②。现代诗人需要对词语进行仔细甄别、打磨、组装，最大限度地做到每个词语都有针对性和具体所指。"词"与"词"组接黏合的准确和生动程度决定了一首诗歌的内在节奏、韵律、情绪、语感、声音、内蕴等方面的优劣，最终决定了一首现代汉语诗歌的成败。二是"词"在现代汉诗中扮演的角色和具有的作用不同。"文言诗语具有会意性和弥散性，带有更多感悟；现代诗语更精密、具体，带有更多知性、智性色彩。"③也就是说，古典汉诗语词长于呈现，而现代汉诗语词精于分析④，这决定了"词"在古今论域中所扮演的角色不同。这一点在上述所举的古代诗人杜甫和当代诗人赵野的同题诗《春望》中就有着鲜明的体现。"呈现"意味着词语更多时候

---

① 吴晓东：《期待21世纪的现代汉语诗学》，《诗探索》1996年第1期。
② 陈超：《诗艺清话》，《个人化历史想象力的生成》，北京大学出版社，2014，第367页。
③ 陈仲义：《现代诗：语言张力论》，长江文艺出版社，2012，第18页。
④ 敬文东认为，我们将诗歌中的叙事性引出的分析性作为汉语诗歌现代性的标志之一，很有可能是成立的（敬文东：《守夜人呓语》，新星出版社，2013，第144～145页）。臧棣认为："古典诗歌以体验事物为表达的核心的；而现代诗歌则是以认知事物为表达的核心的"（臧棣：《"诗意"的文学政治——论"诗意"在中国新诗实践中的踪迹和限度》，《新诗评论》2007年第1辑）。

只是一种工具，在"物"与"神"达成契合、生发成诗之际，被用以书写和言说。相对"词"而言，"物"和"神"更具有优先权和主动性。因此，古典汉诗生成的一个主要原因和范式是"物感"，"因事有所激，因物兴以通"。① "物"是古典汉诗存活的首要因素和初始，这才有了"起兴"之说，"中国最早最常见的起兴模式：他物＋抒情"②，这也是古典汉诗最重要的特质之一。"分析"则要求词语充分发挥自我言说能力和自述功能，以手术刀般精准地剖开表层，深入事物的细部，寻找或试图寻找事物本质以及与其他事物的关联，甚至是解决问题的途径和方法。"词"更具主动性和优先权，可以成为直接进入世界、进入物的入口。"新诗在表达上采用了一种'间接'的方式，这与古典诗歌的'以物观物'、'目击道存'的'直接'方式形成了鲜明对照。这种分析性语言取代直观语言时，与之同步进行的思维方式变易的一个结果——现代诗人观察世界及其与外物的关系发生改变：'物我'不再具有交融性和移情特征，因而新诗也放弃了'物我同一'姿态抒写世界和自我关系的方式。"③ "物我同一"的原初关系，由于"词"的加入而变得繁杂，现代汉诗可以最大限度地做到让词语本身说话。

让词语本身说话意味着在词语说话的过程中，"事物、现象和语言的片断被一个活跃的思维中心从它们原先的坐落中吸引出来聚合在一起，因而产生了极大的揭示性力量"④。剥离和剔除被束缚或捆绑的外壳以后，词语得以"还原"和"复活"，也因此变得含混和暧昧不明。它自由、圆滑、丰润、精致、细腻、琐碎，充满魅惑又难以捕捉。词语的这种"歧义性"特质，为写作、为现代汉语诗歌、为世界提供诸多言说的可能，并尝试着抵达生命和存在本身——

---

① （宋）梅尧臣：《答韩三子华韩五持国韩六玉汝见赠述诗》，《梅尧臣编年集校注》中，朱东润校注编年，上海古籍出版社，1980，第336页。
② 李怡：《中国现代新诗与古典诗歌传统》，北京大学出版社，2008，第25页。
③ 张桃洲：《语词的探险：中国新诗的文本与现实》，社会科学文献出版社，2012，第104页。
④ 〔德〕本雅明：《发达资本主义时代的抒情诗人》，张旭东、魏文生译，三联书店，2007，第13页。

写作　这是一个时代最辉煌的事件 词的死亡与复活　坦途或陷阱

伟大的细节　在于一个词从遮蔽中出来　原形毕露　抵达了命中注定的方格① （于坚:《事件:写作》）

第三节

研究构架及研究述评

一　立题依据与研究设想

现代汉语诗歌（新诗）自诞生之日起,与之相关的研究和论争似乎从未间断。无论是文言与白话、格律与非格律、民族化与大众化,还是朦胧与明晓、口语与书面语、民间与知识分子,抛去文体、形式、诗学观念、功利性、话语权之争等其他因素不谈,将这些看似零乱、五花八门的批评和论争剥皮去壳之后,最终都可归结为"语言"这一核心和基本问题。换句话说,现代汉语诗歌最核心的本体问题仍然是语言问题。

本书的基本立足点便是语言。语言关乎存在,也是一种文体的根本。任何思想、见地、观念、哲学皆依赖语言这一重要载体而生成、表达与传达。与社会学、文化学、接受美学、传播学等其他外部研究相比,直接面对基本元素—语言,可以更有效地探入现代汉诗的内脏,触及现代汉诗的灵魂、问题与要害。与古典汉诗所属语言体系范畴（现代汉语和古代汉语之别）的不同决定了现代汉诗已经无法持续具备古典汉诗的诸多特质（可能也是局限）。一个字能够"盘活"一首诗（如"春风又绿江南岸"的"绿";"悠然见南山"的"见";"红杏枝头春意

---

① 于坚:《于坚的诗》,人民文学出版社,2002,第281页。

闹"的"闹"等）的现象在现代汉诗中早已失去存在的合理性与合法性，现代汉语中最小的、能够独立运用的、最具活力和无限可能性的是"词"。本书把对现代汉诗语言研究集中到对"词"这一具体问题的探讨上。"词"在摆脱古代汉语的束缚、卸掉沉重的"脚镣"之后，重新回到自由状态。"词"介入"神"与"物"，连接诗人与世界、贯通已知和未知、沟通有限和无限、化无形为有形，既具有超强的阐释效力，又因其自身的多变和不确定性使现代汉诗变得难解。现代汉诗的"超能"和"无能"，被褒扬或被诟病，皆源于此。

本书以此为立题依据，刻意悬置语境变迁、历史变革、文体革命、时代影响、意识形态牵绊、文化范式转换等诸多纠缠不清的外围因素，直接刺入现代汉诗语言内部，抽取"词语"的血清，从"词"的（功能）变化和"歧义性"特质生成的角度探讨现代汉诗为什么成为现在的样子，而不是其他的样子，并从"词"这"一斑"窥到现代汉诗语言特征的"全貌"。

第一，乔纳森·卡勒曾将文学研究方法分为两种，即诗歌学和解释学模式："诗歌学以已经验证的意义或者效果为起点，研究它们是怎样取得的。而解释学则不同，它以文本为基点，研究文本的意义，力图发现新的、更好的解释……以意义和效果为出发点的方式（诗歌学）与寻求发现意义何在的方式（解释学）有着根本的区别。"① 与流行的"向前的研究"范式不同，本书采用了卡勒所说的第一种研究方法——诗歌学模式，即"向后的研究"范式。"向前的研究"更愿意理所当然地以现代汉诗所是的样子为起点，对之进行或手术刀式，或望远镜式，或显微镜式的管窥、阐释、分析、批驳和辩白；本书则把现代汉诗所是的样子作为结论，即把流行研究的起点作为本研究的落脚点和终结点，采用回溯式的研究范式，从发生学维度，以"词"在现代汉诗中所具有全新功能和特质为考察对象，重点论述现代汉诗中的"词"何以变得歧义丰沛、晦涩朦胧、暧昧不明，以及对现代汉语言特质形成的影响，以实现对现代汉诗的本质化认识。

---

① 〔美〕乔纳森·卡勒：《文学理论》，李平译，辽宁教育出版社，1998，第64~65页。

第二，把古典汉诗作为参照系，意在强调二者的差异性①而非优劣性，不存在价值判断，也没有厚古薄今或薄古厚今的任何倾向，只是陈述和分析存在差异性这一事实，因为两者分属两套不同的话语体系和想象范式。这样才能保证在研究对象集中的同时，又具有历史连续性和迁延性，从而避免研究的偏颇、武断和研究对象的孤立。从"同"中看到"异"，可以更好地厘清"词"以及由此牵出的语言范式的不同，从而加深对现代汉诗语言特质的认识。

第三，把现代汉诗的语言研究缩小至"词"，在古今"物"（事境/现实）秩序的变化中，考察"词的歧义性"的内涵、特质、功能、生成原因、运作机制、表意策略、最终影响等，进而考察"词"（语言）与"物"（现实）的动态生成关系，在现代汉诗的话语关系中观照"词"。注重词/语言与物/现实的相互生成、相互发现、相互激发的双向互动，避免把词语作为单一研究对象的静止的、机械的纯粹语言学研究范式，也可以使现代汉诗的意义和价值在这一互动关系中被再次发掘和重新认识，对充分理解现代诗歌更为有益。

对于现代汉诗（新诗）的研究历史，朱寿桐先生曾经有过这样的判断："新诗历史的研究也常常从诗人们美学的、文化的乃至社会学的链接解析诗歌现象，即便是关于新诗诗性内容与表达形式的探讨，也往往还是对诗歌表现的思想情感和音律结构的解剖，与新诗自身的实存、质量和特性其实并没有多少关联。"② 所以，研究"新诗为什么会这样"比研究"新诗应该怎样"，对揭开现代汉诗的语言之谜、消除文体偏见更有效，也更重要。

二　相关研究动态与述评

自"五四"以来，在现代汉诗研究方面，触及"语言"问题的研

---

① 探讨差异性并不意味着否定承继性和一致性，当代学者对这一问题有诸多讨论，比如颜炼军《重新编码的传统和当代诗意景观——试论新时期汉语新诗古典意识的嬗变》，《文艺争鸣》2015年第8期；李怡：《中国现代新诗与古典诗歌传统》，北京大学出版社，2008；西渡：《我的新诗传统观》，《灵魂的未来》，河南大学出版社，2009，第102页。

② 张桃洲：《现代汉语的诗性空间——新诗话语研究》，北京大学出版社，2005，序言。

究不少，不管是对某一时期、某一阶段、某一流派或某一作家，还是从音乐、格律、节奏等形式维度，抑或是有关现代汉诗修辞的研究，都可以看作现代汉诗语言研究的变种。但并非所有研究都触及现代汉诗语言的本体问题，语言也并非全部是此类研究的最终落脚点。20 世纪西方哲学的语言学转向（linguistic turn）对中国学界产生了重要影响，符号学、形式主义、结构主义、英美新批评、话语理论等新思潮和新理论竞相进入中国学者的视野，现代汉诗语言本体研究得以升温。20 世纪 90 年代以后，现代汉诗研究总体呈现出"向内转"的趋势，研究者不再只关注文化的、社会的、历史的"大问题"，而是自觉地进入现代汉诗内部，找寻细小的、具体的、与本体有关的研究生长点，现代汉诗语言便是切入本体研究的向度之一，很多期刊、杂志甚至开辟专栏对语言问题进行专门探讨。①

现代汉诗语言研究主要包括静态研究和动态研究两类。静态研究是指把现代汉诗语言作为孤立、静止、单独的研究对象，对其进行封闭式研究，纯粹语言学范畴研究或者针对某一具体文本、具体诗人的研究大多属于此类。动态研究则是把现代汉诗中需要关注的某一语言问题放到诗歌历史发展中或者诗人持续创作过程中，在动态、流动、开放的语境中进行观照和考察。

（一）现代汉诗语言某一问题的研究

此类研究多把现代汉诗语言全部或者某一类，比如口语（陈亮的《新诗"口语"问题研究》）、意象语言（刘芳的《诗歌意象语言研究》）、方言（颜同林的《方言与中国现代新诗》），某一思潮流派（王维的《朦胧诗语言研究》、石兰的《非非主义诗歌语言研究》）作为整体，从发生学维度研究某一阶段现代汉诗语言的表现形态、美学特质、审美取向、文学价值等。可能是由于从文言到白话的转变所带来的诗学问题更尖锐、更显豁、更值得思考，尽管也有少数关于其他阶段诗歌语

---

① 例如《诗探索》在 1995 年第 2 期刊载了 6 篇包括关于老诗人郑敏在内的，关于现代汉诗语言研究的文章，并表达了语言对现代汉诗的重要意义这一共识。此外，该刊还刊载过贺奕、陈旭光、赵毅衡等人探讨现代汉诗语言问题的文章。

言的研究成果出现（冯佳的《20 世纪 80 年代以后中国现代诗歌的语言特征研究》等），学界还是把研究焦点集中在现代文学（1917～1949）阶段，尤其是 20 世纪 30 年代以前的现代汉诗创作上，比如王晓生的《"1917～1923"新诗问题研究——语言之维》、赵彬的《挣脱文字梦魇后的舞蹈与歌唱—新诗的语言和形式》、陈爱中的《中国现代新诗语言研究》等。这类文章试图在文言/白话、欧化/古化等问题缠绕的缝隙中为白话文寻求美学或文学上的合法性。很多研究在关注的问题和切入的角度方面很相似，但其中也不乏创新。值得一提的是陈爱中的《中国现代新诗语言研究》（中国社会科学出版社，2007），从时间观念的变迁和现代实证思维的角度探讨了现代新诗语言生成的深层原因，有一定的启发和新意。陈爱中认为："现代时间及其价值观念不仅仅在现代新诗的诞生期是催生动力，而且它主宰了整个现代新诗的发展流程，现代新诗的诸多选择都暗合着现代时间及其价值观念的内在要求。应该说，它给现代新诗的语言表述带来了深远的甚至是根本性的影响。"[1] 也有一些学者没有人为地割裂现代汉诗发展的历史，而是更注重现代汉诗语言研究的连续性和延展性，张向东的《21 世纪中国诗歌语言观念的演变》、陈亮的《新诗"口语"问题研究》都属于此类，前者梳理了百年新诗的语言节点（陈仲义语），后者从现代汉诗发生学维度考察了口语入诗的问题。刘富华的《中国新诗韵律与语言存在形态现状研究》则在分析新诗散文化倾向的基础上，用所谓"现代语言论诗学"重新厘定了诗歌的本质："诗歌的本质不是言志或抒情，不是再现或表现，而是人类语言的音乐性（外在韵律）和隐喻性结构（内在韵律），是人的本然存在所寓居的语言显现方式。"[2] 刘富华提出的观点不可谓不新，却是值得推敲和需要存疑的。他主要借助海德格尔关于诗、语言和思的论述，认为诗的本质是语言，这样的结论稍显偏狭和仓促，在一定程度上混淆了诗歌的存在方式和本质特征两个概念的差异性。

现代汉语与现代汉诗之间的关系也是现代汉诗语言研究的重要视

---

[1] 陈爱中：《中国现代新诗语言研究》，东北师范大学博士学位论文，2006，第 48 页。

[2] 刘富华：《中国新诗韵律与语言存在形态现状研究》，吉林大学博士学位论文，2006，第 1 页。

角。朱恒的《现代汉语与现代汉诗关系研究》从语言学维度探讨了二者的关系，并进一步认为："白话文运动本质上是一场'去汉字化'运动，汉字的缺席导致文学的粗糙，重视现代汉语的'汉字性'并从传统中吸取有益成分，才会促进现代汉诗的良性发展。"[①] "九叶诗派"老诗人郑敏的文章《世纪末的回顾：汉语语言变革与中国新诗创作》，从语言学、符号学角度探讨了现代汉语与新诗创作之间的关系，影响颇大。郑敏先生对新诗取得的成就并未完全认同，认为"新诗创作并不一定能在很短的时间内达到语言艺术的成熟"，但同时也不得不承认"一切探讨和尝试都是必要的，不管是成功还是失败。中国新诗正在悄悄地经历一场语言现代化的转变"。[②]

亦有学者对现代汉诗语言的借鉴路径（陈卫的《现代汉诗语言探索途径及反思》）、现有语汇（陈卫的《诗以言存：现代汉诗的语言魔方》）、单个诗人诗歌创作中的语言问题（董迎春的《语言的语言迷途——当代诗歌考察笔记之五》，沈奇的《我写〈天生丽质〉——兼谈新诗语言问题》）进行了研究。闻一多、戴望舒、卞之琳（主要是含混问题）、欧阳江河等诗人的诗歌语言也是学者们关注的热点。

（二）现代汉诗修辞的研究

受西方符号学、英美新批评和结构主义的启发和影响，现代汉诗的隐喻、张力、反讽等诸多修辞问题非常具有研究价值，比如陈仲义的《现代诗：语言张力论》（长江文艺出版社，2012）、耿占春的《隐喻》（东方出版社，1993）、《失去象征的世界——诗歌、经验与修辞》（北京大学出版社，2008）、杨文臣的《张力诗学论》（曲阜师范大学硕士学位论文，2007）、姜超的《作为独特美感形态的"张力美感"》（东北师范大学硕士学位论文，2006）、董迎春的《隐喻：不可遁隐的诗歌之门——论80年代诗歌话语的"隐喻"特征》（南京理工大学学报，2012）等。其中陈仲义和耿占春的著作尤为重要，为现代汉诗研究提供

---

① 朱恒：《现代汉语与现代汉诗关系研究》，华中科技大学博士学位论文，2008。
② 郑敏：《世纪末的回顾：汉语语言变革与中国新诗创作》，《文学评论》1993年第3期。

了新的范式，拓宽了研究领域。陈仲义的《现代诗：语言张力论》是国内第一部以张力为核心研究范畴的专著，他熔结构学、符号学、新批评研究方法为一炉，通过对语言张力这一核心问题的观照，着重厘析现代诗语的张力属性、特征、结构与通道，把握现代诗语张力的生成机制、两极动力以及修辞张力的最新变异。尽管对诗歌语言进行纯粹的、类似数学公式般的证明与分析显得过于封闭和机械，切断了语言与世界的某种联系，但是作者真正做到了深入语言内部，颇具见地，也颇见功力。

耿占春的著作《隐喻》堪称一部"奇书"，该书以现代诗歌语言为着眼点，把语言与神学、宗教学、心理学、哲学、神话融为一体，高屋建瓴又极具新意地诠释了作为存在之根本的语言，构建起诗、语言、思以及人的四维立体思考模式，再现了海德格尔式的玄妙神思，为现代汉诗语言和修辞研究带来很多有益启示。

（三）现代汉诗形式的研究

形式研究是中国新诗草创期备受关注的"显学"。自胡适以来关于"白话"诗问题的研究更集中在形式研究上，因为在他看来，如果想彻底实现白话文"语言、文字、文体"等方面的大解放，首先应该是形式上的革新和解放，"若想有一种新内容和新精神，不能不先打破那些束缚精神的枷锁镣铐"[①]。无论是胡适对新诗音节、押韵、节奏的认识，俞平伯所说的"可以利用主词、客词、谓词的位置的没有规约性，把句子造得很变化，很活泼"[②]，还是宗白华对新诗的概括"用一种美的文字—音律的绘画的文字——表写人底情境中的意境"[③]，都谈及了形式的问题。闻一多更是在"节的均称，字的均齐"[④] 的基础上提出了"音

---

① 胡适：《谈新诗——八年来一件大事》，欧阳哲生编《胡适文集》2，北京大学出版社，1998，第134页。
② 俞平伯：《社会上对于新诗的各种心理观》，杨匡汉、刘福春编《中国现代诗论》，花城出版社，1985，第28页。
③ 宗白华：《新诗略谈》，杨匡汉、刘福春编《中国现代诗论》，花城出版社，1985，第29页。
④ 闻一多：《诗的格律》，《闻一多全集》2，湖北人民出版社，1994，第141页。

乐美、绘画美、建筑美"的美学标准。21 世纪以来，关于现代汉诗形式研究做得最为细致的当属王雪松博士的《中国现代诗歌节奏原理与形态研究》，该论文通过对诗歌节奏的理论梳理、文本考察以及形态比较，探索了中国现代诗歌节奏的原理，整理出具有代表性的诗歌节奏理论形态和创作形态，并初步建立起中国现代诗歌节奏诗学研究的体系。

（四）语言学范畴研究

此类研究一般把现代汉诗中的语言作为语言学单一、静态的研究对象，按照语言学的研究范式，对诗歌语言做语音、词汇、语义、语法等方面的分析。《现代诗歌语言的语义偏离研究》（李茜）、《诗歌含义生成的语言学研究》（周瑞敏）等都属于此类。它其实是诗歌的语言研究，而非诗歌语言研究。诗歌中的语言不是沉睡在词典或书籍中的死语言，而是活的语言，把现代汉诗语言当作固化的研究对象，固然会带来诸多问题，然而就学科交叉和互相启发来说，从语言学角度研究现代汉诗语言，也会给现代汉诗语言研究带来益处，尤其是在更注重本体和内部研究的当下。

纵观现代汉诗语言整体的研究状况，大致呈现出由草创期粗浅、静态向细致深入、动态方向转变的态势，现代汉诗的语言还有很多本体需要进行深入探讨。虽然很多研究涉及现代汉诗语言问题，但是大都把语言看作整体，对"词"一词的使用也大都作为语言的代称，某种意义上与语言同义。将语言整体剥开、拆解、揉碎、提纯，深入语言细部、具体到语言元素的研究还有可供深入探讨的空间。有些学者在诗人个体研究、个别诗学问题的研究方面部分地实现了这一目标，比如毛靖宇、蓝棣之在《先锋诗歌"词语的诗学"研究——以欧阳江河为个案》中论及了欧阳江河关于词语在使用过程中获得意义这一诗学理念，并探讨了这一理念及创作实践对先锋诗歌的启示意义。诸多诗人和学者（比如钟鸣的《笼子里的鸟儿和外面的俄耳甫斯》、柏桦的《张枣》等）对张枣诗歌语言的分析也非常重要。另外，一行的《词的伦理》通过对典型诗人（欧阳江河、穆旦、蒋浩、鲁西西等）的文本分析以及个人创作经验的呈现，以"词语"为立足点，以"经验"为出发点，力图挖掘出词语所蕴含的"伦理—政治性经验"。然而，这些还不够，现代汉诗中"词"衍生出的问题仍有很多值得、应该且必须深入探讨。

这里需要特别提及的是张桃洲教授的《现代汉语的诗性空间——新诗话语研究》。该著作在巴赫金的话语理论的基础上，把现代汉诗（史）放到"对话和交往"中，探询其得以生成的语言和语境，并在"静态（经验与表达后形成的新诗本文）和动态（表达这一行为和过程本身）"的双重观照下，考察"现代中国诗人如何运用现代汉语，将其置身在'现代性'境遇中的经验付诸诗性的表达"①。并在 2012 年出版的《语词的探险——中国新诗的文本与现实》中进行了文本批评上的实践。话语理论的介入对打破现代汉诗"本体"研究的封闭性定会有所裨益。总之，"从诗学的角度考察作为诗歌载体的现代汉语的内在机制，已经具备了充分的前提"②。

三　研究路径、方法与主要内容

本书以现代汉诗语言中的"词"为立足点，以汉语诗歌话语范式的古今转换为研究起点，以现代汉诗的实存为研究落脚点，综合运用诗歌修辞学、语言学、符号学、语言哲学、文本细读、比较文学等研究方法，在诗学观念阐述和诗歌文本细读相结合的基础上，从纵向（史和变）与横向（具体诗歌文本）两个向度、宏观和微观双重维度，由现代汉诗的"词"入手，着重探讨了"词的歧义性"的内涵、特质、生成原因、运作机制、表意策略及本质影响，试图证明"词的歧义性"的存在最终决定了现代汉诗的实存和诗质这一判断。

第一，以古典文论和西方文论为参照系，辨析与"词的歧义性"可能产生混淆的中西诗学概念，厘清现代汉诗"词的歧义性"的基本诗学内涵、存在的必要性和合理性、特质及功能。

本书所论及的"词的歧义性"与西方文论的"含混"和古典汉诗

---

① 张桃洲：《现代汉语的诗性空间——新诗话语研究》，北京大学出版社，2005，导论第 12 页。

② 吴晓东：《期待 21 世纪的现代汉语诗学》，《诗探索》1996 年第 1 期。

生成的"歧义"都不同,主要指现代汉语诗歌中,"词"打破古典汉诗一以贯之的"心""物"之间的直接对应关系,并以主动、不可完全掌控的姿态介入其中。以"词"为切入点和起点面对世界言说时,可以牵扯出诸多他词/他物,并与之产生这样或那样的联系,从而生成多重意义和多种阐释的可能。"词的歧义性"由词向物敞开的"外部增生"所得,具有"偏离""繁复"和"精确"的特质,具有让词语返回自身(返源)再敞开的功能,是现代汉语诗歌自身的重要依据和判断标准之一。

第二,从古典汉诗内部秩序的崩塌入手,探讨现代汉诗"词的歧义性"生成的内在原因。

农耕生活方式带来的独特时空体验促使古典汉诗稳定性的形成,意象的程式化、节奏的公式化、软的话语方式是"维稳"的最核心要素。语言在这种稳定性中渐趋模式化,从而在言说"物"(现实)时容易形成固定联想范式和"一一映射"的隐喻关系。"电灯""钟表"以及"远方"的出现,意味着维持古典汉诗稳定性的原有时间秩序被打乱,稳定性也随之被打破。现代汉诗的话语方式、词的功能、特性以及面对"物"的阐释能力都发生了变化:意象的一次性美学追求、惊醒节奏以及硬质话语方式,无不彰显着现代汉诗渴望打破禁忌、冲破苑囿的努力,在这种突围中,词语重新获得自由。

第三,论述"词的歧义性"的生成机制。

词语摆脱了原有秩序的限制,重新获得自由之后,通过去"词具化"、恢复"词语表情"和词语"柔韧性",将其主动性和自述性发挥到最大限度;古典汉诗中"神"与"物"相对明晰的对应关系因为"词"的高调介入而变得复杂难缠,"词"不再是能够准确命名"物"的"超人",绝对权威性和命名效力丧失,它只是进入现实世界的最小入口,提供一种阐释和敞开的可能,一切言说只能在相对论的范畴中展开;恢复活力和自述性的词在去蔽、返源之后成为"活的隐喻",并通过加大词与物原有裂隙的方式,将"旧词"改写为"新词",让词语的隐喻能力复活。这样的"词"无法再清晰自明,反而愈加暧昧不明。

第四，探讨"词的歧义性"的表意策略。

首先以"月亮"为研究个案，系统分析和论述古典汉诗和现代汉诗中想象范式的不同。古典汉诗重在"移植"，通过月亮由客观轴线向主观轴线的移植，由物体系向人体系的移植，由独立自在之物向人内心移植三个步骤，完成了月的初级想象。现代汉诗重在关系的引出，月亮不再是想象的中心，而是诸多可供想象之物中的一个。然后由个别到一般，整体考察古典汉诗和现代汉诗想象范式的不同，进而论述现代汉诗中的词语是如何通过变形、分裂、合成与悖逆四种主要表意策略，将歧义性这一特质发挥到极致的。

结语论及"词的歧义性"的意义与不足及对现代汉诗的影响。一方面，"词的歧义性"对现代汉诗文体的生成、词语的表现力以及意义空间的扩展有诸多益处；另一方面，也加大了词语的理解和驾驭难度，词语的这种不确定性直接导致在言说"物"时理解向度的多元化，进而增大阐释和认知难度。这恰好是现代汉诗被夸赞和被喜爱或是被诟病和被否定的主要原因之一。

"词是有生命的东西。它们密密繁殖，频频蜕变，聚散无常，沉浮不定，有迁移和婚合，有疾病和遗传，有性格和情感，有兴旺衰竭还有死亡，它们在特定的事实情境里度过或长或短的生命。"[1] 当有生命的"词"与有生命的"物"在现代汉语诗歌的世界里邂逅，便完成了一场以"词"为开端的旅行——

> 到来，到来。
> 一个词到来，到来
> 穿过夜晚而来，
> 想要发光，想要发光[2]
>
> （保罗·策兰：《紧缩》）

① 韩少功：《马桥词典》，作家出版社，2011，第 310 页。
② 《保罗·策兰诗文选》，王家新、芮虎译，河北教育出版社，2002，第 73 页。

第一章

『词的歧义性』释义与辨析

在短篇小说《小径分岔的花园》①中，博尔赫斯（Jorge Luis Borges）围绕为德军做事的余准博士、汉学家斯蒂芬·艾伯特和余准的曾祖父彭㝡，讲述了三个故事，设置了层层迷宫，其中最具神秘色彩、最需要破译的当属彭㝡建造的迷宫，那是由无数"分岔的小径"构成的花园。"分岔"意味着以花园为中心和起点，分出无数条路，通往外面的世界，"通向无数的将来"。②就可供阐释的丰富性和多义性而言，"现代汉诗"就是"小径分岔的花园"，需要面临多条"岔路"和"歧路"的选择。由"分岔"的"词"构成的多条"小径"，既富丽繁华，又荆棘丛生；既风景秀美，亦迷雾弥漫和疑团密布，具有歧义特质和多种可能：

> 金色的树林中有两条岔路，
>
> 可惜我不能沿着两条路行走；
>
> 我久久地站在那分岔的地方，
>
> ……
>
> 然后我毅然踏上了另一条路，
>
> 这条路也许更值得我向往，
>
> 因为它荒草丛生，人迹罕至；
>
> ……
>
> 我选了一条人迹稀少的行走，
>
> 结果后来的一切都截然不同。
>
> （弗罗斯特：《未走之路》)③

---

① 另译为《交叉小径的花园》，王央乐译，上海译文出版社，1983。

② 〔阿根廷〕博尔赫斯：《小径分岔的花园》，王永年、陈泉译《博尔赫斯小说集》，浙江文艺出版社，2005，第79页。

③ 〔美〕罗伯特·弗罗斯特：《弗洛斯特集》上，曹明伦译，辽宁教育出版社，2002，第142~143页。

第一节

"词的歧义性"的内涵

探讨"词的歧义性"这一概念的内涵和外延，需从核心词"歧义"入手。从"歧"的词源学维度看，"歧"与"跂"和"岐"字都颇有渊源，甚至可以说是"一字多体"。① 首先说"歧"与"跂"的关系。《汉语源流字典》对"歧"字的意义溯源如下："篆文为跂，今篆才作歧。支也兼表示分支之意，隶变后楷书写作跂，异体字作歧，改为从止，表示走路。"② 既然"歧"与"跂"有一脉相承之处，那么"歧"在语义上应该具有"跂"的自带含义。许慎的《说文解字》把"跂"训示为"足多指也"③，含有不合常理、违背常规之意。"跂"变为"歧"以后，其意义由"与脚有关"演变或引申为"与走路有关"。其次是"歧"与"岐"的关系。古籍中的"岐"与"歧"通用④，除了"岐"作山名以外，《辞源》这样解释"岐"字："释名·释道：（道）二连，曰岐旁，物两为岐，在边曰旁。歧通岐，邻人曰：'多歧路'"⑤。"歧"与"岐"一样，含有"物两"，即有分岔之意。因此，"歧"的基本义至少涵盖"跂"和"岐"两者本身所含之意：违背常规与分岔。因此《康熙字典》把两者综合在一起，认为"歧""同跂：足多指也，

---

① 字条"岐"有枝、跂、歧等异体字（参见李圃主编《异体字字典》，学林出版社，1997，第 343 页）。
② 谷衍奎编《汉字源流字典》，语文出版社，2008，第 609 页。
③ （汉）许慎撰，（清）段玉裁注《说文解字注》，上海古籍出版社，1981，第 84 页。
④ 《辞源》上，商务印书馆，2009，第 1013 页。
⑤ 《辞源》上，商务印书馆，2009，第 1013～1014 页。关于"岐"的训示，《说文解字》中也有所佐证，详见邑部。

或作枝；歧路也：尔雅曰二达谓之歧；歧歧：飞行貌；通作岐"。① 通过对"歧"的词源及异体字的考察和辨析，"歧"② 的本义基本能够厘清："（1）岔路；（2）指正式或正当途径以外的其他途径；（3）同一物分为两支，分叉；（4）不同、不一致、有差别；（5）聪颖（如歧秀）。"③

词语"歧义"的内涵由"歧"字生发而成，从词典释义看，"歧义"是指"语言文学意义不明确，有两种或几种可能的解释"。④ 著名语言学家赵元任认为：歧义"指一个符号可以有多重理解这种性质"。⑤ 由于歧义、含混、晦涩、朦胧、多义等词共同表述为 ambiguity 的"误导"，再加上英美新批评大师威廉·燕卜荪（William Empson）的著作"*Seven Types of Ambiguity*"⑥ 影响的深远，使"歧义"常常与其他意思相近的词语混同甚至混淆。尽管 ambiguity 有多个中文词语与之对应，但严格来说，汉语范畴内的"歧义"与"含混""多义"等词的含义有很大差别和不同。"含混"的核心意思是指代不清晰、不明确、朦胧、模糊。"歧义指的是某一给定的表达法带有不只一种解释的现象，而模糊（类似于含混——引者注）指的是某一给定表达法中只有一种解释但其定义范围不明确的现象。"⑦ 这句话对两者的区别表述得相当清晰。燕卜荪本人对 ambiguity 一词的解释是："任何语义上的差别，不论如何细致，只要它使一句话有可能引起不同的反应。"⑧ 这个不像概念的概

---

① 《康熙字典》上册，上海书店出版社，1988，第 822 页。

② 关于"歧"的训示，多达 17 条，其中的意义有重复和重合之处，具体可参见宗福邦等主编《故训汇纂》，商务印书馆，2003，第 1183 页。

③ 罗竹风主编《汉语大词典》第 5 卷，汉语大词典出版社，1990，第 349 页。

④ 罗竹风主编《汉语大词典》第 5 卷，汉语大词典出版社，1990，第 350 页。

⑤ 赵元任：《汉语中的歧义现象》，《赵元任语言学论文集》，商务印书馆，2002，第 820 页。

⑥ 该著作的汉语译名如下：《朦胧的七种类型》（周邦宪等译，中国美术学院出版社，1996）、《含混七型》（赵毅衡《重访新批评》，四川文艺出版社，2013，第 132 页）、《七种歧义》（〔美〕M. H. 艾布拉姆斯《欧美文学学术语辞典》，朱金鹏、朱荔译，北京大学出版社，1990，第 14 页）等。

⑦ 转引自吴世雄《应该区分词语的含混与歧义》，《外语教学》1994 年第 2 期。

⑧ 这句话的原文为："I propose to use the word in an extended sense, and shall think relevant to my subject any verbal nuance, however slight, which gives room for alternative reactions to the same piece of language." William Empson, *Seven Types of Ambiguity*, London：Chatto and Windus, 1949, p. 1. 本译文参见赵毅衡《重访新批评》（四川文艺出版社，2013，第 132 页）。

念，其本身的表述就非常"含混"。很多学者提出了相同看法，并试图选择一个表达相对更准确的词来替代 ambiguity，他们找到了"'滑动结构'（sliding construction）；'多义性'（pluri‐signation）；'多重义'（manifold meaning）；'语外义'（extralouction）"① 等词语，赵毅衡则"建议用《文心雕龙·隐秀篇》中现成的术语'复意'略改一字，把pluri‐signation 译为'复义'，这也符合燕卜荪'联合含混'（unitary ambiguity）的意思"②。每个词都有其部分的合理性和精确性，但是又都无法与"ambiguity"完全等同，无法实现概念和意义上的替代。

相对于"含混"，"多义性"（"多重义"或"复义"）可被理解为包含多重含义，提供多种解释之意，表达虽然相对清晰，但只能表达出意义丰富和数量之多这层含义，至于意义之间的差异却不如"歧义"更直接和醒目——与"多"和"复"相比，"岔"字本身所隐含的差异性更直观。"歧义"或"歧义性"在强调可供阐释意义多样性的同时，又可显示差异性和关联性。"含混"类似于把诸多颜色融汇、混合在一起，变成其他颜色。假如不借助常识和美术知识，只面对混合后的颜色，很难清晰、准确地辨认出混合前的每一种颜色，这与燕卜荪所说的"汤"类似③；"多义"和"复义"像是把多种颜色放到一起，却没有完全混合，可以轻而易举地辨认出任何一种颜色；"歧义"则更像是人体内的各条血管织成的网，由词语的心脏出发向全身各个部位延伸、散发和扩张，假如顺着某一条血管从出发地按图索骥，可以找到散射的终点，关系相对明确，关联性和差异性都相对清晰。三者侧重点各不相同："歧义性"既包含了"多义"，以及因"多义"而造成的表面"含混"和"模糊"——"含混"只限于表层（与燕卜荪所说的含混不同），如果仔细辨析和追踪，就能够清晰剥离出每一种意义，又能直观地显示不同意义和解释之间的关联性（这从"歧"有分叉之意得出）

---

① 具体出处和提出者详见赵毅衡《重访新批评》（四川文艺出版社，2013，第140页）。
② 赵毅衡：《重访新批评》，四川文艺出版社，2013，第140页。
③ "我们可以知道锅里放的什么，汤里焖的是什么，但是对锅中的汤汁我们却必须特殊看待，因为汤汁中也包括了焖的东西，我们不知道它们是如何组合、如何悬浮在汤汁里的"（〔英〕威廉·燕卜荪：《朦胧的七种类型》，周邦宪等译，中国美术学院出版社，1996，第8页）。

和差异性（对主干的背离）。因此，排除习见思维和先入为主的联想习惯对"歧义性"原意的干扰，重新回到词语本初意义上考察，英语"ambiguity"并不是汉语"歧义"的最佳对应词，而"ramification of meaning"（分岔之意）或"divergence"（有分叉、偏离与不一致之意）更符合"歧义性"的本义，这从两个单词的释义和词源①都可以说明。

由于"歧"与"跂"（多余的脚趾）的亲缘关系，"歧"有时具有明显的贬义色彩，这在语言学研究和日常生活语义表达中尤其常见。语言学常出现语音、语义及句法歧义导致的表达含混、指代欠模糊等问题——现代汉语出现语病很大一部分原因在于此；再加上"歧"本身所蕴含的"与正当途径"相悖的含义，导致"歧"在长期使用和含义演变过程中被规训和误读为单纯的贬义词——成语"误入歧途"、词语"歧视"就是典型范例。事实上，"歧"字在古代汉语中并没有明显贬义色彩②——是因对常规、对规矩的背叛才生出贬义；在现代诗论域中，同样不含贬义色彩。威廉·燕卜荪的功绩之一就是为"歧义"（尽管他把"歧义"与"含混"混为一谈）正名——"在一般用法上，'歧义'往往指文体上的缺陷，即本应明确具体的语境却表达得含混晦涩。自从威廉·燕卜荪1930年发表论著《七种歧义》以来，该词已广泛用于文学批评，代表诗歌创作的一种手法——用某一词或表达语来意指两个或更多的不同事物或者表示两种或多种相异的态度与情感。"③

---

① Diverge 的词源：1660s, from Modern Latin. 有分叉；叉开；偏离；背离；偏差，离题；形式（或种类）的不同，相异，差异；意见不同，不一致，分歧之意；diverge（re）意为 go in different directions，强调的是不同。ramification 有分支之意（〔英〕汤普森：《牛津现代英汉双解词典》，外语教育与研究出版社，2004，第1681页；〔英〕哈德：《牛津英语词源词典》，上海外语教育出版社，2000，第130、387页）。

② 具体可参见宗福邦等主编《故训汇纂》（商务印书馆，2003，第1183页）中"歧"的词条。王勃"无为在歧路，儿女共沾巾"（《送杜少府之任蜀川》）中的"歧路"只是岔路之意（萧涤非等：《唐诗鉴赏辞典》，上海辞书出版社，2006，第23页）。李白《行路难》"多歧路，今安在"与骆宾王《从军中行路难》"岐（通歧——引者注）路几千端"中的"歧路"都只是岔路之意（詹瑛：《李白全集校注汇释集评》，百花文艺出版社，1996，第395页）。

③ 前面已经辨析过，ambiguity 译为歧义是不够准确的，这里再次引用并非自相矛盾，而只是在引用译者的原话，是针对歧义的褒贬来说的（〔美〕M. H. 艾布拉姆斯：《欧美文学术语词典》，朱金鹏、朱荔译，北京大学出版社，1990，第14页）。

甚至出现"诗歧解越多则越佳"[1] 之类的极端观点。部分地承认燕卜荪对"歧义"的看法,并不是对其理论的机械挪用和移植,只是想强调"歧义"本身的非贬义色彩(特性)。消除对"歧义性"本身的偏见并客观看待这种特性的存在,是以"词"为切入口重新审视和量度现代汉诗"实在"和"实存"的重要一步。

除褒贬之别,"词的歧义"[2] 在现代汉诗和语言学范畴的内涵也有所不同。后者同样存在"词的歧义"问题,但更多体现在句子中,主要由"词"本身的多义,即多义词[3]造成。词的多义在实词中比较常见,比如"吃饭"一词的"饭"可以指"米饭",也可以指吃饭的总称;"杜鹃"一词可以指花,也可以指鸟等;也包括因"词"本身的模糊性和含混特质导致的指代不明,从而引发的歧义,比如大得多、差不多、大小适中等不确定性词的使用。赵元任认为:"词典中几乎每个词都有几个不同的定义,就此而言,差不多每个词都是有歧义的。"[4] 这是语言学研究的主要内容。赵元任的判断传达出一个重要信息:语言学范畴的"词的歧义"尽管也可能存在于使用过程中,但更多与词本身的"歧义"和不确定性有关,这种"歧义"的产生是先天具有的,是词本身所具有的,是"客观歧义"。而现代汉诗"词的歧义性"并不把词的"先天歧义"作为研究和关注对象——这对于诗歌文体而言没有太大的意义,或者跟词语自身的"歧义"与否无关,而是重点考虑

---

[1] 赵毅衡:《重访新批评》,四川文艺出版社,2013,第 142 页。

[2] 语言学范畴内的歧义分类方法和分类标准非常多,如语音、语义、语法、语用歧义。关于语言学歧义的研究概况,可参见尤庆学《汉语歧义研究综述》(《汉语学习》2001 年第 4 期)。还有的学者把歧义分为词汇歧义和组合歧义。词汇歧义是因语素或词的多义,或同音异义,或同字异义而生的歧义。组合歧义包括语法歧义和语义结构歧义两种,参见石安石《语义论》(商务印书馆,1998,第 133～134 页)。

[3] 朱德熙:《汉语句法里的歧义现象》,袁毓林编《朱德熙选集》,东北师范大学出版社,2001,第 339 页。这在英语中也常见,比如"Mary is an English teacher."一句可以译为"玛丽是一位英语教师",也可以译为"玛丽是一位英国籍教师",具体意思需要通过具体语境上下文来决定。

[4] 赵元任把歧义分为词汇歧义和语篇歧义。语篇歧义:如果一个词或更长的形式(比如句子——引者注)被用来构成实际语境(上下文或情景)中的一篇话或一篇话的一部分时,仍然可以有多种理解,那么就是语篇歧义(textual ambiguity),即赵元任所说的类型(type),是语文学研究的主要内容(赵元任:《汉语中的歧义现象》,《赵元任语言学论文集》,商务印书馆,2002,第 821 页)。

"词"在言说物和阐释世界时具有多种理解方法和诠释可能，是后天产生的，是"主观歧义"，在指涉他物时才出现。词语本身因牵扯出他词导致与原始意义或固定联结意义不相同甚至脱节而生出歧义，包括语义偏离（非）、语义相悖（反）或语义敞开（大于、超越）。因此，语言学范畴"词的歧义"与现代汉诗"词的歧义性"有"先天"与"后天"、"客观"与"主观"、"内部"与"外部"之分，下面将进一步论述。

在论及词形变化时，洪堡特说："词只能以两种方式发生形变：要么通过内部的变化，要么通过外部的增生（Zuwachs）。"[1] 这两种变化方式对现代汉诗词语意义的深入和扩展同样适用。"词的歧义性"最终生成，不是由于词本身的歧义，而是通过面对世界敞开和言说才存在，是外部增生的结果。在特定语境中，词语通过作为可能的多种阐释性获得外部的增生能力，进而获得丰富的意义。外部增生反过来刺激词的表现力和指涉力，从而引起内部裂变，使词语获得超出原始意义的膨胀意义。前文提及的穆旦的诗歌《春》，就是与"青春"发生勾连，使词语"春天"增加了先前不曾具有的新意义。而语言学的"歧义"则是自身携带的，虽然也涉及句法和使用问题，但根本原因还在于"词"本身具有"歧义"的可能，并不关乎外部增生问题，比如"一本好书"[2] 所生成的歧义是由于词语本身表达含混而非言说他物。语言学中词的意义和内涵与"指称"有关，而现代汉诗中的"词的歧义性"则是与"词"的指涉能力有关——"不说'它指称'（bezeichnen），而说'它指涉'（beziehen）"[3]。同是针对"词（概念）—物"两者关系而言，"指称"是说"与语言中一个词语相联系的外界的一个实体（事物，事态等）"[4]，强调的是"词"对"物"的命名特性，具有唯一性和针对性，却"远远不能解释形形色色的语言现象以及词与物

---

① 〔德〕威廉·冯·洪堡特：《论人类语言结构的差异及其对人类精神发展的影响》，姚小平译，商务印书馆，1999，第132页。
② "一本好书"既可以指内容好，也可以指外表没有破损。
③ 〔英〕维特根斯坦：《哲学研究》，陈嘉映译，上海人民出版社，2001，第146页。
④ 〔英〕戴维·克里斯特尔：《现代语言学词典》，沈家煊译，商务印书馆，2000，第301页。

的千差万别的关系"①。"指涉"则更强调"词"与"物"之间的关系。两者的不同类似于"A 是 B"和"A 与 B 有关"的差别，这在两词的德语释义中表述得更清晰。② 比如"春天"一词指称一年开始的季节，可以说春天就是一年开始的季节，指涉则不会如此简单和直接。词"与所指物之间没有必然的指称关系，也不具有唯一性和概念阐释性。"春天"如果指涉爱情，只是说可能与爱情有关，但并不意味着"春天"就是"爱情"。现代汉诗中"词的歧义性"由"指涉"生成，即"词"向"物"敞开时引起原本意义的外部增生，这从一个侧面恰好证明了"词"在现代汉诗中的活跃程度和自述性，而不只是被支配、被左右。难怪洪堡特会说："我们不应把语言视为僵死的制成品（ein todtes Erzeugtes），而是必须在很大程度上将语言看作一种创造（eine Erzeugung）；我们不必去考虑语言作为事物的名称和理解的媒介所起的作用，相反，应该更细致地追溯语言与内在精神活动紧密相连的起源，以及语言与这一活动的相互影响。"③ 现代汉语诗歌所做的正是这样的工作。

单纯的"歧义"问题未必是现代汉诗独有的现象，古典汉诗中也存在，但本书所厘定的"词的歧义性"却为现汉诗所独有。古典汉诗存在以及出现的"歧义"与本书所说的核心概念相比，除了命名相似之外，内涵和外延都完全不同，甚至不是一个层面的问题。美国学者高友工和梅祖麟用语言学和结构主义方法研究唐诗时也涉及"歧义"问题，最为细致的个案研究是杜甫的《秋兴八首》。高友工和梅祖麟认为，作为杜甫后期诗歌的代表作，《秋兴八首》④ 的语言显示了杜甫诗歌后期风格的各种特征，"词汇的丰富和语法性歧义的大量存在；通

---

① 石安石：《语义论》，商务印书馆，1998，第 112 页。

② 德语指称"bezeichnen"有如下解释："做记号于，标明；说明，描述；称作，称为；表示，表明；表示或说明……的特性。"与英语对应的词为 designate，show，indicate；tab，mark。指涉"beziehen"主要是指"使（与……）发生关系，或者是与……有关"，对应的英语解释为 attribute，ascribe to；credit with；relate，make a connection between（《德汉词典》，上海译文出版社，1983，第 196～197 页）。

③ 〔德〕威廉·冯·洪堡特：《论人类语言结构的差异及其对人类精神发展的影响》，姚小平译，商务印书馆，1999，第 55 页。

④ 关于秋兴八首的详解可参见叶嘉莹《秋兴八首集说》，河北教育出版社，2001。

过音型的密度变化造成节奏上的抑扬顿挫；由于外在形式的含糊而使诗的意象产生复杂的内涵"①。第一个和第三个特征都暗含歧义生成的可能。

首先是词汇的丰富和语法性歧义。高、梅认为《秋兴八首》之一的颈联"丛菊两开他日泪，孤舟一系故园心"较为典型。比如诗歌的前半句，"丛菊""两开""他日泪"是一个双向结构，有两种阐释法：其一是"他日泪"作为"两开"的宾语，"这就产生了一个富有吸引力的丛菊形象，或许是把丛菊上的露水当作泪水，并最终真的和诗人的泪水融为一体；另一种解释是：'他日'既可指过去，也可指将来，因而这句诗不仅说明了诗人在夔府两年生活的不幸，而且表现了他对自己前途的悲观"②。高、梅所理解的歧义，并非只存在于诗歌中，更像是语言学的语法歧义问题，即歧义产生的最根本原因在于"词语"和句法本身的暧昧不明和指代不清，与由"吃饭"一词引起的歧义类似。存在语法性歧义的另一个典型诗句是《秋兴八首》之六的颈联，高、梅认为，"珠帘绣柱围黄鹄，锦缆牙樯起白鸥"一句，体现着繁华与萧条双重意象的形式特征：把两句作为一个完整连贯的句子来读是繁华，这时的"围"和"起"是及物动词；把每一句诗作为两个并列的独立成分，意思就是萧索，此时的"围"和"起"是不及物动词。③ 这种歧义的产生与其说是语法歧义，不如说是断句、节奏等形式上的歧义。按照高、梅的逻辑，"珠帘绣柱围黄鹄，锦缆牙樯起白鸥"是繁华，而"珠帘绣柱/围黄鹄，锦缆牙樯/起白鸥"便是萧索。歧义生成的原因和表征与现代汉诗"词的歧义性"完全不同。

其次是复杂意象生成多义的可能，这在《秋兴八首》之七的颔联"织女机丝虚夜月，石鲸鳞甲动秋风"中有所体现。就此句而言，意象

---

① 〔美〕高友工、梅祖麟：《杜甫的〈秋兴〉——语言学批评的实践》，《唐诗的魅力》，李世耀译，上海古籍出版社，1989，第 1 页。

② 〔美〕高友工、梅祖麟：《杜甫的〈秋兴〉——语言学批评的实践》，《唐诗的魅力》，李世耀译，上海古籍出版社，1989，第 11 页。

③ 〔美〕高友工、梅祖麟：《杜甫的〈秋兴〉——语言学批评的实践》，《唐诗的魅力》，李世耀译，上海古籍出版社，1989，第 15~16 页。

的复杂主要体现在"织女"指代不明和后一句"石鲸鳞甲动秋风"受动和施动者不清的问题上。前一句"织女,既指昆明湖边建于汉朝的一尊石像,也间接指织女星"①,后一句是"石鲸鳞甲"使秋风动,还是"石鲸鳞甲"在秋风中动,抑或是"石鲸鳞甲"被秋风吹动,都会引起歧义。高、梅认为,"一个复杂意象是由较大的语言单位(一个完整的句子)表现的,媒介的扩大造成这样的可能:不但句子中各种因素间呈现出交叉的联系,而且整个句子的客观与主观意旨间的关系也变得错综复杂。正是以这种方式,那些意象随着其内在复杂的程度而获得相应的隐晦意义"②。高、梅所说的复杂意象更多考虑的是句子,而不单纯是词,这种句子产生的复杂意象是由于上下文关系交代不明或词语本身的多义而产生的。现代汉诗"词的歧义性"由"词"生成,与形式、节奏、断句、词性、词义、句子的关系不大,每个词语都清晰明确(与词义是否含混无关),"歧义"和多种阐释的获得主要依赖于"此词"对"彼词"的引燃,"词"与"词"之间的相互激活以及内在的深层关系(没有关系也是一种特殊关系)。这从对"春天"以及本章第三节"石头"的论述中就可以看出。尽管都借助结构主义语言学的某种批评范式,但高、梅二学者所说的"歧义"和本书所说"词的歧义性",无论是内部生成机制、生成原因、所指对象、"词语"开放程度以及敞开结果都完全不同。

除古典汉诗本身的"歧义"之外,古代文论中也可能存在与本书探讨的核心问题产生混淆的诗学理论,在某一点上具有相似性的是"比兴"的"兴"和"隐秀"的"隐"。抛开"比兴"③的社会功用(教化、刺

---

① 〔美〕高友工、梅祖麟:《杜甫的〈秋兴〉——语言学批评的实践》,《唐诗的魅力》,李世耀译,上海古籍出版社,1989,第19页。

② 〔美〕高友工、梅祖麟:《杜甫的〈秋兴〉——语言学批评的实践》,《唐诗的魅力》,李世耀译,上海古籍出版社,1989,第19页。

③ 关于"比兴"问题的研究,可参见陈世骧《原兴:兼论中国文学特质》,《陈世骧文存》,辽宁教育出版社,1998,第142~178页;叶舒宪《诗可以兴,神话思维与诗国文化》,《诗经的文化阐释——中国诗歌的发生研究》,湖北人民出版社,1996,第394~404页;朱自清《比兴》,《诗言志辨》,开明书店,1947,第49~65页;(南朝)刘勰《文心雕龙·比兴》,周振甫:《文心雕龙今译》,中华书局,2005,第323~329页。

时）不谈，"兴"①与"词的歧义性"的相似点在于，两者都是由一个词语或事物生发开来，引出他物。"兴者。起也……起情者，依微以拟议。"②"兴"作为起，有引出其他内容的可能。"依据钟嵘所说的'文已尽而意有余，兴也'，推导出，兴是含融性的，又是联想性的，具有弦外之音的性质，复有潜伏性的力量。"③朱熹的《诗经集传》对"兴"作了进一步阐释："兴者，先言他物以引起所咏之辞也。"④"兴"的最根本任务就是作为一首诗的起点，引出他物。现代学者通过对"兴"的细致探询和分析，得出了两种狭义的借物起兴（文学创作方法）方法的结论："一种是与诗意不相关的纯兴诗（钱锺书把它称作'有声无义'。《管锥编》列举了《上邪》首句'上邪'与后面内容完全无关，只是一个情感述说的对象。——引者注）；另一种是兴而带有比意的诗（比如《关雎》就很典型，从另一方面也说明'比'与'兴'本身就很难区分——引者注）。"⑤与诗意不相关的"纯兴诗"的"起兴"更多考虑的是声音、韵律等形式而非意义上的自然和谐，更非"词"可供阐释言说的广度和开放程度。为了"凑韵"和"谐韵"，多是信手拈来的偶然兴会（钟敬文语），只是导入诗歌的"起势"，并无任何实际意义，带有很大的随意性。⑥钱锺书

---

① 此处提出"兴"与"词的歧义性"的比较，不是为了说明"兴"只存在于古诗之中，现代诗歌中没有兴，而是意在说明二者表面看看有相似性，其实有很大的不同。事实上，现代汉诗中也存在"兴"的问题，虽然会因语言体系的不同而有所变化，但是与古代的"兴"仍然具有延异性。此类研究可参见李怡《兴与中国现代新诗的生成》（《中国现代新诗与古典诗歌传统》，北京大学出版社，2008，第20～31页）。李怡认为，由古代的他物＋抒情，即以物起情变成随物宛转。

② （南朝）刘勰：《文心雕龙·比兴》，周振甫《文心雕龙今译》，中华书局，2005，第324～325页。

③ 陈世骧：《原兴：兼论中国文学特质》，《陈世骧文存》，辽宁教育出版社，1998，第155页。陈世骧的文章从字源出发，认为"兴"乃是初民合群举物旋游时所发出的声音，带着神采飞逸的气氛，共同举起一件物体而旋转，对《诗经》乃至中国文学特质的形成都有着重要意义。

④ （宋）朱熹注《诗经集传》，世界书局，1936，第1页。

⑤ 兴是譬喻，又是发端，便与只是譬喻不同。这种说法可参见顾颉刚的《关于诗的起兴》、钟敬文的《谈谈兴诗》、朱自清的《关于兴诗的意见》（文章均收入顾颉刚等编《古史辨》第3册，上海古籍出版社，1982，第672～685页）。

⑥ 持此类观点的学者有顾颉刚（《关于诗的起兴》）、钟敬文（《谈谈兴诗》）、朱自清（《关于兴诗的意见》），其文章均收入顾颉刚等编《古史辨》第3册（上海古籍出版社，1982，第672～685页）。

所说的儿童歌谣中"一二三四"作为起兴最为典型。① 这类起兴既然没有实际意义，也就不具有对后面诗意激发的可能，这个词的存在与否可能更多是为了形式（节奏、音韵）和谐，并不影响意义的完整。另一类"兴"中有"比"的"起兴"有实际意义，诗人常常撷取身边习见习闻的熟悉之物，因所见而起兴，"不重思想的联系重感觉"②，由情感的直接活动所引起，"所以兴所用的事物，因感情的融合作用，而成为内外、主客的交会点，不是经过经营、安排，而只是'触发'，只是'偶然的触发'"③。现代汉诗"词的歧义性"则需要诗人经过知识、思想、智慧的筛选、比较、甄别，更依靠智性。叶嘉莹对两者的差异性表述得更直观和明晰："兴是由物及心，比是由心及物，赋是即物即心。"④ 现代汉诗"词的歧义性"是由物（词）及物（词），强调的不是创作主体（心）对语言和物的役使，而是强调词（物）的主动性和自述功能——不只是我写诗，我并不是绝对的主动者，而是与词/语言相互妥协，商量着前行。"兴"与"词的歧义性"虽然从"词语"作为入口来说较为类似，但是词所扮演的角色、具有的功能和肩负的使命以及最终的指向都大相径庭。

另一个容易混淆的诗学概念是"隐秀"的"隐"。"兴"与"词的歧义性"是起点相似，与"隐"则是指向相似，都有引起多种意义和多样阐释可能。"隐也者，文外之重旨者也……隐以复义为工。"⑤ 关于"复义"，周振甫的解释是："一是字面的意思，一是言外之意。"⑥ 刘勰动用一系列生动形象的词语对"隐"做了相对形象的描述："夫隐之为体，义生文外，秘响旁通，伏采潜发，譬爻象之变互体，川渎之韫珠玉

---

① 钱锺书：《管锥编》，三联书店，2008，第 64 页。
② 朱自清：《关于兴诗的意见》，顾颉刚等编《古史辨》第 3 册，上海古籍出版社，1982，第 684 页。
③ 徐复观：《释诗的比兴——重新奠定中国诗的欣赏基础》，《中国文学精神》，上海世纪出版集团，2006，第 29 页。
④ 叶嘉莹：《叶嘉莹说诗讲稿》，中华书局，2008，第 21 页。
⑤ （南朝）刘勰：《文心雕龙·隐秀》，周振甫《文心雕龙今译》，中华书局，2005，第 357 页。
⑥ （南朝）刘勰：《文心雕龙·隐秀》，周振甫《文心雕龙今译》，中华书局，2005，第 357 页。

也。故互体变爻，而化成四象；珠玉潜水，而澜表方圆。始正而末奇，内明而外润，使玩之者无穷，味之者不厌矣。"①"隐"的"文外之重旨"，即比字面意义更深的含义来源于"文"本身，而不是与所引出的他词/他物以及此词与彼词的关系所得。这一点与现代汉诗"词的歧义性"有着很大差异。虽然看起来指向都是意义的多重性，多重意义的发端却不一样，所以最终的结果也不同。

以堪称古代"朦胧诗"典范的李商隐的诗为例。李诗因"感受之精微锐敏、心意之窈眇幽微"（叶嘉莹语），被公认为晦涩难懂之作。《燕台四首》是"作者内在最窈眇之心魂与外在最精美之艺术的一种最敏锐的结合"②，"隐"的特质体现得更为集中和鲜明。此诗的难解之处在于"燕台"到底指的是何物，位于何地，诗中人物究竟何指，到底是何季节等问题，而不是由"燕台"或其他关键词能引出什么其他词/物，这些词/物之间的关系以及最后的指向。至少从叶嘉莹对《燕台四首》的研究看，还是更类似于"知人论世"的方法，旨在把诗歌中窥到和推测到的观点一一落实，而非只针对诗歌文本和诗歌语言本身。《燕台四首》的多义和难解是诗人对"心/情"的表述过于繁杂所致，主观情感的"'客观的投影'（objective corelative），是一种外观的形象，但又与作者的情意有相当的关联，它是一连串形象写下来的，而它的形象常常让人不大十分清楚它到底说些什么"③。"隐"生成的多义，是由这个"词"生出的"多"，而非由这个词引出的他词/他物所激发的或深邃、或枝蔓、或遥远、或偏离的指向不明的"多"；是同一事物和情感内部衍生出的"多"，而不是由"一种"牵扯出"多种"的"多"。古典汉诗的"隐"即使再驳杂、再复杂难解，还是有可以捕捉的思想

---

① （南朝）刘勰：《文心雕龙·隐秀》，周振甫《文心雕龙今译》，中华书局，2005，第357页。

② 叶嘉莹：《旧诗新演——李义山〈燕台四首〉》，《迦陵论诗丛稿》，河北教育出版社，1997，第234页。对《燕台四首》的细致分析和解读，可参见叶嘉莹的两篇长文《旧诗新演——李义山〈燕台四首〉》（《迦陵论诗丛稿》，河北教育出版社，1997，第225~283页）和《从西方文论看李商隐的几首诗》（《陕西师范大学学报》2005年第4期）。

③ 叶嘉莹：《从西方文论看李商隐的几首诗》，《陕西师范大学学报》2005年第4期。

情感作为统摄。比如《燕台四首》的第一首，言说再复杂、客观投影再光怪陆离，仍然以"伤春"为大的统摄，无论如何也不会溢出这个主题。简而言之，"隐"与"词的歧义性"的最大差别在于是"一中之多"，还是"多中之多"。

无论是古典汉诗的"歧义"，还是古典文论的"兴"与"隐"，最终的落脚点都是"心"与"物"的关系，强调心—物/神—物的对应。现代汉诗则在"神（心）"与"物"之间出现了一个重要媒介——"词"，由"心"经"词"引出，而非直接由"心"引出，"词"具有不完全受"心"和书写控制的"主动性"和"自述性"。"解释一个词就是找出这个词跟另外一些词的关系。"① 现代汉诗中的词与词的关系不是并列（兴）、不是比拟（比）、不是替代（比）、不是投射关系（隐），而是"激发"和"引领"（有意义的）关系。"现代汉语更深的成熟应该跟那些说不出的事物联系起来"②，现代汉诗也是如此，最大限度地激发"词语"面对世界言说的可能性和无限潜能，是现代诗人的重要任务。

在扫清与本书核心概念可能产生混淆的诸多问题之后，再看"词的歧义性"内涵，会变得更加清晰和明晓。本书所厘定的"词的歧义性"为现代汉诗所独有，有特定的内涵、特质和外延。主要指现代汉语诗歌中，"词"打破古典汉诗一以贯之的"心""物"之间的直接对应关系，并以主动、不可完全掌控的姿态介入其中。以"词"为切入点和起点面对世界言说时，可以牵扯出诸多他词/他物，并与之产生这样或那样的联系，从而生成多重意义和多种阐释的可能。"词"也会在这一过程中，以外部增生的方式获得意义的丰富和增殖。"词的歧义性"不具有贬义色彩，只是一个诗学概念；与语言学的歧义、西方文论的含混和古典汉诗可能产生的歧义和多义都不相同；"歧义性"与"指涉"有关，不具有先天性，而是通过后天外部增生，即对世界言说和阐释时获得；词在面对世界时，"词"与"物"不是"一一对应"的阐释关系，而是由"词"进入"无限敞开"之中，现代汉诗因此变得丰富、庞杂和难解。

---

① 〔瑞士〕费尔迪南·德·索绪尔：《普通语言学教程》，高名凯译，商务印书馆，1999，第265页。
② 颜炼军编选《张枣随笔选》，人民文学出版社，2012，第229页。

第二节

"词的歧义性"存在的必要性与合理性

现代诗人试图寻找具有以下几种特性的词：有力量、可增生、多样化，这样既能相对准确和充分地表达想要表达之意、言明想要言及之物，又能超越其本身，具有不受词典意义限定的灵动性和活跃性。"只需要一个词/树木就绿了/只需要一声召唤，大地之上/就会腾起美妙的光芒。"① 同样是让树木变绿，古典汉诗似乎也有类似的文本闪现："春风又绿江南岸"（王安石《泊船瓜洲》），但具有此种神奇魔力的施动者却不相同。"春风又绿江南岸"与其说在夸赞词的能力，不如说是物的力量，能使"江南岸"变绿的不是"春风"这个词，而是"春风"这个"词"所指称的"物"。假如把"春风"替换成其他词，这种力量就无法生成。而王家新诗中的施动者则是"一个词"而非"词"所指称之"物"，言说重点是"词"，"词"具有能使树木变绿的强大力量且充满变数："一个词"只说明了数量，却没有具体所指，因此可以把它想象成无数个词和无数种可能。

"一个词"至少具备以下特质方能使树木变绿，且具有让大地腾起美妙光芒的力量：首先是有营养的，即要有效用。只有养分充足，才能在光合作用下产生丰富的叶绿素，从而使树木变绿。其次有言说权力和主动性（反抗力量），树木变绿的时间只发生在春夏两季，自动过滤掉秋冬两季的到来，阻止树木变黄和干枯，这其实是一种反抗，反抗的成功来自一定的言说权力和自主性。再次是有力量，具有阐释力和言说效力，能化腐朽为神奇，化简为繁，化平庸为卓越，化暗淡无光为绚丽多

---

① 王家新：《诗》，《王家新的诗》，人民文学出版社，2001，第96页。

彩。最后是多元和多样，美妙的光芒需要由多种颜色和多束光线汇聚融合而成，单靠一种颜色或一束光线，也就是词语的单一意义或字典（词典）意义，无法产生"复合性"功效。一旦找到了词语的这种特性或具有这种特性的词，现代汉诗就能够，至少在一定程度上能够达到文体自身的理想状态：活跃非僵化的、自由非束缚的、细腻非粗糙的、任意非随意的、流动非限定的、变动非固定的、繁复非单一的……这个看似简单实则艰巨的任务只有靠"词的歧义性"或充满"歧义性"的词才可以完成。

"词的歧义性"被需要或必须存在的理由在于，它满足了现代汉诗文体"是其自身"的根本需求，并对现代汉诗发展大有裨益。不妨承认这样的等式："歧义＝奇异"，现代汉诗需要"歧义"这种更为有效的词语特质进入语言内部并向外敞开，言说更复杂的人生经验，处理更棘手的现实和写作问题，从而产生"奇异"的效力。"词的歧义性"带来的"奇异"效力可以用两个字概括："丰富"。"丰富"一词至少解释如下：多与广、放大和膨胀、裂变和增生、多元与复杂等。"丰富"被转译为动词，暂且可称之为"动态意义"，含有"能够允诺、能够提供、能够让获得和让得到"①之意。"动态意义"似乎比原始（字面）意义更"丰富"，也更有深意：它对"施动者"和"受动者"同时发挥作用，产生效力，即皆为双向运动，无论是"允诺"和"提供"，还是"让获得"和"让得到"，"丰富"都是针对双方的，对内和对外、向内和向外，对"词"与"物"同时有效，而不像"丰富"的原始（字面）意义只针对"单边"，即作为"受动者"的"物"有效。"词的歧义性"既对现代汉诗语言本身有益，又对现代汉诗所需要面对和阐释的物/世界有利，二者皆可变得"丰富"。"能够允诺和能够提供"是说"词的歧义性"保证了现代汉诗具有言说复杂物世界的资格和能力，这种资格和能力的获得足以说明现代汉诗语言本身首先是"丰富的"，所以才能"被允许"和日益复杂的"物"展开对话，并提供多种阐释可

---

① 〔德〕海德格尔：《在通向语言的途中》修订译本，孙周兴译，商务印书馆，2005，第234页。

能；"能够让获得和让得到"意味着通过"歧义性"的增生和裂变，现代汉诗语言在更加丰富和更具阐释效力的同时，"物"亦在阐释中获得更多意义，从而呈现出其本应具有的复杂样态和多元样貌。

"丰富"的"动态意义"所呈现出的"双向运动"线路其实是"两条"：一条是"词—物—词"，"词"作为起点和终点，"物"处于中间位置。"词"的丰富并获得言说"物"的资格，在言说过程中，使"物"变得丰富，"物"的丰富又激活了"词"。另一条是"物—词—物"，"物"作为起点和终点，"词"处于中间位置。"物"的"丰富"提供了"词"言说的多种可能，"词"的丰富反过来又促进"物"的丰富。将这两个意义链连接在一起，就是"词—物"丰富的无限循环，"词的歧义性"对"词"与"物"均产生决定性影响。

"词的歧义性"决定了"现代汉诗是"和"现代汉诗说"的"质"。首先从现代汉诗的文体合理性（合法性）角度来说（对内），至少在语言层面，它决定了现代汉诗是其本身，即"现代汉诗是"。"当古汉语已经充足圆满、固步不前，仅属于往昔，现代汉语却翻转过来，不要拘束，满含可能性，用未来追认着它的此刻。由这种语言成就的现代汉诗，自由度可谓相得益彰……现代汉诗拒斥那种制服般的格式和像镣铐一样给自己戴上的铁律，实在是本能和本性使然。"[1] 把禁锢变为自由，把"少"变成"多"是现代汉诗彰显其自由精神品质、达到理想状态的重要衡量标准，决定着它的"诗质"。"词的歧义性"的有无可以区分和辨别出汉语诗歌的古今差异以及与其他体裁之间的文体差异，并通过"两个独特性"的确立完成了现代汉诗"诗质"的构建：一是"现代性"，即同一文体的时代特性，主要指迥异于古典汉诗的现代诗歌语言范式。现代汉诗从肉身到骨骼、从形式到内容都是自己专属的，不能变成内容古典的"肉身"穿上形式现代的"外衣"，汉语新诗初创时期的"旧瓶装新酒"问题就与之有关。二是"诗性"，即不同文体的语言特性，主要指不同于现代小说、散文等其他文体的现代诗歌语言范式的确立，只有兼具这两个独特性才能称为现代汉语诗歌。"我们

---

① 陈东东：《只言片语来自写作》，北京大学出版社，2014，第360页。

想写出的仿佛是这样的诗：既有能力改造现代，也有能力改变古典。"①
这句话的意思是说现代汉诗既与古典汉诗不同，也与宽泛使用现代汉语
的其他文体不同。现代汉诗既依赖于现代汉语存活，又有着比现代汉语
更多鲜活的质素。相对于其他文学体裁，诗歌语言更具多样性，这也是
一直强调"词的歧义性"是现代诗歌的特性而非缺点的原因。

如果不通过对外敞开的方式，既有的有限词语就难以敏锐地捕捉、
精准地言说"物"。"词语，刀锋闪烁/进入事物/但它也会生锈/在一场
疲惫的写作中变得迟钝……//这时就有刀锋深入，到达、抵及/在具体、
确凿的时间地点/和事物中层层推断/然后，一些词语和短句出现/一道
光出现。"②"词的歧义性"就像是一道光，闪烁着全新意义的光芒。与
古典汉诗可供使用的词语相比，现代汉诗语言无疑变得更为繁复和灵
活，单音节向双音节的转变、叹词的丰富、词义的扩大甚至转移等语言
现象③，都可以体现出这一变化。"词的歧义性"是由外部增生获得
的，与词的本身意义的变化增生与否关系并不是很大。无论从古到今
的语言如何变化，词语最基本的固定含义不会改变——由"日"变成
双音节词"太阳"指称的仍然是太阳，而不是星星和月亮，其他词语
亦如此。这就需要旧词借助具体语境和上下文联系生发新意，才能让
词变得丰富绚丽。"陈词滥调是不够用的，于是我们会急得吐字不清，
并且破坏词语，为的是使这些词能变得刺耳，使人们能看见这些词，
而不是知道它们。"④"知道"未必是被使用的，躺在字典里的词人们
同样知道；"看见"则意味着词逃离了词典，活跃于诗行之上，被运
用，被灵活运用。

"词的歧义性"可以最大限度地激发现代汉诗的语言潜质。在词语
数量和语言样态已经基本定型的前提下，再次大规模创造发明词语已经
无法实现，即使能够实现，也与"词的歧义性"能够产生的"多义"

---

① 臧棣：《诗道鳟燕》，《诗刊》2014 年第 17 期。
② 王家新：《词语》，《王家新的诗》，人民文学出版社，2001，第 73 页。
③ 语言学认为，词语意义的古今演变主要包括词义扩大、词义缩小和词义转移。关于现代
　汉语的特征，可参见黄伯荣、廖旭东《现代汉语》（高等教育出版社，2007）。词义演
　变问题可参见葛本仪《现代汉语词汇学》（山东人民出版社，2001，第 183～208 页）。
④ 〔俄〕B. 什克洛夫斯基：《词语的复活》，《外国文学评论》1993 年第 2 期。

不同。既有词语的"歧义性"与"新词"①的差异就如同由一个点散发出的无数条射线和平行线的区别，前者有一个原始和开始的点，由此散射，后者则永远没有相交之处。前者可以窥到差异、区别与联系，既有语义关联，又有语义差异。关联和差异共同存在，才能看到词、物以及词与物之间关系的多样性，也才会更有效。后者却只能看到差异，旧词与新词、物与物之间的差异。更何况创造新词的这种假设和可能本身就难以实现。由此可以看出，"词的歧义性"所发挥的作用是唯一有效的，其他手段和方式无法取代。

卞之琳先生说中国新诗应该解决的问题是缺乏"自有的文字"②，这里所说的"自有"不是说词语或文字只存在于现代汉诗之中，而是强调"不模仿""有个性"和"有新意"的特质。"词会借助自身附带的意义而重新成为心灵的客观对象，从而带来一种新的特性。"③ 要想保证词语迷宫一样的特性，要想让"这些词汇能站起来，必须发明新的方法……而不是像带子一样陈列在纸上"④。所谓"新的方法"必须是在保留词的原有意义的前提下，又借助于具体语境重新生成新的"临时意义"，这就是指"词的歧义性"。"词的歧义性"产生的过程是剥皮（原有附着意义）留核（中心意义和核心意义）、重新再生的过程（新的衍生意义），就像周伦佑笔下的果核：

> 语言从果实中分离出肉
> 留下果核成为坚忍的部分
> 许多花朵粉碎的过程
> 使果核变小，但更加坚硬
> 一枚果核在火焰中保持原型

---

① 这里所说的"新词"与第三章第三节论及的"新词"内涵不同，前者是指新创造的词，后者则是指对现有词语进行重新编码而获得新意义的词。

② 卞之琳：《鱼目集》第一部分，吴思敬编《中国新诗总系》理论卷，人民文学出版社，2010，第217页。

③ 〔德〕威廉·冯·洪堡特：《论人类语言结构的差异及其对人类精神发展的影响》，姚小平译，商务印书馆，1999，第72页。

④ 〔英〕T. E. 休姆：《语言及风格笔记》，赵毅衡编选《"新批评"文集》，中国社会科学出版社，1988，第279页。

......

果核有时会炸裂开来

长出一些枝叶

结出更多的果实和头颅

或者一座城市①

（周伦佑：《果核的含义》）

　　"果核"是果实的最核心部分，是种子，可以结出更多新的果实。"词的歧义性"就是果实，具有丰富的增生空间和生长余地。"在诗歌里，所有的成分都在被使用的过程中经历了某种变化，获得了比它们原有的简单的抽象的字典意义更丰富的涵义。"② 这种灵活、这种变化和这种"丰富"，保证了现代汉诗是其自身。

　　其次，从现代汉诗（敞开）功能来说（对外），"词的歧义性"决定了现代汉诗具备言说世界/物的能力，最大限度地实现阐释的实效性、有效性和多效性，即"现代汉诗说"的重要性和必要性。"词语破碎处，无物可存在。"③ 这句话可以进一步表述为："词的歧义性"缺失处，无多样性之物可存在。词语的清晰、单纯和透明无法有效阐述复杂多变的世界，"无法"不是"不能"，而是"无效"，所谓"无效"不是指浮皮潦草地触及事物的表面，而是说难以到达或企及"物"的核心和实质——"清晰明确地表达的概念注定要消亡"。④ 只有"词的歧义性"才能更有效，至少是接近最大可能。它把现代汉诗中的词语由"一"变成"多"，意味着阐释物的效力的增强，并还原了"物"本身的复杂性。恰如当代女诗人代薇所说的"美是接近美的方式"一样，

---

① 周伦佑：《果核的含义》，《周伦佑诗选》，花城出版社，2006，第 12 页。

② 〔美〕艾伦·退特：《论诗的张力》，赵毅衡编选《"新批评"文集》，中国社会科学出版社，1988，第 350 页。

③ 格奥尔格诗歌《词语》中的两句。关于这两句诗，海德格尔有这样的阐释："某物破碎处，就有一个裂口，一种损害。对某事物造成的伤害意味着：从这个事物那里取某个东西，使它缺失某个东西。破碎意味着：缺失。词语缺失处，无物存在。唯有我们能够支配的词语才赋予物以存在（Sein）"（引自〔德〕海德格尔《在通向语言的途中》修订译本，孙周兴译，商务印书馆，2005，第 150～151 页）。

④ 〔美〕威廉.K.维姆萨特：《象征与隐喻》，赵毅衡编选《"新批评"文集》，中国社会科学出版社，1988，第 355 页。

"多"是接近"多"的方式,"丰富"是接近"丰富"的方式。现代汉诗词语自身的丰富成就了"物"的丰富。"惟有词语才能把一种关系赋予给一物。惟有词语才能让一物作为它所是的物显现出来。"① 不妨说唯有"词的歧义性"才能把多种关系赋予一物,才能让一物作为它可能是的物显现出来。"月亮"是"月亮",又不是"月亮",是"思乡"又不单是"思乡",它可以有多重表述方法,也可以指涉很多物。② "一物"尚且可以扩展出多种可能,展现多个侧面,按照词的数量累积和叠加,"词的歧义性"所能够呈现的定是丰富、变换无穷的"物"世界,"你变换着钥匙,你变换着词/它可以随着雪花飞舞"③。这些词从固定意义的链条脱落,重新接续出新的意义,以外部增生的方式获得意义的丰富和增殖——"宇宙万类的印象都活在里面"。④ 由"多"阐释"多",这样能够最大限度地保证差异性和多样性。

"由语言说出的世界大于世界本身。"⑤ 用语义单纯透明之词言说物时(无歧义性),考虑更多的是相似性,过多相似性集中在一起,"物"就会被缩小,直至变成一个点,"世界的所有部分都会接合在一起,相互联系,而没有断裂,没有距离,类似于那些金属链因交感而被一块磁石吸住悬在空中一样"⑥。无法容纳更多异质和多样性。这是古典汉诗和某一阶段或某一类型的现代汉诗都存在的问题。⑦ "词的歧义性"则会把"物"在显微镜下放大数倍、数十倍、数百倍甚至更多,物的差异性和相同之处得以清晰呈现,甚至每一个纤维、每一根细小绒毛、每一个细胞。它"能将任何一个地方射来的最微弱的光芒从世界的变幻莫测的影

---

① 〔德〕海德格尔:《在通向语言的途中》修订译本,孙周兴译,商务印书馆,2005,第158页。

② 关于"月亮"一词的歧义性,笔者将在第四章第一节中进行极为详细的论述和阐释,此处不再展开论述。

③ 〔德〕保罗·策兰:《带上一把可变的钥匙》,《保罗·策兰诗选》,王家新、芮虎译,河北教育出版社,2002,第27页。

④ 郭沫若:《读诗三札》,吴思敬编《中国新诗总系》理论卷,人民文学出版社,2010,第8页。

⑤ 陈东东:《狱规摘录》,《只言片语来自写作》,北京大学出版社,2014,第33页。

⑥ 〔法〕米歇尔·福柯:《词与物:人文科学考古学》,莫伟民译,三联书店,2012,第33页。

⑦ 这一点在稍后的论述和第二章仍会有所提及,此处暂且略去不谈。

像中析取、分离，并投射到另一个世界的白色幕布上。那另一个世界，白色的世界，就是可能性"①。"词的歧义性"是对"可能世界"② 的一种有效介入，或者说所缔造的"可能世界"比现实世界更丰富多彩。

在《诗歌语言的革命》中，朱丽亚·克利斯特娃（Julia Kristeva）认为诗歌语言有两种作用："一种是象征的作用（Symbolic Function），一种是符示的作用（Semiotic Function）。在前一种情况中，符表（Signifer）与符义（Signified）之间的关系是被限制的。在后一种情况中，符表与符义的关系并没有固定下来，而是处在不断的生发、变化之中。"③ 诗歌语言的这两种作用可以用来说明古代汉诗的"一一映射"和现代汉诗"词的歧义性"之间的差异，前者类似于"象征"作用，后者则更像是"符示"作用，彰显的是语言的多样性，而非单一性。"把活生生的词语转化为固定的对象，机械的原子，必须由一种新的联合的力量（即'词的歧义性'——引者注）把它们重新卷入生活过程的漩涡之中。"④ 词语只是一个引子，由它生成意义丰富的迷宫，就像商禽的诗歌《逃亡的天空》：

> 死者的脸是一无人见的沼泽
> 荒原中的沼泽是部分天空的逃亡
> 遁走的天空是满溢的玫瑰
> 溢出的玫瑰是不曾降落的雪
> 未降的雪是脉管中的眼泪
> 升起来的泪是被拨弄的琴弦
> 拨弄中的琴弦是燃烧着的心
> 焚化了的心是沼泽的荒原⑤

① 一行：《词的伦理》，上海世纪出版集团，2007，第 191 页。
② 关于可能世界的论述，可参见绪论部分。
③ 叶嘉莹：《从西方文论看李商隐的几首诗》，《陕西师范大学学报》2005 年第 4 期。
④ 〔美〕威廉·K. 维姆萨特：《象征与隐喻》，赵毅衡编选《"新批评"文集》，中国社会科学出版社，1988，第 355 页。
⑤ 商禽：《逃亡的天空》，洪子诚、程光炜主编《中国新诗百年大典》第九卷，长江文艺出版社，2013，第 202 页。

"诗的道德在于，诗从未背叛过迷宫"①，而建造"迷宫"的材料无疑是词语。商禽用词语的迷宫描绘出一幅名为"逃亡"的心理变化轨迹图。近 10 个看似不搭界的词语，以蒙太奇和断点式的思维方式，用"逃亡"这个新的"联合力量"神奇地拼接在一起，大致沿着两种情感脉络展开：失望和希望，再将两者延伸和深化、衍生出无望和绝望，想表达的无非是不愿逃离又必须逃离，想要逃离又难以逃离的内心纠结和两难窘境。这首诗完全是一个环形结构，意味着一种循环。按照词语出现的先后顺序，商禽的这首诗可以用以下长串等式表达："死者的脸 = 荒原中的沼泽 = 天空的逃亡 = 满溢的玫瑰 = 未降的雪 = 脉管中的眼泪 = 被拨弄的琴弦 = 燃烧的心 = 沼泽的荒原"，由"荒原中的沼泽"和"沼泽的荒原"开始和收尾，并由"A 是 B"这样的句式把所有词语连接，成为等式。等式成立的前提是以"逃亡的天空"为统筹，如果离开了这个主题的串联，A 就无法是 B。A 是 B，A 又不是 B，单个词语看起来透彻清明，如果脱离逃亡主题，又因难以捕捉语外意义而变得含混不明；这些词语都是逃亡的所指，仿佛又与逃亡无关。恰恰是这些词的运用，才使逃亡变得如此丰富和清晰。它们可以被看作由词语"逃亡的天空"的歧义生出，每一个词都可以表征为"逃亡的天空"，每个词又都有其表达内心情感的细微差别，不能完全等同于"逃亡的天空"，亦不可相互替代。正是这种歧义的存在，商禽笔下的"逃亡"已经远非原有词语"逃亡"得以涵括和说清的，意义被无限放大并复杂化。原有认知中的"逃亡"场景和心境变得不再熟悉，"一个最终被我们理解的词，出现在另一首诗里，一下子又变得那样陌生"②。既有词语仿佛被赋予了新的灵魂一般，活泛地、机灵地具有了新的阐释能力，"因为是陌生与最陌生的结合，我在眼里看到了新的光亮"③。

前面论述了很多需要"词的歧义性"存在的理由，如果不存在会怎样？这种假设在现代汉诗发展过程中的某些阶段（如 20 世纪 50～70

---

① 臧棣：《诗道鳟燕》，《诗刊》2014 年第 17 期。

② 王家新：《词语》，《王家新的诗》，人民文学出版社，2001，第 113 页。

③ 〔德〕保罗·策兰：《保罗·策兰诗文选》，王家新、芮虎译，河北教育出版社，2002，第 156 页。

年代）或某些作家的创作中已经成为事实。一旦失去了"词的歧义性"，现代汉诗将会面临这样的窘境：一种可能是被"打回原形"，回到类似古典汉诗词语的固化状态。古典汉诗"稳定性"的获得以"词的歧义性"消除和缺失为代价，"词的歧义性"不能也不必存在其中："不能"是说在求稳、求安全的"圆形"秩序限定下，"词的歧义性"对"古典汉诗是"（文体）和"古典汉诗说"（功能）而言，有百害而无一利，不会建设反而会因破坏文体规范和写作规则，使古典汉诗变得不是它自己："歧义性"增强了词语活力，"词语"变得不可控制，"词"言说"物"时变得含混不明，意义难以琢磨，甚至还存在破坏稳定节奏和固定形式的可能，这无疑会对古典汉诗业已成熟的体式有所侵害。另外，被"词的歧义"激发的"物"的多种阐释可能最终会反作用于"词"，使"词"变得更为活跃和复杂难缠，而这一点显然有悖于古典汉诗的文体秩序和稳定性。"不必"是说没有"歧义性"，古典汉诗仍具有原来的特质，不会产生"致命"性和根本性影响。"词的歧义性"的"反规训"特性无法在古典汉诗中找到适宜生存的土壤。即使"不小心"遗落其中，也会在"词"与"物"的对称使用过程中（类似于一一映射）被一点点缩减和扼杀，"歧义"被"削枝剪权"，无法生根、发芽、结果，直至变为"单义"，失去原有效力。与其如此，还不如摒弃这一曲折烦琐的"修枝剪叶"过程，直接以词语的透明来面对物，更经济也更有效。因此，古典汉诗从骨子里来说是禁锢歧义性、排斥歧义性甚至是反歧义性的[①]，当然不能也不需要"词的歧义性"存在。古典汉诗必须消除"词的歧义性"和现代汉诗必须保护"词的歧义性"是一个道理。

现代汉诗缺少"词的歧义性"的另一种可能是变成"植物诗"——就像"植物人"一样，表面像现代汉诗，却不是现代汉诗，只有现代汉诗的形式和躯壳，却没有鲜活、自由、随性、繁复与灵动的精神实质和内在灵魂。"现代汉诗"须具有"两个独特性"，而"植物诗"既不

---

① 这里所使用的"词的歧义性"概念，其内涵和外延仅限于本书所厘定和阐说的意义范围。全文亦如此。

现代也没诗性，也就无法称为真正意义上的"现代汉语诗歌"。① 以 20 世纪 50 年代的"政治抒情诗"为例，这是一种掺杂着太多非文学因素的特殊诗歌体式，是权力和政治手段规训文学的典型文本，把"政治"置于首位，排在"抒情"和"诗歌"的前面，极具隐喻意义。"由于'权力'暗中压制，话语名为表意系统，往往却变成'强加于事物的暴力'。"② "政治抒情诗"把很多原本不该有任何限制和固定所指的词语强行赋予既定意义，制造出一部具有绝对权威的"词语宝典"，如"青松""太阳""红旗"等，任何悖逆于这个词典规约的意义活用都属"非法"。以词语"太阳"为例，"太阳"所具有的发光发热、普照大地的特性和东升西落的运动轨迹能够衍生出的意义，恰好契合了政治话语的需要。歌曲《东方红》进一步明确了"太阳"的特定含义。"太阳—领袖—红色—升起—光明"，这几个本该各自独立的词语被串联在一起，成为一个统一的语义系统。"太阳"被规定了颜色（红色）、特性（发光发热）、运行轨迹（只升不落）、喻指（领袖和光明），拥有至高无上的"圣词"③ 身份，成为最具"卡里斯玛"（charisma）特点的意象，也是被窄化得最严重的词语。这个语义系统所描画和勾勒出的"太阳"成为再生意义的言说基点，所有意义的延伸都必须在这一核心思想统摄之下，比如：

　　那载着阳光的露珠啊，也一样地照亮大地的清晨。（郭小川《甘蔗林—青纱帐》）

　　晴空里的太阳更红、更娇了！（郭小川《秋歌之一》）

　　母亲怀中—/新一代的太阳/挥舞着云霞的红旗/上升呵/上升！（贺敬之《雷锋之歌》）

　　来，让我们高声歌唱呵—/"……鲜红的太阳照遍全球！……"

---

① 现代汉语诗歌不是单就生成时间来说，更重要的是精神内质必须具有现代意味。

② 赵一凡：《欧美新学赏析》，冯川译，中央编译出版社，1996，第 114 页。

③ 圣词是指诗歌写作中那些带有不容分说的道德优势、代言人幻觉、绝对知识、升华特许的核心词语。圣词的出现遮蔽了生存与生命的差异性、矛盾性，降低了写作的难度，使诗歌精神类型化、整体化（陈超：《20 世纪中国探索诗鉴赏》，河北人民出版社，1999，第 1291 页）。

（贺敬之《西去列车的窗口》）

太阳醒来了—/它双手支撑大地，昂然站起。（李瑛《戈壁日出》）

我为什么如此地思念北京？/那儿升起了辐射光与热力的恒星！（闻捷《我思念北京》）

赞美星星，赞美月亮，赞美太阳，/冬天照样亮在天的四面八方（严阵《冬之歌》）①

……

"太阳"仿佛被固定意义模具塑形一般，"制作"出的"产品"（只能称其为产品）永远是一种形状，且可以无限复制。这样的复制是无效的，或者说是空的，它驱逐了可供想象的一切可能，简化了物的多样性。在诗歌《夏》中，穆旦指出了"太阳"指涉的失效和无意义，"太阳要写一篇伟大的史诗，/富于强烈的感情，热闹的故事，/但没有思想，只是文字，文字，文字"②。抽空思想，只剩下躯壳的文字毫无意义。太阳未必就是万能的，它同样需要面对挑战，"我以极好的兴致观察一撮春天的泥土/看春天的泥土如何跟阳光角力"③。更需要打破由其缔造的神话，"亿万个辉煌的太阳/显现在打碎的镜子上"④。消除了"歧义性"的词语"太阳"，"连累"的不只是它自己，与"太阳"相关的一些词语同样被歪曲和窄化，其意义也被圈禁在一定范围内，比如"向日葵"必须是向着"太阳"，不能把光遮住，且完全依赖"太阳"生存。这才有了芒克笔下反叛、逆光生长的"向日葵"："它的头几乎已把太阳遮住/它的头即使是在太阳被遮住的时候/也依然在闪耀着光芒。"⑤ 对词语类型化倾向的匡正是"朦胧诗"出现的重要意义之一。"太阳"的一切被重新规定：由红色变为黑色，由发光发热变为寒冷甚

---

① 以上诗歌选自洪子诚编《中国新诗总系 1959～1969》，人民文学出版社，2010。
② 穆旦：《夏》，《穆旦诗文集》一，人民文学出版社，2006，第337页。
③ 昌耀：《凶年逸稿》，《昌耀的诗》，人民文学出版社，2000，第15页。
④ 北岛：《太阳城札记》，《结局或开始》，长江文艺出版社，2008，第5页。
⑤ 芒克：《阳光中的向日葵》，《重量：芒克集 1971～2010》，作家出版社，2017，第100页。

至暴力、血腥，运行轨迹由升变为落等。① 当"朦胧诗人"以"觉醒者""启蒙者"和"反叛者"三种姿态立于诗坛，试图扭转被歪曲和颠倒的"诗歌乾坤"时，问题亦随之出现，"把诗歌与事境相连、超越事境又为了事境的做法，使诗歌无可避免地陷入了工具论中"②。"去蔽"和"祛魅"的目的是"还原"，而不是新的"遮蔽"和"赋魅"，太阳不是最大、最耀眼，也不一定暗淡无光。"太阳"不是红色，也不一定必须是黑色。"新瓶装旧酒"和"旧瓶装新酒"同样需要警惕。恢复词语自由、保护"歧义性"，可以避免这一弊端。柯平的诗歌《深入秋天》或许会带来某种启示：

> 此刻必须摒弃全部古典意象
>
> 必须有风
>
> 吹散菊篱的陶渊明气息
>
> 推倒张生的马车
>
> 在大小螃蟹横行不到的地方
>
> 深入秋天
>
> 越过长亭短亭 咸阳古道
>
> 火浇灞桥残柳
>
> 解散大观园菊花盟
>
> 任夕阳西下
>
> 把李清照送进医院隔离
>
> 扫净如泪的枫叶 让高速公路铺向远方
>
> 然后我们才能
>
> 深入秋天③

（柯平：《深入秋天》）

---

① 有论文专门论述朦胧诗的"太阳反题"现象，具体可参见郭爱婷《论朦胧诗的太阳反题现象》（中央民族大学硕士学位论文，2010）。另外，相关问题的论述还可参见欧阳江河《当代诗的升华及其限度》（《如此博学的饥饿：欧阳江河集 1983~2012》，作家出版社，2013）。

② 敬文东：《抒情的盆地》，湖南文艺出版社，2006，第131页。

③ 徐敬亚主编《中国诗典 1978~2008》，时代文艺出版社，2009，第153页。

这首诗或许还可以这样续写：必须把秋天身上的片片黄叶都一一剥离，必须把存在于诗歌中的"秋天"还原为词语"秋天"，必须由"秋天"本身而非已经被言说的"秋天"开始，必须把"秋天"只当成"秋天"，然后我们方能回到词语和意义的原初位置，才能"深入秋天"。

必须承认，古典汉诗不能也不需要"词的歧义性"存在，所以才会出现类型化倾向，类型化排斥和不允许"词的歧义性"存在。现代汉诗不是不会类型化，而是不能类型化，为了避免"类型化"，需要"词的歧义性"存在且必须存在。无论是"词的歧义性"所能添加的特质还是所具有的功能，都保证了"现代汉诗是"的"诗质"和"现代汉诗说"的有效性。而"词的歧义性"彰显的反叛词典秩序和语言规范的精神，与现代汉诗倡导自由、叛逆的思想内核完全一致。无论是破坏还是建设，"词的歧义性"有着大得惊人的力量，它关乎词语，关乎诗质，关乎人心，关乎生存，关乎效用——"众词向心，心向无起源的歧义"。①

第三节

"词的歧义性"的特质

从"歧义"的原始意义出发可以引申或延伸出以下内容：（1）包含"分岔"意义的"歧"，具有与原有意思不一致之意和打破常规、打破规矩之意（正当以外的途径），打破即意味着对常规的"偏离"；（2）打破常规和偏离意味着对主干（主旨）旁逸斜出，带来的必然是

---

① 欧阳江河：《我们——〈乌托邦〉第一章》，《透过词语的玻璃》，改革出版社，1997，第58页。

比原意更多样、更丰富的多重指向，也即"繁复"；（3）生成"歧义"的原因，是多义混杂不清，但如果从混合一处的整体中把任意一种含义剥离出来，都有着超乎想象的精准、具体和指代明确，也就是"精确"。现代诗的语言，"不只是为其负荷着的固定语义而存在，它具有了独立的'被再听、再看'的生命，把我们引向更神奇、迷蒙却更能击中心灵幽微之处的力量"①。"偏离""繁复"和"精确"三者构成现代汉诗"词的歧义性"特质，打破词语固定语义限制，彰显独立性和自主性，并引领读者探索波诡云谲的诗意世界和心灵花园。

一 偏离

在小径分岔的诗歌花园中，总有一条或平坦或宽敞的大路（主干道）通向花园外的世界，通常被认定为"正确的"的道路。如果放弃大路不走而选择多条岔路中的一条或几条，则意味着一种"偏离"，一种对公认的、已经被规约的"中心"、正途的"偏离"。偏离（deviation），就是"对规则和常规的违反，诗人用这种手法超越了通常的语言方式，使读者从老生常谈的表达俗套中解放出来，从而使他领悟到新的东西"②。一般而言，偏离有八种形式③三重含义，即"指对于普通语言的偏离；对传统的美学或文学规范的偏离；作为一种'文体手段'，

---

① 陈超：《论元诗写作中的"语言言说"》，《个人化历史想象力的生成》，北京大学出版社，2014，第327页。

② 王又平：《文学理论术语汇释》，高等教育出版社，2006，第270页。

③ 偏离的八种形式：一、词汇偏离。词汇偏离首先表现在创造新词汇上，作家常使用"临时造语"的方式为某一特定的目的自创新词；还表现在词的用法上，即在特定语境下违背词的常规用法，使一个词获得"偶有语义"，造成新奇别致的效果。二、语音偏离。这在诗歌中较为常见，即由于节奏韵律等的需要，单音节词可以省去，重音可以改变，整个词的发音也可以违背常规。三、语法偏离。常见者有明显的不合语法规范却可以被接受的各种语句。语序的故意颠倒或各种省略形式也属于这一类。四、书写偏离。在现代诗歌和小说中常出现奇特的文字排列或印刷方式就属于这一类。五、语义偏离。指语义在逻辑上的不合理，或者有意地造成歧义。六、方言偏离。在普通语言构成的背景下，有意使用方言造成方言的句法结构，借以体现人物身份、背景或增添乡土气息、地域文化色彩。七、语域偏离。在一种文体中杂以其他文体或语域的表达方式，形成文体间的参照。八、历史时代的偏离（王又平：《文学理论术语汇释》，高等教育出版社，2006，第271页）。

对某种被预先设定的'文本上下文的偏离'"①。作为语言特殊和最高形式的诗歌，本身就包含有"偏离"之意。"诗歌是一种天意，是一种意外，诗歌是一种巧合，诗歌是一个奇迹。我们不知道它来自哪里。它是意外的出现，它是不可遇见的结果。诗歌是文本与现实世界偏离间开出的精神之花。"② 罗曼·雅各布森（Roman Jakobson）把偏离理论作为诗歌语言的定义，称诗歌语言是"对普通语言的有组织的偏离"③。穆卡洛夫斯基（J. Mukarovsky）也说："正是这种对标准语言准则的违反（偏离的极端形式——引者注），这种系统的违反，使诗歌式地使用语言成为可能；没有这种可能性也就没有诗歌可言。"④

在现代汉诗论域中，单纯因"词"形成的"偏离"，主要包括对古典诗学范式的偏离、对既定思维方式的偏离以及对词语自身意义的偏离。对古典诗学范式的偏离是指不具有诗意特征的词语大量进入现代诗歌，使抒情传统（叙事因素增强）、吟咏对象（超出典型意象）、认知方式（词对"心""物"的介入）、表意策略（分析而不是描述）等发生偏离；对既定思维方式和思维模式的偏离是指打破读者习常的阅读期待和固定联想模式，提供新鲜、新奇甚至奇崛的想象方式；对词语本身的偏离是指虽然从"词"开始，却不再只是对"词"以及其所指称物的简单阐发，"词"只是一个引子，所引之物是超出"词"之外的丰富世界。

现代诗人"调动直觉、无意识所激活的母语的潜能投射，使诗歌成为词与物之间的一种特殊周旋、磋商、偏移与发现"。⑤ 比如臧棣的《菠菜》：

美丽的菠菜不曾把你
藏在它们的绿衬衣里。

---

① 王又平：《文学理论术语汇释》，高等教育出版社，2006，第 271 页。
② 黄礼孩：《午夜的孩子》，中国戏剧出版社，2009，第 3 页。
③ 〔俄〕雅各布森：《结束语：语言学和诗学》，〔英〕特伦斯·霍克斯《结构主义和符号学》，瞿铁鹏译，上海译文出版社，1987，第 70~71 页。
④ 〔俄〕穆卡洛夫斯基：《标准语言与诗歌语言》，赵毅衡编选《符号学文学论文集》，竺稼译，百花文艺出版社，2004，第 17 页。
⑤ 陈超：《论元诗写作中的语言言说》，《个人化历史想象力的生成》，北京大学出版社，2014，第 330 页。

你甚至没有穿过

任何一种绿颜色的衬衣，

你回避了这样的形象；

而我能更清楚地记得

你沉默的肉体就像

一粒极端的种子。

为什么菠菜看起来

是美丽的？为什么

我知道你会想到

但不会提出这样的问题？

我冲洗菠菜时感到

它们碧绿的质量摸上去

就像是我和植物的孩子。

如此，菠菜回答了

我们怎样才能在我们的生活中

看见对他们来说

似乎并不存在的天使的问题。

菠菜的美丽是脆弱的

当我们面对一个只有五十平方米的

标准的空间时，鲜明的菠菜

是最脆弱的政治。表面上，

它们有些零乱，不易整理；

它们的美丽也可以说

是由繁琐的力量来维持的；

而它们的营养纠正了

他们的价格，不左也不右。[①]

臧棣由"菠菜"一词切题，在阐述"菠菜"的同时，又完全穿透

---

① 臧棣：《新鲜的荆棘》，新世界出版社，2002，第7~8页。

作为"词"和"物"的"菠菜",最终落脚点是对个人世俗化生活境遇的书写,实现了对"菠菜"的偏离,并由此带来诗歌意义和最终指向的歧解。这种"偏离"至少表现为如下两个方面:一方面把"菠菜"作为最初言说对象和言说起点,这一题材和主题选择本身就意味着对中国抒情传统和范式的"偏离":从常识角度而言,与花(尤其是菊花、梅花、桃花、杏花)、杨柳、竹子等凝缩中国古代文人集体情感无意识的泛植物(类植物)相比,"菠菜"毫无资格,不可能也不应该进入诗歌抒情的对象序列,这与"菠菜"不具有天生美感有关,无法寄予情感表达期望;更与其无法摆脱的"日常性"有关,没有超越的可能(花却有这种可能。本身的美感和想象可能,决定了"花"具有既日常又超越日常的特质)。"碧绿的质量""零乱""不易整理"、营养价值高、价格适宜,都是对菠菜性质本身的描述。另一方面是对作为"词"和"物"的"菠菜"自身的偏离。全诗5处提到"菠菜",但是每次说到"菠菜"时,菠菜都只作为一个引子,只是陈述一个看法的开头,却没有针对此问题更深入和进一步地阐述和言说。诗歌每次都从"菠菜"开始,又都不落痕迹地偏离"菠菜",完成了由"菠菜"到言说"他物"的绝妙转换。诗歌的前8句由菠菜的"绿色"联想到衣服的"绿色",最后联想到重要人物"你",仿佛说菠菜是为了引出"没穿过任何一种绿颜色的衬衣"的"你";第9句开始,由"菠菜"开始提问,"为什么菠菜看起来是美丽的?"——还是为了引出"你"——"为什么你不会提出这样的问题",并进一步深入,将代词由属于"它们"群体的"菠菜"转移到"属人"群体的"我们",完成了某种对比,也获得了某种启示——无法思考的俗物"菠菜"却给所谓最有智慧、最善于思考的"人"以不寻常的启示:一种渴求把"我们"的生活置换成"它们"的生活的强烈愿望,即日常生活具有"碧绿的质量",并引导"我们""看见对他们来说/似乎并不存在的天使问题"。

因此,诗歌《菠菜》是在言说蔬菜(菠菜),同时也是在言说人("你",未出场的"我"以及"我们")和生活及生存本身,更是在言说对个人世俗化生存境遇的看法。如此种种日常和超常的多维度指向,使全诗在世俗和超然之间获得了一种平衡感——就像"它们的营养纠正了/它们的价格，不左也不右"。"菠菜"，作为曾经被有意或无意删除的"俗物"和"不洁"之物，作为最不具有诗意的"词"，重新回到诗歌场域，并且可以用外部增生的方法，通过词与词、词与物，与生活经验、书写方式、思想行为的勾连，发掘出新的诗意。在充满复杂性和逐层递进的言说中，"菠菜"的内涵也发生了膨胀：一方面是真实的蔬菜，是菠菜本身；另一方面又是能够带来神圣启示的具有魔力的"物"，同时更是日常生活的象征。这种内部裂变是由外部增生所激发。内部裂变和外部增生的实现皆因存在于现代汉诗之中，假如悬置这一语境，"菠菜"只能是"菠菜"，一种营养丰富的绿叶植物，只能是其本身。"当我们面对一个只有五十平方米的/标准的空间时，鲜明的菠菜/是最脆弱的政治"，脆弱、零乱、琐屑又美丽的"菠菜"以"及物"和可触可感（而非虚妄高蹈）的方式协助和引领诗人完成对生活本身理性认知的同时，也幽曲地昭示出现代汉诗处理现代复杂经验的有效性和诚意。

偏离不是无序，也不是乱来，而是经过作者的深思熟虑，具有美学规范、诗学意味和智性特征"有组织"的偏离，需要感性的、知性的甚至智性的各层次思维手段的默契配合，并运用高超的语言技巧，方能获得。"当我们从身体通向事物时，我们既不是从原则走向结果，也不是从手段走向目的：我们参与了一种增殖、一种侵犯或者跨越。"① 这种增殖、侵犯或跨越的结果往往比预期得到和能够想象到的还多得多。

二　繁复

"偏离"为现代汉诗带来的另一个必备品质就是繁复（multiplicity），这也是"词的歧义性"的另一外延，另一表征和另一重要特质。繁复，又可译为多重性或复合度。在《新千年文学备忘录》中，卡尔维诺（Italo Calvino）把"繁复"作为一个重要文学风格作了专门讨论，并将之分为以下三类，即"它原是要表达一个单一的声音，但实际上却可作多层次的解读……有这样一类作品，它企图包含一切可能的东西，

---

① 〔法〕莫里斯·梅洛－庞蒂：《哲学赞词》，杨大春译，商务印书馆，2000，第160页。

却无法获得一个形式，无法为自己创造一个轮廓，因而必然地处于未完成状态；还有一类作品，它在文学中类似于哲学中的非系统思想，以格言警句、以突如其来和断断续续的闪光来表现"①。本书所说的"繁复"远没有卡尔维诺说的那么"繁复"，在内涵上更接近第一类，即所表达的某个声音实际上却可作多层次的解读。卡尔维诺的另一句话无意中更恰切地说出了现代汉诗"繁复"的真谛：任何"词"都可被视作一个"关系网"的开端，诗人"不禁要顺着每一条线索摸下去，细节变得愈来愈繁复，也使得他的描写和离题变成无限。无论起点是什么，笔下的东西总是一再铺展下去，覆盖愈来愈广阔的地平线，而如果允许它这样朝着各个方向不断扩展，最终会包揽整个宇宙"②。

　　词语就像蜘蛛，每一个词都可以辐射出一个网，网的大小决定了诗歌意义的繁复程度；或者如照耀大地的阳光，"阳光垂直往下照，照在墙上杂乱无序的窗户上，照在放在窗台上的锅子里栽着的罗勒和牛至等植物上，照到绳子上晾晒着的内衣和衬裙上，一直照在台阶和卵石铺的路面上，路中间有一道骡子尿排泄沟"③。尽管世界由无数种微小的物组成，但说到"阳光照耀世界"时，仅是在陈述事实，不能算作繁复，只是一种单纯的描述，是单一。只有看似统一并同一的"世界"被拆分为"无序的窗户""锅子里的植物""晾晒的内衣和衬裙""台阶和卵石铺的路面"等诸多小零件时，太阳对于大地的繁复意义才会生成。每"一个词打开了一个窗口，光线在透过它的玻璃时发生着折射和散射，使整个大厅获得了不同向度和亮度的照耀。文本由此产生了它的空间层次和明暗变化"④。就像光线的辐射力，繁复即意味着深入词语的每一个细胞甚至末梢，用显微镜无限放大这些细胞，让其运动和活泛起来。每个细胞的局部意义膨胀到最大，从而促使词语整体变得丰腴

---

①　〔意大利〕伊塔洛·卡尔维诺：《新千年文学备忘录》，黄灿然译，译林出版社，2009，第117~118页。

②　〔意大利〕伊塔洛·卡尔维诺：《新千年文学备忘录》，黄灿然译，译林出版社，2009，第106~107页。

③　〔意大利〕伊塔洛·卡尔维诺：《通向蜘蛛巢的小路》，《卡尔维诺文集》第二卷，王焕宝、王恺冰译，译林出版社，2001，第5页。

④　一行：《词的伦理》，上海书店出版社，2007，第190页。

和圆润。

一个词语即使再生动、内蕴再丰富，再有言说不尽和难以阐释清楚的部分，与可供选择和随时挪用的无数个词语相比，仍略显单薄。"繁复"迫使"一对一"的固定联想和连接链条发生断裂，在增生和重新繁殖理念的支配下对意义链条进行全新焊接，从而消除"单纯"，或者说使"单一"复杂化，最大限度地做到意义的丰富和延展。比如台湾诗人洛夫的诗歌《论女人》，假如从题目来看，"论"字的出现好像是要对具有社会属性、文化属性或生理属性的"女人"做出或精细，或深入的理性剖析和阐释，但是深入文本就会发现，无论是写作套路、构思技巧还是遣词用句、修辞手段，都出人意料，甚至是某种程度的"惊世骇俗"。这首诗因对"女人"一词的复杂化处理，使整首诗繁复难明，带给读者"陌生化"的全新感受：

既非雨又非花

既非雾又非画

既非雪又非烟

既非灯又非月

既非秋又非夏

有时名词有时动词

有时房屋有时广场

有时天晴有时落雨

有时深渊有时浅沼

有时惊叹有时问号

说是水，她又耕成了田

说是树，她又躺成了湖

说是星，她又结成了盐

说是鱼，她又烤成了饼

说是蛇，她又飞成了鹰①

单从形式上看，整首诗由句式相同、字数相等的三个整齐划一的小节组成，所不同的只是动词和名词的变化——这似乎与古典汉诗《诗经》的形式类似。然而，恰好是这"不变"中的"微变"，显示出作者的语言功力和"诗魔"的魅力以及现代汉诗的与众不同。[①] 此诗形式上极为整饬，内容却异常多变、多元、游移，甚至似是而非。词语的不确定性和否定性打破了整饬结构带来的规则和呆板，并在形式的规训中生出反规训和叛逆特性，最终产生无穷变化。"词"与"词"的组合所凸显的"女人"之"变"，恰好显现出无法被单一词语遮蔽的个体的——而这一点可能正是诗人渴望言说和试图阐释的最终目的。

除词语变化外，句式的整饬背后其实也蕴藏无穷变化和无数可能。诗人摒弃了更适宜"论"的诸多肯定句法，而选用"既非……又非""有时……有时""说是……又成了"这类不确定、犹疑甚至否定的句式，以选择的方式在几种意义之间滑动和游走，突出了女人的善变和性格的多元。在"是与不是""有时与有时"，无法捉摸、无从把握和无从言说之间，剔除了女人的社会属性、文化属性和生理属性，只把本质意义上的"女人"的复杂性表现出来，而繁复的言说又能迂回或委曲地表达出女人的诸类属性。看似与——切无关，却又有关，关乎"女人"的性格、命运、爱情、理想、遭际、悲伤、归宿、地位、欲望等可以想到的一切。凡此种种作为潜藏的存在，无法借助词语和句子本身直接显现，而是通过词与词的组接和拼装间接得以呈现。

"诗歌存在的语言、词汇不断有细微的更迭，这种变化永久性存在于新颖的、意想不到的组合中。"[②] 在言说女人时，诗人没有紧抓"女人"一词不放，而是把作为整体的"女人"进行了性格、气质、特质等零部件的拆解，并把这些置换为30余个看似无关——与"女人"一

---

① 尽管在形式上类似，但是《诗经》中个别字词的变化都是同义词，内涵近似，所以都是一个向度上的展开；而现代汉诗是发散的，是多维度的，微小的变化由完全不同的词产生，词与词之间联系不密切甚至没有任何关系，却因在言说同一个事物而被间接联系在一起，这样才能生出繁复。

② 〔美〕克林斯·布鲁克斯：《精致的瓮：诗歌结构研究》，郭乙瑶等译，上海人民出版社，2008，第11页。

词无关，30 余个词之间关系也不大——的其他词语："女人"可能无法用任何词语来形容和诠释，非雨、非花、非雾、非画、非雪、非烟、非灯、非月、非秋、非夏；也可以用很多不同类别的词语来诠释，性格上可动可静，可以是名词、动词；可以是归宿或空间（房屋、广场）；可以阴晴不定（天晴、落雨）；是痛苦也是陷阱（深渊、浅沼）；是过客也可以最终拥有（惊叹、问号）；更可以是水、田、树、湖、星、盐、鱼、饼、蛇、鹰。用 30 余个词语对"女人"这一个词语进行拆解和重新诠释，无疑增加了诗歌和词语本身的繁复性。单拿出任何一个词与"女人"一词画等号都略显随意和单薄，女人等于鱼，女人像饼，女人是广场……看似都不合理，但是组合在一起却生动、真实、可信，同时又像谜一样难以捉摸。可谓无限妙处，无理而妙①，引出无限深意，并生出无法探及底部的繁复。

到底什么是"女人"，诗人没有最终确认和说出——"采用笨拙的隐喻、明显的迂回，也许是挑明谜语的最好办法。"② 通过这些似是而非的联想和譬喻，"女人"被生动活泼地塑造出来，或显在或潜藏的诸多内涵和特质被挖掘出来：作为词语的女人、作为社会成员的女人、作为文化主体的女人、作为生物的女人、作为"人"的女人全都复活，多变、不定、难以捉摸、容纳万物、无可比拟。不只是作为词的"女人"，更是作为"人"的"女人"——不是被看、被剖析的集合，而是作为有自己个性的人，单个的个体，这一切皆因繁复所得。卡尔维诺的精到阐释恰好印证了繁复的魅力所在：

> 不妨设想如果一部作品是从自我的外部构思的，从而使我们逃避个体自我的有限视角，不仅能进入像我们自己的自我那样的各种自我，而且能把语言赋予没有语言的东西，赋予栖息在檐沟边缘的

---

① 贺裳：《皱水轩词筌》曾有云：诗词无理而妙。在说到无理而妙时内容如下：唐李益词曰："嫁得瞿塘贾，朝朝误妾期。早知潮有信，嫁与弄潮儿。"子野一丛花末句云："沈恨细思，不如桃杏，犹解嫁春风。"此皆无理而妙，吾亦不敢定为所见略同，然较之寒鸦数点，则略无痕迹〔（清）贺裳撰《皱水轩词筌》，唐圭璋编《词话丛编》，中华书局，1986，第 695 页〕。

② 〔阿根廷〕博尔赫斯：《小径分岔的花园》，《博尔赫斯小说集》，王永年、陈泉译，浙江文艺出版社，2005，第 78 页。

鸟儿，赋予春天的树木和秋天的树木，赋予石头，赋予水泥，赋予塑料……结果将会怎样。[①]

——可以带来意想不到的丰富、精确和美感。

三 精确

当人们试图描述一个相对抽象的事物时，是以看似准确其实更抽象的方式加以阐释，还是以一种具体、及物的方式拆解抽象？比如风。想要描述无色、无味、无形、无法直接触摸到的风，可以用以下两种方式，一种是随口说出或写下描述风力大小的词语：微风、春风、大风、劲风、疾风、狂风、台风、飓风，甚至像王熙凤一样吟出"一夜北风紧"的"妙句"。然而，细究起来问题颇多。"微"有多小？"春"有多暖？"飓""狂"有多大？"紧"与"不紧"的差别在哪？所有描述看似具体实则模糊不清。风还可以用另一种方式来描述，比如飘动的红旗，飞舞的裙摆，远行的蒲公英，吹起的沙粒……想到飓风时，人们不会在"飓风"这个词上做过多的纠缠，脑海里浮现的是连根拔起的大树、削了顶的房屋、被吹翻的汽车和风中呼救的人们。因此当说"风"的时候，能够被轻易说出的看似细小到一个具体物，其实并不具体，也不精确，而脑海里浮现的与"风"一词有关的事物才叫精确。用可感知的、具体的他物、他词来描述一个物/词，比纠缠于物/词本身更具体、更精确。后者是用想象解释想象，用抽象来想象，只会是离精确越来越远的"笼统"或"伪精确"，前者则是用可感知、可碰触、可直接看到的实物来解释抽象，这才是真正的精确。

存在"笼统"的问题一旦未被充分认识，甚至被误读成"精确"，语言的灾难就会随之降临，"一场瘟疫已传染了人类最特殊的天赋——对文字的使用。这是一场祸害语言的瘟疫，它体现于丧失认知能力和直接性；变成某种自动性，往往把一切的表达都简化为最通用、划一和抽

---

① 〔意大利〕伊塔洛·卡尔维诺：《新千年文学备忘录》，黄灿然译，译林出版社，2009，第124页。

象的陈套，把意义稀释，把表达力的棱角抹去，把文字与新环境碰撞所引发的火花熄掉。"① 随之到来的还有具有毁灭作用的"文体的灾难"，最直接的受害者就是诗歌。原本最美好的词因为"笼统"和"滥用"而成为最世俗甚至最轻浮的词语，悬置差异、毫无个性，更无法诱发动人的诗意。比如曾经美好的字眼"爱"，因为宽泛而变得无用，"我爱你"成为最无力和最无效的表达，未必不真诚，却绝对称不上美感和诗意，甚至不如"我饿了"这一直陈饥饿，以满足口腹之欲，"填满胃"为目的的所指更明确、更有效，能够拯救语言和诗歌的"上帝"只有"精确"。

精确（exactness）是指"语言尽可能准确，无论是遣词造句，还是表达微妙的思想和想象力"②，卡尔维诺的这个观点没错，大致厘清了精确的表层含义。但是具体到现代汉诗中，这样笼统的概念还远不够清晰和深入。"精确"意味着"具体""细致"和"透明"，一种"语境的透明"（非语义透明），即"与诗人的感觉和自由联想有关，在语言中获得一种无蔽性。如埃利蒂斯所描述的：'在某个具体事物后面能够透出其他事物，在这个透出的事物后面又透出其他事物……如此延伸，以至无穷'"③。"精确"是一种"及物"的表达，需要动用"生物学"手段把词语解剖，找出内核中隐藏的特质，调动诗人的联想和想象能力，把言说目标用其他精准的具体词/物生动、形象、鲜活、精准、不落俗套地加以诠释和表达。因此，"精确"是拆解的精确、诠释的精确、想象的精确。无论是遣词造句还是思想表达抑或想象，都要精准，具体到细微，不是信马由缰的胡言乱语，也不是天马行空的胡思乱想，

---

① 〔意大利〕伊塔洛·卡尔维诺：《新千年文学备忘录》，黄灿然译，译林出版社，2009，第58~59页。

② 〔意大利〕伊塔洛·卡尔维诺：《新千年文学备忘录》，黄灿然译，译林出版社，2009，第58页。

③ 周伦佑认为诗歌理论中的透明与透明的基本义有所不同，并把诗学中的透明分为两种，即语义透明和语境透明。语义透明是指一度语言、语言的实用功能和有效性，直接的语言意义（包括所指的确定性和表达的明晰性，无歧义）。周伦佑主张的是后一种透明，即语境透明（《周伦佑诗选》，花城出版社，2006，第174页；〔希腊〕埃利蒂斯：《光明的对称》，王家新、沈睿编《二十世纪外国重要诗人如是说》，河南人民出版社，1992，第163页）。

要有质量和可信感①，这是现代汉诗的重要品质之一。

思想和想象力的精确指词与词之间要有深层的内在勾连性，做到"合理的无理"，"合理"是说有内在的勾连性，"无理"意味着反对陈旧的"新""奇""趣"与"别"（诗有别裁，诗有别趣）。不管是"合理的想象"还是"无理的表达"，都要依靠"具体"才能实现。"具体"是"词的具体""物的具体"，更是指"诗的具体"——这是诗之所以称之为诗，获得诗性的基本准则。以抽象词语"愁"为例，台湾诗人余光中在《乡愁》中把抽象的情绪"乡愁"具象化为"邮票""船票""坟墓"和"海峡"，"乡愁"因容纳了时间的变化和成长的历程，把延续一生的"不变乡愁"之中的"乡愁之变"凸显出来，再加上与愁的不同对象，"母亲""新娘""大陆"等词的组合与拼接，把诗人生命历程的不同时期，"乡愁"的不同主题、不同关注点和不同引发对象，细致、具体地表达出来。这与只写愁苦的"量之大"（李煜《虞美人》："问君能有几多愁？恰似一江春水向东流。"李群玉《雨夜呈长官》："请量东海水，看取浅深愁。"），愁苦"程度之深"（李白《宣州谢朓楼饯别校书叔云》："抽刀断水水更流，举杯销愁愁更愁。"周邦彦《风流子》："欲说又休，虑乖芳信；未歌先噎，愁近清筋。"）的古典汉诗不同。古典汉诗也有细致具体表达愁苦的诗作，比如"日边清梦断，镜里朱颜改。春去也，落红万点愁如海。"（秦观《千秋岁》）"自在飞花轻似梦，无边丝雨细如愁。"（秦观《浣溪沙》）即使是因具体和新奇而广受赞誉的"试问闲愁知几许？一川烟草，满城风絮，梅子黄时雨"②（贺铸《青玉案》），仍然没有逃脱言说愁苦的"量"（量之多、

---

① 想象力是否"丰富"，并不能决定作品的价值，重要的还是想象力的质量的高下能否在自由的想象中不输掉可信感（陈超：《精确的幻想——从田原的诗说开去》，《当代作家评论》2009 年第 4 期）。

② 《鹤林玉露》云："诗家有以山喻愁者，杜少陵云'忧端如山来，澒洞不可掇'，赵嘏云'夕阳楼上山重叠，未抵春愁一倍多'是也。有以水喻愁者，李顾（其实是李群玉——引者注，见《全唐诗》第 568 页李群玉卷）云'请量东海水，看取浅深愁'，李后主云'问君能有几多愁？恰似一江春水向东流'。秦少游云'落红万点愁如海'是也。贺方回云'试问闲愁知几许？一川烟草，满城风絮，梅子黄时雨'，盖以三者比之愁多也，尤为新奇，兼兴中有比，意味更长"［（宋）罗大经撰《鹤林玉露》乙编卷一，中华书局，1983，第 127 页］。

程度之深都可以看作对"量"的描述）的窠臼，并未真正触及愁苦的"质"。贺铸的《青玉案》的言说重点在"一川""满城"和"雨"，用他词完全可以替换。而余光中用"邮票""船票""坟墓"等词是不可替换的，因为这些词并不单独生成意义，而是前面要与"乡愁"连接，后面要与"母亲""新娘""大陆"以及"外头""里头""这头""那头"衔接，可谓牵一发而动全身。古典汉诗只是用其他词来解释愁苦的量，是一种描述，不涉及外部增生，也不会带来词本身的内部裂变。愁苦可以转译为"像大海一样多，一样深"，却始终在愁苦的外围包抄和环绕。而现代汉诗中的愁苦（乡愁）却能不这样转译，不能说"乡愁像邮票一样多，一样深"，邮票等词其实是打入词语内部，对"乡愁"进行拆解之后的具体和准确。是一种"质"的转化和置换，把"乡愁"的"质"转化成了"邮票"的"质"，即挖掘出物的内在规定性，又超越和篡改了物本身的内在规定性。在破解公式的同时，又不断制造新的公式，是用"新的具体"诠释了"具体"，并超越"具体"。"用具体超越具体"，"不是到达抽象思辨，不是单维线性的通向'升华'，也不是胶滞于具象性，而是锥体的旋转……保留了'具体'经验的鲜润感、直接性，又进入到更有意味的'诗与思'忻合无间的想象力状态。这里的想象和幻想带来的'超越'，不是指向空洞的玄思，而是可触摸的此在生命和本真生存的感悟。出而不离，入而不合是也"。①

"偏离""繁复"和"精确"都是"词的歧义性"的题中应有之义，三者往往互相纠缠在一起，互相阐发、互相激发。"偏离"带来了"繁复"和每一种"精确"，多种"精确"放在一起形成了"繁复"和"偏离"，而"繁复"又使词语变得更加"偏离"。抽离其中任何一个都是对其余二者的致命伤害。"精确"在一定程度上破解了由"偏离"和"繁复"制造的"词语谜团"，同时也制造出更大的谜团——"谜底"由单一性变成多样性，"顺藤摸瓜"，每一个向度又相对清晰和明晓。正因为有了"精确"这个特质，词语才能够在"设谜"与"解谜"、"布谜"与"猜谜"之间获得繁简有序、张弛有道的平衡，并在繁简、

---

① 陈超：《用具体超越具体》，《山花》2005 年第 9 期。

松紧和张弛之间为现代汉语诗歌带来更丰富的可能。"我们的母语本源中就存在着拆散固定文本结构，使之变为更灵动的、闪烁的、动机与效果偏移的、多向度文本的无限自由之光。"①

第四节

"词的歧义性"的功能："返源"后的"敞开"

恰如埃德蒙·雅贝斯所说："追问一位作家，首先意味着追问其记忆的词语，沉默的词语；意味着对其词语往昔的钩沉——那些词语远比我们古老，而文本则无年代可循。"② 追问一种诗歌体式，进一步探究现代汉诗"词的歧义性"的特质和功能，更应该从追问一个词语开始。"我们触到的是一个词，却有更多的石头，从那里滚落下来"③，顺手拾起一块"石头"，从词语"石头"入手，对现代汉诗进行细致追问和辨析——精美的石头会说话。

"石头"在中西方文化长期历史演进过程中都天然带有神话基因和神秘色彩，具有"原型"④ 特征。在中国传统文化语境中，自女娲"炼石补天"这一神话诞生之日起，"石头"便被赋予他物所没有的神奇功能，即可以帮助恢复宇宙原有秩序（从"补天"这一行为生发而出）的神性。补天的初始功能为"石头"在被讲述的历史过程中兼具"反世俗"（神、叛逆）和"世俗化"（人、规训）特征播下了可能性的种子，埋下了伏笔：既具有神性，也有与秩序暗合和一致的一面。"反世

---

① 陈超：《论元诗写作中的"语言言说"》，《个人化历史想象力的生成》，北京大学出版社，2014，第342页。

② 〔法〕埃德蒙·雅贝斯：《词语的记忆——我如何阅读保罗·策兰》，刘楠祺译，http://www.poemlife.com/libshow-3354.htm，2015年8月25日。

③ 王家新：《词语》，《王家新的诗》，人民文学出版社，2001，第118页。

④ 原型（archetype），是一种典型的或反复出现的形象（〔加〕诺斯罗普·弗莱：《批评的解剖》，陈慧等译，百花文艺出版社，2006，第142页）。

俗性"（神性）的获得是因为石头可以用作补天的材料，从诞生到被搬用，都与神的行为和动作分不开，石头因此具有神性。"世俗化"（规训可能）决定了女娲所炼之石在"内质"和"外形"上都要与"不兼覆"①的天严丝合缝、融为一体，才有补天、重建秩序的可能。两者对后世的"石头"隐喻意义的产生有决定性影响。综合了"石头"的坚硬质地（忠贞不贰）和道理伦理训诫色彩的"望夫石"②，便是石头"补天功能"的另类衍生。由对"秩序"的暗合变为对性别的伦理性训诫——淡化了被动之意，而增强了心甘情愿之意——主动回到（遵从）秩序本身。小说《西游记》中，"先道后佛""亦道亦佛"的主人公孙悟空的"石猴"身份以及由反叛权威（天庭）和既定秩序（天道）到皈依佛门的思想转变历程，表达的同样是"石头"反叛的神性和与被规训的世俗性。《红楼梦》开篇对"石兄"来历和身世的讲述以及"神瑛侍者"贾宝玉对这一神话传说的完美对接和缝合，进一步增强了"石头"兼具神性（叛逆、与世俗格格不入）和世俗性、"人性"（痴、呆）的双重特质。

在西方文化语境中，"石头"因成为耶和华（上帝/神）"手大有能力"的见证之物③，同样被赋予了神力（通灵，关于这一点《红楼梦》也有所提及）和永恒价值。"希绪弗斯神话"使"石头"备受关注。奸诈狡猾的希绪弗斯因为对宙斯（权威）的蔑视和欺瞒，被惩戒而打入地狱，并开始从事永无完结的推动巨石上山的工作。被惩罚和接受惩戒本身就是规训的成功和胜利，而希绪弗斯对权威的挑战和法国存在主义哲学兼小说家加缪的阐释（哲学随笔《希绪弗斯的神话》），使西方的

---

① 《女娲补天》：往古之时，四极废，九州裂，天不兼覆，地不周载；火爁（lǎn）焱而不灭，水浩洋而不息；猛兽食颛民，鸷鸟攫老弱。中国古代对于"天"的认识主要有"盖天说"和"浑天说"，两者都认为天大于地，可以覆盖万物。比如《浑天仪》曰："天如鸡子，地如中黄，居其天内。天大地小，表里有水，天地各乘气而立，载水而浮，日月星辰绕地下，故二十八宿半见隐，天转如车毂之运"〔（宋）李昉：《太平御览》（第一卷），夏剑钦等校点，河北教育出版社，2000，第19页〕。

② 关于望夫石的来源和考证，可参见朱恒夫《望夫石传说考论》（《江海学刊》1995年第4期），王立、王之江《望夫石意象传说及深层结构》（《辽宁大学学报》1994年第5期）。

③ 《圣经·旧约全书》，《约书亚记》（joshua）4：4-4：24。

"石头"与中国的"石头"一样，同样兼有"反叛"和"规训"的双重特质。

当天生携带隐喻因子的"石头"落入诗歌，进入诗歌场域会如何？跟着"石头"走，"一首诗从一个词开始。紧紧跟着它，以一只蚂蚁的速度移动，而不是以'时代的大波澜'的速度移动……就跟着它，盯着它会去何处"①，答案自会揭晓。早在《诗经》中，就出现了"石头"意象，比如《诗经·唐风·扬之水》：

> 扬之水。白石凿凿。素衣朱襮。从子于沃。既见君子。云何不乐。
>
> 扬之水。白石皓皓。素衣朱绣。从子于鹄。既见君子。云何其忧。
>
> 扬之水。白石粼粼。我闻有命。不敢以告人。②

纯净、洁白、鲜明之意赋予石头以灵性（通灵——神性意义的延伸），以凸显反抗世俗的"质"，以后的诗歌中亦有此类表达。"石"和"莲"联袂出现，以喻君子品质之高洁，"青石一两片，白莲三四枝。寄将东洛去，心与物相随。"（白居易《莲石》）或者反对雕琢、崇尚自然、反抗世俗，"爱此一拳石，玲珑出自然。溯源应太古，堕世又何年？有志归完璞，无才去补天。不求邀众赏，潇洒做顽仙。"（曹雪芹《题自画石》）等。另一方面，规训和训诫之意在古典汉诗也多有表现。在唐宋代诗歌中，仅以"望夫石"为题的作品就不在少数："望夫处，江悠悠。化为石，不回头。"（王建）"终日望夫夫不归，化为孤石苦相思。"（刘禹锡）"还似九疑山下女，千秋长望舜裳衣。"（王安石）"有恨同湘女，无言类楚妃。寂然芳霭内，犹若待夫归。"（李白）"望夫石，夫不来兮江水碧。行人悠悠朝与暮，千年万年色如故。"（孟郊）……在规训和叛逆的既定道路上，"石头"就如其自身一样，逐渐固化，最终成为强调简单、简化复杂，掩盖真相的悬浮之词。"非本真

---

① 于坚：《三个词》，《棕皮手记》，东方出版中心，1997，第4页。
② （清）阮元校刻《十三经注疏》上，中华书局，1982，第362页。

语词是与存在之根相脱离的悬浮之词，作为一种劣根语词现象，它不是新意义的显示，而是对旧意义的重复：重复性领会，重复性言说，从遮蔽到遮蔽的黑暗。"①

诗人该如何与一个词发生关系，是"跟在一个词的屁股后面，随着它去说出所见所闻。我来了，我看见，我说出"，还是"恰恰相反，我们不是尾随着一个词，而是在它来的路上与它迎面遭遇……现在我们可以选择，要么尾随它，闭上你的眼睛，走上它已经既定的道路，进入它的被规定了的春天。要么，逆向而行，到它的开始去"。② 现代汉诗选择了后者，即到词语"石头"开始的地方去，把负载在"石头"身上的前见和固定隐喻可能祛除，重新把"石头"还原为"石头"，把它看成一个新词，即把"石头"不只是"石头"变为只是"石头"：

> 热爱石头和天空的画家
>
> 只画石头和天空
>
> 我想再没有比这
>
> 更简单的事情
>
> 没有比它更令人愉快的了③

（韩东：《只有石头和天空》）

> 还是让石头永远是石头吧
>
> 不要象征④

（曲有源：《让石头永远是石头》）

"语言对于我们而言乃是这一个令人惊异的装置，它允许用有限数量的符号表达不确定数量的思想或事物——这些符号被选用来准确地重新组织我们打算说的一切新东西，被选用来向我们通报最初命名的证据。"⑤ 摒弃前见回归词语本身，还原"石头"本质，并把它作为"初

---

① 《周伦佑诗选》，花城出版社，2006，第169页。
② 于坚：《三个词》，《棕皮手记》，东方出版中心，1997，第1~2页。
③ 韩东：《只有石头和天空》，《人民文学》1989年第6期。
④ 谢冕编《中国新文学大系》诗卷，上海文艺出版社，2009，第363页。
⑤ 〔法〕莫里斯·梅洛－庞蒂：《世界的散文》，杨大春译，商务印书馆，2005，第2页。

物"重新对世界和外物打开，说出一切新的东西。周伦佑的诗歌《对石头的语义学研究》便是到"石头的开始去"这一诗学观念的最佳诠释，这首诗于有意或无意间成为此种语言观和方法论的集大成者，是现代汉诗回到语言最初命名状态的宣谕：

> 石头是名词。它的正确读音是 shí tou
>
> ……
>
> 它由"石"和"头"这两个部分组成
>
> ……
>
> 就这样从石头的基本义开始
>
> 石头被读出。一次偶然的触动
>
> 使石头产生出别一种含义
>
> ……
>
> 退回石头，守住石头，或离开
>
> 石头。不同的接触，使石头
>
> 呈现得多些或少些。意守丹田
>
> 在石头反义时将它捉住
>
> 思想的介入，使石头四分五裂
>
> 石头完好如初，一如神的全美
>
> 对石头的研究使你获得
>
> 石头的意识，在石头内部
>
> 凝神观照，体验一切石头
>
> 世界在本来的意义上被理解
>
> 和容纳……①

质地坚硬的"石头"自诞生之日起就具有的神话（炼石补天）和实用（石器的发现和使用）两种功用、"神性"和"世俗"两种特质以及"规训"和"反叛"两种功能，被周伦佑以去蔽、拆解、推倒、还

---

① 《周伦佑诗选》，花城出版社，2006，第 53～54 页。

原的方式全部归零，把覆盖在"石头"上、比"石头"本身还沉重的种种负累完全剥离。现代汉诗要通过"返源"，让"石头"以赤裸的状态重新面对、获得并拥有世界，这就需要以"石头"为源头和根基再出发，重新打开词语的生殖之门。一方面，作为源头的"石头"只是其本身，"石头保持原样/使任何僭越的企图归于徒劳"。不管石头的意义如何丰富，作为词的"石头"，也包括作为物的石头的最源头、最根基的仍是石头的基础意义，"你们都来自我，我来自灰尘"。① 作为"石头"本身的"石头"是向世界敞开的"开端"，谁也无法逾越、跨越甚至僭越。另一方面，作为源头的"石头"重新拥有了向世界打开的权利和义务。女娲淬炼的"五色石"——"五色"本身就隐含多元丰富的意义和敞开的可能，而绝非被文化传统规约的单一向度："石头的转义可以独坐，给房屋奠基//……比喻使石头在暗中移动/石头从止水中轻轻浮起/通过喻词变成别的事物/或者相反：别的事物好像石头/石头在比喻中缩小或放大/石头滚动，成为一支乐队的名称/在黑暗中石头被引申为火种/在火中，石头被引申为铁的原型。""石头"可以只是"石头"，又可以通过转义、隐喻、引申甚至背离等方式，不再只充当被阐释的角色，也不单是有限情感和情绪的对应物，而是具有无限散发的敞开性。通过此物对彼物的激发，完成与他物的"灵魂互换"。从言说和书写意义的可能性来说，"石头"一词可以变成"全部世界"——"一个靠词语造就的世界几乎就是世界本身"。② 这种魅力和神力的获得，都是通过词语的"返源"和回到最初命名状态之后，再次出发才得以实现。

"去蔽"和"返源"是"再出发"的前奏，词语在"重新打开"之后，需要完成或尝试完成的另一项重要任务就是把"石头"只是"石头"变成"石头"是"内部的石头"。"我向往事物简单的本质/像石头内部的石头/或泉眼中的涌流。"③ 前者只是"返源"，而后者兼有"返源"和"敞开"两种特质。变成"内部的石头"是说"石头"既

---

① 洛夫：《巨石之变》，《洛夫自选集》，江苏文艺出版社，2010，第 79 页。
② 韩少功：《马桥词典》，作家出版社，2011，第 316 页。
③ 韩东：《简单的事实》，《天涯》1992 年第 7 期。

是"石头"，又不只是"石头"。"是石头"就是抵达本质，包括"石头"和可能与"石头"发生关系的其他物的本质。"不只是石头"更像是微生物的发酵，由 A（某一微生物）引起，发酵之后却既是 A，又不只是 A，需要充分调动"石头"内部的全部活力因子，以达到最佳的发酵状态，是一种增值。"石头内部的石头要比什克洛夫斯基所谓的'使石头成为石头'更富挑战性。石头成为石头，'石头'从多到少，石头跃至声音能指层面而归于简陋，而石头内部的石头需要从多到一，'一'和谐地融合了瞬间性体验的各种因素，'一'犹如一个透明而发光的球体，死亡意识则是它的凝聚的核心，即石头内部的石头、泉眼中的涌流。这与在外表上追加各种意义的遮蔽化写作是完全反向的，这是一种直抵事物本质以至跨向超自然的写作。"① 相对于"少"而言，"一"作为离本源（道）最近的数字②，具有无穷衍生的繁殖能力，所能够阐发的比"多"更"多"。"每一个语词都倾向于是一根弹力近乎无限的弹簧、一具柔韧性近乎无限的腰肢。在极端处，它甚至倾向于将惠施所谓'至大无外'的'大一'空间、'至小无内'的'小一'空间，转化为这个词汇所具有的本己性空间。"③ "至小无内"即"返源"，"至大无外"即"再出发"。现代汉诗中的词由"去蔽""返源"到再出发的过程恰好是从"多"到"少"、从"少"到"一"、从"一"再到"多"，后一个"多"比前一个"多"更"多"。由"一"生发的无限更具有敞开性，是向世界（外物）的敞开。因此"必须热爱这些石头，人的石头/和物的石头，热爱并且亲近/点头问好，有时碰得头破血流"。④

---

① 胡桑：《韩东论》，《赶路诗刊》2006 年第 4 期。

② 《庄子·天下》"至大无外，谓之大一；至小无内，谓之小一。"疏曰：虽复大小异名，理归无二，故曰一也（刘文典：《庄子补正》，安徽大学出版社，1999，第 888 页）。类似于老子所说的"道生一，一生二，二生三，三生万物"和庄子所说的"一"。

③ 敬文东认为，在正常情况下（而不是在其极端处），每一个语词其实都有"内""外"两个部分（"至大无外""至小无内"只是语义空间在大小上的两个端点），如同一个人既有外部的整体形象，又有内部的五脏六腑。这个阐释恰好与本书所说的现代汉诗"词的歧义性"的"返源"和"敞开"功能不谋而合（敬文东：《历史以及历史的花腔化》，《守夜人呓语》，新星出版社，2013，第 38 页）。

④ 《周伦佑诗选》，花城出版社，2006，第 13 页。

从"石头"作为根性语言的再出发，不是一种重复无意义的工作，不是沿着既定和习见的构思、言说和写作模式，而是摒弃已有的一切，是一种开拓，一种探询未知、窥视世界的可能。

> 你们说绝对
> 我选择了可能
> 你们说无疑
> 我选择了未知①
>
> （洛夫：《巨石之变》）

"本真语言即根性语言……它的诗性言说总是崭新意义的带出，而不是对既有意义重复再现。这构成诗的纯真之域。"② "纯真之域"是对空白的描绘和填充，是根性词语自身意义的延伸以及与他物/他词发生化学反应之后的丰富。根性词语自身意义的延伸在王家新的诗歌《从石头开始》③ 中有着极为成功的实践和诠释，是"去蔽—返源—再出发"方法论的一种实践。根性和基础词"石头"一跃成为"万能词"/"钥匙词"，最大限度地说出了一个"词"面对"世界"的全部秘密，首先是关于"人"的秘密，关于"心"的秘密：

> 电火在夜空一闪
> 又消失了
>
> 而当人把眼睛抬起
> 一个光的秘密
> 却注入石头和土地
>
> （王家新：《从石头开始》（一））

当电火在夜空中一闪的刹那，"石头"因"耀眼"成分的注入而拥

---

① 洛夫：《巨石之变》，《洛夫自选集》，江苏文艺出版社，2010，第80页。
② 周伦佑：《红色写作——1992艺术宪章或非闲适诗歌原则》，《周伦佑诗选》，花城出版社，2006，第169页。
③ 王家新：《王家新的诗》，人民文学出版社，2001，第17~21页。

有了"光的秘密",注定成为不平凡的存在,并凭借超强穿透力深入任何人的心灵暗影中,在照亮人心幽暗地带的同时,也生成新的魅惑——耀眼意味着照亮,也意味着遮蔽,刺眼的光亮使双目模糊,无法看清真相。"石头"幻化成人的脏器——"醒来,体内已垒满石头"[《从石头开始》(三)],带来翻江倒海的躁动不安:是岁月沉淀和流逝所积淀下来的"深层孤独"和束缚,"从岁月的/矿脉里,流放出遍地孤独"[《从石头开始》(二)];是一种固执的坚守,"生命因孤寂而沉默,在大地之上/化为石头/太阳暴跳着无法进入……"[《从石头开始》(四)];是对现实不可抗力挤压的一种妥协(近乎"规训"),以及妥协之后的自我放逐和迷失(背离"规训"),"就这样,/承受永恒之光的蹂躏/当它回到自身/已变得残缺不堪"[《从石头开始》(五)];是迷失之后,只能陷入囚禁自身,无法重返自我初心和生存真相的巨大迷宫——自我设置的迷宫,"也许,有一天/每一个城堡/都将变成石头的迷宫"[《从石头开始》(六)]。"石头"的介入使人心变得狂躁、分裂、矛盾、争辩、挣扎。然而,"石头"在成为人束缚自身、扰乱人心、障翳真相、迷失自我的蛊药的同时,又是正视内心、分辨善恶、甄别真伪的良方,引领人看清和觉醒。"搅局"的"石头"搅乱了人心,也扰乱了自我。它和"人"一样,需要把遮蔽自身的"赘物"剥离,需要从人的体内跳出,辨清内心,重返真实自我,回到"石头"自身。"历史就是:从火到火/从石头到石头//而从石头里敲出的时间/累了,复又返入石头"[《从石头开始》(六)]。仿佛完成了一个轮回,"石头"由进入、搅动到出来、成为指引,帮助人心最终由混沌走向自明,也经历了自我蜕变与成长,走完自明—迷失—再自明的生命轨迹:

一个真正的、无言的时刻来到

猛然转弯,是隔山的

那块石头

为我指示出向海的路……

[《从石头开始》(十)]

与其说王家新在言说"石头",不如说是借"石头"幻化出的"囚笼""城堡""迷宫""灯塔"(希望)等意象,揭示诗人的隐忍、无告、孤寂、撕咬的内心躁动,以及盘诘在"幽闭与自由""黑暗与光芒""绝望与希望"之间的灵魂挣扎,是诗人心境和命运遭际的真实写照。"石头"是一个有魅力的开关,一旦按下,城堡中的绚丽音符都将呼之欲出;也是一个有魔力的"陷阱",揭示出人心幽微地带的驳诘和抗争。比《从石头开始》更噬心的是洛夫笔下的"石头",它带着灼热与寒冷的两歧特质,"火在底层继续燃烧,我乃火/而风在外部宣告:我的容貌/乃由冰雪组成",以"人石合一"的方式,把内心这种痛苦、自虐、撕裂、自我毁灭和自我救赎发挥到了极致。"万古长空,我形而上地潜伏/一朝风月,我形而上地骚动/体内的火胎久以成形/我在血中苦待一种惨痛的蜕变……"①

根性词语的"再出发"重新向世界打开,可以用独立的方式完成,也可以融合的方式实现,即石头与其他物融合,发生化学反应,进入彼此内部,探测彼此秘密。"爆炸中我开始苏醒,开始惊觉/竟无一事物使我满足/我必须重新溶入一切事物中"[《巨石之变》(六)]。这种渴望融合的姿态恰好是"再出发"的一种诗意描绘和真实写照。一个词与另一个词、一个物与另一个物发生关系时,此词/此物的和彼词/彼物的性质和意义会在双向激活中得到更有效的呈现。"一个孤立的玻璃,不一定是透明的。如果与一块玻璃发生关系的词,是黑布、包裹,透明就不会呈现。我们最终会发现,正是透明遮蔽了玻璃一词。透明导致的是玻璃的通过,是看见,是玻璃之外的事物,是别处的事物。仍然是'生活在别处'。"② 周伦佑把同样坚硬质地的"石头"和"镜子"两物结合在一起,通过映照、反射、破坏、碰触等一系列行为,重新认识镜子和石头的本质以及写作的本质。

> 石头的主题被手写出来
>
> 成为最显著的物象。

---

① 洛夫:《巨石之变》,《洛夫自选集》,江苏文艺出版社,2010,第78~81页。
② 于坚:《三个词》,《棕皮手记》,东方出版中心,1997,第5页。

      ……

石头溺于水，或水落石出

一滴水银被内部的物质颠覆

手作为同谋，首先被质疑

石头被反复书写，随后生根

越过二维的界限，接近固体

      ……

石头打乱秩序，又建立秩序

高出想法许多，

      ……

石头深入玻璃，直接成为

镜子的歧义。

      ……

石头打破镜子，为我放弃写作

提供了一个绝好的理由[1]

（周伦佑：《镜中的石头》）

    "石头"与他物结合仍然具有石头的坚硬质地，但又是不完全等同于纯粹"石头"的新物。比如各种生物的化石，同样题名为《鱼化石》——动与静、柔然与坚硬的奇异组合，不同诗人想表达的思想大不相同。艾青的《鱼化石》隐喻特殊时期，人的遭遇及自我选择，并在令人窒息的囚禁中充满摆脱束缚、重获自由的渴望（可看作诗反叛和规训两种特质的延伸和深入），"活着就要斗争，/在斗争中前进，/即使死亡，/能量也要发挥干净"[2]。卞之琳的《鱼化石》则彻底颠覆了传统文化中"石头"被强制命名成忠贞、从一而终、有着守旧痕迹的"望夫石"的审美规训，剔除了反叛和规训的因子，回归为单纯的爱情表达——纯粹两情相悦、你中有我、我中有你的爱情观。"（一条鱼或一个女子说）我要有你的怀抱的形状，/我往往溶于水的线条。/你真

---

① 《周伦佑诗选》，花城出版社，2006，第41～42页。

② 艾青：《鱼化石》，《艾青全集》第二卷，花山文艺出版社，1991，第396页。

像镜子一样的爱我呢。/你我都远了乃有了鱼化石。"① 两首《鱼化石》的言说重点都在于"鱼"与"石"的融合，石头也因此生出大于"石头"本身的新意。

成为"石头内部的石头"意味着"石头"的变异，也就是前部分所说的"偏离"。追寻着词语石头，最后找的对应物可能完全与石头无关或彻底背离石头。"你如果说它像一块石头/冰冷而沉默/我就告诉你它是一朵花。"② 柏桦的诗句是对石头内涵的彻底颠覆，石头不再是石头，可以是花朵，也可以是别的东西。"石头"在这里可能只是一个引子，词语在现代诗歌中充当的角色不再是命名者，而只是指引者，是完全可以用其他词语取而代之的、没有实际意义的命名。"石头"又是无所不包的一切物的集合，能够被任何词/物替换。因此，"石头"无所能，也无所不能，兼具"至大无外"和"至小无内"的双重特质，更准确地说，是提供了一种可能，最终功能是敞开。"语言，凭借给存在物的首次命名，第一次将存在物带入语词和显象。这一命名，才指明了存在物源于其存在并到达其存在。这种言说即澄明的投射。在此之中宣告，存在物作为附属物进入敞开。"③

"'敞开'意指那没有关闭之物，它没有关闭，在于它没有设立界限，它没有设立界限，在于它自身摆脱了全部界限"④，意味着一种开放，"它既指整体迁移你的无界限的吸引，也指在全面地摆脱限制意义上的开放"⑤，一种既可以进得去，也可以出得来的开放状态。这种非自闭、自足而是自由、无蔽的敞开状态可以最大限度地达到澄明状态（非意义上的，而是姿态上的），意味着更大的未知、可能或者无限：

> 从时间里消失的意象
>
> 在语言中重现。石头、石头
>
> 石头，坚硬而多变的异物

---

① 卞之琳：《三秋草》，华夏出版社，2011，第76页。
② 柏桦：《表达》，《往事》，河北教育出版社，2002，第5页。
③ 〔德〕海德格尔：《诗·语言·思》，彭富春译，文化艺术出版社，1991，第69页。
④ 〔德〕海德格尔：《诗·语言·思》，彭富春译，文化艺术出版社，1991，第96页。
⑤ 〔德〕海德格尔：《诗·语言·思》，彭富春译，文化艺术出版社，1991，第97页。

从词语的缝隙中跻身进来

使刚刚开始澄清的世界

重新变得捉摸不定。①

（周伦佑：《石头再现》）

通过对"石头"一词溯源式的跟踪和追索，可以大致厘清它在现代汉诗中的变化轨迹：石头不是石头——石头就是石头——石头是石头内部的石头。与这一"表层轨迹"相对应的是"石头"的功能的鲜明呈现："去蔽—返源—敞开"。这不是"石头"一词独有的，而是现代汉诗中词语的共同特点。"石头"只是词语功能的一个典型文本或一个浓缩。"敞开"不是词语功能的终结，可能是下一轮"去蔽—返源—敞开"的另一个起点。在无数次重新敞开的过程中，词语的意义被最大限度地激活，可说之物也像滚雪球一样不断变大，再变大。在不断膨胀中，词语不再是有限度、方向明确的所指，而是指向无限和多种可能——

你那语言的梯子竖起在时间的球面上。

你抵住它的一角额头知道——它有可计算的

面积，但它居然无边无际——！②

---

① 《周伦佑诗选》，花城出版社，2006，第47页。

② 蓝蓝：《球面上的云——致张枣》，《今天》2010年夏季号，第13页。

第二章

『词的歧义性』的生成

维特根斯坦（Ludwig Wittgenstein）说："想象一种语言就意味着想象一种生活方式。"① 语言是生活方式的表征，语言的不同体现出生活方式的差异。与古代汉语相匹配的是古代人的生活方式，与现代汉语配套的是现代人的生活方式。翟永明的诗歌《在古代》② 以略带忧伤的笔调和不舍的心情，将古今两种生活方式并置，进行细节上的比照，由此完成对永远逝去的古典生活方式的凭吊。在古代，一切都是笨拙、缓慢、辽远、自然而然的，却又质朴、浓烈，充满人情味和人间烟火气息，很多东西无须刻意争取便会最终获得。"在古代，我只能这样／给你写信 并不知道／我们下一次／会在哪里见面；在古代　青山严格地存在／当绿水醉倒在他的脚下／我们只不过抱一抱拳　彼此／就知道后会有期"；而现在，速度加快了"慢""近"，缩短了"远"，科技聪明了"笨拙"，剔除了"朴质"，一切都在改变。"现在　我往你的邮箱／灌满了群星　它们都是五笔字型……你在天上飞来飞去／群星满天跑　碰到你就像碰到疼处。"以往人情中的"浓"逐渐变"淡"，被稀释、加速和改变的还有文学和写作本身。

> 在古代 人们要写多少首诗？
> 才能变成崂山道士 穿过墙
> ……
> 现在 你正拨一个手机号码
> 它发送上万种味道③
> ……

诗中"五笔字型""蓝屏""飞机""手机"等诸多由内而外散发

---

① 这句话的英文为：to imagine a language means to imagine a form of life. Wittgenstein, *Phosophical investigations*, Translated by G. E. M. ANSCOMBE, Great Britain：Basil Blackwell Ltd，1958, p. 8.

② 翟永明：《翟永明的诗》，人民文学出版社，2012，第276~277页。

③ 翟永明：《翟永明的诗》，人民文学出版社，2012，第277页。

着强烈现代性气息的词语，犹如突然降临的庞然大物，具有蛊惑性、毁灭性和杀伤力，以锐不可当之势，理直气壮地打乱了古人的生活节奏，改变了纯粹的生活方式，稀释了质朴的友谊，缩短了曾经无法逾越的空间距离，破坏了原有生活秩序，无情地宣告"从前慢"时代的终结。生活方式的改变是生存秩序变革的一种表现，同时也是一种表象，还有很多与之直接或间接存在因果、并列、条件关系的深层变化需要挖掘，比如语言。一方面是因为语言的重要性，它"与人类的精神发展深深地交织在一起，它伴随着人类精神走过每一个发展阶段，每一次局部的前进或倒退，我们从语言中可以识辨出每一种文化状态"①。另一方面是由于"语言"与"生活方式"的一致性，"不是对象的一致性保证了语词的一致性，而是语词的一致性保障了对象的一致性。更确切地说：现实在语词的水平上呈现出了这样那样的一致性"②。按照一致性考察，维特根斯坦的名言倒置过来也颇具合理性：想象一种生活方式意味着想象一种语言形式，也意味着想象一种文学形式。因为生活方式的最终形成与人的思维方式密切相关，思维方式决定人的言行和举止，也决定人们看待问题的方式，而语言是思维的符号载体和表达工具。思维方式作为重要媒介，把语言和生活方式联系在一起，当"思"变为"行"（行为/行动）时，就是生活方式；作为"言"（交流和表达方式）时，就是语言。因此可以断定，生活方式与语言密切相关，生活方式的差异表现为语言的不同。

生活方式异变背后更重要的改变便是语言范式，而语言范式的变化又与文学范式、想象范式、表意方式、文化范式诸多方面息息相关。诗歌便在这种强行破坏和秩序改变过程中发生了翻天覆地的变化。与农耕文明密切相关的古代"圆形时间观"被现代"线性时间观"取代，古典汉诗内部平稳、宁静、节制的稳定性被打破，取而代之的是一种全新的语言范式：尖利、喧嚣、张扬、具有强大破坏性的现代诗语，并完成了从古典到现代诗歌语言范式的艰难转换（之所以称为艰难，是从时间

---

① 〔德〕威廉·冯·洪堡特：《论人类语言结构的差异及其对人类精神发展的影响》，姚小平译，商务印书馆，1999，第21页。

② 陈嘉映：《语言哲学》，北京大学出版社，2003，第196页。

长度和未完成性上而言的）。在反叛、突围及以破坏为主要特征的构建过程中，词语犹如摆脱了一切束缚的石猴，腾空跃起，获得前所未有的自由，周身散发出难以掩饰的魅力和魔力，释放出无限能量，具有多种潜能。

┌─────────┐
│ 第一节 │
└─────────┘

古典汉诗文体秩序和内部稳定性的生成

一 "圆形"秩序和稳定性的生成

一个民族看待时间的方式影响了思维方式，进而影响语言秩序。"时间既关系到个体的历史（出生、成长和死亡），并左右着他的行为节奏和速度，同时又关系着这一个体和他身处其中的群体历史的连续性。"[1] 对时间的看法与个体和族群皆关系密切，且对二者有着根本性影响。"原始人最早的时间观念，大概起源于昼夜的划分"[2]，这个由"日"与"月"的升落和更迭派生出的时间观念与人的劳作/休息的生理需要自然而然地契合一处，加上长期积累的农耕经验，古人对时间的认知进一步深入、完善，最终形成对日（黑夜/白昼）、月（月圆/月缺）、年（四季更迭）的系统性认知。不管是昼夜交替、月亮圆缺的变更，还是春夏秋冬的更迭，甚至是"甲子"的纪年方式，都是以时间的循环往复为主要特性。关于这一点，早在春秋时期就已经有所显露。《文子·自然》中引用老子的话阐释"宙"：往古来今谓之宙，四方上下谓之宇。作为时空概念的宇宙中的"宙"指时间，而"宙"的本义

---

① 张柠：《土地的黄昏——中国乡村经验的微观权力分析》，中国人民大学出版社，2013，第 20 页。

② 关于古人时间观念的形成问题，具体可以参见刘文英《中国古代的时空观念》（南开大学出版社，2000，第 2~28 页）。

即有循环往复之意。① 所谓"日者行天，日一度，终而复始，如环无端"②。这种循环往复的时间观念可以被形象表述为"圆形"时间观念。作为没有任何棱角和开口的图形，"圆形"意味着一种自足和圆满，一种无限循环，这与古代人的时间观念极为相似。单从"干支"纪年方式上看，每天的昼夜没有什么区别，60年前的甲戌年与60年后的甲戌年也没什么区别。而以"世纪"纪年的1900年和1960年则有很大的不同，前者显现"变中之常"，后者则凸显"常中之变"。无论是以相对较长的时间单位"甲子"纪年，还是依据农耕生产规律而衍生出的四季更迭（春播—夏种—秋收—冬藏），以较短的时间单位"年"为基础的循环，"圆形时间观"彰显的都是一个相对稳定和无限循环的状态，就像《易传·系辞上》所说的"生生之谓易"——生而又生，连绵不息。人与物一样，皆依据自然规律完成季节轮换和生命循环，开始和结束可以在某一点上重合，相对封闭、循环往复、缺少变数，所以无所谓开始也无所谓结束。一切都是在自然状态下完成，不需要破坏，亦无须焦虑，更不用去改变，一切都很稳定。

因圆形时间观念而生成的稳定性其实是一种秩序③的传达。时空秩序、天地秩序④，当然更包括生产秩序、生活秩序、人事秩序。天地万物、日月星辰、宇宙运行都有其不可打破的自然规律和既定秩序，人们的生活也不例外。人们要遵从这样或那样的秩序，顺应天意，从而保持生活的稳定性。"日月有常。星辰有行。四时从经。万姓允诚。"⑤ 这样的认知和对"天意"（后来被皇权所取代）、自然的顺承，因为与人们赖以生存的农耕秩序暗合而被广泛认同和接受，所以古人"上法圆天，

---

① 宙的本意：舟舆所极覆也。段玉裁注曰：覆者，反也。与复同。往来也［（汉）许慎撰，（清）段玉裁注《说文解字注》，上海古籍出版社，1981，第342页］。《吕氏春秋·仲夏纪第五》曰："天地车轮。终则复始。极则复反。莫不咸当"［（汉）高诱注《吕氏春秋》，上海书店，1992，第46页］。

② （宋）李昉：《太平御览》第一卷，剑钦等校点，河北教育出版社，2000，第31页。

③ 葛兆光认为，时间的分配，从根本上说是有关秩序的事情（葛兆光：《严昏晓之节——古代中国关于白天与夜晚观念的思想史分析》，《台大历史学报》2003年第32期）。

④ 关于天地的秩序化可参见《尚书·尧典》［（清）阮元校刻《十三经注疏》，中华书局，1982，第117～121页］。

⑤ 《帝载歌》，（清）沈德潜选《古诗源》卷一，中华书局，1977，第2页。

以顺三光（日月星），下法方地，以顺四时（春夏秋冬）"。① 自上古诗歌《击壤歌》开始，就已经出现与农耕秩序有关的诗意表述。而后，"四月秀葽。五月鸣蜩。八月其获。十月陨萚"②，自然生成的时间更迭成为古人感知和辨别时间的主要依据。杜甫诗歌"好雨知时节，当春乃发生"一句"确证了中国'道'概念中万物体现的自然规律：生命无穷的循环与再生，昼夜、春秋的不断迭替，人类与宇宙的和谐统一"。③李白"万物兴歇皆自然"④ 亦是这类自然观的集中表达。没有什么需要改变，只要顺应就好。"夫死生之变，犹春夏秋冬四时行耳"⑤，即使是生死也因为坚信时间的循环，坚信死是另一种方式的生而变得豁达——"将子无死。尚复能来！"⑥遵守和认同秩序代表一种稳定性和安全感，因为"一个有规律、有秩序的世界被认为是一个安全的世界，对世界规律性的认识被认为出自寻求安全的动机"。⑦

古代汉诗中也存在与既定秩序相悖逆的表达。"去年元夜时，花市灯如昼"一句，暗含了对昼夜时间规律的短暂性改写与破坏。明代中叶以后，这种"偶然"和暂时性破坏相对而言更为常见。古代中国法律规定的几天节令不宵禁⑧，算是对这刻板生活的一种调剂和补充，"是一种对'秩序'的逃逸，是一种对'控制'的反叛，它激起长期单调生活中的人对于越轨行为的好奇"⑨。但是，这样的行为只是偶然为之，是短时间、暂时性的，绝非常态。常态仍然是推崇稳定、讲求秩序。"以对天、地、人的体验与想象，形成了一个整齐不乱的秩序。在这一

① 庄子：《说剑》，刘文典撰《庄子补正》，安徽大学出版社，1999，第824~825页。
② 《诗经·豳风·七月》，（清）阮元校刻《十三经注疏》，中华书局，1982，第390页。
③ 奚密：《现代汉诗：一九一七年以来的理论与实践》，宋炳辉译，三联书店，2008，第19页。
④ （清）王琦注《李太白全集》，中华书局，1999，第211页。
⑤ 《齐物论》，刘文典撰《庄子补正》，安徽大学出版社，1999，第51页。
⑥ 《白云谣》，（清）沈德潜选《古诗源》卷一，中华书局，1977，第8页。
⑦ 吴国盛：《时间的观念》，北京大学出版社，2006，第7页。
⑧ 葛兆光：《严昏晓之节——古代中国关于白天与夜晚观念的思想史分析》，《台大历史学报》2003年第32期。
⑨ 葛兆光：《严昏晓之节——古代中国关于白天与夜晚观念的思想史分析》，《台大历史学报》2003年第32期。

秩序中古代中国确立了自己的价值的本原、观念的样式和行为的依据。"① 秩序以各种形式渗透到各个领域，从观念到行为，从思想到行动，从话语到动作：时间秩序、空间秩序、统治秩序、生活秩序、社会秩序甚至是思想秩序。对中国古代社会诸多方面都产生过深远影响的儒家思想中的"礼"② 和"理"以及道家言及的"道"，都是这种秩序观的呈现。文学同样也要与此秩序相适应，钟嵘的《诗品》有云："若乃春风春鸟，秋月秋蝉，夏云暑雨，冬月祁寒，斯四候之感诸诗者也。"③ 因天地以及自然秩序——"天经地义"④ 而衍生出文学秩序，在诗歌中表现得最为显豁。这不但与诗歌文体本身的特殊性和优越性有关，而且还与诗歌发展的成熟度有关。

"落下一片叶/就知道是甲子年。"⑤ 古代"凿井而饮，耕田而食"的自给自足的生产方式，"日出而作，日入而息"的原始循环的生活模式，给古人带来了安宁稳定的生活，也给古典汉诗带来了单纯而稳定的诗意。这非常像"田"字，无论是外部形态（字形）还是内在意义（字义），都可以看出田对秩序的尊重，这与农耕秩序、同因农耕而生成的古代生活秩序相似，也和诗歌文体秩序雷同。从字形上说，"田"的字体演变及其本身间架结构都寓意着一种秩序和稳定：方方正正、边界清晰、轮廓分明、不可僭越；从字义上看同样如此，按照《说文解字》的阐释，"田，陈也……陈者，列也……陈列之整齐谓之田"⑥，阡陌纵横，一横一竖都有着军队列队般的整齐、整饬和规矩。无论是农耕秩序、生活秩序还是文学秩序、语言秩序，都可以从田字的寓意中显现

---

① 葛兆光：《中国思想史》第一卷，复旦大学出版社，2013，第50页。

② 礼仪不仅是一种动作、姿态，也不仅是一种制度，它所象征的是一种秩序，保证这一秩序得以安定的是人对于礼仪的敬畏和尊重，而对礼仪的敬畏和尊重又依托着人的道德和伦理的自觉，没有这套礼仪，个人的道德无从寄寓和表现，社会的治学也无法得到确认和遵守（葛兆光：《中国思想史》第一卷，复旦大学出版社，2013，第88页）。

③ 周振甫：《诗品译注》，中华书局，2004，第20页。

④ 按照古代中国人的想法，日出而作，日落而息是天经地义的秩序，之所以说它天经地义，是因为它符合古代民众自然劳作的实际需要，符合人的自然生理节奏（葛兆光：《严昏晓之节——古代中国关于白天与夜晚观念的思想史分析》，《台大历史学报》2003年第32期）。

⑤ 张枣：《深秋的故事》，《张枣的诗》，人民文学出版社，2010，第62页。

⑥ （汉）许慎撰，（清）段玉裁注《说文解字注》，上海古籍出版社，1981，第694页。

出来。古典汉诗在遣词用句、意象营造、想象范式、节奏形式、风格态度诸方面，从形式到内容无不体现出对秩序的遵从和听命，从而保证古典汉诗的文体稳定性。

二 古典汉诗文体秩序的生成

古典汉诗的稳定性在各个时期诗歌文本中皆有所体现，唐代诗歌体现得尤为显豁，"唐诗以其丰富性和多样性以及对形式的探索，构成了古典诗歌的顶峰；正是在唐诗中，人们看到在语言极限的探索上所进行的最自觉和成功的尝试"①。为了论述的集中和观点陈述的清晰明晓，本章主要以唐诗为例来加以分析和阐释。唐代诗歌内部的稳定性和语言秩序可以从形式和内容两个层面探讨，形式的稳定主要包括节奏、句法、句式、平仄、用韵等方面；内容的稳定则表现为想象范式、联想模式、发生机制、思想形态等方面。基于同本书所探讨问题的关联程度、问题本身的重要性、文化意义及显豁程度等因素的考虑，本书拟择取三个核心问题展开论述：语言的模式化和想象范式的类型化（语言秩序）、节奏的公式化和固定化（节奏秩序）以及松软、节制与中和的抒情特质（话语秩序）。

（一）意象的程式化

"陈词"一方面是"能指"的类型化，即在描述同类事物或同一情绪、相似感情时，遣词用句雷同、重复、缺少变化。表达什么样的情感、抒写什么样的思想、展现什么样的内容，词语已经形成了某种范式，甚至是类型化倾向。另一方面是"所指"雷同甚至固定化，即具有类型化倾向的词语意义和内涵相对固定。诗歌中的某一或某些典型意象在被长期多次使用和书写过程中，再加上没有全新意义延展的可能，自然而然形成了一种相对固定的想象范式，从而简化了诗人的精神再创造性和想象力，化约了读者对诗歌的认知。古典汉诗意象的程式化是这

---

① 〔法〕程抱一：《中国诗画语言研究》，涂卫群译，江苏人民出版社，2006，第25～26页。

两方面综合作用的结果,即词语能指和所指其中之一或两者均存在固定化和程式化倾向。首先是意象的类型化。在古典汉诗中,出现频率较高的意象有杨柳、月亮、松树、竹子、梅花、水、春、秋等,通常被称为"典型意象"。"典型意象"在多种题材和类型的古典汉诗中时常现身,以赠友送别诗为例来说,就在唐诗中占有不小比例,这可能与古代文人的酬唱、雅集习惯,对"游"行为的崇尚,以及诗人自身的气质风度有关,更可能是出于寻找知音的需要。仅就大诗人李白来说,朋友间的赠和、送别诗就不在少数,面对不同的人,却是相同的情感和场景,更容易类型化。比如以下诗作:

错落石上松,无为秋霜折。(《别鲁颂》)

取醉不辞留夜月,雁行中断惜离群。(《别中都明府兄》)

横笛弄秋月,琵琶弹《陌桑》。龙泉解锦带,为尔倾千觞。(《夜别张五》)

何时更杯酒,再得论心胸。(《魏郡别苏明府因北游》)

系马垂杨下,衔杯大道间。(《广陵赠别》)

辞君向天姥,拂石卧秋霜。(《别储邕之剡中》)

驿亭三杨树,正当白下门。(《金陵白下亭留别》)

东林送客处,月出白猿啼。(《别东林寺僧》)

孤帆远影碧空尽,唯见长江天际流。(《黄鹤楼送孟浩然之广陵》)

月下飞天镜,云生结海楼。(《渡荆门送别》)

洗心句溪月,清耳敬亭猿。(《别韦少府》)

谷鸟吟晴日,江猿啸晚风。(《江夏别宋之悌》)

离颜怨芳草,春思结垂杨。(《南阳送客》)

天清一雁远,海阔孤帆迟。(《送张舍人之江东》)

云帆望远不相见,日暮长江空自流。(《送别》)

长风万里送秋雁,对此可以酣高楼。(《宣州谢朓楼饯别校书叔云》)①

---

① 以上诗句均选自(清)王琦注《李太白全集》(中华书局,1999)。

从以上所举诗句中大致可提炼出如下关键词：秋（秋霜、秋风等）、月、猿（声）、酒（醉）、雁、杨柳、孤舟（孤帆）、水、云等。把这些出现和使用频率较高的词语再加上特定的场景和赠予对象，配以节奏、平仄和韵律，就可以做出一首较为规范的五言或七言古诗（只就作诗的可能性而言，并不涉及诗歌质量的优劣和高低）。李白的送别诗存在类型化意象，其他诗人的同类题材诗歌亦是如此。以下是《全唐诗》中部分诗人的同题材诗作举隅：

> 铙吹发西江，秋空多清响。地迥古城芜，月明寒潮广。（王维《送宇文太守赴宣城》）
>
> 猿声不可听，莫待楚山秋。（王维《送贺遂员外外甥》）
>
> 千里黄云白日曛，北风吹雁雪纷纷。（高适《别董大》）
>
> 明月隐高树，长河没晓天。（陈子昂《春夜别友人》）
>
> 鸿雁不堪愁里听，云山况是客中过。（李颀《送魏万之京》）
>
> 寒雨连江夜入吴，平明送客楚山孤。（王昌龄《芙蓉楼送辛渐》）
>
> 猿啼客散暮江头，人自伤心水自流。同作逐臣君更远，青山万里一孤舟。（刘长卿《重送裴郎中贬吉州》）[①]
>
> ……

其他诗人的诗作中也出现了和李诗相同或相近的意象。当然，由于个人情感体验和个性气质的差异，遣词造句不可能完全一致，但至少存在核心意象和典型意象相同或相近，也就是能指固定化和类型化的问题。

其次是意象所指的固定化。在古典汉诗中，某些典型意象所指基本固定，或者说情感矢量一致：以猿声写悲哀，以春景写伤，以秋景写悲，以流水写时间与愁，以菊、梅、兰、竹、松等喻人格高洁，以月亮喻思乡，以杨柳喻别情等。就前面所举的李白与其他诗人的送别诗来说，可以这样描述意象能指与所指之间的关系：秋（秋的意象群）表述离愁，月亮隐喻相思，猿声表达悲伤，酒（相关意象）、雁子、杨柳

---

① 以上诗句均选自中华书局编辑部点校《全唐诗》（中华书局，1999）。

诉说别情，孤舟（孤帆）暗示孤独、远行等。每一个词都有明确所指，可能有细微差异，但是情感取向却大致相同。"随着语言的发展，音符储存的扩大，意义开始根据主要的、在集体生活中经常重复的话题，运用这一或那一词语的线索，稳定下来。"① 甚至存在演变成一种模式的可能。诗人在进行创作时，这种"危险的模式"可能会先于思想和创造力抵达大脑，并最终遮蔽创新的可能，从而沿着这一模式继续将想象范式"模具化"；而读者也会在阅读过程中习惯性地由某个意象自然而然地想到具体情感所指。诗人自觉或不自觉遵从的想象模式，再加上阅读者的"和声支持"②，在主唱（诗人）和合唱队（读者）的共同作用下，唐诗中词语功用逐渐成为一种范式固定下来，最终导致的结果就是把"词"与"物"这对原本鲜活、多变的不等式简化为恒定的美学等式，甚至可以用数学公式表述：即"A 词 = B 词"或"A 词 = B 物"（A 和 B 都相对固定），暂且把这种固定联想和想象模式称为"一一映射"。所谓"一一映射"不一定必须是"一"对"一"的关系，但是相对恒定不变。在"一一映射"成为可能的古典汉诗中，词语不再是鲜活的、有生命力的独特存在，它不得不背负人们强行赋予的种种负累和枷锁，最终被囚禁而凝固成"陈词滥调"（Cliché）。③ "如果一个词通常的情调已是为人们毫无疑问地接受了，这个词就成了陈词滥调。"④ 如果说"陈词"存在于古典汉诗中是出于维持文体稳定性的考虑，且与农耕秩序相适应，那么其大量存在于现代汉诗中则是"灾难"，因为"陈词"意味着一种陈旧、固化、缺乏创造力、无效甚至无用，这与词语在诗歌中的原始功用相悖。诗歌的最终指向本应是复杂现实和真实鲜

---

① 〔苏联〕巴赫金：《巴赫金文集》第二卷，李辉凡等译，河北教育出版社，1998，第455 页。

② 类似音乐中的合唱队，本书用此概念来说明促成这种想象范式定型的原因。巴赫金使用过这个概念，他认为"整个言语的形式结构，在相当程度上，取决于话语以什么态度对待言语所指望的那个社会环境评价的暗示共同性。只有在预期的'和声支持'的基础上，能产的、自信的和丰富的创造性语才是可能的"（〔苏联〕巴赫金：《巴赫金文集》第二卷，李辉凡等译，河北教育出版社，1998，第89 页）。

③ 陈词滥调代表那种为了引人注目而使用的某些不入常规的言辞，并且由于使用过度而变得陈腐不堪（〔美〕M. H. 艾布拉姆斯：《欧美文学术语词典》，朱金鹏、朱荔译，北京大学出版社，1990，第44 页）。

④ 耿占春：《隐喻》，东方出版社，1993，第139 页。

活的生存本身，而词语的类型化从根本上而言是对生存和生命本身的扭曲和简化，是对复杂现实的化约和删除。如果作为文学最高样式的诗歌无法真正说出、无法真正触及、无法真正探询生存真相，则这样的诗歌注定无效。面对无效的诗歌，读者的智性思维和主动参与性被简化甚至取消，这对诗歌本身、对诗人创作、对生存真相以及对读者阅读都是一种伤害。

（二）节奏的固定化和公式化

诗歌的最初产生同音乐及歌唱是分不开的——"诗"与"歌"通常连接在一起用来指称作为文学体裁的"诗"便是最直接的表征，而民间的采诗活动以及官方的诗歌搜集，都可说明诗歌的歌唱和吟诵特性。按照闻一多的说法，"歌"可能与现代所说的诗歌更接近："主抒情，由实字加语气和感叹词虚字而构成，有感情的情绪宣泄，有理性的形容分析；而诗则与史更接近。"① （从"诗"与"志"二字同体以及"志"的本义来看）主情的"歌"与主事的"诗"均衡发展，在《诗经》中完成合流。② 配合音乐韵律的使命以及契合唱和的特点，决定了古典汉诗天然具有音乐性和节奏美感，同时也不得不遵从曲谱的规律和限定。平仄、对偶、用韵、字数等形式上的诸多限制，使古典汉诗在长期发展演进过程中形成了相对固定的节奏。唐以前的四言诗的节奏形式一般为"二二拍"（比如：关关｜雎鸠，在河｜之洲）。随着需要言及事物和表达情感的日趋复杂，古典汉诗的字数大体呈现出由少到多的趋势，最终形成较为成熟的五言或七言诗，基本节奏和节拍也更加稳定。按照语义的完整性和表达的清晰度来划分，五言诗总体上的节奏形式是"二三拍"，其中的"三拍"根据语义一般可以分割为"二一"或"一二"拍。比如：

白发｜三千（｜）丈，缘愁｜似个（｜）长。（李白《秋浦歌》）
床前｜明月（｜）光，疑是｜地上（｜）霜。（李白《静夜思》）

---

① 闻一多：《神话与诗》，上海人民出版社，2005，第 181～191 页。
② 闻一多：《神话与诗》，上海人民出版社，2005，第 181～191 页。

夜来 | 风雨（ | ）声，花落 | 知（ | ）多少。（孟浩然《春晓》）

如果说五言诗由于字数限制，难以在相对较少的字数中实施变奏，单凭此不足以断定古典汉诗节奏的固化特征，那么七言诗节奏的有规律可循同样能够说明这一问题。与五言诗类似，七言诗只是增加了一个二拍的节奏，即"二二三拍"。同五言诗一样，七言诗中的"三拍"节奏亦可以按照语义分割为"二一"或"一二"拍。比如：

日照 | 香炉 | 生（ | ）紫烟，遥看 | 瀑布 | 挂（ | ）前川。（李白《望庐山瀑布》）

无边 | 落木 | 萧萧（ | ）下，不尽 | 长江 | 滚滚（ | ）来。（杜甫《登高》）

南朝 | 四百 | 八十 | 寺，多少 | 楼台 | 烟雨 | 中。（杜牧《江南春》）

黄河 | 远上 | 白云（ | ）间，一片 | 孤城 | 万仞（ | ）山。（王之涣《凉州词》）

胡适先生把诗句中的顿挫段落看成"节"，两个字作为"一节"，认为五言诗的节奏形式是"两节半"，七言诗是"三节半"[1]，显然，胡先生更认同"二二（二）一"的节奏形式。不管对"三拍"分割与否都可以看出，讲求格律和相对规范的古典汉诗在节奏上是以偶数拍为起始和基础的。以偶数拍为主，在一句诗歌中间靠后或最后的部分佐以基数拍，就像是音乐中的暂时停顿符号、空拍或休止符，意味着一种短暂的停顿和间歇，以缓解偶数拍过于整饬和频繁重复所带来的单调之感。假如增加休止符和空拍符号凑韵，基数拍完全可以被改写成偶数拍[2]：

白发 | 三千（ | ）丈（0），缘愁 | 似个（ | ）长（0）。

---

[1] 胡适：《谈新诗——八年来一件大事》，欧阳哲生编《胡适文集》2，北京大学出版社，1998，第142页。

[2] 关于古诗节奏的问题，张柠先生有着精辟和详细的论述，具体可参见张柠《土地的黄昏——中国乡村经验的微观权力分析》（中国人民大学出版社，2013，第267~269页）。另外，程抱一《中国诗画语言研究》（江苏人民出版社，2006）第二章也有所论及。

夜来｜风雨（｜）声（0），花落｜知（｜）多少（0）。

日照｜香炉｜生（0）（｜）紫烟，遥看｜瀑布｜挂（0）（｜）前川。

无边｜落木｜萧萧（｜）下（0），不尽｜长江｜滚滚（｜）来（0）。

这种较为稳定与和谐的偶数拍类似于音乐中的 2/4 拍，一起一落、一上一下，与呼吸（气息的进与出）、与人的生理（睡与醒）、与劳动（劳动工具的使用方式）节奏都很类似，"它的呈现形式模仿生理学意义上的自然，也就是心脏和脉搏的跳动，在'生—死'、'睡—醒'、'爱—恨'、'离别—归来'、'开放—枯萎'之间循环"①，单一、宁静、稳定，容易让人放松和困倦。从深层来说，稳定性节奏是古代汉诗与农耕精神完美契合的表现，符合黄昏经验，符合昼夜更替规律。偶数节拍可以体现出两种相反的意义，"一方面是每一节拍是前一节拍的重复，因此是不断'回归'。另一方面每一节拍又是前一节拍的加强，这是持续的'强化'"②。不管是"回归"还是"强化"，都意味着一种对圆形时间秩序以及因之生成的文学秩序的遵从和固守：回归，是对秩序的自觉遵从；"强化"，是需要更加遵从秩序的不断自我暗示，都无法摆脱预先被规约好的、二元的、模式化的秩序限制，其最终结果仍然是一种重复。"古诗节奏的重复性特征，能够产生一种强烈的催眠作用。这种催眠作用的后果是，保证了原有静态世界的安全，阻止了陌生化经验、复杂多样性经验的介入，当然也成功地阻止了新的诗意的介入。"③ 偶数节奏本身所具有的疲倦感和安逸特征及其衍生出来的排他性都保证了古典汉诗形式的稳定，在稳定中，自然节奏、身体节奏、呼吸节奏、诗歌节奏高度统一。"'偶数拍'这种古老的节拍，像来回摆动的摇篮一样，把我们摇进了昏睡的'梦乡'。这就是古典诗歌节奏的生理学秘

---

① 张柠：《土地的黄昏——中国乡村经验的微观权力分析》，中国人民大学出版社，2013，第 275 页。

② 〔美〕高友工：《美典：中国文学研究论集》，三联书店，2008，第 199 页。

③ 张柠：《土地的黄昏——中国乡村经验的微观权力分析》，中国人民大学出版社，2013，第 269 页。

密，是尚未脱离土地的居民的生命节奏的精华。"① 在不断转换的劳动与休息、沉睡与觉醒、爱与恨、生与死之间，"滥调"生成。"在一个时期中当诗人渐渐少有发现时，于是一种当时通行的形式便被几种翻来覆去的滥调所占有。在一种包围式的气氛下，久之甚至我们一想起那形式来便自然只能想起某种的滥调；这便是所谓僵硬化了的，所谓'旧了'的形式！"②

（三）软质抒情与节制的话语方式

古典汉诗总体呈现的软性抒情特质和节制美学特征与语言和节奏秩序生成的灵魂内核和发生机理一致：都是与农耕文明相适应的文学样态，都昭示了文学对"圆形"秩序的遵从。"软"性特质与人们赖以生存的泥土的特性一样，松软、潮湿、圆融、安全、没有棱角、有包容力，从维持生存秩序的角度来说，不具有破坏性。"一切生命从泥土里生长出来，一切生长来自大地。大地是根，是本，是源。"③ 一切诗歌也都是从泥土里生长出来的，泥土赋予了诗歌稳定性的力量和安泰的可能。

古典汉诗的"软"性特质与中国古代文化的内在精神同样契合，充满泥土气息的软质抒情所呈现出的必然是顺和、节制的美感，就像中世纪的绅士那样彬彬有礼，这从先秦时期儒家"诗教"——一种比"说教"更委婉、更容易被普遍接受的教化方式—的核心审美理想"温柔敦厚"和"中和之美"之中可以找到蛛丝马迹。"温谓颜色温润，柔谓情性和柔。诗依违讽谏，不指切事情，故云温柔敦厚，是诗教也。"④后又有文对此进行了更深入和细致的分解："直而不倨。曲而不屈。迩而不逼。远而不携。迁而不淫。复而不厌。哀而不愁。乐而不荒。用而不匮。广而不宣。施而不费。取而不贪。处而不底。行而不流。"⑤ "温

---

① 张柠：《土地的黄昏——中国乡村经验的微观权力分析》，中国人民大学出版社，2013，第 269 页。

② 林庚：《林庚诗文集》第二卷，清华大学出版，2005，第 76 页。

③ 吴国盛：《时间的观念》，北京大学出版社，2006，第 6 页。

④ （清）阮元校刻：《十三经注疏》，中华书局，1982，第 1609 页。

⑤ 《左传·襄公二十九年》，（清）阮元校刻《十三经注疏》，中华书局，1982，第 2007 页。

柔敦厚"的"中和之美"与儒家倡导"礼""仁"以及"中庸之道"的核心主张一致，成为判断一首诗歌好坏的重要标准之一。遵从此类主张，作品的风格要做到"乐而不淫，哀而不伤"，讲求不瘟不火，不紧不慢，一切都是中和的、平顺的、稳定的和节制的。不允许尖刻，不存在锋利，没有过于激烈的破坏性，如同"圆形"和"泥土"，无须抗争（抗争无效），一切都自然而然发生。就像面对时间和生命的流逝，孔子发出"逝者如斯夫，不舍昼夜"① 的慨叹一样，没有不安和焦虑，没有反抗和悲观决绝，只是一种顺承、一种认命、一种叹息、一种自然情感的表达，骨子里渗透出对自然秩序的尊崇和虔诚。一旦出现违背"致中和"审美理想的异质因素，就会被置于严密监控之中，被消灭在萌芽状态。②

颇具宿命感的叹息之后，是随遇而安的苦中作乐或自得其乐，山水田园题材诗歌的繁盛与此不无关系，更不用说陶渊明、谢灵运的超凡脱俗心态了，这也是古代文人能屈能伸、可入世出世、在朝在野都能够安身立命的原因之一。即使是狂傲任性的李白亦未能免俗，最能彰显其性格的"仰天大笑出门去，我辈岂是蓬蒿人"③ 和"人生在世不称意，明朝散发弄扁舟"④ 两句就显现了得意时的自信狂傲和失意时的旷达洒脱两种心态，从深层精神而言，是符合个性向现实妥协的一种方式，是"顺"与"和"。被冠以伟大的现实主义诗人和"人民诗人"的杜甫，虽然心系天下、直陈现实，却不是尖锐、犀利之人，他的诗歌有一种对极端情绪的自我化解能力。本该显现的激愤和张扬情绪总是在迂回曲折地向内收敛和缠绕中，磨去足以刺破皮肉的棱角和利刺之后，以悲愤的情绪显现。由"激愤"到"悲愤"或"愤懑"的情绪变化，意味着杜诗的情感矢量是"向内（心）和向下生长的，而不

---

① 《论语·子罕篇》，（清）阮元校刻《十三经注疏》下，中华书局，1980，第2491 页。

② 敬文东从"叹词"的存在和丧失的角度细致考察了这一问题，颇有见地和眼光（敬文东：《感叹诗学》，作家出版社，2017，第 102 页）。

③ 李白：《南陵别儿童入京》，（清）王琦注《李太白全集》，中华书局，1999，第 744 页。

④ 李白：《宣州谢朓楼饯别校书叔云》，（清）王琦注《李太白全集》，中华书局，1999，第 861 页。

是向外的和向上伸长的；是克制和内敛的，而不是喷薄和灼热的"①，是沉闷的而不是嘹亮的。这与其说是对统治者的一种公开反抗和叫板，不如说更像是自我内心情感的抒发和疏通。因此，用"沉郁顿挫"一词来形容杜诗的总体诗风，便成为无须争辩的事实。"沉郁顿挫"所显示的内敛和自我啮噬性是对过于激烈情感的抑制和压抑，折磨的是诗人的内心，而非真正意义上的反抗和破坏，这也恰好印证了"乐感"文化的说法。

李泽厚认为，与西方的悲剧精神和"罪感文化"不同，中国古典文化是"乐感文化"，这与儒家思想对中国文化的深远影响关系很大。儒家倡导的"乐以忘忧"的精神，"不只是儒家的教义，更重要的是它已经成为中国人的普遍意识或潜意识，成为一种文化—心理结构或民族性格"②。古代文人作品集中呈现的不是"反"和"悲"，而是"顺"和"乐"，"它（乐感文化）要求为生命、生存、生活而积极活动，要求在这种活动中保持人际关系的和谐、人与自然的和谐，在现实秩序和心灵生活中构成稳定系统"③。古代诗歌中的软性质地以及迂回曲折的诗风是遵从和保护秩序，向秩序妥协的结果。

到了唐代，古典汉诗在语言、形式和风格实践上都达到顶峰，形成了一种以"陈词滥调"及软质抒情为主要特征的成熟诗歌范式，稳定、安全、圆融。然而，"当中国古典诗歌语言形式日臻成熟的时候它的缺陷也同时呈现。意象的密集化和语序的省略错综复杂虽然造成了诗歌'埋没意绪'的张力与含蓄朦胧的意境，也造成了意义的晦涩甚至隐没；声律格式的定型化虽然造成了华美的对称性结构但也引发了语言形式的板滞……"④ 早在"五四"时期，很多从事白话文写作的诗人就意识到了这个问题。康白情在《新诗底我见》中用 12 个字就准确说出了古典汉诗的局限："遵格律，拘音韵，讲雕琢，尚典雅。"⑤ "遵格律"

① 范云晶：《重低音、辩证法及其他——周庆荣散文诗论》，《文艺争鸣》2015 年第 5 期。
② 李泽厚：《中国古代思想史论》，人民出版社，1985，第 311、313 页。
③ 李泽厚：《中国古代思想史论》，人民出版社，1985，第 310 页。
④ 葛兆光：《汉字的魔方》，辽宁教育出版社，1999，第 197 页。
⑤ 康白情：《新诗底我见》，杨匡汉、刘福春编《中国现代诗论》，花城出版社，1995，第 33 页。

和"拘音韵"两句把古典汉诗的优势兼局限一一道出。"每个词都被锤炼千年"①，所谓"成也秩序，败也秩序"，过于遵守和拘泥于某种固定的内容和形式，在凸显和突出自身形象，彰显自身特点的同时，势必也会带来板结和凝固的弊病，最终形成话语定式。"话语定式的最终结果之一，就是导致了语言个性的丧失和异化。而这绝非微不足道的事情。恰恰相反，它对我们有着致命的特性。它几乎涂改了我们的一切。"②它磨损了诗歌原本存在的棱角，抹平了词语之间的差异，归并了阐释的多种可能性，填塞了想象力的缺口和缝隙，固执呆板、缺乏新意和创造力。"古典字词由于在有限数量的彼此永远相似的关系中过度使用，而倾向于成为一种代数式表达。修辞手段、陈词俗语是一种联系手段的潜在的工具，它们为了实现话语的一种更紧密的联系状态而失去了自己的蕴涵浓度。它们起着化学价一样的作用，勾勒出一个充满对称联系、交汇点和关节点的语言场，从这里永远不会突然停顿地涌出新颖的传意意向来。"③ 就像现代诗人赵野所描述的那样：

在这些矜持而没有重量的符号里

我发现了自己的来历

在这些秩序而威严的方块中

我看到了汉族的命运

节制，彬彬有礼……④

（赵野：《汉语》）

赵野一针见血地说出了古典汉诗赖以存在的汉语的优势和局限。对于古典汉诗而言，类型化可看作特点甚至优点而非缺点，但是对于现代汉诗而言，类型化以及由此形成的稳定性却是致命的缺陷，所以才需要"词的歧义性"进行匡正和修正，本书的第一章第二节已经对此有详细

① 赵野：《逝者如斯》，作家出版社，2003，第50页。
② 敬文东：《随"贝格尔号"出游——论动作（action）和话语（discourse）的关系》，河南大学出版社，2010，第13页。
③ 〔法〕罗兰·巴尔特：《符号学原理：结构主义文学理论文选》，李幼蒸译，三联书店，1988，第87页。
④ 赵野：《逝者如斯》，作家出版社，2003，第50页。

的分析和阐述。那么"一个古老的字/历尽劫难,怎样坚持理想?"① 把词语从"话语定式"中解放出来,让它回到"质朴、优雅、气息如兰"的原初本性是首要的步骤,因为词语的质地和成色"决定了我的复活与死亡"②,更决定了诗歌文体的复活与死亡。

第二节

破坏秩序的"词根":"(电)灯" "钟表"和"远方"

1919 年,也就是真正意义上新诗诞生的第二年③,胡适翻译了一首美国诗人莎拉·迪斯德尔(Sara Teasdale)的作品《关不住了》,自称为"新诗成立的纪元"④,并把它收进《尝试集》中,全诗如下:

> 我说"我把心收起,
>
> 　像人家把门关了,
>
> 叫'爱情'生生的饿死,
>
> 　也许不再和我为难了。"
>
> 但是五月的湿风,
>
> 　时时从屋顶吹来;
>
> 还有那街心的琴调,
>
> 　一阵阵的飞来。

---

① 赵野:《字的研究》,《逝者如斯》,作家出版社,2003,第 44 页。
② 赵野:《字的研究》,《逝者如斯》,作家出版社,2003,第 44 页。
③ 朱自清先生认为,民国七年(即 1918 年),真正意义上的新诗第一次出现在《新青年》四卷一号上(朱自清:《导言》,《中国新文学大系》诗集,影印本,上海文艺出版社,1935,第 1 页)。
④ 胡适:《〈尝试集〉再版自序》,《尝试集》,人民文学出版社,2000,第 181 页。

　　一屋里都是太阳光，

　　　　这时候"爱情"有点醉了，

　　他说，"我是关不住的，

　　　　我要把你的心打碎了！"①

　　从表面看，这是一首典型的爱情诗。全诗描写了抒情主人公既渴望爱情，又惧怕爱情造成心理困扰而试图用理智阻止的内心纠结。最终情感因某种外在诱惑（诗歌中的"湿风"和"琴调"）战胜理智，爱情冲破限制和束缚，破土而出。作为新文学运动，尤其是新诗运动的旗手，胡适选择这样一个作品进行再创作——翻译本身就是一种再创新、再创作的过程——显然是"别有用心"，用意颇深的。单从诗歌文本上看，至少在题目和内容两方面，都颇有深意，值得咀嚼。就译诗时间而言，胡适翻译《关不住了》是在新诗草创时期，题目具有明显的"宣言"性质，包含着欢呼雀跃的喜悦、兴奋之情以及"不得不"的意味。明着是写个人情感，其实是以爱情的无法束缚和限制隐喻汉语新诗卸下种种负累，冲破古典汉诗秩序枷锁，获得自由和新生的过程。更有深意的是，"关不住了"并非诗歌原有题目，而是胡适的改写和再造，融入了译者的不同认知和全新思考，而这些是原作本身所不具有的。原来的题目是"Over the Roof"——"在屋顶上"，一个相当"中庸""安全"的题目。胡适改写后，从内容、意义和气质风格上都与原诗不同甚至相悖："在屋顶上"强调的是外来之力和诱惑对抒情主人公爱情开启的作用，被动之意更明显，这从诗歌中的"湿风"和"琴调"就可以看出；而"关不住了"虽然也直接翻译过来，"湿风"和"琴调"两个意象，也有外力的推动作用，但更强调的是抒情主人公主观情感的变化，是主动的变化。《关不住了》增加了诗歌的陡峭色彩，这与现代汉诗的内质不谋而合。除了难以控制的心和难以抗拒的爱情，"关不住了"至少还包含两重寓意，一方面是思想的"关不住了"（思想的变革），现代汉诗挣脱了原有思想的束缚和秩序的拘囿，犹如挣脱锁

────────────

① 胡适：《尝试集》，人民文学出版社，2000，第42页。

链破笼而出的巨型野兽，咆哮着并破坏着（具有强大的杀伤力和破坏性）；另一方面，诗歌内容和形式的"关不住了"（体式的变革），无论是节奏、形式还是词句运用、语法都发生了很大变化，这两点恰好与胡适关于新诗的主张不谋而合。在《文学改良刍议》一文中，胡适提出"形式上"和"精神上之革命"的"八事"①，用以提倡自由体诗歌，反对因循传统。译诗《关不住了》与胡适关于打破文体成规的观念构成某种"同构性"和"互文效果"，理论主张和诗歌文本互相映衬、互为阐释。

除了题目，诗歌内容也值得关注。不管是扰乱了诗人的心房（从爱情诗角度来说），还是吹进了"词语"的房子（从诗歌和语言变革角度来说），都意味着一种异质气息的出现。那么，对于现代汉诗（"五四"时期被命名为颇具进化论色彩的"新诗"）来说，具有启智和鼓动功效的"湿风"和"琴调"到底是什么？就全新诗歌范式的生成来说，两者至少与能够让古典汉诗失效（死亡），让现代汉诗诞生的事物——时间秩序变化有关。"灯，用门/抵住夜的尾巴，窗帘掐紧夜的髦毛，/于是在夜宽柔的怀抱，时间/便像欢醉的蟋蟀放肆起来。"② 原本囚禁在古代汉诗的"词语"受到"时间"（"湿风"和"琴调"）的蛊惑和召唤，艰难、坚定又坚毅地挣断了束缚其上的铁链，冲破老旧的语言和文体秩序，得以重生。

时间秩序被改写是其他秩序被破坏的根源。当古代宇宙秩序遭遇西洋天学的"绝杀"，宇宙观和认识论都经历了一次"天翻地覆"的变化，"圆形时间"被"线性时间"取代，原有生存和生活秩序亦"天崩地裂"。当"日"的概念由"日出而作，日入而息"的含混变为"地球自转一周"的精确时，与时间相关的很多观念也需要更新。"公元"取代"甲子"纪年，意味着圆形计时方式的彻底失效。从公元元年开始，

---

① 八事：一曰，不用典。二曰，不用陈套语。三曰，不讲对仗。四曰，不避俗字俗语。五曰，须讲求文法之结构。六曰，不作无病之呻吟。七曰，不摹仿古人，语语须有个我在。八曰，须言之有物。前5点是"形式上之革命"，后三点为"精神上之革命"（胡适：《新文学改良刍议》，欧阳哲生编《胡适文集》2，北京大学出版社，1998，第6页）。

② 张枣：《南京》，《张枣的诗》，人民文学出版社，2010，第56页。

然后是二年、三年一直延续下去，圆形的循环时间被拉伸为线性的无尽头时间，中间段被叫作现在，起始处被称为过去，向前延伸则被称为未来。现代人用各种高科技手段在时间线绳上"作标记"和"搞破坏"：扰乱、割裂、停顿、拉伸、加速等，时间在看似理性、实则任性的破坏行为中，悄然发生质变。

时间秩序的根本变革带来生存秩序、语言秩序以及文学秩序的变化，成为古典汉诗向现代汉诗转化的最根本原因，直接导致古典汉诗秩序的坍塌。就诗歌文体而言，现代汉诗中"（电）灯""钟表"和"远方"的出现和频繁使用，恰好隐喻了对时间线绳的各种"标记"和"破坏"，完成了对"圆形时间观"的改写："（电）灯"是对以"日"为基本单位的时间秩序的扰乱和破坏，它人为地拉长白天，缩短黑夜，变更了昼夜时间，扰乱了黑白的秩序；"钟表"是对时间的加速和割裂，原有整块的、模糊的时间被分割为具体细小的颗粒（小时—分钟—秒钟），并用最科学、精准和机械的方式标度。永不停歇的钟表无时无刻不昭示着时间的流逝，从而加剧现代人的惶恐和焦虑，客观上是对时间的加速；"远方"则是对时间的拉伸和拉直。"远方"就像铁质钳子，把始终相接并循环的圆形时间拉直为线性时间，并以一头沉的重力（向前的力）强拉时间伸向未知的地方。"圆形时间"变成了"被拉直""被分割""被扰乱"的线性时间。"（电）灯""钟表"和"远方"等新鲜词根的出现，是时间观念变化的一种表征，它造成古典诗歌秩序不曾有过的破坏，并决定了现代汉诗的精神和特质：不安分、不合常规、尖锐锋利、多刺而焦躁。

一 "（电）灯"：扰乱昼夜秩序

在能够以科学方式记录时间并把抽象时间转化为具象时间之前，日与月的升落和运动是古人记录时间的最好方式，虽不够精准和细化，也算得上明晓、直观。在既确定又模糊的日月更迭中，古人依据太阳的运行轨迹辨清了黑夜与白昼，并进一步摸清了"日""月""年"的时间运动规律。1879 年（清德宗光绪五年），爱迪生发明了电灯，并由此衍生出台灯、路灯、远航灯、交通灯、霓虹灯、装饰灯、吸顶灯、LED 灯等诸多新奇事物。这个集科学、技术与人的智慧于一身的发光之物，给全世界带来了意想不到的光明和便利，也增加了新奇的生活体验。它兼具多种功用，可以照明、装扮、彰显个性和魅力、维持秩序（交通灯）、传递知识和信息（电子屏幕）等。"电灯"已经成为现代生活不可或缺的重要工具，对现代人的重要性就像是水和盐之于人的生命。它可以随时制造出意想不到的美丽（装饰灯和镁光灯等）和随心所欲的光明（照明作用，现实的和心理的），可以在某一特定空间和范围取代太阳的位置（从发光和发热的角度说）。它甚至可以抚慰心灵，"可幸还留下这一盏灯/伴我细味空空的长夜……//而你，灯啊，总是照顾在近旁/青睐脉脉三尺的温馨/凡我要告诉这世界的秘密/无论笔触多么地轻细/你都认为是紧要的耳语"①。亦可以像引领者和启蒙者，用叫作"光明"的元素见证诗歌乌托邦理想的诞生，"我们坐在灯上/我们火光通明/我们做梦的胳膊搂在一起/我们栖息的桌子飘向麦地/我们安坐的灯火涌向星辰"②。缺少了它，世界将陷入漆黑和茫茫无边的暗夜，一些具有现代性标志的物体都会回到无用的状态或失效，"盲掉，所有的交通灯，霓虹灯，广告/纽约你怎么不见了/惊起星际的天使，都哭道/廿五小时，降下新黑暗时代"③。

对于现代人而言，"灯"如同日月，离开它，简直无法生存。它就是某种意义上的金钱、物质、魅力、欲望、科技（电灯可以产生的效益），缺少了它，世界仿佛停止一般，"猝不及防，下面那灿亮的海港/一下子熄尽了灯光/不料黑暗来突袭/被点穴的世界就停顿在那里/现代，是如此不堪一击"④，这是现代人之幸，也是不幸。习惯长期享受电灯带来便利的人们，可能不会意识到"灯"除了带来便利之外，还意味着一种操控和霸权，意味着对原有时间秩序的篡改和破坏。从字形上看，促使"灯"具有强大力量的"电"，自上而下把"田"字垂直劈开，是对像"田"一样的古典农耕秩序的割裂。同样具有照明作用，

① 余光中：《对灯》，《余光中集》第三卷，百花文艺出版社，2004，第 169～170 页。
② 海子：《灯》，西川编《海子诗全集》，作家出版社，2009，第 395 页。
③ 余光中：《大停电》，《余光中集》第二卷，百花文艺出版社，2004，第 394 页。
④ 余光中：《停电》，《余光中集》第三卷，百花文艺出版社，2004，第 423 页。

火、油灯与电灯的能力却差别很大①：从照明的可控制性角度说，火和油灯的相同点在于人为不可控制性，电灯却完全可以通过人为控制其使用。仅是一个"开"或"关"的简单动作就可以在一定范围内把黑夜变成白天（开灯），把白天变成黑夜（空间封闭和关灯）。白天被随意延长，甚至永昼（永明），黑夜被取消，古人奢求的昼夜灯火通明的调节剂和偶然行为已经成为现代人的常态，随时随地都可以任性为之。古人习以为常的动（劳动/工作）—静（休息/睡眠）作息秩序和规律被打乱，"电灯，是对黑暗和光明轮回前所未有的干扰。它阻止和打断了这一轮回。它大量地占用了睡眠的时间。电灯将白天拉长，有时候被无限拉长，它充斥和占领了整个夜晚"②。

"灯"一方面象征强势，另一方面却表现为脆弱，就像现代文明的很多东西一样。"灯"在改变现代人生活、提供便利的同时，也以入侵者的姿态对都市进行异化：处处是"灯"。"灯"渗入生活的各个领域，左右着人们的行为。现代人被电灯迷惑甚至巫蛊，以至于出现幻觉，幻想着它的时刻存在。

> 街上的电灯柱
>
> 一个灯一个灯。
>
> 小孩子手上拿了杨柳枝
>
> 看天上的燕子飞，
>
> 一个灯一个灯。
>
> 石头也是灯。
>
> 道旁犬也是灯。
>
> 盲人也是灯。
>
> 叫化子也是灯。

---

① 汪民安认为："相较于电灯的通透和标准化而言，油灯显得如此地昏暗。油灯或者蜡烛，并没有改变夜晚的底色，它的光照不过是硕大黑夜内部的一个细琐空间，它不是像电灯一样击败夜晚的固有黑暗从而让夜晚消失，相反，它让夜晚醒目地存在，它让自己无力地被夜晚所环绕，它残存于黑暗之中"（汪民安：《电灯、黑夜与月亮》，《花城》2014 年第 5 期）。

② 汪民安：《电灯、黑夜与月亮》，《花城》2014 年第 5 期。

饥饿的眼睛

也是灯也是灯。

黄昏天上的星出现了，

一个灯一个灯。①

（废名：《四月二十八日黄昏》）

"电灯是为驱逐黑夜而诞生的。它的基本功能就是抵御自然黑暗的无情统治。在某种意义上，它是打破黑夜和光明循环的一种努力。"② 一方面，"电灯"在驱散黑夜（客观事实）；另一方面，"电灯"在制造新的黑夜（隐喻意义上的心灵的黑夜），后者比前者更可怕——缺少"电灯"只是身体和现实生活的不便利，过于依赖"电灯"则是精神的彻底沉沦。诗人海子说出了现代人对"灯"过分依赖以及破坏秩序的事实（以灯喻火）。"你是灯/是我胸脯上的黑夜之蜜/灯，怀抱着黑夜之心/烧坏我从前的生活和诗歌//灯，一手放火，一手享受生活……"③ "灯"就像一个纵火者，烧坏的又何止是"从前的生活和诗歌"！电灯表面是带来光明，实际是走向另一种黑暗，具有破坏力的黑暗，扰乱原有秩序的黑暗。

"灯"是一种福祉，也是一个怪兽，具有强大破坏力的怪兽，"灯突然亮了/只见灯光的利爪/踩着醉汉们冷冰冰的脸/灯，扑打着巨大的翅膀/这使我惊愕地看见/在它的巨大翅膀下面/那些像死了的眼睛/正向外流着酒……"④ 面对"灯"的两面性，现代人陷入两难的矛盾和选择之中：一方面因过于依赖而无法离开，另一方面又忍不住惧怕，就像毒品，用而心悸，想戒除却不能。既无法回避对"灯"过度依赖的事实，又无法消除因对"灯"的过度依赖而产生的恐惧和惶惑不安，只能趁尚未清醒之时，发出无力的诅咒，进行无效的抗争：

灯突然亮了

---

① 《废名集》第三卷，北京大学出版社，2009，第1595页。

② 汪民安：《电灯、黑夜与月亮》，《花城》2014年第5期。

③ 海子：《灯诗》，西川编《海子诗全集》，作家出版社，2009，第398页。

④ 芒克：《灯》，《重量：芒克集 1971~2010》，作家出版社，2017，第106页。

这灯光引起了一阵骚乱

就听醉汉们大声嚷嚷

它是从哪儿飞来的

我们为什么还不把它赶走

我们为什么要让它来啄食我们

我们宁愿在黑暗中死……①

从破坏性、霸权性以及引发现代人焦虑不安的角度看，与其说"电灯"带给人的是白天、是光明，毋宁说是夜晚、是黑暗，"看见那不可知的地方/我的灯还亮着/生活，每个夜晚的降临"②。

依赖也好，抗争也罢，"电灯"仍然会继续存在并左右现代人的生活，这是自"电灯"被发明和使用之日起就已经注定的事实。电灯使得"来自乡村的生活秩序在城市土崩瓦解，同时也造成了传统生活的时间观念在现代城市市民中的渐渐消失"③，余下的只有对现代科技（现代性时间）的屈从和对象征着自然、传统农耕时间的"太阳"的无限缅怀：

太阳最好，但是它下沉了，

拧开电灯，工作照常进行。

我们还以为从此驱走夜，

暗暗感谢我们的文明。

可是突然，黑暗击败一切，

美好的世界从此消失灭踪。

但我点起小小的蜡烛，

把我的室内又照得通明：

继续工作也毫不气馁，

---

① 芒克：《灯》，《重量：芒克集 1971～2010》，作家出版社，2017，第 106 页。

② 韩东：《一个真理》，徐敬亚等编《中国现代主义诗群体大观 1986～1988》，同济大学出版社，1988，第 58 页。

③ 葛兆光：《严昏晓之节——古代中国关于白天与夜晚观念的思想史分析》，《台大历史学报》2003 年第 32 期，

只是对太阳加倍地憧憬。①

（穆旦：《停电之后》）

二 "钟表"：加速和割裂时间

在钟表尚未发明之前，"日"是衡估时间的主要工具。旦夕、晨昏、昼夜或是夜半、平旦、日出、日中、日入等，都与日的活动密切相关。古代计时手段有两类："一类主要限于较小的时段划分（日、时），是靠圭表和漏刻；另一类则更多涉及较大的时段划分（岁、月），是靠观星和候气。"② 无论哪种计时方式，与钟表所能标度时间的精确程度相比，仍属大约数。在无须也无法精确计算生命的时间长河中，人的一生看似很漫长。单说"一日"，从日出到日落，需要一天劳动结束以后才可以最后到达。即使过了几天、几个月甚至几年、几十年，剩下的仍然还是"一生"。"正数"的一生看起来要比"倒数"的"一生"长——作为看似准确其实具有很大模糊性和伸缩性的数量词，"一生"可以在人的自我想象和自欺欺人中无限延长。而当钟表被发明和广泛使用以后，这种说法被墙壁上、高楼大厦上、手腕上、手机上、电脑上等无所不在的时间"记录仪"（钟表）无情拆穿，成为现代人皆知的最大谎言。原本只能用大约数估计的"一生"可以用天、小时、分钟甚至秒钟准确算出；原本望不到头的"一辈子"可以用分秒来"倒数"。时钟"嘀嗒嘀嗒"永不停歇地机械行走，分针和秒针一圈一圈地不停旋转，在能够准确感受时间的同时，时刻提醒现代人时间的流逝与生命的消逝，而且一去不复返。"它（钟表——引者注）是为时间走动/现在，每天天亮之前/我都能准确无误地猜到/一切已经发生的事情/一切将会发生的事情。"③ 就人的心理感受来说，生命因一切都可被换算为具体可感的精确时间而变短。一切都被注定，时针走完一圈，生命便缩短一

---

① 穆旦：《停电之后》，《穆旦诗文集》一，人民文学出版社，2006，第349页。
② 李零：《中国方术考》，东方出版社，2001，第145页。
③ 丁当：《时间》，徐敬亚等编《中国现代主义诗群体大观 1986~1988》，同济大学出版社，1988，第63页。

节。过于精细的钟表把整块、大块的时间强行分割成小块，分割得越细，流逝得越快（从人的感受上而言，一秒钟比一分钟、一个小时过得快得多），这无疑是对时间的一种非客观意义上的加速和割裂。

时间就像"性急的乘客"①，被加速和割裂，"日、夜显得局促/我想它们也是不够的"②。现代人只能不停地"争分夺秒"，加快生活节奏，与时间赛跑，如若不然，"一种节奏则超越亮光追上了我"③。"只争朝夕"的自我催促和心理暗示法则以及现代生活快节奏的需要，使原本的从容自如变得急迫焦灼。面对时间的催促和摧残，诗人们不约而同地发出这样的感叹，北岛说"你/生下来就老了"④，柏桦则更悲观地说"真快呀，一出生就消失"⑤。扰乱内心平静和心理节奏是一种可怕的摧残，"秒针于我们胸前/谋杀……/我们重新开始/没有姓名和年龄"⑥。更为致命的是，现代人必须依靠时间，已经无法摆脱它的控制，因为时间就是金钱、就是效率、就是财富。时间具有至高无上的权威，谁也无法逃脱，一旦停摆，世界则停滞甚至大乱。在这种情况下，人只能依附于钟表记录的时间，继续被束缚和囚禁，无可奈何地做时间的囚徒：

> 有谁，至高无上的权威
>
> 能违背你精确的指挥？
>
> 有谁能逃出你严密的布阵
>
> ——时针，分针又秒针？
>
> 白昼你铐住了手腕
>
> 用钢铁无情的节奏
>
> 扼紧我脉搏的自由

① 陈东东：《炼丹者巷 22 号》，《花城》1999 年第 5 期。
② 柏桦：《谁》，《往事》，河北教育出版社，2002，第 53 页。
③ 陈东东：《夏之书，解禁书》，重庆大学出版社，2011，第 13 页。
④ 北岛：《青年诗人的肖像》，洪子诚、程光炜编《朦胧诗新编》，长江文艺出版社，2004，第 44 页。
⑤ 柏桦：《夏天还很远》，《往事》，河北教育出版社，2002，第 27 页。
⑥ 张枣：《纪念日》，《张枣的诗》，人民文学出版社，2010，第 27 页。

夜晚你守在梦的边关

一遍遍向雷达网上

追踪我越境的方向

……

把你的耳朵拔出来

滴答就中断，世界停摆①

（余光中：《腕表》）

　　"现代人的时间感是一种精神分裂式的时间感，它瓦解了时间感知的整体性，它将人变成钟表时间的奴隶。"② 他们无法再像古人一样，通过日月轮回来从容地享受时间的恩典，而是时刻惶恐焦虑，害怕因为片刻对钟表时间的忽视而错过重要的东西。钟表对时间的加速和割裂其实是一种扭曲："钢圈急旋，啊急旋的表盘/急旋的指针抹去了隐秘/而另一根圣像柱指针之下/时间被歪曲、歪曲地重现。"③ 人们尝试着用改写时间的方式消除这种扭曲和异化，"有时我也会反抗的/一回身紧揪你的耳朵/把你的手臂扭来又扭去/岁月的秩序任我调整"④。在《一个钟表匠的记忆》⑤ 中，诗人西渡把一个女子的一生与钟表联系在一起，用钟表的快和慢来测速女子一生的快和慢，"为了/在快和慢之间楔入一枚理解的钉子/开始热衷于钟表的知识"。通过拨慢钟表，对时间进行反加速和减速处理，人为地让时间变慢甚至停滞，以达到控制时间逝去，为心仪的女子"偷回"更多时间，留住韶华的目的。"她是最后出现的：憔悴、衰老/再一次提醒我快和慢之间的距离/为了安慰多年的心愿，我违反了职业/的习惯，拨慢了上海钻石表的节奏/为什么世界不能再慢一点？我夜夜梦见/分针和秒针迈着芳香的节奏，应和着/一个小学女生的呼吸和心跳。"阻止时间前行的努力最终以失败告终，这种违背时间规

---

① 余光中：《余光中集》第三卷，百花文艺出版社，2004，第 312～313 页。

② 张柠：《土地的黄昏——中国乡村经验的微观权力分析》，中国人民大学出版社，2013，第 25 页。

③ 陈东东：《炼丹者巷 22 号》，《花城》1999 年第 5 期。

④ 余光中：《腕表》，《余光中集》第三卷，百花文艺出版社，2004，第 312 页。

⑤ 此段未特殊标注的诗句均引自西渡《一个钟表匠人的记忆》，《草之家》，新世界出版社，2002，第 3～6 页。

律的做法不仅没有留住时间，反而比衰老更可怕，加速了女子的死亡，"我知道她事实上死于透支，死于速度的衰竭。"虽然诗人仍然固执地与时间抗争，并提出了"为什么人们总是要求我为他们的/时间加速？为什么从没人要求慢一点"的质疑，但是为了满足人们的要求和愿望，却不得不变成像钟表一样做继续加速时间的"同谋"和"帮凶"，"下午五点钟，在幼稚园/孩子们急速地奔向他们的父母，带着/童贞的快乐和全部的向往：从起点到终点/此刻，我同意把速度加大到无限。"于是，诗人只能悲哀地承认，"我"是一个失败的匠人，作为能够制作时间记录仪器的钟表匠，却无法控制时间。更令人悲哀的是，面对时间加速流逝和生命加速逝去这一事实，现代人只懂得愚蠢而快乐地在其中享受却不自知，做了时间的奴隶，甚至还会"助纣为虐"，同钟表一起继续扭曲时间。

欧阳江河戏称："人是时间的秘书"[1]，只能无条件对之听从和服从，即使有怨气和不满也只能在心里腹诽，因为胳膊拗不过大腿。在钟表面前，人对时间的控制显得是那么无力，力不从心，"我只是时间的/的一只只胎儿/我只是胎儿的/一具具尸体"[2]，甚至心生对时间的恐惧，"谁校对时间/谁就会突然衰老。"[3] 在对钟表时间无条件服从和试图反抗的纠缠和矛盾以及时间的加速和催促中，现代人只能变得越来越焦虑不安且无法消除，它伴随生命存在，即使生命逝去也不会停止。这种焦虑具有永久性和永恒特质，"如今他死了三小时，/夜明表还不曾休止"[4]，时间永在，焦虑不止。

> 墙上的挂钟还是那个样子
> 低沉的声音从里面发出
> 不知受着怎样一种忧郁的折磨[5]
> （柏桦：《惟有旧日子带给我们幸福》）

---

① 欧阳江河：《凤凰》，《今天》2012年春季号。
② 于坚：《短篇142》，《燕赵诗刊》2013年第2期。
③ 北岛：《无题》，《结局或开始》，长江文艺出版社，2008，第59页。
④ 卞之琳：《寂寞》，《三秋草》，华夏出版社，2011，第75页。
⑤ 柏桦：《惟有旧日子带给我们幸福》，《往事》，河北教育出版社，2002，第29页。

三 "远方"：拉直和抻长时间

按照汉学家宇文所安的说法，中国古典文学的核心主题之一是"不朽"。为了达成这一目标，秉持这一理想之人需要不断"向后看"，以回忆或追忆往事的方法重温过去，挖掘有价值、有意义的质素，强化其肯定性价值，最终以"立言"的方式完成"不朽"之大业。"古典文学常常从自身复制出自身，用已有的内容来充实新的期望，从往事中寻找根据，拿前人的行为和作品来印证今日的复现。"① "从自身复制自身"是一个典型的自我肯定过程，所以古典文学精神从根本上来说在于"立"和"建设"。当然，记忆或往事的可信程度是需要质疑的，可能会刻意避除某些瑕疵和不足，也可能为了更完美而加入自我想象和虚构的成分，在回忆中自我修复，使其相对完满并经得住时间检验，从而变得"不朽"。"不朽"决定了古典汉诗的主要时间矢量是向后的，以回溯和回望的方式指向"过去"。为了看得仔细、忆得清晰、立得有说服力，古人们要遵循既定秩序，保持平和心态和从容不迫的气度，放缓"回看"和"追忆"的节奏，并可以自如地在过去—现代二维时间中行走和穿梭。

现代汉诗则不然，它的时间矢量是向前的、未知的。"向前"意味着寄希望于以后，并始终相信在未知的未来，可能存在更好的事物——要"相信未来"（食指语），于是，只能不断否定自我而加以填充和完善。因此，现代汉诗的精神在于"破"，每一次变革都是摸着石头过河，在自我否定中蜕变、新生、完满。不是"从自身复制自身"，而是"用自身否定自身"；不是尽可能变得"像"或"是"，而是尽量变得"不像"或"不是"。汉语新诗的每一次蜕变和新生仿佛都是为了对前人秩序的反叛、打破、改写甚至颠覆：白话诗之于文言诗，格律诗主张（新月派）之于白话诗的散文化趋向，象征、现代诗之于格律诗，新民歌之于现代主义诗歌，朦胧诗之于十七年诗歌，第三代诗歌之于朦胧诗

---

① 〔美〕宇文所安：《追忆——中国古典文学中的往事再现》，郑学勤译，三联书店，2004，第1页。

等，现代汉诗骨子里的破坏性和叛逆性表露无遗。在一次次曲折坎坷、惊心动魄的更迭和替代中，在一次次"头破血流"的叛逆和破坏中，一个叫作"远方"的时间段变得越来越充满魅力，并成为迁延时间和促使现代人始终向前的诱因。无论从本义还是隐喻意义来说，"远方"指向的恰好是未知和未来，它把时间的重心由"向后"转移为"向前"，由"过去"变成"未来"。"时间"被向前的力拉直、拉长，增加了新的维度，即未来。"远方"是一个未知的世界，需要面对陌生经验，而不像已知的过去，一切都是循环和熟悉之物。这种无法预言的未知性和意料之外的可能性有着致命的吸引力，就像前方始终有个声音在催促，现代人急切地追赶和迫近"远方"，需要加快速度。"在清朝/安闲和理想越来越深/牛羊无事，百姓下棋"① 的闲适生活已经不复存在，取而代之的是疲倦，"疲倦还疲倦得不够/人在过冬//一所房间外面/铁路黯淡的灯火，在远方//远方，远方人呕吐掉青春/并有趣地拿着绳子//啊，我得感谢你们/我认识了时光"②。过去的尽头自人出生之日起便已确定，而远方（未来）却没有尽头。如此便可以没有限制地把时间拉得越来越直，越来越远。远方就像一个魔咒和迷宫，现代人无法从中找到慰藉心灵的出口。渴望企及又无法企及的远方就像给时间加大了拉力，变得越来越远，越来越长，诗人们变得越来越绝望：

> 远方除了遥远一无所有
> ……
> 更远的地方　更加孤独
> 远方啊　除了遥远　一无所有③
>
> （海子：《远方》）

"在远方，/有一座岛屿会唱歌；在远方，红鬃马伏在月亮背上……在远方　我们所能看见的　只是永恒的巨大的荒原。"④"远方"充满新

---

① 柏桦：《在清朝》，《往事》，河北教育出版社，2002，第65页。
② 柏桦：《衰老经》，《往事》，河北教育出版社，2002，第156页。
③ 西川编《海子诗全集》，作家出版社，2009，第471～472页。
④ 于坚：《飞行》，《我述说你所见：于坚集　1982～2012》，作家出版社，2013，第78、95页。

奇与惊喜，探询未知世界，可能会有意想不到的收获；也意味着一种对生命尽头的迫近，加速追赶时间，意味着对生命终点的加速靠近。"远方"的两面性给现代人带来幻想企及又无法企及（时间拉长），希望企及又害怕企及（时间加速）的两难选择，掺杂着希望与失望、渴望与绝望，是自由也是羁绊和束缚。"远方，如尚未被拆除的脚手架/还有白纸上泥泞的足印/那只喂养多年的狐狸/挥舞着火红的尾巴/赞美我，伤害我。"① 对"远方"的两种情感和两种心态的纠结必然加重现代人的内心焦虑。"过去的已经过去，不再存在；未来的尚未来到，尚不存在；只有现在存在，而现在马上要成为过去，未来就要成为现在"②，这是现代人面对时间产生焦虑的原因。因为"遥远的路程是我生命的一部分"③，所以明知道对"远方"的追寻之路必然艰辛、绝望并充满焦虑，现代诗人仍然将之作为伟大而神圣的精神目标和神圣事业，当作一种修行：

> 修远。我以此迎接太阳
>
> 持着诗，那个人和睡眠，那阵暴雨
>
> 有一条道路在肝脏里震颤
>
> 那血做的诗人站在这里　这路上
>
> 长眠不醒
>
> 他灵明其耳
>
> 他婴童、他胆死、他岁唱、他劲哀
>
> 听惊鸿奔过，是我黑暗的血④

（骆一禾：《修远》）

"修远"可以接近光明（太阳）、深入骨血、砥砺意志、触摸灵魂，于是诗人们选择悲壮地追索、前行，"留心岁月的枝杈/向我意想不到的方向生长/手影里/有一只灰色的小兽/含着泪走向远方"⑤。

北岛：《诗艺》，《结局或开始》，长江文艺出版社，2008，第38页。
② 吴国盛：《时间的观念》，北京大学出版社，2006，第21页。
③ 海子：《月全食》，西川编《海子诗全集》，作家出版社，2009，第58页。
④ 张玞编《骆一禾诗全编》，三联书店，1997，第484页。
⑤ 陆忆敏：《手掌》，《出梅入夏》，北岳文艺出版社，2015，第20页。

"电灯""钟表""远方"以及火车、飞机（关于速度）、饭店、餐厅（关于私人空间公共化）等词语在现代汉诗中的频繁出现，绝对不只是新词①诞生那么简单，而是昭示着诗歌内部一种秩序的改变。最基本也是首要变化表现为时间秩序的改变，无论是割裂、加速还是拉长和拉直，都是一种对时间的改写。客观时间无法控制，但是对于时间的标度可以人为更改，以"暴力"的方式"通过控制'间'来控制时间"②，最终达到改变时间秩序的目的。当维持稳定、寻求安全的原有时间秩序被打破，古典汉诗体式的整体稳定性也就难以维系，作为文体的古典汉诗必然走向终结。"要是一种语言的结构最适合于精神并且能够最生动地激励精神活动，这种语言就必定具有一种永恒的力量，能够从自身中生成一切由时间的进程和民族的历史命运所引发的新的构造。"③ 诗歌"旧的构造"被"新的构造"取代，一种已经僵化的诗歌范式被另一种充满生机活力的范式所取代。被现代汉语激活的现代汉诗不一定具有永恒的力量，却有创造性，同时也有破坏性的"新的构造"。在这种"新的构造"中，语言的格局和文学的格局也会焕然一新。

第三节

挣脱秩序的牢笼："词的歧义性"生成

古典汉诗向现代汉诗的转换是一种必然，是诗歌内部本身新陈代谢、自我孕育、裂变增生的结果。"随着'天下'格局和'天干地支'

---

① 这里所说的"新词"是指新进入诗歌的词，与本书第三章第三节所说的新词含义不同。
② 张柠认为，"时"就是自然运行规律和生长规律；"间"就是人为的突发性事件对生长的连续性的短暂中止，它不单是"空间"，而且是"事件的结构"（张柠：《土地的黄昏——中国乡村经验的微观权力分析》，中国人民大学出版社，2013，第33页）。
③ 〔德〕威廉·冯·洪堡特：《论人类语言结构的差异及其对人类精神发展的影响》，姚小平译，商务印书馆，1999，第249页。

的计时方式被彻底打破，可以用固定格式（比如律诗、绝句和词）进行书写的情感、可以用有限词汇进行吸纳与包裹的经验被强行修改，和'天下'格局、'天干地支'相匹配的格律化、古风化的情感与经验，也开始大幅度隐退；而新的经验和面对新经验产生的新的灵魂反应，却开始大规模出现，古诗被其他形式的诗歌样态所替代就是必然的事情。"① 同语言一样，作为文学体式之一的诗歌内部也存在两种互相抵牾的力量，"一方面存在着维持稳定的力量，另一方面又存在着进行创造的力量，而一种力量有可能强大到抑制或战胜另一种力量"②。当得以维持稳定的前提已经不存在（原有秩序被打破），稳定的力量逐渐变得固化，生命力和战斗力（对抗性）必然大打折扣，新的体式、具有创造力的新质素便会"乘虚而入"，就像冲破牢笼的巨型困兽，再也"关不住了"。一旦冲破原有限制和枷锁，新生力量必将具有无限活力，同时也会具有很大的破坏性，就像纪弦笔下的"狼"：

> 我乃旷野中独来独往的一匹狼。
>
> 不是先知，没有半个字的叹息。
>
> 而恒以数声凄厉已极的长嗥
>
> 摇撼彼空无一物之天地，
>
> 使天地战栗如同发了疟疾；
>
> 并刮起了凉风飒飒的，飒飒飒飒的：
>
> 这就是一种过瘾。③

（纪弦：《狼之独步》）

　　具有强烈人格意识、主观能动性和破坏意识的"我"，以孤独者、破坏者、宣言者 3 种姿态独步天下、孤傲高冷、破坏力大，天地秩序因之改变。郭沫若的《天狗》同样是现代汉诗这种气质的生动诠释和真实写照，就像颠覆宇宙秩序、毁灭外部世界和旧世界一切的"天狗"，

---

① 敬文东：《用文字抵抗现实》，昆仑出版社，2013，第 173 页。
② 〔德〕威廉·冯·洪堡特：《论人类语言结构的差异及其对人类精神发展的影响》，姚小平译，商务印书馆，1999，第 20 页。
③ 纪弦：《狼之独步》，《台湾三家诗精品集》，安徽文艺出版社，1990，第 169 页。

"我把月来吞了／我把日来吞了，／我把一切的星球来吞了，／我把全宇宙来吞了"①；同时也更新和破坏自我，"我剥我的皮，／我食我的肉，／我吸我的血，／我啮我的心肝……我便是我呀！／我的我要爆了"②。现代汉诗甫一登场，就以破坏者姿态出现，对语言的破坏、对形式（格律）的破坏、对思想的破坏等，并在破坏中前进。这种"破坏"与胡适所说的诗体大解放的情境类似，"因为有了这一层诗体的解放，所以丰富的材料，精密的观察，高深的理想，复杂的感情，方才能跑到诗里去"③。

"事物原有秩序的消失而导致的焦虑与个体新的自由感的诞生，是古典诗意向现代诗意转化的重大契机。"④ 原有时间秩序在被扰乱、加速、打破和割裂之后，一切秩序都发生了颠覆性的改变。"汽车疾驰而过，把流水的速度／倾泻到有着钢铁筋骨的庞大混凝土制度中，／赋予寂静以喇叭的形状。"⑤ 伴随着农耕文明的衰微，闹钟取代了鸡鸣，防盗门取代了犬吠，水泥取代了泥土，陌生人取代了"熟人"。⑥ 当曾经熟识、稳定的一切被"现代性"的幽灵所摧毁，作为最古老技艺之一的诗歌，也将面临前所未有的危机和挑战。原有诗歌体式从内容到形式都无法适应日趋复杂的情感表达，以及全新经验阐释的需要。"五七言八句的律诗决不能容丰富的材料，二十八字的绝句决不能写精密的观察，长短一定的七言五言决不能委婉达出高深的理想与复杂的感情。"⑦ 胡适对诗歌变革的看法比较绝对，却精准说出了古典汉诗趋于固定化的基本事实。"白话诗以散文般的自由形式，冲击着千年以来形成的诗歌美学原则，把人们习惯的对称性结构全然打破，白话诗中，没有严格的声

---

① 郭沫若：《天狗》，《郭沫若全集》文学编第一卷，人民文学出版社，1982，第54页。
② 郭沫若：《天狗》，《郭沫若全集》文学编第一卷，人民文学出版社，1982，第55页。
③ 胡适：《谈新诗——八年来一件大事》，欧阳哲生编《胡适文集》2，北京大学出版社，1998，第134页。
④ 张柠：《土地的黄昏——中国乡村经验的微观权力分析》，中国人民大学出版社，2013，第274页。
⑤ 欧阳江河：《傍晚穿过广场》，《透过词语的玻璃》，改革出版社，1997，第110页。
⑥ 这里所说的熟人是对费孝通先生在《乡土中国》中提出的"熟人社会"这一概念的化用。
⑦ 胡适：《谈新诗——八年来一件大事》，欧阳哲生编《胡适文集》2，北京大学出版社，1998，第134页。

律，没有精工的对偶，没有实字双叠虚字单使的词汇规则，三字四字乃至八字九字都可以独立成句，三行四行八行十行十二行都可以构成诗篇。"① 保守、封闭、稳定、平和的古典汉诗必然被崇尚速度、渴望出位和叛逆、丰富繁杂的现代性远远甩到后面，直至缺氧死亡：求稳、求和的程式化意象趋向僵化，"一一映射"可能也被打破，求新求变的一次性、个性化的"快餐意象"是现代汉诗的追求；原有的催眠节奏已经无法适应加快、多变的生理和生存节奏，现代汉诗需要寻找更能彰显个性、更加刺激、更适合挑战自我生理和写作极限的"惊醒节奏"；带有"泥土"特质的软性话语方式已然失效，取而代之的是以"坚硬""破坏性"为特征的"水泥"性话语方式。无论是生活秩序的变化还是诗歌体式的变革，都是一种必然。试问，"我们这一代/真的能抵达老年吗？真的那些维生素/能缓解时间，把高消费的夏季/变成慢动作的青春？世界能冻结吗？"② 如果答案是否定的，那么就意味着一切变化都无法阻止。

一 "一次性"："快餐"意象

现代社会是"快餐"社会。"快"意味着速度的改变和加快，"精工细作"的饮食原则已经无法适应日益加快的生活节奏，节约时间成本、加快速度是在竞争中占据主动权和优势的根本。一切都是快的，人为的、过速的甚至是假的：

> 那么给人们的四肢接通电流，让他们
>
> 体验速度，起源，热力和麻木。
>
> 给他们的啤酒加快。一个
>
> 人造的、工业的冬天，
>
> 不过是一小时的高压电流。
>
> 多少个这样的冬天加在一起，才能
>
> 阻止夏天的老人像泡沫一样溢出？

---

① 葛兆光：《汉字的魔方》，辽宁教育出版社，1999，第215页。
② 欧阳江河：《透过词语的玻璃》，改革出版社，1997，第147页。

一列火车穿越杯中的冰块和面孔，

那么多不寒而栗的并置物，事实

被一把餐刀从中切开，或镶上了假牙。①

（欧阳江河：《快餐馆》）

　　"快餐"制作过程的"快"，必然带来人们用餐速度的"快"。崇尚健康的"细嚼慢咽"的用餐方式不再是费心考虑的首要问题，如何节约时间才最重要，这就需要现代人的身体（消化系统）学会适应快节奏的进餐方式。因此，"快餐"生活改变的不只是生活节奏，还从根本上改变了日益忙碌的现代人的生理速度（身体器官功能的运行速度）。除了速度，"快餐"还崇尚一次性，一次性消费、一次性餐具等，"一次性"意味着多变和不可捉摸。为了保持新鲜和速度，只在瞬时有效，当然也会带来浪费，"一切做得好的东西，是因为其中包含了巨大的浪费"②。浪费是为了最大限度地做到新鲜、新奇和完美。古典汉诗就像传统餐饮，陈旧、节约、反一次性，同时也固化保守。"每一个词汇都承载了重重的文化隐喻，以致令人窒息；它传达的经验也多是一些二手货、三手货，很多时候仅仅是修辞的自我增殖。新诗甩掉了这个包袱，使我们有机会睁开自己的眼睛，重新审视这个世界……"③ 现代汉诗中词语具有的功能与"快餐"类似，不再是陈旧的，而是"新鲜出炉的"、"加速"和"一次性"的。这里所说的"一次性"，并不是针对词语本身对自身传统的刻意规避以及追求奇崛和生僻的效果而言，太过刻意地遣词造句，在新奇方面的过分雕琢，并不能成为衡量诗歌优劣的标准。"一次性"是指词语卸掉承载太多的文化重负和隐喻，打破稳固和类型化，变"节约"为"浪费"，否定和颠覆原有的既定意义，还原自身活力，最终打破"一一映射"的固定联想关系。

　　"在大体上一成不变的'甲子'中国或'天下'中国，旧体诗漫

---

①　欧阳江河：《快餐馆》，《透过词语的玻璃》，改革出版社，1997，第146页。

②　张枣：《甜》，颜炼军编选《张枣随笔选》，人民文学出版社，2012，第217页。

③　西渡：《我的新诗传统观》，《灵魂的未来》，河南大学出版社，2009，第102页。

长、灿烂的传统，支持词语和现实之间具有一种一一映射的关系。现代汉语诗歌却必须建立在否定一一映射的基础之上。"① 能够将"花的血脉震悚"② 的词语是新鲜的、有活力的、独特的，它与凝固化、模式化无关，而与创造力、"一次性"有关，这本应是诗人最基本的职责所在。"诗人的意图是：打破语言与意指之间的固定联结，使语言恢复其独立的本体的意义，从而借以形成新的意义作用和精神结构。作为一个诗人，他基于对语言规范的偏离规格，基于对固定的象征秩序如二元世界的消解，基于由语言的重构而被第一次创造出来的意义，而超越于日常的生活世界。并由此打开了一个新的世界。"③

"新的世界"有新的创造和新的诗意。同为送别赠友诗，古典这种类型诗看到的是模式化和雷同，现代汉诗读到的则是变化和不同。原有的习常意象和用词都很难寻觅到踪迹，即使偶尔使用和零星存在，也已经不再具有古典汉诗中的意义和内涵——词语只是其本身，每个诗人的每首诗都应该是独一无二的。本应产生情感纠葛的"人"，在雷平阳的送别诗中被变形为"水中生物"，"流水的琴声中/鲟鱼取下细碎的鳞片/给裂腹鱼赶制防寒的铠甲/朝圣的路太远了，乌龟把怀中经卷/送给了螃蟹"④。原本该有的离别悲伤被改写得滑稽轻松，悲秋早已被悬置在书写之外，朋友的情谊却在调侃和反讽中彰显，"那时候，我们多么年轻/没心没肺，相信未来，龙鲤升起于/河床的哭喊，水草中，毒蛇交配时/骨头折断的脆响……全都成了/笑料，而不是仪典"⑤。胡续冬的笔下送别更是奇特和妙趣横生，海洋生物异变成各种奇怪的生物，并以幽默和轻松的方式把朋友的形象描绘得栩栩如生。"一只/醉酒的虱子把旅途狠咬……火眼金睛的青蛙意象跳出西南官话/的深井……"⑥ 冯至的送别伤感之情虽然存在，但是早已被"偷换"成对时间逝去的慨叹，即

---

① 敬文东：《词语的三种面目或一分为三的词语》，《扬子江诗刊》2013 年第 2 期。
② 张枣：《跟茨维塔耶娃的对话》，《张枣的诗》，人民文学出版社，2010，第 224 页。
③ 耿占春：《隐喻》，东方出版社，1993，第 106 页。
④ 雷平阳：《离别咏》，《云南记》，长江文艺出版社，2009，第 9 页。
⑤ 雷平阳：《离别咏》，《云南记》，长江文艺出版社，2009，第 9 页。
⑥ 胡续冬：《兰波十四行：致嘉禾》，《诗刊》2006 年第 6 期。

使有树也不再只是"杨柳","薜荔的叶儿红了墙头,/相思却似一棵长青树。/那参参差差的岁和月——/说是算是无从算,/但是数也无从数!"① 余光中的送别诗格调更高,由"落日"到"曙光"的意象转换寓意着全诗格调的变化,一扫悲秋之气和悲伤之情,不是调侃、不是滑稽、不是幽默,而是昂扬。情感大开大阖,仿佛不是悲悲戚戚的"伤别离",而是慷慨激昂的"欢乐颂"。"当最后一轮火艳的落日/被壮阔的西子湾/用一条水平线接去/你是今年最珍贵的晚霞/照亮了高雄的半壁天空/临别时这灿烂的回顾……每一天的早餐桌上/跟曙光一样地准时/你以怎样的气派/为我们拉开/如此明媚的一整幅海景。"② 送别诗也可以摒弃一切意象,用无典型意象的方式单纯诉说不舍之情,平实而真挚、质朴而感人:"在一起好多年/从来没想过要握手/手和手紧紧地握/好想要握住将来所有的日子……/好好干吧 朱小羊/'在那遥远的地方/有位好姑娘……'/列车载着你跑向天边外/我们这群有家的人/在人海中悄悄走散……"③

延宕千年的朋友情谊一如既往,但表现方式却可以如此丰富和多元。具有顽强生命力的程式化意象已是踪迹难寻,所谓的"类型诗"在真正的现代汉诗(非表面类似的"伪现代汉诗")中很难找出"类型"的痕迹。这正是词语打破固定联想模式,"一次性"发挥效力的结果。现代汉诗要做的事情是"把词语从已有的文化'模式'中解放出来,结束词和意义指向一致的状态"④。"一次性"既是指词语新意的出现,也指词语与意义的不对称性。古典汉诗中的"一一映射"等式失效,对于词语而言,"A 不等于 A 了/A 等于红色"⑤。现代汉诗打破了意义的固定连接,重新把词语抛回未知空间,重新产生难以预料的

① 冯至:《别友》,《冯至全集》第一卷,河北教育出版社,1999,第 302 页。
② 余光中:《送别魏端》,《余光中集》第三卷,百花文艺出版社,2004,第 290 页。
③ 于坚:《送朱小羊赴新疆》,《我述说你所见:于坚集 1982 ~ 2012》,作家出版社,2013,第 320 ~ 321 页。
④ 〔德〕罗尔夫·君特·莱纳尔:《德国当代文学中的后现代状况》,柳鸣九主编《从现代主义到后现代主义》,中国社会科学出版社,1994,第 463 页。
⑤ 杨黎:《对话》,徐敬亚等编《中国现代主义诗群体大观 1986 ~ 1988》,同济大学出版社,1988,第 36 页

诗意，并获得了全新的自由。"词语，从固定的指涉物中解脱出来的词语'本身就是实际的真理'。"①

二 扰乱睡眠："惊醒节奏"

"一切的动词形容词副词在诗中也都成了定型的而再掉不出来什么花样来了……寻找那新的语言生命的所在，于是自由诗应运而生。"② 一旦词语已有的负累被剔除，适用于僵化语言秩序的稳定性节奏也就必然失效。"明月经验被人造卫星经验取代，漫步经验被飞奔经验取代，脚的经验被滚轮经验取代。时空被速度压缩，所有的古典时空经验都被改写，相应的节奏自然也就发生了变化。"③ 这主要与时间的加速有关，"中国新诗自诞生之日起，就在其内部蕴涵了能量巨大的加速度，一方面是抵御来自传统的压抑，另一方面是想摆脱世俗的偏见……新诗的胜利必然是一种速度的胜利"④。速度的加快意味着一种催促，一种急迫，打破了原本整饬、有序、稳定的催眠节奏，就像昌耀的诗歌《划呀，划呀，父亲们!》，一声紧似一声地催促，一声快过一声地"嗥叫"，赶走了全部的睡意，迫使人们从睡梦中惊醒。

> ——划呀，划呀，
>
> 父亲们!
>
> ……
>
> 可是，我们仍在韧性地划呀。
>
> 可是，我们仍在拼力地划呀。
>
> ……
>
> 我们摇起棹橹，就这么划，就这么划。
>
> ……

---

① 耿占春：《改变世界与改变语言》，社会科学文献出版社，2000，第 365 页。
② 林庚：《林庚诗文集》第二卷，清华大学出版，2005，第 71 页。
③ 张柠：《土地的黄昏——中国乡村经验的微观权力分析》，中国人民大学出版社，2013，第 274 页。
④ 臧棣：《出自固执的记忆——论赵野的诗》，赵野《逝者如斯》，作家出版社，2003，第 5 页。

从大海划向内河，划向洲陆……

从洲陆划向大海，划向穹隆……

……

——划呀，父亲们！

父亲们！

父亲们！①

在一阵阵具有蛊惑力和号召力的催促声中，曾经安稳的"劳动—休息""睡眠—苏醒"节奏变得无法安然存在，"催催催！匆匆匆！……/催老了秋容，催老了人生！"②类似催促性的诗歌还有很多，北岛的《走吧》也很典型。每一小节都以"走吧"二字开头，既是一种自我说服与选择，也是一种蛊惑和催促，迫使诗人不能停歇地一直向前走。在不间断的催促声中，既定规则被破坏，休息已经是不可能的事。由于崇尚速度，诗人和诗歌都不得不打乱步伐，加快节奏。即使每行字数同古代律诗一致，就算保持最小单位语义的完整性，原有的固定节奏也无法再现和存在。比如朱湘的《葬我》：

葬我｜在｜荷花池（｜）内，

耳边｜有｜水蚓｜拖声，

在｜绿荷叶的｜灯上

萤火虫｜时暗（｜）时明③

从每行的字数上来说，《葬我》与古诗一样，每行 7 个字，但是自然形成的节奏完全没有规律可循，一句一个样，每句都不一样，无法像分析古诗那样，以类型的方式找出规律。即使是主张新诗格律化，强调形式美的闻一多，其诗作亦是如此。闻一多认为新诗在节奏上"确乎已

---

① 昌耀：《划呀，划呀，父亲们！》，《昌耀的诗》，人民文学出版社，2000，第 59～63 页。

② 徐志摩：《沪杭车中》，韩石山编《徐志摩全集》第四卷，天津人民出版社，2005，第 127 页。

③ 朱湘：《葬我》，姜涛编《中国新诗总系 1917～1927》，人民文学出版社，2010，第 535 页。

经有了一种具体的方式可寻"①，并以"第一次在音节上最满意的试验"②之作《死水》为例，试图找出节奏上的规律。按照闻一多先生的分析，"从第一行起，每行都是用三个'二字尺'和一个'三字尺'构成"③，无论是字数、形式还是节奏，都比较"匀称"和"均齐"，有规律可循。但是"三字尺"位置相对灵活，以牺牲语义的衔接和连贯为代价而进行字数分割的问题，都说明新诗的节奏已经无法再像古典汉诗那样单一和固定。以《死水》第二节第三句为例："再让 | 油腻 | 织一层 | 罗绮"用"二二三二"的节奏显得过于牵强，从语义联系的紧密程度和完整性上说，"一层"与"罗绮"的关系显然要比与"织"的关系更近，因此运用"二二一四（四也可分割为二二）"的节奏似乎更合理，这种情况的出现恰好说明现代诗节奏的变化多端和不可操控性。闻一多对此其实有着清醒的认识，"新诗的格式是层出不穷的（非呆板固定的）；是根据内容的精神制造的（即内容决定形式，而不是在限定的形式中填充内容）；是可以由我们的意匠随时来构造"④ 的，这三点与古代律诗有所不同。

现代汉诗对古典汉诗催眠节奏的破坏通过两种方式来实现：节奏延长和节奏缩短（阻断）。首先是节奏延长。白话文和现代汉语的诞生决定了诗歌字数增长和信息量增加，诗人们可以根据自己的喜好、构思、情感需求随意安排每行的字数，让其越来越多，无限膨胀，有时甚至取消分行，把"行"延长为"段"，昌耀后期、西川的很多诗歌便是如此。还有的把每个句子延长，并取消标点，破坏原有的自然停顿，这种情况在西方现代诗歌中也较为常见，美国诗人金斯堡（Allen Ginsberg）的《嚎叫》就极为典型：

　　　头脑天使一般的嬉皮士们渴望与这夜的机械那繁星般的发电机
　　发生古老的天堂式的关系………⑤

---

① 闻一多：《诗的格律》，《闻一多全集》2，湖北人民出版社，1994，第 144 页。
② 闻一多：《诗的格律》，《闻一多全集》2，湖北人民出版社，1994，第 144 页。
③ 闻一多：《诗的格律》，《闻一多全集》2，湖北人民出版社，1994，第 144 页。
④ 闻一多：《诗的格律》，《闻一多全集》2，湖北人民出版社，1994，第 141~142 页。
⑤ 〔美〕阿伦·金斯堡：《嚎叫》，赵毅衡编译《美国现代诗选》下，外国文学出版社，1985，第 513 页。

以上所引诗句由 38 个字组成，中间却未使用一个标点作为间歇和停顿。这首对中国"第三代诗歌"产生过巨大影响的诗作基本是由长句构成的，先不说内容，单就这种极端形式来说，就鲜明地体现了叛逆精神。通过挑战自我生理（呼吸）极限的方式，颠覆和破坏诗歌节奏秩序，向美国的中产阶级趣味发起挑战。在现代汉诗中，未必需要如此鲜明的反叛姿态和极端实验，但因情绪热烈自然生成的节奏延长之作有很多。比如徐志摩的《常州天宁寺闻礼忏声》、安琪的《每个诗人一生都要给父亲写一首悼诗》等。以后者为例：

> 你是这么挥霍生命的一个人你挥霍一生的金钱，和光阴。/你挥霍你一生最爱的烟酒，和女人。/你挥霍你曾有的刊登在《解放军报》上的文学才华于曾经赢过最终却输得一无所有的生意上。/你挥霍母亲曾经的爱最终却以恨收尾的冤家聚头。/你挥霍你的躯体于夜夜迟归的纸醉金迷你挥霍你的狂妄你的虚荣你的壮志未酬。①

面对父亲死亡的沉痛现实，诗人因感情长期郁结而生出亟须宣泄和全部倾吐的愿望，对父亲又爱又恨的复杂情感，诗人想克制又难以克制，想理性言说又无法做到，只能以喷薄、一泻千里的方式和盘托出。一连串长句的运用是对生理节奏的挑战，也是对父亲复杂情感的表达，急切、急躁而急迫。在炽热猛烈、亟须抒发的情绪面前，从容、舒缓的节奏已经无法满足情感表达的需要，只有长句才能让情感充分释放，以达到淋漓尽致的效果。

其次是节奏的缩短和阻断。之所以把缩短和阻断放在一起讨论，是因为"缩短"因阻断产生，是阻断的结果。与古代字数相对较少的诗歌不同，仅就每行来看，现代汉诗因节奏的刻意阻断造成的缩短不再考虑语义的完整性，反而是刻意破坏，仿佛一句话没有说完，一次呼吸过程没有完成，就被突然打断甚至被迫停止。以张枣的诗歌《危险的旅

---

① 安琪：《每个诗人一生都要给父亲写一首悼诗》，《极地之境》，长江文艺出版社，2013，第 335 页。

程》为例：

她是堤岸

你是流水

星

隔

开

你

我

星

……

那是粉红菲薄如蝉翼一样的

朝霞吗……拢拢发　你

走过来　哼歌"在河之洲　在河

之洲"兰花　苇草　丛河的

对岸来吧 英勇点　我亲爱的

啼鸟　多清脆的

声

音啊　亲爱的　过来吧①

……

从形式上看，整首诗节奏多变、难以把握，就像题目的暗含之意一样——犹如历险。单就每个诗行来说，节奏时而清晰、简洁、完整，时而短促、因随意出现的突然切割和阻断而变得残缺不明。当把行与行当作整体连贯起来，又清晰完整、韵味丛生，节奏的多变与情感需求配合得天衣无缝。《危险的旅程》运用了三种节奏阻断方式：第一种是每个诗行意义完整，在词与词之间不固定地加以停顿，这种停顿不是借助分行，而是借助空白来实现的，这是现代汉诗运用最多的一种变奏方式。② 比如

---

① 张枣：《张枣的诗》，人民文学出版社，2010，第 11～13 页。

② 此类阻断较为典型的还有穆木天的《苍白的钟声》（姜涛编《中国新诗总系　1917～1927》，人民文学出版社，2010，第 630 页）。

"英勇点　我亲爱的"，中间的停顿打断了原有的呼吸长度，增加了一次短促的换气，从而增强抒情性和感情重音。第二种也较为常见，属于跨行的节奏阻断。诗人把意义完整的一句话分别安置于两行之中，比如"在河之洲　在河/之州；声/音啊"，在阻断处出现声音节奏的延长，阅读"在河之洲"和"在河/之洲"时，不再像古典汉诗一样节奏均衡、单调、重复，而是存在细微的变化：后一句显然要比前一句多出个拖拍，声音比前者绵长。第三种是把一句话阻断为多行，每行只有一个字，诗歌节奏彻底由行板变为铿锵有力的打击乐，比如"星/隔/开/你/我"。同样是对呼吸长度的阻断，已经不是增加一次换气的问题，而是把一次完整的呼吸分解成若干小段，一字一顿，每一个字（行）后面都出现了一次停顿和换气，原有的呼吸和诗歌节奏完全被打碎。这样的"一字一顿"看似是意义的阻断，却又恰好因形式节奏的阻断，内容更形象化，不但没有减损诗意，反而是一种增强。"星/隔/开/你/我"比"星隔开你我"更能体现诗歌内在含义的准确性——"隔开"的效果更形象，也更易于理解和捕捉。内容外化为形式，准确生动又不含矫情和做作之感。

无论是节奏的延长还是因阻断而缩短，或者是非自然语流的间歇停顿，都是对原有诗歌节奏的破坏。"现代节奏诞生的前提，就是让古老节奏整体性、完整性的破碎和断裂……并执着于生的展开，由'一板一眼'的循环节拍，变成自由的'散板'，诗体解放由此而来。"[1] 节奏的改变既是诗歌形式节奏的变化，又不止于此。它与内在节奏（生理节奏和心理节奏）、外在节奏（生活节奏）的变化都有关。"主观的节奏的存在证明外物的节奏可以因内在的节奏改变。但是内在的节奏因外物的节奏改变也是常事。"[2] 生理节奏的变化主要体现为呼吸节奏的变化。呼吸有其自身的长度，人们一口气能够读出的字数也会有所限制。"人体内各种器官的机能如呼吸、循环等等都是一起一伏地川流不息，自成

---

[1] 　张柠：《土地的黄昏——中国乡村经验的微观权力分析》，中国人民大学出版社，2013，第 275 页。

[2] 　朱光潜：《诗论》，北京出版社，2009，第 150 页。

节奏"①，对其延长和刻意阻断都是对生理节奏的一种挑战和改变。面对诗句字数和停顿次数的急剧增加，读者需要呼吸更多氧气或者增加换气次数，以保证一句话的完整阅读。节奏的种种变化，其落脚点都是对既定秩序（文体秩序、呼吸秩序、生理秩序等）的一种反叛和挑战。这与现代汉诗的叛逆性和破坏精神不谋而合，节奏的灵活多变、对呼吸（身体极限）的挑战都表明现代汉诗的不安分和渴望重建的破坏性。

"惊醒节奏"并不是没有节奏，而是剔除了形式的呆板限制，变成内部的语感和韵律，所以可以快、可以慢、可以长、可以短，给词语提供了更大的自由空间。看似任性无序，实则"破碎的表象在'呼吸'的统摄、词语的搏斗和冶炼中，获得了一种新的整合的可能性"②。

三 "水泥"特性："硬质"话语方式

1992 年，"非非主义"诗人周伦佑创作了诗歌《与国手对弈的艰难过程》，通过对棋手心理变化的细腻描绘，隐喻现代诗人写作的灵魂历险。与强势、力量悬殊的国手博弈棋术，时刻都要小心翼翼地关注时局变化，要运用作战技巧和心理战术，战战兢兢地承受生理和心理的极大考验，而且这一过程可能毫无意义，因为无论怎样努力，得到的都是毫无悬念的无望胜利和必然失败的结局。现代诗人的写作也是如此，同样需要面对无法抹杀和跨越的既定规则、规范、已有习性以及无法超越的诗人和诗作—"国手"的挑战。"国手"—— 一种强权和暴力，是强势和既定规则之所在。下棋与写作还有一个共同点，那就是"手"的决定性作用。"手"具有致命的影响力，"手"的移动决定了棋的输赢和诗作的优劣，必须保证每一步（每一个词语和每一个字）分毫不差的正确和完美，才能赢得最后的胜利。否则一着不慎，满盘皆输。面对强势的"对手"和巨大的压力，博弈者和诗人的选择很重要，是以"别无选择的失败作为必然的结局/还是按照手的指示生活"③，是在被迫害

---

① 朱光潜：《诗论》，北京出版社，2009，第 149 页。
② 张柠：《土地的黄昏——中国乡村经验的微观权力分析》，中国人民大学出版社，2013，第 276 页。
③ 周伦佑：《与国手对弈的艰难过程》，《周伦佑诗选》，花城出版社，2006，第 64 页。

的幻想之中主动放弃、逃避自欺，还是勇敢地破坏和迎战？"在手的压力与暗示之下"，诗人想象了这首诗的两种结尾：

> ——你首先想到隐居。学古代诗人的榜样
> 在一朵菊花的后面，不思，不想
> 从哑巴再变成白痴
> 在不知什么的季节里
> 坐忘。无始无终（结尾1）
>
> ——或者打开紧张的皮肤，把自己
> 投向光里，从钢铁的后面
> 抓住那只没有体温的手
> 流你的血，涂满它的手掌
> 迫使它在这个世纪最后的证词上
> 留下一个带血的手印（结尾2）①

两种结尾的想象恰好清晰呈现出古典汉诗与现代汉诗话语方式和内在气质的截然不同。前者顺从、自足、温和、宁静、后退，后者叛逆、乖戾、陡峭、喧嚣、激进。现代汉诗的话语方式不再是春风拂过绿草的柔美，而是利器划过玻璃的尖锐。就像"泥土"向"水泥"的转变，不再只是"水＋泥"的"物理变化"，而是内质和特性都被改变的"化学变化"。由柔软变为坚硬，"水泥"的出现是一种破坏，对原有柔软性的破坏，也是对土地质地的破坏。具有强烈现代性标识、象征着工业文明的硬物"水泥"，不再柔软、温婉、退缩和保守，而是坚硬、霸道、崇尚进攻，具有很大的攻击力和杀伤力，满溢着冒险精神、破坏规矩和打破边界的雄性荷尔蒙冲动。在现代汉诗中，这种破坏性和硬质话语方式主要表征为隐藏主体的显露和张扬，对既定秩序的质疑和否定以及打破和谐的"刀锋式实验"。

剥掉"五颜六色"的华服，让"潜伏"已久的抒情和言说主体

---

① 周伦佑：《与国手对弈的艰难过程》，《周伦佑诗选》，花城出版社，2006，第64页。

"我""赤膊"上阵，现身于诗行，是现代汉诗变得"硬气"的第一步。从古典汉诗的发展历程来看，《诗经》诸篇中，"我"还会不时显现，并试图发声。尽管这里的"我"并不是以完全的主体姿态出现，更多扮演的是"所有物"主人（物的所有者）的角色，言说更多的是"我的"而非"我是"。"我的"（较典型的如《硕鼠》篇）强调物的所有权，"我是"则意味着"主体性"的彰显。可能是基于对最高美学理想"无我之境"的追求，可能是由于格律诗字数的限制，可能是对言说主体"我"的重要性的认知偏差（差异），也可能基于"天人合一"的文学理想，伴随着古典格律诗的发展和成熟，主体"我""犹抱琵琶半遮面"，越来越神秘，变得"神龙见首不见尾"，最终隐藏于客体和诗歌文本之中。尤其到了格律诗成熟的唐代，更是如此，很难看到"我"在诗歌中直接登场。写景之诗无"我"，以景寄情之诗将"我"隐藏，"我"成了被悬置和隐形的存在（从诗歌整体样态来看）。即使到了清朝有著名的诗篇《己亥杂诗》，龚自珍"重磅推出"了"我"，"我劝天公重抖擞，不拘一格降人才"。一句"我劝"便泄露了"天机"，虽然有"我"，但主体并不是"我"，话语权并未真正掌握在"我"的手里，我不是决策者，只是建议者。不是我"说"，而是我劝"天公说"，真正的立足点并不在"我"。

新诗草创时期，郭沫若率先把张扬的、自信的、锋芒毕露的"我"展现于世。"我是月底光，/我是日底光，/我是一切星球底光，/我是X光线底光，/我是全宇宙的 Energy 底总量！"[1] "我"不再小心翼翼隐藏起来，也不需要依赖任何物来站稳脚跟，"我和一株顶高的树并排立着，/却没有靠着。"[2] "我"不再隶属和听命于任何人和事，"我"就是"我"。于是，高标独立的"大我"（郭沫若、艾青等），凄美、缠绵爱情故事中的"小我"（戴望舒、徐志摩等），戏剧化的人生舞台中的"真我"（卞之琳、穆旦、郑敏等）活跃于诗行。尽管这个"我"也掺杂着异质（是祖国、同代人、我们等主体的合集），却勇敢迈出了主人

---

① 郭沫若：《天狗》，《郭沫若全集》文学编第一卷，人民文学出版社，1982，第54页。
② 沈尹默：《月夜》，张新颖编《中国新诗：1916～2000》，复旦大学出版社，2004，第8页。

翁意识的彰显、自我个性的张扬、现代人自我认知改变的可贵一步，表达了渴望言说、传达内心真实声音的强烈诉求。"我"不再满足于小心翼翼地借助"呼""吁""嗟""咨"等小开口度叹词低声吟哦，欲说还休，而是大胆地使用高声部、大开口度的"啊"①，大嗓门宣告"我想""我是""我要"！自我意识觉醒，个性张扬、反叛传统。高亢、嘹亮、有穿透力和辨识度的声音震荡的何止是耳膜，还有内心和秩序，"我何曾有意的糟蹋你们，／秩序不在我的能力之内。"②

　　在重新确认了自我主体地位之后，"我"开始由打量自我转而"打量"世界。具有绝对主动权和主导地位的"我"通过理性思考，重新审判已被伦理习俗法庭判决过的事物，敢于质疑，表达异见。北岛连续使用四个"我不相信"③，既是对时代的质疑，是年轻一代怀疑精神的有力表达，又是对某种秩序的怀疑、否定和批判。虽然有特定所指，但是骨子里的叛逆精神却已凸显。在经历了自我肯定、质疑和否定之后，现代诗人挣脱原有束缚，摆脱旧我，对自我重新体认和建构，"我是"—"我不是"—"我是"，也就是自我肯定—自我否定（破坏）—自我重构的过程。后面的"我"和第一个"我"已经完全不同，意味着一种突破、一种蜕变、一种新生。全新的"我"可能粗鄙，也可能戏谑——"我们本来就是腰间挂着诗篇的豪猪"（李亚伟语），说到底都是一种略显偏执的反叛姿态。具有破坏性的主体所崇尚的不再是温和节制，而是激进和冒险，用不同方式和不同姿态来建构，以破坏的方式修复和重建。获得新生的现代诗人选择了更具硬质特征和破坏力的方式进行文体建构："刀锋式的实验"。他们摒弃了四平八稳的写作和思考模式，"笔走偏锋"，就像在刀锋上行走，偏执、疼痛甚至悲怆，并以伤害肉身为代价完成了文体和句法的现代性转变，字字犀利，句句噬心：

---

① 中国伊古以来，其叹字不出"呼""吁""嗟""咨"之音，闭口声也（马建忠：《马氏文通》，商务印书馆，1998，第382页）。而"啊"是开口声，声音相对洪亮。

② 闻一多：《闻一多先生的书桌》，《闻一多全集》1，湖北人民出版社，1994，第168页。

③ 北岛：《回答》，《结局或开始》，长江文艺出版社，2008，第7页。

让刀更深一些。从看他人流血

到自己流血，体验转换的过程

……

看刀锋揳入，一点红色

激发众多的感想

……

这是你的第一滴血

遵循句法转换的原则

不再有观众。用主观的肉体

与钢铁对抗，或被钢铁推倒①

……

（周伦佑：《在刀锋上完成的句法转换》）

欧阳江河说："成熟从话语的结束开始。"② 从创新性和自由度方面看，"硬质"的话语方式对软性话语方式的取代意味着一种成熟，因为只有硬质的、坚硬如铁的"水泥"，才具有摧毁和重建的力量，并激发新的生命力，"这个世界黑铁的性质/金属的感受在血液中存留……包含着多种可能"③。

古典汉诗的文体秩序从形式到内容都被破坏以后，最内部、最核心、最基础，也是受益最大的便是词语——"词语"复活！全新的思维方式和言说方式、全新的词物关系，都在"词的复活"这一动作和行为中产生。"词"摆脱了种种束缚，脱离了秩序控制，获得了主动性和自由，"词语"只是"词语"，"词语"更像"词语"，"词语"回到"词语"的初始状态，回到"词语"自身。具有"丰富而细腻的宝石"④ 特质的"词语"变得更澄澈、更灵活。它光芒四射，充满了歧义性，具有无限可能。词语可以无限接近物、接近自我、接近世界，"现

---

① 《周伦佑诗选》，花城出版社，2006，第 8～9 页。

② 欧阳江河：《阳光中的苹果树》，《透过词语的玻璃》，改革出版社，1997，第 42 页。

③ 周伦佑：《模拟哑语》，《周伦佑诗选》，花城出版社，2006，第 46 页。

④ 〔德〕海德格尔：《在通向语言的途中》修订译本，孙周兴译，商务印书馆，2005，第 234 页。

在我感到/我比任何时候都更加接近我的前身：/无论是石头，树木，动物，星辰，/它们全部被一条线索引向燃烧"①。渴望燃烧和定会燃烧的词语汇集巨大能量，足够摧毁和建构。

"打开记忆/搜索锋利的词汇/让它们肩负使命/完成最后一击。"②

---

① 欧阳江河：《十四行诗：混游的年代》，《透过词语的玻璃》，改革出版社，1997，第55页。

② 赵野：《海》，《逝者如斯》，作家出版社，2003，第114页。

第三章

「词的歧义性」的运作机制

教授儿童识字有个简便且直接的方法，那就是教师或家长指着相应的实物，让儿童认读词语，如此，可把相对抽象的词语具体化为有色有形、可看可感的实物；儿童通过思维和记忆把具体的"物"和抽象的"词"联系在一起，从而达到识记词语的目的。维特根斯坦形象地将这种方法称为"指物识字法"。① 此方法之所以对儿童识字有效，是因为其深层发生机理在于"词"与"物"之间建立的单一、固定联想模式。当说出 A 词会想起对应物，当看到物时自然想到 A 词，反复多次，一个词语及其所对应的实物形成相对稳定的"一对一"关系，深深印在儿童脑海中，并转化为知识。"词"与"物"固定联想关系一旦确立，自然具有了排他性：A 是 B，也就意味着 A 不再是 B 之外的他物，类似于古典汉诗的"一一映射"。

当然，"指物识字法"只适用于一般情况，至少要在"词"与"物"相对稳定的前提下："词"甘愿被操纵，而"物"又相对具体和恒定（表达抽象情感的词语如爱、恨和易变之物不适用于此法）。一旦"词"活跃起来，"指物识字法"就会失效，即使是针对相对稳定的"词"与"物"而言，"指物识字法"细究起来也存在问题。比如要把词语"五个红苹果"② 和实物联系在一起，如果不考虑"词"与"物"对应的绝对正确性，其实不止一种方法，最正确的是实物"五个红苹果"对应词语"五个红苹果"。但是假如在"一个绿色的梨子"上刻写"五个红苹果"，是不是也可以说"词"与"物"是对应的（排除对错因素）呢？由此可以演化为多种表达方式，因为五个、红色、苹果都可以根据这种"歪曲"的理解方式发生改变，可以写在任何数量的任何水果上。这个推论从词语的正确性角度来说没有问题，词语"五个红苹果"和梨子上写的"五个红苹果"完全一致。但是从"词"与"物"

---

① 〔英〕维特根斯坦：《哲学研究》，陈嘉映译，上海人民出版社，2001，第 7 页。
② 维特根斯坦也说到了这五个红苹果，但是说明的不是一个问题（〔英〕维特根斯坦：《哲学研究》，陈嘉映译，上海人民出版社，2001，第 4 页）。

对应的正确性角度说又有问题，方言的使用也是这样。① "词"面对具体"物"时尚且如此，那么儿童对于表示抽象之物的词语的认知就会更难，理解的歧义问题仍然存在，儿童依然会迷茫。这可能是刻意刁难，亦可能是一种曲解，但对于孩子而言，却容易成为认字识物的隐形障碍，影响清晰度和正确性。这就说明"词"对"物"的言说并非仅凭"指物识字"就可以清晰呈现那么简单，而是相当复杂。"固然，把词与外界事物联系起来，即考虑词与物的对应关系，但是这种认识方式只是适宜于幼儿识字，却绝难适宜于人对生命宇宙的追索"②，也不适宜诗歌的言说。"指物识字法"丧失掉的可能是诗意，而且远不只是诗意，更可能是探知世界的机会。"指物识字法"把复杂过于简单化，对诗歌而言无效也无用，"理性本就充满混乱/简单原本复杂多端"③，所以还需重新"化简为繁"。"一词一义的意向并没有说明语言的所有力量。还有另一种利用歧义的方法：不是消除而是推崇它。"④ "词的歧义性"通过"词"的主动性和"自述性"而不是强制命名、相对性而不是绝对性、恢复隐喻的活力而不是使其僵化这 3 种典型机制的运作，全面展现出"词"的魅力、"物"的"丰腴"以及"词"与"物"之间的复杂关系。

第一节

恢复词语的"自述性"

"指物识字法"失效以后，与识字的儿童一同陷入迷茫的还有词语

---

① 比如普通话"蹲"和方言"圪蹴"都是指同一个动作和行为，但是词语不同，这对儿童识字会造成困扰，可能会影响儿童对语言指令的接受，从而无法准确会意。

② 耿占春：《隐喻》，东方出版社，1993，第 238 页。

③ 莎士比亚的诗句，转引自〔美〕克林斯·布鲁克斯《精致的瓮：诗歌结构研究》，郭乙瑶等译，上海人民出版社，2008，第 20 页。

④ 耿占春：《隐喻》，东方出版社，1993，第 165 页。

和诗人。"人们不仅是用词做梦，而且连最粗野的人也会做关于词的梦。"① "用词做梦"和"做关于词的梦"都说明词与做梦这一行为有关，但对梦境最终形成的作用却不尽相同：前者"词"作为"用（使用）"的宾语，处于"受动"和"被动"地位，只是一种手段或工具，被嵌入或被安排在已经预先设定好的某一情境之中，只有修饰和填充作用，而没有"篡改"梦境情节或结局的主导性作用。后者"词"与"梦"有关，关系可能是直接的，也可能是间接的，对梦的影响可能非常大，也可能非常小，却未必只是作为工具，亦不再处于被嵌入和被安排的受动地位。它极有可能具有主动改写梦境情节的功能，或许还存在不受控制的部分。也就是说，"词"不只被用来"填充"梦境，还可能主动"制造"梦境。"词语不仅传达事物，它们本身就是物体。"② 强调"词语"是"物体"，并不是说它的"客观性"，而是重点强调它的"主动性"，至少与诗歌结合时，它部分地具有主动性。词语对类似于做梦这一行为的作用或者本身具有的主动介入姿态，不妨称为"自述性"或"自述功能"。

"词语既被你使用，更对你反抗。诗人有必要探索构成基本事物本来意义的那些词语，在使用它们时激活它们，并让它们反过来帮助诗人觉察到自身的主观局限和偶然的极端重要。"③ 树才所说的词语反抗的一面，即无法被随意使用和役使的部分就是"自述性"。"自述"（拒绝、反抗被使用）与"他述"（甘愿被使用）相对应。"他述"可以简单理解为"说词"或"词被说"，"词"处于宾语位置，前面总会有操控者（主语）假借各种动词（谓语）对其"发号施令"，被塑造、被规约，相对被动。被规范的词典意义以及人们在长期固定的想象中形成一种"常识"的意义和用法都是如此；"自述"是"词说"，词语占据部分主动位置，与诗人一起成为主语，无法完全被诗人随意支配，具有一

① 〔法〕热拉尔·热奈特：《诗的语言，语言的诗学》，赵毅衡编《符号学文学论文集》，百花文艺出版社，2004，第544页。
② 〔俄〕雅努什·斯拉文斯基：《关于诗歌语言理论》，〔俄〕波利亚科夫编《结构—符号学文艺学——方法论体系和论争》，佟景韩译，文化艺术出版社，1994，第247页。
③ 树才：《词语这种材料》，《诗探索》2000年第Z1辑。

定的主动性和言说权力。词语包含可控制（被规范和被约定俗成的）和不可控两部分的意义，后者词本身并不具有，却可以在"词"与"词"、"词"与"物"发生关系过程中衍生出意义和用法，可看作"自述性"。比如"玫瑰"一词原有的字（词）典意义和有关爱情的比喻（所谓"花语"）等在长期规约和言说中成为类型化描述，当"玫瑰"摆脱规定意义的束缚自我言说时，其意义就变得不可控。"自述性"特征赋予了词语拥有主动扩展意义的权力，通过具体语境（上下文），"词"与"词"、"词"与"物"的勾连，采用转借和挪用的方式，从其他"词"或"物"身上获得原来不曾有的意义，即事先未被规约，产生于具体语境的临时意义。"玫瑰"由特指爱情的花变成非花也非爱情，它可能是一个少女，亦可能是一个动物或更多。它未必是美的，也许是丑的、黑暗的，甚至肮脏的。就像于坚的诗歌《关于玫瑰》所描述的那样：作为"四月"的时间表征来说，"玫瑰"可能和"候鸟"甚至"苍蝇"同义。这三个词语的性质可以相互置换："我还要向苍蝇奉献的是/'开放'和'啼鸣''芬芳'和'清脆'/我同样要向玫瑰奉献'细菌'/向候鸟奉献'污秽'以及'叮扰''嗡嗡'。"[1] 当缺少上下文和语义关联时，把玫瑰解释成苍蝇肯定是有问题的，但是如果用"四月"将二者联系起来又显得精妙无比。玫瑰还可能是"致命"的，在赫胥黎的小说《美妙的新世界》中，它与"触电"有关[2]，成为孩子们惧怕的对象。无论是于坚笔下的玫瑰，还是赫胥黎笔下的玫瑰，都与爱情、美好、芳香以及花朵本义有关的一切无关。

　　不能武断地说在现代汉诗中词语完全是自述的，但是词语至少具有这样的特质。"自述性"并不是完全不去控制"词"，或者"词"成了诗人写作的主导，那样只能变成无意义的符号；而是说"词"与"诗人"一样，具有独立性和自主性，诗人和词语两者需要通过"协同行

---

① 于坚：《关于玫瑰》，《我述说你所见：于坚　1982～2012》，作家出版社，2013，第231页。
② 在小说《美妙的新世界》中，婴儿们因被插有线路板的玫瑰花电击到，而对玫瑰花心生恐惧，而且经过反复试验之后，玫瑰与电击紧密地联系在一起，从而产生永久的厌恶情绪。在他们眼中，玫瑰与电击无异（〔英〕阿道司·赫胥黎：《美妙的新世界》，孙法理译，译林出版社，2000，第15～16页）。

为"，共同生育出诗歌。面对词语的"主动出击"，诗人有两条道路可以选择："你在一个词语中静止，/或你变成了一个词语"[1]；要么放弃主动抵抗，成为词语的"俘虏"，要么与词语一起活跃起来。前者意味着死亡，因为诗人缺少主观能动性，而词语完全失去控制；后者则意味着复活，因为诗人和词语同时活跃，又彼此监督。对于诗人而言，诗歌的写作过程与词语自身的展开同样重要。诗人与词语不是古代"帝王"与"宠妃"的关系，前者对后者宠幸，帝王具有为所欲为的无上权力，被宠幸的妃子只是一种摆设，生杀予夺大权都掌握在帝王手里；而更类似于现代夫妇，共同组建家庭，是共同商量的和谐关系，各自独立，又彼此协同。正如周伦佑所说，"我在话下，不在话下"[2]，诗人在语言之下，又不在语言之下，可以将之更形象地描述为"词语驮着诗人走，诗人骑着词语走"，词语借助诗人的眼睛，而诗人借助词语的脚力，共同到达目的地。当然，这种"协同行为"可能是彼此妥协，妥协中的一致，也可能是彼此对抗，对抗中的制衡。词语与精神（诗人）相互吸收、相互锤炼、相互选择、相互发现，彼此趋近和拓展，最终达到结晶[3]——一首诗的诞生。

要想恢复词的自述功能，首先要解除禁锢，消除既有（先在）影响，即已经被规约的意义和用法。其次是摆脱原有的透明性，与一眼望得见底的清澈相比，无法看到底部的混浊更适合想象，亦蕴含更多可能。词语"就是要摆脱符号所固定的'透明性'，取得物体所固有的那种'不透明性'"[4]，以实现意义的最大化。通过"去词具化"、恢复"词语表情（词色）"、恢复"柔韧性"三个步骤，词语的"自述性"功能得以恢复。

---

[1] 张曙光：《春天的双重视镜》，《小丑的花格外衣》，文化艺术出版社，1998，第113页。

[2] 周伦佑：《自由方块》，《打开肉体之门——非非主义：从理论到作品》，敦煌文艺出版社，1994，第4页。

[3] 《塔可夫斯基的树：王家新集 1990～2013》，作家出版社，2013，第228页。陈超：《论诗与思》，《打开诗歌的漂流瓶》，河北教育出版社，2003，第175页。

[4] 〔俄〕雅努什·斯拉文斯基：《关于诗歌语言理论》，〔俄〕波利亚科夫主编《结构—符号学文艺学——方法论体系和论争》，佟景韩译，文化艺术出版社，1994，第246页。

一 "去词具化"

"在一首诗中,诗人的主体是隐蔽的,更重要的是词语的主体。"①
"诗人的主体"只能隐藏在文字背后言说,而"词语的主体"则以本来
面目示人,活跃于诗行,这并不是说诗人的言说不重要,而是强调诗人
言说不具有绝对权威和唯一性,词语同样有自己的语言和(言说)说
话方式。当人们(诗人)假借思想、智慧、头脑甚至灵感的名义,用
壮硕高大的身躯把蝌蚪般的词语遮蔽起来,藏匿于阴影中,或者命令词
语无条件服从其思想时,词语便难逃被役使的厄运。如果词语被作为工
具使用,就像钥匙理所当然地被认作开锁工具,而且是"一把钥匙开一
把锁",词就变成了"词具"。变为"词具"的"词"的最大特点就是
"石化",即前面所论及的类型化和固化倾向,缺少主动性,自由度也
就消失。

"工具"更注重的是如何更"有用",是结果,从而忽略过程。词
语工具化和固态化的最大危害在于:在对物的强制命名过程中,删除了
与"词语工具"契合之外的其他可能性,导致词语活力降低和凝固,
客观上造成词语数量的缩减和死词的大量出现。固化的词语不再是言语
和表达,而是一种沉默和死亡,因为它丧失了"呼吸功能"和能动性。
在封闭、僵硬的狭小活动空间,词语无法发挥自述性效用,丰富的表情
和生存权利都被剥夺,直至植物化、僵化,失去生命,最终成为"假
词""标本词""植物词",甚至是"死词"。就像乌鸦,尚未出生就已
经被判处"死刑","在它出生前的死亡中就已变黑,/似乎它一来到这
个世界上/就是一位孤僻而深沉的大师"②。"假词""标本词""死词"
等有个共同点,就是缺少生命,有生命的华丽躯壳,却没有鲜活的本
质,因此是缺少根性的。"词语的蝴蝶"只有时刻扇动美丽的翅膀,诗
歌的生命力才会得以复活,才能在现实的花园中找到噬血的诗意,也才
有解释和言说复杂现实的可能。"根"的存在意味着一种生殖、繁衍的

---

① 树才:《词语这种材料》,《诗探索》2000 年第 Z1 辑。
② 王家新:《喜鹊和乌鸦》,《塔可夫斯基的树:王家新集 1990~2013》,作家出版社,
　　2013,第 213 页。

可能，而"词具"和"死词"不仅"无根"，从骨子里来说是"反根"的：对词语的简化和窄化不仅不具有繁殖更多的可能，反而是枯萎、凋谢、死亡的前兆。"根"意味着生，"词根构成的是诗歌语言与生命存在的双重指称……诗歌的深度：隐喻的深度，思想的深度，生命的深度"①，而"死词"和"词具"则意味着死亡。

在论述张枣诗歌的奇文《笼子里的鸟儿和外面的俄耳甫斯》中，钟鸣谈到了现代汉诗对词语随意处置的单词现象："单词现象是说诗人，在选择最具代表性的熟词时，更多是通过外部的'语言暴力'，而非巴尔特说的'协同行为'来实现的。所以，单词现象也是词语的一种寄生现象。"② 词语异变为"词具"，成为缺少根性的装饰物和用以达到写作目的的工具。"死词"现象在古典汉诗和现代汉诗中都存在，对古典汉诗而言可能是优点③，对现代汉诗来说则是危害，因此更需警惕。经常被使用、具有某种类型化特征（内涵和所指相对固定）的词语以及空泛无实际意义的大词、假词都是某种意义上的"死词"：家园、天空、太阳、雨、雪、月亮、星辰、孤雁、断肠、墙、杨柳、乌鸦、喜鹊、一腔热血、白发萧萧等。④ 以"孤雁"为例，"它的意思是一只鸟，我们从这鸟身上可以有各方面的认识，但读过旧诗的便会知道，它实在已不是一只完全的鸟，而只是代表一种远人之思的鸟了，这便是雁的更多的限定"⑤。原本内蕴丰富、自由活跃的 A 词语和 B 词语被简单粗暴地固化为"A 词语 = B 词语"的联想模式，两者各自原有内涵和原始隐喻能力被消除，词与词间的差别基本被忽略，词的数量因此被人为缩小，"在一场一场书写和微词的斗争中被合理地即兴限定"⑥，规约、

---

① 吴晓东：《王家新的诗》，《塔可夫斯基的树：王家新集 1990～2013》，作家出版社，2013，第 228 页。

② 钟鸣：《笼子里的鸟儿和外面的俄耳甫斯》，《当代作家评论》1999 年第 3 期。

③ "死词"对于古典汉语诗歌体式来说是优点的原因，可参见论文第二章的论述。

④ 关于死词、单词、假词的论述，可以参见林庚《林庚诗文集》第二卷，清华大学出版社，2005，第 89 页；钟鸣：《笼子里的鸟儿和外面的俄耳甫斯》，《当代作家评论》1999 年第 3 期；欧阳江河：《当代诗的升华及其限度》，《如此博学的饥饿：欧阳江河集 1983～2012》，作家出版社，2013。

⑤ 林庚：《林庚诗文集》第二卷，清华大学出版社，2005，第 92 页。

⑥ 钟鸣：《秋天的戏剧》，学林出版社，2002，第 74 页。

束缚直至死亡。"语言是约定俗成的，而它的没落也可以是约定俗成的，至少可以通过一种方式促成这种约定俗成。"① 这种恶性（至少是非良性）的"约定俗成"与诗歌生成的"事境"和诗歌阅读"语境"的历时性变化有关。政治、经济、文化、权力、审美范式、阅读思考习惯等看似与诗歌无关的"外敌"，在诗歌发展过程中不断"制造的通用性词根，扼杀词的丰富性和驳倒机制"。② 被"外敌"异化的词语就像奥威尔笔下被"极权主义"胡乱改写的"新话"，"废除了不合适的词和消除了词原有的非正统含义，而尽可能消除它们的其他歧义"③，消除"异己"含义也就意味着"排除所有其他的意义，也排除用间接方法得出这种意义的可能性"④。就像经过意识形态话语改写的"红色"，"红是革命的代表色，故而红旗/是红的，红领巾是红的，革命/战士的心是红的，红太阳是红的"⑤。词语的表情和颜色在一次次约定俗成或他物役使中僵化、单一并逐渐丧失，只能是"混浊变向纯净……或然变向必然，这样一个单一走向的演变序列"⑥ 最终沦为"死词"，其复杂性和丰富性被无情遮蔽和覆盖——

> 覆盖，永无休止的覆盖。
> 我一生中的散步被车站和机场覆盖。
> 擦肩而过的美丽面孔被几个固定的词
> 覆盖。⑦
>
> （欧阳江河：《墨水瓶》）

词语原本像太阳光一样，借助三棱镜，通过色散原理，可分解为五颜六色的光带。一旦被蒙上黑色或某一颜色的厚布，便只能发出厚布颜

---

① 钟鸣：《秋天的戏剧》，学林出版社，2002，第 74 页。
② 钟鸣：《秋天的戏剧》，学林出版社，2002，第 75 页。
③ 〔英〕乔治·奥威尔：《一九八四》，董乐山译，上海译文出版社，2006，第 274 页。关于"新话"的论述和描写，可以参见该书的第 273 页附录新话的原则部分。
④ 〔英〕乔治·奥威尔：《一九八四》，董乐山译，上海译文出版社，2006，第 274 页。
⑤ 周伦佑：《谈谈革命》，《非非》1993 年号，第 43 页。
⑥ 欧阳江河：《当代诗的升华及其限度》，《如此博学的饥饿：欧阳江河 1983~2012》，作家出版社，2013，第 275 页。
⑦ 欧阳江河：《墨水瓶》，《透过词语的玻璃》，改革出版社，1997，第 11 页。

色的光束，进而覆盖绚丽多姿的彩色世界。"死词"的大量涌现，"缩小思想范围"①，减少词语数量，化约了诗人的创造性和词语的多样性，降低了读者在阅读诗歌时的审美能力和思考难度，简化了词语与现实的复杂共生关系。当看到某一个词时，读者就由已经形成的固定思维模式联想到"这一个"或"那一个"的对应物，词语所承担的角色不再是发现甚至发明诗意，而是摧毁诗意的元凶，对诗歌极为不利。

恢复词语表情的第一步是"去工具化"，把"词具"重新还原到"词"。"A 词语＝B 词语"的公式不再具有存在意义和合法性，取而代之的是 A 对应的可能是 B，也可能是 C 或 D，甚至更多。某一词语不再是另一词语的固定命名，现实也无法用某一词语来解释和概括。"词语由无穷大（从命名优势角度而言）回到零起点（回到前命名状态），与复杂的现实一起被抛到未知世界，被放置到未知空间。词语发挥的作用不再是用已知阐释未知，从而把未知改写为已知。而是由未知言说未知，激发词语的潜能。"②

当诗人"用小刀剔清那不洁的千层音"③，剥离和剔除束缚或捆绑词语的外壳以后，词语得以"还原"或"复活"，含义与功能得到了重置。它圆滑、丰润、精致、细腻、琐碎，充满魅惑又难以捕捉，就像张枣一首诗中的否定副词"不"：

> "不"这个词，挂在树上
> 如果你愿意
> "不"也会流泪，鳄鱼一样
> ……
> "不"这个词，驮走了你的肉体
> "不"这个护身符，左右开弓④
>
> （张枣：《护身符》）

---

① 〔英〕乔治·奥威尔：《一九八四》，董乐山译，上海译文出版社，2006，第 274 页。
② 范云晶：《词语的多副面孔或表意的焦虑——以孙文波诗集〈新山水诗〉为例》，《南京理工大学学报》2015 年第 4 期。
③ 张枣：《一个诗人的正午》，《春秋来信》，文化艺术出版社，1998，第 32 页。
④ 张枣：《张枣的诗》，人民文学出版社，2010，第 191～192 页。

"在一种特殊的审视下，似乎每一个词语都隐藏着一个为人所遗忘的残缺或浓缩的故事与寓言。甚至每一个文字的构成本身都隐含着一个隐喻陈述。"① 诗人的职责在于把隐藏在词语背后的"故事与寓言"讲述出来——

> 那从未被说出过的，得说出来。②
>
> （张枣：《空白练习曲》）

二　恢复词语表情

按照张枣的说法："我对这个时代最大的感受就是丢失，虽然我们获得了机器、速度等，但我们丢失了宇宙、丢失了与大地的触摸，最重要的是丢失了一种表情。"③ "表情的丢失"是诗人和"世界的痛"的根源——"我的痛也是世界的痛"。④ 同人一样，"词语"亦有"喜怒哀乐"的权利，任何细微的变化都应该显现出来。然而，在语言使用过程中，"言说者的生存经验产生或消灭了很多词语，在时间进程中扭曲或改变了很多词语"⑤。词语的多种表情变得单一、木讷，就像被宗法观念毒害的"祥林嫂"，在那"间或一轮"的呆滞目光中以及以"不变应万变"的单一表情下，已然失去了生机和活力。永远保持一种表情，相当于没有表情，丢失了丰富表情的词语只能处于被使用的地位，在"自身难保"的情况下很难激发新的生命力，主动言说的功能也就不复存在。由"词具"还原为"词"，词语本来的表情方可得到恢复，一同得以恢复的还有词语的丰富性和多种可能性。

恰如艾略特（T. S. Eliot）所说："历史的意识又含有一种领悟，不但要理解过去的过去性，还要理解过去的现存性。"⑥ 这种"现存性"

---

① 耿占春：《隐喻》，东方出版社，1993，第 4 页。
② 张枣：《空白练习曲》，《春秋来信》，文化艺术出版社，1998，第 81 页。
③ 张枣：《甜》，颜炼军编选《张枣随笔选》，人民文学出版社，2012，第 223 页。
④ 张枣：《楚王梦雨》，《春秋来信》，文化艺术出版社，1998，第 55 页。
⑤ 韩少功：《马桥词典》，作家出版社，2011，第 316 页。
⑥ 〔英〕T. S. 艾略特：《传统与个人才能》，杨匡汉、刘福春编《西方现代诗论》，花城出版社，1988，第 73 页。

的重点和核心在于"承"基础上的"变","变"能够激活新的诗意和恢复词语的活力。"诗人掌握了沿袭下来的传统的词语、形象、象征和神话,但是只有当它改变了文化的旧的象征秩序,以构成他自己的经验世界时,他独具人格的诗人的力量才显露出来。"① 艾略特和耿占春的想法与张枣所说的发明"未来的传统""发明新的诗意"内涵一致。"未来的传统"和"发明新的诗意"仰仗的是词语表情的复活。词语表情的恢复使词的活力得以还原,意味着"词与物""词与人"甚至是"词与词"之间不再是单一对等的"单边"和必然联结关系;就词语的全新隐喻功能和意义构成来说,还可以构成"一对多"或"多对一"的复杂多变的"多边"关系。"词与词是互相发现、互相感生的,是互喻互典的增殖过程。"② 借助具体语境和事境,A 词语可以通过与其他词的联合,或者 A 自身内部(意义)的聚合与裂变,转义为其他词语,有着充分的任意性和自由度。词与词之间发生奇妙的关系和组合能够产生令人意想不到的新诗意。词语本身意义变得愈加复杂,既有词语本身意义,又可以承担其他词语的意义。恢复了生动表情的词语就像长于表达的"万能神器",强制命名色彩被祛除,回到可能性层面。通过自由跑动、跳跃、"占位",词与词之间产生了不可思议的"摩擦力",提升了诗行的温度与热度,使原本"静止"的诗歌变得充满动感和质感。就像诗人西渡所说:"我希望拭去遮蔽在这些词语身上的积垢,重新显露出它们身上诗意的光芒。"③

词语表情的恢复至少可以为现代汉诗带来两个惊喜,一是言说的可能和空间的拓宽,探及原本无法探及的事物,言其所不能言。欧阳江河的《老虎作为成人礼》④ 就很典型。诗人把"老虎"和"男孩成长史"两个看似不存在直接关联的事物,通过本义"老虎"的死亡和迁移意义"老虎"的再生联系在一起。诗歌一开篇便让作为"老虎"本身(具有死词可能)的"老虎"死去,老虎挨了"词的一枪……但老虎真

① 耿占春:《隐喻》,东方出版社,1993,第 107 页。
② 耿占春:《隐喻》,东方出版社,1993,第 166 页。
③ 西渡:《守望与倾听》,中央编译出版社,2000,第 270 页。
④ 欧阳江河:《如此博学的饥饿:欧阳江河 1983~2012》,作家出版社,2013,第 252 页。

163

的死了"。再让"老虎"在词语中"复活"：

> 与其拿手中这杯果汁老虎
> 次第推杯，看着它变甜，
> 不如趁它扑上来吃人时
> 给它一枪。词，会把它写活过来。

失去肉身的"老虎"意味着作为"词具"老虎的失效，"老虎从钟表取出枪的心脏，/把它放进词里去跳动"。恢复表情的词语老虎获得了新的生命，反而具有多种可能，"世界的推理突然变得高深，/子弹和词，水天一色"。老虎由简单的动物变得身份复杂：老虎仍然具有其本性（动物性），却不再只是动物，扮演了男孩成长的见证人（旁观者）和亲历者（男孩身上的虎性，亦可称为老虎）的双重角色。作为旁观者和见证人的"老虎"，参与了男孩成长的整个过程：作为孩子童年玩伴的"布老虎"、帝国主义的"纸老虎"、"老虎基金""跑步机老虎""哑铃老虎""吉他老虎""管风琴老虎""旧约老虎""随身听老虎""新约老虎""晚自习的老虎""五号电池的老虎""漏电的老虎"，还有作为树的"老虎""高脚杯的老虎""果汁老虎""带有虎味的逃亡者""虎纹的锁链"等。"老虎"变成"万能词"，渗入男孩成长过程中的各个角落。原本熟悉的一切，因有词语"老虎"的加入而变得陌生。这些"熟悉的陌生词"大致沿以下几条主题线索铺展：童年、教育、叛逆、信仰、娱乐、生存、消费（饮食）等，几乎涵盖了男孩成长的各个领域。在完成"七十二般变化"之后，"老虎"的本性即"真身"在词语中又得以"复原"。上述所有子线索背后都隐含着雄性躁动的因子（词语老虎的作用）：野性、暴力、进攻、生命的伟力、躁动不安，这恰好是"老虎"在男孩内心深处长期潜伏的结果。也就是说，"老虎"同样作为男孩成长的亲历者存在，可以模仿欧阳江河的口吻将之称为"男孩老虎"。"男孩"和"老虎"叠加，两者都变得暧昧和复杂起来，老虎不再只是老虎，男孩也不完全只是男孩。男孩对老虎（本性）的态度非常矛盾：一方面难以抵抗"老虎"的诱惑（自然本性），甚至不自觉地被其吸引，他成长的每一步都与此有关；另一方面又尝试拒绝"老虎",随时能够杀死老虎的"枪"的出现恰好是出于这一目的。童年时期的玩具枪、成人世界猎杀老虎的真枪,随时都有可能威胁"老虎"的生命。作为男性,无论是儿童还是成人,都有杀死老虎的暴力趋向(对枪、警匪游戏和对武松身份的兴趣),这恰好是老虎的本性之一。男孩对老虎的拒绝其实是对成长的拒绝——男孩想变成"武松",而成年人却渴望变成具有虎性的男子,"统治的、象征的、生态的"。成长并不意味着两全其美,而是互相损害,双重失去。只有选择"带上人类情感的急迫性,/去尽可能近地靠近老虎",才能"保持江山野兽的宇宙格局"。男孩想拒绝又无法拒绝,成年男子想拥有又难以拥有,于是只好向现实妥协,寻找折中之法:

> 且存留一点点野性的激情,
>
> 既得体,又奔放。

一句"既得体,又奔放"道出了成长的悲哀和无奈,也又恰好说出了具有丰富表情的词语需要实现和完成的东西,不是任意地搅乱一切,胡乱展开,而是与诗人商量,既具有合理性,又相对奔放和自由。老虎对男孩成长史的介入,既拓展了"老虎"的原意,又延展了"男孩"的意义,写尽了"男孩老虎"成长的内心纠结和复杂性。

词语表情的恢复为现代汉诗带来的另一个惊喜是词语的奇异组合。词语不再拘泥于固定关系当中,而是随时都有生发新诗意的可能,言其所不曾言。原本的限制被取消,恢复表情和自由的词语就像引擎,成为触动诗人心灵密码和扣动诗歌扳机的开关,引爆心中蕴蓄已久的"词语炸弹","我潜心做着语言的试验/一遍又一遍地,我默念着誓言/我让冲突发生在体内的节奏中"①,并跨越时空产生了穿越般的蝴蝶效应:带着浓浓古意的词语在经历了千年的沉睡之后成功复活,历经自由组合、游动、拼接、聚合、分裂等一系列重构过程,焕发出新的生机与活力。词与词之间碰撞、磨合,擦出新的诗意火花。比如以下诗句:

---

① 张枣:《秋天的戏剧》,《春秋来信》,文化艺术出版社,1998,第45页。

　　我牵着你的手，把扛着梯子的/量杯伸出窗中，接住"喂"这个词（张枣《云》）

　　咬痛旅店的第八只狮毛狗/揣着酸心刺骨的钥匙通过了（张枣《蓝色日记》）

　　友人带来了雪意和五点钟（卞之琳《距离的组织》）

　　衣襟上不短少半条皱纹，/这里就差你右脚—这一拍！［卞之琳《无题（二）》］

　　我是一只没有翅膀的小船（洛夫《风雨之夕》）

　　我哭着把春天的一只脚/钉在墙上①（洛夫《蝶》）

　　……

　　"圣人的头脑中不会先有一个观念（意）作为原则，作为基础，或作为开始。只要头脑里没有先入为主的偏见，我们便能保住现实的全部潜在性，现实就不会受到任何抑制或者阻止，就会得到充分发展。"②虽然诗人不能和圣人画等号，但是在对待词语的态度上，他们同样应该遵循"无意"的法则。假如保有偏见或先入为主的固定思维模式，"意"可能会成为一种束缚，把鲜活生动的词语变成"陈词滥调"，直接导致词语表情的僵化、营养和水分的流失，造成诗意的干枯。被强行"瘦身"的词语还可能会带来如下危害：限制思维、圈禁人心、缩小视域，"囚禁我的空间，/却越来越缩小，最后小得不比一个硬币大"。③一个优秀的诗人需要做的，不是"生魔"而是"驱魔"，回到词语成魔之前的状态，回到"野性的思维"④，即未被束缚、未被驯化的思维状态。如此才能实现心与物的双重自由和开放，包容和保持词语的湿度和润滑性，使之具有任意滑动的能力以及自由聚合和分裂的功能，词语才

---

①　以上诗歌选自张枣《张枣的诗》（人民文学出版社，2010，第253、193页），卞之琳《三秋草》（华夏出版社，2011，第67、86页），洛夫《烟之外》（江苏文艺出版社，2010，第2、6页）。

②　〔法〕弗朗索瓦·于连：《圣人无意——或哲学的他者》，闫素伟译，商务印书馆，2004，第7~10页。

③　张枣：《瞧，弟弟，这些空瓶子……》，《春秋来信》，文化艺术出版社，1998，第141页。

④　列维-斯特劳斯一部书的书名（《野性的思维》，商务印书馆，1987）。

有触及汉语边界、拓宽汉语表现力、增强言说现实效力以及指向无限性的可能。

三　恢复词语的柔韧性

"语言被置于世上并成为世界的一部分，既是因为物本身像语言一样隐藏和宣明了自己的谜，又是因为词把自己提供给人，恰如物被人辨认一样。"① 福柯（Michel Foucault）的这段话清晰地指出了词与物的某些相似性：物和词语一样，都有自身的"秘密"，这个秘密就像人们猜谜一样，时而清晰，时而晦暗不明。"当上帝本人把语言赋予人类时，语言是物的完全确实和透明的符号"②，即词语和物都"宣明"自己的"谜"，自己揭开难猜的谜底，以澄明状态呈现时，便生成"一一映射"或"指物识字"的关系，如同表情和色彩单一的"死词"及所对应的固定物；当二者都暧昧不明时，便构成了双重混杂。双重混杂来自现实世界的复杂性，也来自恢复了丰富色彩和表情的词语本身的难以捉摸，两种复杂和难解形成合力，使心（诗人）—词（语言）—物（现实）三者之间彼此缠绕、彼此碰撞、彼此牵制、彼此和解、彼此妥协又彼此抗衡。词语面对物时所生成的这种既清晰又暧昧，既确定又不确定的"阐释的迷雾"源于"柔韧性"。"在这个极度紊乱的时代……诗人本身就是一个精神分裂症者，忍受着记忆与现实的撕裂，蝴蝶与风暴的不相应，沉吟与孤绝的无告，要成为一个健康的精神分裂症者，只能依靠诗歌来自我治愈，而不是自我麻醉，语词的柔韧由此生长出来。"③

词语的柔韧性来自词语本身的复杂特性。词语存在"始终保持不变的部分与另一可变的部分"④，具有"软"与"硬"两面性。"硬"是指词语本身具有不可擦涂的词义自身规定性，比如词典意义和固定用

---

① 〔法〕米歇尔·福柯：《词与物——人文科学考古学》，莫伟民译，三联书店，2012，第47页。

② 〔法〕米歇尔·福柯：《词与物——人文科学考古学》，莫伟民译，三联书店，2012，第49页。

③ 夏可君：《在紊乱时代独自沉吟——孙文波语词的柔韧》，《山花》2013年第18期。

④ 〔德〕威廉·冯·洪堡特：《论人类语言结构的差异及其对人类精神发展的影响》，姚小平译，商务印书馆，1999，第117页。

法;"软"是说它具有伸缩性和随意塑性,能够产生词典之外的临时意义。"软"带来了词语的活跃和无法规约性。软、硬兼具的特点生成词语的柔韧性——既刚且柔的双重特性,这种特质在古典诗歌中并不是需要解决的棘手问题——古典诗歌中词语的"硬"比"软"更具主导性。现代诗歌则不然,"软"性的异常活跃和对词语场域的大面积挤占,破坏了词语的"酸碱度"平衡,多解和难解问题同时存在:

> 你忽而是一匹马,忽而又变成了一只
> 飞在时间纸片中的蝴蝶,甚至有时你就是
> 闪电本身,给我造成巨大的困惑。①

(孙文波:《元诗》)

词语的这种柔韧性一直存在,本是诗意拉伸的最重要因素,却无奈因词语灵活运动而使自由被限制和禁锢,就像受伤的颈部戴上钢托,腿部固定钢板;或者隐匿于词语深处和敞开的世界之中,它"永远来自这个世界的侧面,不仅仅是高处或者低处,而是某个拐角或折叠的侧面"②,未曾被注意和及时捕捉,词语的柔韧性被限制在模具里无法伸展自如。把"工具化"的皱褶铺平,把"单一表情"的黑暗角落照亮,词语的柔韧性自然就能够复原。柔韧性的存在和再次发现保证了词语具有弹性和伸展能力,既不至于成为"死词",沦为现实生活表象的机械记录符号和情感宣泄口,造成现实和诗歌技艺的双重损失;又能够避免词语变成不受任何管束的"孽子",成为"能指的滑动"(罗兰·巴尔特语),从而丧失现实和自我。被限制得过死和毫无限制从某种程度上来说性质相似:都等同于一或者零。"我们经常无个性地出现/在任何统计数据中/成为/一或零。"③ 词的柔韧性和自述性互为因果,柔韧性因恢复自述性而生,或者说词语因具有柔韧性而使自述性更显豁,二者互相依偎,互相促进、加厚和增殖。

---

① 孙文波:《新山水诗》,人民文学出版社,2012,第16页。
② 夏可君:《语词的来临——以大解、横行胭脂和修远为例》,《红岩》2010年第1期。
③ 林耀德:《一或零》,王光明编《中国新诗总系 1979~1989》,人民文学出版社,2010,第580页。

柔韧性一旦发挥效力，"语言的全部隐秘性便洞开了：作为存在的基本形式，语言一方面给不确定者以确定（规范着），一方面给确定者以不确定（生成着）。因而它既是遮蔽的，更是敞亮的"①。在《反色情诗》② 中，诗人孙文波集中探讨了词语与现实发生关系时的不确定性。诗人由充满意义暧昧性的词语展开言说："插入"一词"可以是色情的，也可以是反色情"。接下来，孙文波继续阐说词语与现实的有趣关系："我在一首诗中插入杜甫的诗句：／'轻薄为文哂未休'，是反对语言的戏谑……也许在诗中插入朱熹的'为有源头活水来'，／以便说明语言需要找到与事物的联系……我脑袋里关于插入的说辞，／成百上千。"在诗人看来，"插入"的事情可大可小，比如"你插入另一个人的情感""或者你的生活被别人插入"等是小事；"国家事务中插入多种声音"或者"政治的插入／修改了不少国家的版图"等则属于大事。"插入"在与现实发生关系时产生了丰富的多义性，如此，词语便具有了向现实无限敞开的品质。这样"反而会让我们在向某个方向的推进中做到步步深入，将某种语言的可能性尽量展开，也能让具体的诗篇在一个整体中相互印证，相互支撑，从而使之获得更为充沛的、有效的诗意，并由此真正地向外界呈现出对所触及的主题的全面而深入的把握"③。将词语的可能性尽量展开，或者说，因为现代经验的复杂性，词语被迫被敞开的可能性所穿透，这就避免了词语假扮"话语权威"强行对事物命名的缺陷。现代汉诗"不是迷失在语词的修辞与命名的力量之中，也不是语调的把持，而是在叙述中加入自己嗓音的肉身质地，进入自己呼吸与气息的倾听，那是对自我叹息的观看——观看到声音的滴落"④。通过倾听而不是强行命名，词语方能"呈现"事—物—情三者之间的彼此纠缠和现实复杂性。词语和世界／现实不再是命名和被命名、言说和被言说的关系，因为被命名的世界总是有一个过于主观的人

---

① 周伦佑：《红色写作——1992 艺术宪章或非闲适诗歌原则》，《周伦佑诗选》，花城出版社，2006，第 168 页。

② 孙文波：《新山水诗》，人民文学出版社，2012，第 118 页。

③ 孙文波、阿翔：《写作·世界的重新拆解和组装——孙文波访谈》，《山花》2013年第 18 期。

④ 夏可君：《在紊乱时代独自沉吟——孙文波词语的柔韧》，《山花》2013 年第 9 期。

为因素作为主宰，遮蔽了现实的真相。词语和现实重新返回意义的起点，两者之间是一种商量、探询甚至是互相搀扶的平等关系，这就瓦解了词语的权威性和命名的强制性，从而降低高声部和权威语调，对世界进行"重新拆解和组装"（孙文波语）。唯其如此，才能重新回到真实，不是人为建构的真实，而是客观存在的真实。"真实是指不是我们能够用语言把事物描摹得多么像，而是指我们能够在多大程度上使事物既是它自身，又超越了自身。这才是真实的确切含义。"①

按照词语能动性的大小，柔韧性可分为两种：主动柔韧性与被动柔韧性。主动柔韧性是指词语的受动者和施动者包含多种可能，词语本身也借此获得多重阐释空间，而这些多义的可能恰好与现实的复杂相应和，从而使词语具有能够产生阐释效力的柔韧性。比如《反色情诗》中的"插入"一词，当主语和宾语被置换为不同词语时，动词"插入"便具有多种阐释可能，这是作为动词独有的阐释优势。被动柔韧性是指词语本身内涵清晰明晓，却因被迫承担阐释现实复杂性的任务而具有多重可阐释性，比如《在南方之三》中的宾语"水"，在动词（谓语）"说"和宾语"水"都固定的前提下，言说主体情绪心境的变化，导致了"说水"的多重含义。② 再比如多多的诗歌《我读着》，在主谓语皆固定的前提下，由于诗人把阅读的相对固定对象"书"置换为父亲，并融合了"怀乡""死亡"等多重思考而生出"异端"，使"读"成为一个开放、含纳诸多可能、具有柔韧性的词语。诗歌也因此变得开阔、深沉而忧伤：

> 十一月的麦地里我读着我父亲
>
> 我读着他的头发
>
> ……
>
> 我读到一个男孩子的疑问
>
> ……
>
> 我读到一张张被时间带走的脸

---

① 孙文波：《我的诗歌观》，《在相对性中写作》，北京大学出版社，2010，第 200 页。
② 本章的第二节将对这首诗做进一步分析和阐释。

我读到我父亲的历史在地下静静腐烂①

……

习惯充当谓语的动词和作为主语的名词主动性更强，而作为宾语的词语相对被动。无论是主动还是被动，柔韧性的恢复都昭示着词语具有多种言说和意义扩展的可能，而屏蔽掉单一、对称和对等造成的诗歌僵化问题。欧阳江河鲜明地指出了词语被归为单一的危害。

> 如果词的雪不是众生喧哗，
> 而是嘘的一声，心，这面死者的镜子，
> 将被自己摔碎。而在准星上，猎手
> 将变得和猎物越来越像。②

通过去词具化、恢复词语表情和柔韧性，词语重新回到自由状态，"自述性"得以恢复。"诗人在写诗"，同时"诗也在写诗人"，"我让一首旧诗写我。/我已让它写我了很久很久"。③ 诗人听命于词语，词语听命于诗人，二者手拉手前行，合作完成诗意的有效言说。

第二节

"在相对性中写作"

"在一定程度上，每一首诗就是一部语言学法典。"④ 被视为法典的原因与诗人在一首诗中运用多少生僻词句无关，而是强调词语的灵活度

---

① 多多：《多多四十年诗选》，江苏文艺出版社，2013，第 198～199 页。
② 欧阳江河：《凤凰》，《如此饥饿的博学：欧阳江河集　1983～2012》，作家出版社，2013，第 230 页。
③ 王家新：《重写一首旧诗》，《塔可夫斯基的树：王家新集　1990～2013》，作家出版社，2013，第 174 页。
④ 〔美〕约瑟夫·布罗斯基：《论 W. H. 奥登的〈1939 年 9 月 1 日〉》，《小于一》，黄灿然译，浙江文艺出版社，2014，第 263 页。

和恰切运用。假如把相似用法的词语放到另一首诗中，可能就会觉得很突兀，甚至完全不知所云，词语在诗歌中经过全新编码的法典已经远非词典所能圈禁、限定和阐释。恢复和增强了自述性的词语就像上满发条的玩具，变身为充满动能的永动机，试图冲破原有的樊笼，闯入圈地以外的领域；正是因为偏离了原有活动空间，所以变成不能轻易被捕捉和俘获的迷宫。"语言是道路的迷宫。你从这一边来，就认得你的出路；你从另一边来，到的是同一个地点，却不认得你的出路了。"① 迷宫（谜团）的"始作俑者"词语，特别是诗中的词语，"展示出'朦胧'的光辉，'多重的折射'"②。"神"与"物"之间的清晰和黏着关系因具有自述性"词"的加入而被打破。词语只是成为诗人进入现实世界的一种可能或者最小入口，并最终指向无限敞开的现实空间。词语的命名权威，即绝对性和确定性消失，一切言说只能在相对性中展开。

一　迷失的"神"与"物"

公元 765 年（永泰元年）夏（五月）③，已过知命之年的杜甫在失去严武和高适的庇护之后④，被迫结束了"种竹植树，结庐枕江，纵酒啸咏，与田夫野老相狎荡，无拘检"⑤ 的生活，离开成都浣花溪畔草堂，乘舟东下，开始了新一轮颠沛流离的生活。彼时肺病缠身的杜子美泛舟远眺，江边夜景尽收眼底。"细草""微风""危樯""一沙鸥"与诗人之孤寂之感恰好一致；而"星垂""月涌""阔野""江流"等阔大的天地之景，又与江上独自泛舟的诗人之渺小形成强烈反差。想到颠沛困顿的平生遭际，诗人更增添悲苦孤独之感，就像独自飞翔的海鸥。物与诗人内心情感达成深度契合，于是有了这首著名的五律《旅夜书怀》。"飘飘何所似，天地一沙鸥"的慨叹，表面是吟鸥，实则"对鸥

---

① 〔英〕维特根斯坦：《哲学研究》，陈嘉映译，上海人民出版社，2002，第 123 页。

② 〔美〕威廉·K. 维姆萨特：《象征与隐喻》，赵毅衡编选《"新批评"文集》，中国社会科学出版社，1988，第 354 页。

③ 冯至：《杜甫传》，《冯至全集》第六卷，河北教育出版社，1999，第 129 页。

④ （清）杨伦笺注《杜诗镜铨》下册，上海古籍出版社，1980，第 1131 页。

⑤ （清）杨伦笺注《杜诗镜铨》下册，上海古籍出版社，1980，第 1130 页。

而自伤漂泊也"。^①"'一沙鸥，何其渺小，天地，何其大'，这种宇宙广阔与个人渺小对比中产生的孤独感失落感，正是杜甫这首诗要表达的感受。"^②

类似于杜甫这种由物（景）及情、触物（景）生情、借物（景）写情、以物（景）寄情的"物感"模式，是古典汉诗最常用和最主要的构思方式，也是较为典型的诗歌创作和思维方法。在《文心雕龙》中，刘勰吸收前人观点，对构思活动总结和表述如下："故思理为妙，神与物游"^③ ——构思的奇妙之处在于可以使精神与外物相碰撞，并产生火花，最终形成诗歌。而能够发生碰撞的原因在于，"外界的物既常挟有一种不可抗的力量使人心震撼；人的内心也常怀有一种不可遏制的感情向外物倾注"^④，两种需要喷薄和外放的力量一拍即合，便达到了"神与物游"的境界。在古人看来，影响构思和诗歌写作的主要因素有两个：一个是神（心），创作主体的能动作用，即人的精神和内心需要抒发的情感，"神居胸臆，而志气统其关键"^⑤；另一个是物，即能够触动人的精神和内心、带来震撼的外物，"物沿耳目，而辞令管其枢机"^⑥。物（景）与神（情）对诗歌创作构思的作用，古代文论家的看法基本大同小异。陆机认为："其始也……心游万仞。其致也，情曈昽而弥鲜，物昭晰而互进。"^⑦ 钟嵘《诗品序》开篇便说："气之动物，物之感人，故摇荡性情，形诸舞咏。"^⑧ 王昌龄所说的"搜求于象，心入于境，神会于物，因心而得"^⑨ 亦是"神与物游"的延伸表达。以刘勰、钟嵘、陆机为代表的古代文论家强调和注重的都是"心"，创作主体对文本的影响以及"物"，外界对创作主体的刺激和激发作用这两个

---

① （清）仇兆鳌注《杜诗详注》，中华书局，1979，第 1229 页。

② 葛兆光：《唐诗选注》，人民文学出版社，2007，第 141 页。

③ （南朝）刘勰：《神思》，周振甫《文心雕龙今译》，中华书局，2005，第 248 页。

④ 叶嘉莹：《几首咏花的诗和一些有关诗歌的话》，《迦陵文集》第三卷，河北教育出版社，1997，第 62 页。

⑤ 周振甫：《文心雕龙今译》，中华书局，2005，第 248 页。

⑥ 周振甫：《文心雕龙今译》，中华书局，2005，第 248 页。

⑦ （西晋）陆机：《文赋并序》，金涛声点校《陆机集》，中华书局，1982，第 1~2 页。

⑧ （南朝）钟嵘：《诗品序》，周振甫《诗品译注》，中华书局，1998，第 15 页。

⑨ （明）胡震亨：《唐音癸签》，古典文学出版社，1957，第 6 页。

方面。"神"和"物"交汇最理想的结果是"意与景融""辞与意会"①
"思与境偕"② 等。无论是对想象力、学理素养、气质个性的注重，还
是诗歌境界高低的评价，都是出于此两者的考虑。对神与物的重视并
没有错，它们的确是诗歌创作不可忽视的两个主要（也是重要）因
素，却忽略了另一个可能影响诗歌创作和行文走向的潜在主导者——
词语。忽略不是不曾提及，而是不够重视。刘勰也提到过"言"的问
题，却把"言"看作固定和僵死的，难以运用得巧妙。"意翻空而易
奇，言徵实而难巧也。是以意授于思，言授于意，密则无际，疏则千
里"③ 一句的"言徵实而难巧也"，认为语言比较实在，相对固定而
缺少主观能动性，所以并不会对"神"和"物"产生太大影响或实
质性作用。因此，"神与物"到底是天衣无缝还是相差千里，与词语
关系不大，只与前两者的契合度有关。有关言和辞的类似看法，刘勰
的《物色篇》也有所提及，"情以物迁，辞以情发"④。物激发情，情
主导词。即使刘勰说到了"辞令管其枢机"，但始终以"神"（情）
为主导，语言要服从"物"和"情"的统摄。这样的构思方式相对
简单，有的只是情感上的加深和意义上的递进，而非词语本身的含混
和暧昧不明。在词语自明的情况下，"物"和"神"的关系也就变得
相对清晰直接。

现代汉诗则比较复杂。当诗人受到外物触动，感于内心时，除了需
要考虑情与物的契合度之外，还要顾及词语。受自述性主导，词语的自
由度提高，活动能力增强，这种主动活动能力可能会影响到情与物的一
致性。词语的强势介入可能会扰乱原本的契合关系，当然也可能带来比

---

① "意与景融""辞与意会"说的是诗歌语言能恰到好处地把意与景融的情状准确地表
　现出来。这里的"意"并非一般的抽象之意，而是指已与景相融后的意。所以，吴
　渭在《月泉吟社·诗评》所说的"意与景融"和"辞与意会"是不可分割地连在一
　起的。前者是指构思中的情状，后者是指将构思内容通过语言而加以物质化的情状。
　把两者分割开来，难以正确地领会其内容（参见乐黛云等主编《世界诗学大辞典》，
　春风文艺出版社，1993，第688页）。

② （唐）司空图：《与王驾评诗书》，张少康《司空图及其诗论研究》，学苑出版社，
　2005，第43页。

③ 周振甫：《文心雕龙今译》，中华书局，2005，第250页。

④ 周振甫：《文心雕龙今译》，中华书局，2005，第414页。

诗人原初构思更多的意外惊喜。因此，创作一首诗歌需要考虑三个因素：情、物，还有词。正因为词语具有不可完全的掌控性，所以诗人既要感应物、调动情，还需要和词语相互商量，或妥协，或抗衡，不管用何种方法，最后都要达成一致，就像张枣诗歌中"我"和"你"的关系。

> 我要如何移动自己
> 正确投入你的格局？
> 你空洞的内心，可否惦着我
> 如十指连心？[①]

（张枣：《风暴之夜》）

词语的加入使"物"与"神"原有的紧密关系受到威胁，甚至遭到破坏。如果不考虑词语的活跃性，诗人大致可以遵循以下顺序进行创作，心（神）受到物（景）的刺激，产生思想和情感，反射回大脑，大脑支配语言神经中枢，细化为一个个词语，最终汇诸笔端。这样的词语意义相对固定、相对稳定，更类似于一个需要借助的工具，在使用时不存在不可控问题。当恢复自述性的词语极有可能生成自身以外的其他意义时，会出现多义或歧义。词语不再是简单的媒介，而是由工具和中点（直线中间的部分）变成了重点和折点（转折点），甚至还有可能是起点。叶维廉说出了词语在现代汉诗中角色的转变问题，"现代诗语言把媒介性提升为发明性"[②]。"媒介"只是被使用的中介物，而"发明"则意味着"新"的、不曾存在的质素的出现。正是因为携带着新的质素，所以词的加入反而会使"神"与"物"迷失了原有的方向，变得混乱、迷茫。

以花朵意象为例。用花朵为题或写到花朵的古典汉诗很多，与现代汉诗相比，古诗中的花朵需要处理和能够处理的现实却简单得多。花通常只是被当作"物"，往往忽略作为"词"的特性。无论是"正比"，

---

① 张枣：《张枣的诗》，人民文学出版社，2010，第 142 页。
② 叶维廉：《中国诗学》，三联书店，1996，第 351 页。

因花而欢喜，还是"反喻"，借花而伤情，在花（物）与人（心）之间总能找到契合点，从而显现出"花朵"言说的有效性。当心与外物交汇的一刹那，诗意自然从笔端涌出，就如杜甫的《江畔独步寻花》① 七首，无论是"桃花一簇开无主，可爱深红爱浅红"（之五）的难以取舍，还是"不是爱花即欲死，只恐花尽老相催（之七）"中对岁月催人老的担忧，皆是"神用象通，情变所孕"②，主旨自明，没有太多晦涩难解之处。即使古代不同时期的咏花诗在"情"与"物"的关系方面有变化，也只是隐喻程度深浅的差异，与词语花朵活跃与否无关。叶嘉莹曾专门撰文探讨过这个问题。她认为古典汉诗中"情"与"物"的关系大致经历了三个阶段：首先是浅层隐喻和对应，情与物尚未融合，各自对立，只处于浅层对比的阶段。诗人更多是出于直觉，以花来喻生之喜忧，比如《诗经·桃夭》"桃之夭夭，灼灼其华"这样的诗句。其次是对生命进行细致思索之后的"物"与"情"的碰撞，物不再是唯一主导，思的作用同样重要，消除了人/物对立的迹象，情物融合。比如陈子昂和张九龄的《感遇》。最后是更为深入的第三阶段，不单是强调"物"与"情"的契合，而且具有意境，比如叶嘉莹认为《落花诗》"挣脱了旧诗传统情思的束缚，而有了精微新颖意境"③，更侧重于理解。叶嘉莹是从物的作用大小、思的参与程度以及物与思交汇所生成的可供咀嚼和回味的意蕴多少等方面进行了分析和论述。虽然在直接感悟、带有沉思性言说和意境营造等方面，神与物契合度的变化很大，但是就意义的创新程度和可能性扩展来说，变化并不大，以花喻人这个大方向没变，仍然逃不脱喻品质、喻人格、喻心性、喻人生、喻命运、喻理想的大框架。古典汉诗大抵如此。

古典汉诗倡导的"神与物游"意在强调"心/物"对应，现代汉诗则在"神（心）"与"物"之间出现了一个重要节点——"词"。词语

---

① （清）仇兆鳌注《杜诗详注》，中华书局，1999，第816～819页。

② （南朝）刘勰：《神思》，周振甫《文心雕龙今译》，中华书局，2005，第253页。指精神因同物象接触，产生变化的情思。

③ 叶嘉莹：《几首咏花的诗和一些有关诗歌的话》，《迦陵文集》第三卷，河北教育出版社，1997，第78页。

的出现不是使二者的关系更为贴合和同一，而是更纠缠、更暧昧，仿佛词语的介入不是为了理清，而是为了扰乱。花到底是什么，到底想表达什么？诗歌中呈现出来的比情感需要表达的东西更丰富，所引出的物也更多，孙文波的《从"花朵"一词开始的诗》①便是如此。面对能够延展无限美好和诗意的词语"花朵"，孙文波没有按照该词被规约的本意或惯常理解的内涵展开思路，因为这样做"不触及普遍伦理，／连现实也绕开了"，它（词语花朵）无法说出憋闷在诗人内心深处的虚无感，也无法触及致命的"前途"（理想）和更为要命的"钱途"（现实），更不要说"死亡"（归宿），诗人能够感受到的只有"语言的停滞"。于是，在其后陆续铺展的诗行中，对词语和自我的双重否定便自然而然呈现出来："花朵"与"花朵"本身无关，诗人只是用这一词语引出所论及的现实和天马行空般的思想：对"弥漫的中年人的虚无感"、对生与死的思量、对世事的看法……无不透露着诗人需要面对的驳杂纠缠的现实，而这一现实是单纯作为词语的"花朵"无法触及和说透的，或者说，"花朵"在这首诗中是无效的：

> 就算把世界上的花都铺上这张纸，我还是
> 不能建造一个花园，凋谢的仍在凋谢。
> 是啊！玫瑰凋谢，月季凋谢，海棠也凋谢。
> 关键是我的心里没有花园。我的语言
> 也当不了蝴蝶，在众人面前翩翩飞舞。②
>
> （孙文波：《从"花朵"一词开始的诗》）

词语这个不安分的、具有破坏性和蛊惑力的"第三者"对"神"与"物"的二维稳定婚姻关系的插足，导致了神与物之间的感情出现裂痕且可能逐渐加大。"神"与"物"的"夫唱妇随"模式一旦改变，就意味着中间具有太多可能，比如新的危机、新的磨合、猜忌、情感升温等。当然，也为词语带来更多施展自身魅力和蛊惑力的机会。

---

① 孙文波：《新山水诗》，人民文学出版社，2012，第 134～135 页。
② 孙文波：《新山水诗》，人民文学出版社，2012，第 134～135 页。

二 从最小的可能性开始

"神"与"物"之间的清明关系被词语搅乱之后，原有的确定性、正确性和强制性均被打破。A 不再只是 B，B 也不再是 A。原本用一个相对清晰固定的事物可以描述的 A 突然变得神秘莫测，无法直接用某一个词或物来量度和解释，B 同样也无法用 A 来衡估。B 仅是 A 存在的一种可能，而 A 也只是走向敞开之物或多种可能的一个起点和开始：

> 它甚至不是被切开的时间，
>
> 或切开之前，伸手去拿刀子的人。
>
> 什么也不是，仅仅是：起源。①

"和旧体诗写作中词语承担的任务大不相同，现代汉语诗歌中的词语更具有命悬一线的特性：它被诗人驯服、吁请和抚摸，却被迫承担着凸显更为晦涩、更为复杂难缠之现实的重任。"② 正是由于语言与现实之间的这种晦涩和复杂难缠的关系，词语不能也不适合作为某一现实或物的确指和终点，它只是诗歌进入现实再小不过的入口，提供一种可能，从此处进入，便是无限广阔和充满无限可能的现实和世界：

> 我只是重新/回到语言的起点，看见它，从来就不清白。/在语言的世界里，哪怕只是描述一个节日；/燃放焰火，挥舞鲜花，也有可能/引出无数歧义：一场要命的危机 ③
>
> （孙文波：《片面性》）

词语变成一颗颗细小微粒，是诗歌的最基本组成单位，诗人必须由此进入现实，观照世界。在《新山水诗》中，一系列题为《从"××"一词开始的诗》成为孙文波与现实对话的切入点，词语跳出了本身既定的所指限定和原有内涵，延异出庞杂和广博的言说空间。比如这首《从

---

① 欧阳江河：《十四行诗：魂游的年代》，《透过词语的玻璃》，改革出版社，1997，第 51 页。

② 敬文东：《词语的三种面目或一分为三的词语》，《扬子江诗刊》2013 年第 2 期。

③ 孙文波：《新山水诗》，人民文学出版社，2012，第 6 页。

"秋夜"一词开始的诗》①，以词语"秋夜"为诗歌和精神历险的起始：

> 秋夜、细雨、带来潮湿的情绪，
> 直接结果是脑袋乱成转动的搅拌机，
> 语言的水泥、沙石搅成一团。
> 要干什么呢？浇注一座桥，还是一根管道，
> 或者干脆浇注一件雕塑作品？我并不知道。

　　一方面，诗人之所以有了写诗的冲动，与秋夜有关，"秋夜、细雨、带来潮湿的情绪"，诗兴因秋夜而起，亦从"秋夜"开始；另一方面，"秋夜"虽然作为诗歌起笔和言说起点，却无法左右诗歌的最终走向和能指范畴。在"语言的水泥、沙石搅成一团"的状态下，诗人无法准确预知结局，只能尝试着言说和叙述，接下来提及的事物与"秋夜"关系不大，或者越来越远，可以说已经摆脱了"秋夜"的限定：颠倒了黑白的现实、躁动不安的"力比多"、到处飘散的蒲公英（花也是混乱和四散的）以及混乱的写作和语句，"混乱的陈述句，丢失了现象和逻辑……"，不确定的语言，"很可能像盘旋在云上的鹞，/也可能像潮汐推上沙滩的透明水母。/不代表什么，只说明事实。让人看到，/没有什么不可能。"于是，秋夜所能展开的更多可能出现在诗歌中，"锦缎、丝绸，荞麦枕头，卫生纸，/都将出现，与火焰、冰块搅合成修辞集合体"，又或者"仅仅是一种简单的暗示，/最终指向人的孤独"，后者与鲁迅笔下的"秋夜"暗合。而"孤独"又可以用多个词语加以诠释和说明，"一条蛇，一把刀"等，无论是暗示意义还是能够迁延的众多事物，都"加重这个夜晚的象征意义"。诗歌由"秋夜"开始，最后因言说迁延出的词语和事物却变得五花八门，涵盖甚广。在带着"秋夜"完成了一圈"环球旅行"之后，又回到了"秋夜"这个开始之处，这时的"秋夜"已经不再是最初的秋夜，却无法否认一切联想皆从"秋夜"生发而出，又以"秋夜"煞尾这个事实。当"秋夜"面对如此众多事物时，诗人的心或神已经无法再清明单纯，"心已成为万花筒，变

---

① 孙文波：《新山水诗》，人民文学出版社，2012，第146页。

幻反对确定"，只能是描述或诉说一种可能。

从词语作为进入现实的最小起点而言，无论是孙文波笔下的词语"沉闷""历史"还是"不要""花朵""革命""河南""月亮"① 等，尽管它们与"秋夜"不是同一个词，但是从功能相似的角度来说，又类似于同一个词。当这些"不同的同一词语"协助诗人完成进入现实的任务以后，便完全被隔离在诗歌之外，词语作为能指和原有意义在瞬间消亡：每首诗的起点一样，都是从某一词语开始，但是诗歌所敞开的、所讨论的、所言说的，却与这些词语既有关又无关。对此，孙文波有过很准确的夫子自道："一切都是未知。混乱，改造语言中的意义。"② 作为开始的"未知"词语，无法预知词语能带给诗歌的未来和结局，原有的确定性变得暧昧模糊，甚至无法一下子分辨清楚事物本来的模样。

> 这个世界里还呈现另一个世界
>
> 一个跟这个世界一模一样的
>
> 世界——不不，不是另一个而是
>
> 同一个。是一个同时也是两个
>
> 世界。③

（张枣：《世界》）

正如欧阳江河所说："马之不朽有赖于非马。"④ 如果马只是马或像马，具有马的一切特性，与其他马毫无差别，那么马永远只是马，这样的马不计其数，无法做到不朽。马只有相对"特别"，具有其他马没有的品质、特性、外貌、体征等，才能独一无二，也才有"不朽"的可能。同理，如果词语能够描述的物永远只是物表面呈现的样子，只是必

---

① 此处所列举词语都是孙文波诗集《新山水诗》中的诗歌题目，比如《从"沉闷"一词开始的诗》《从"历史"一词开始的诗》等。

② 孙文波：《从"沉闷"一词开始的诗》，《新山水诗》，人民文学出版社，2012，第137页。

③ 张枣：《张枣的诗》，人民文学出版社，2010，第275页。

④ 欧阳江河：《透过词语的玻璃》，改革出版社，1997，第123页。

须面对的物，词语所能探及的意义永远只是字典里规定好的意义，就如不同诗人用相同词语所描述出来的物相同一样，类似多胞胎。如此这般，诗歌、词语和物都将死亡。词语永葆青春和生命力的秘诀不在于"A是B"或者"A＝B"，而在于A未必是B，A有能力阐释很多物、引出很多物，具有多种指涉可能。词语不是仅作为判断事物是其自身的标准出现，而是作为一种敞开，"'敞开'的名字，如同'冒险'一字，作为形而上学的概念是歧义的。它既指整体迁引的无界限的吸引，也指在全面地摆脱限制意义上的开放"①。由"是"变为"可能"意味着开口度加大，就像门或窗，只需打开一扇，便可以望见绚彩世界。

"词语同意思则既不同步而行，也不同地而'在'。所以有如此众多的歧义，如此错杂的评说，无数自以为准确的唾沫粘附在一首诗的四周；而一首诗常常变得更沉默，更遥远。"② 词语就像在路上不停跋涉的旅者，在出发伊始，并不知道自己能够获得什么，获得多少，而是一边行走，一边丰满自我，当到达终点回望来时路时，才会幡然醒悟。盲目地追求"正确"和"唯一"，只会让"词语"离"物"的真相更远，"诗歌"离"现实"的真相更远。钟鸣说的非常犀利和幽默，很多文学思潮和体式"标榜和现实的正确关系，标榜自己的月亮最圆，单独的月亮从各个角度看，其实都不圆，——所以又都是幻想的形式，甚至根本就没有触及到文学仿真这样的话题"③。既然连"仿真"都谈不上，又何来接近"真"或成为"真"呢？当人们试图描述一个人的长相时，一张脸、一个鼻子、两只眼睛、两个耳朵无疑是正确的，却无用。仅凭这样的描述，根本无法辨认所描述的人到底是什么样子，有什么不同于其他人的体貌特征。这样的描述只是一种可能，可能是你，也可能是我，可能是很多人。就像陈超所质疑的那样："糖的化学成分可以言尽，'甜'你怎么言？"④ 强调正确性和唯一性对于诗歌而言意义不大，反而

① 〔德〕海德格尔：《诗·语言·思》，彭富春译，文化艺术出版社，1991，第97页。
② 树才：《词语这种材料》，《诗探索》2000年第Z1辑。
③ 钟鸣：《新版弁言：枯鱼过河》，《畜界，人界》，上海人民出版社，2010，第9页。
④ 陈超：《诗艺清话》，《个人化历史想象力的生成》，北京大学出版社，2014，第365页。

是可能性更为有效。"诗的每一个字词都是一个无法预期的客体，一个潘多拉的魔箱，从中可以飞出语言潜在的一切可能性。"①

> 我的革命没有结束，语言
> 仍变化面孔；现在它是桃花，
> 也是梨花，在正月提前开放。②

在《临时的诗歌观之六》中，孙文波对该问题做了进一步阐释，语言可以是吸引蜂群的花蕊，亦可变成森林中狂窜的猎狗、狐狸、兔子、鹰甚至豹子，没必要为了这个搞不懂而叹息和愤怒，"那是你/不知变化是一种认识，也是一种心情"③。这首诗准确而生动地表达出词语本身的不确定性以及它面对现实具有的敞开性。不确定性和敞开性在给现代汉诗带来多种阐释可能性的同时，也可能增加诗人表意的焦虑。

> 事物的词语纠缠而混乱。
> 李子自它的诗篇里幸存。它可能悬
> 在阳光里安静不动，被下面经过的
> 那些人碾碎了的胡思乱想涂抹颜色，
> 成了丑角，沾着迷乱的露水，绽开紫红
> 的花。然而它仍以自己的形式幸存，
> 超越这些变化，上好的，肥胖的，狂吞的果子。④

每一个有限词语背后都隐藏着相对无限的空间，由有限词语牵扯出的物相对无限，阐发的是多个事物或多种需要表达的情感和思想。"有限的是一个远游者，/无限的是他的必由之路。/有限的是他的乞讨之手，/无限的是玉米的生长，一张小甜饼。/有限的是一只飞鸟全部的羽毛，/无限的是它的传说、它的飞翔。/有限的是一朵瞬间开放的百合

---

① 〔法〕罗兰·巴尔特：《符号学原理：结构主义文学理论文选》，李幼蒸译，三联书店，1988，第88~89页。
② 孙文波：《临时的诗歌观之六》，《与无关有关》，重庆大学出版社，2011，第165页。
③ 孙文波：《临时的诗歌观之六》，《与无关有关》，重庆大学出版社，2011，第165页。
④ 〔美〕华莱士·史蒂文斯：《作为字母C的喜剧演员》，张枣、陈东飙译《最高虚构笔记》，华东师范大学出版社，2009，第37、38页。

花，/无限的是她那神秘的芬芳。"① 这是词语在现代汉诗中扮演不同角色的结果，古典汉诗更侧重于描绘和描述，而现代汉诗则侧重于"揭示"和"分析"，"就是保持对事物多样性的认识，如其所是地呈现它鲜活的状貌，将含混多义的世界置于词语多角度的光照之下，标志或呈示它自身内部的种种丰富性……"②

三 绝对性消失

描述一个事物或一种情感，方法并非只有一种，它不是科学，必须具有正确和唯一性，而是存在多种答案、多个解。比如"疼痛"，表达痛感的方式有多种，可以直接说出"疼痛"这个词，做出疼痛的表情，嘴里发出表示疼痛的声音，或者借助外物，服用治疗疼痛的药物等。哪一个都可以表达痛感，没有绝对的对错之分，只有哪个更有效、更易懂的区别。如果脱离具体语境，也有无法准确表达疼痛的可能，就像"大象"在梵文中有不同命名一样，可以被称为"喝两倍水的"，也可以被称作"两只牙的"或者是"有手的"。③ 以上特征都是在描述大象，又都不是全部的大象，绝对性不再存在，一切言说都是相对的。庄子在《齐物论》所倡导的"物无非彼，物无非是"④ 说的就是相对性。不是什么必须是什么，只是什么可能是什么，就像看不到、摸不着的"思想"，可能"是一个美人，/是家，/是日，/是月，/是灯，/是炉火"。⑤每一种阐释似乎都合理，却只是具有"片面的合理性"，只有相对意义上的正确。

词语恢复自述性只是作为可能性或者开始，既然不是必需，不是对等关系，那么词语言说的绝对性也就必然无效，词语只是一种最小的可能性。当处于直线左端的词语和处于直线右端的现实之间——映射之关系不再有效时，"A 词语 = B 情感/现实"公式的存在意义和合法性必然

① 西川：《远游》，《我和我：西川集 1985~2002》，作家出版社，2013，第 95 页。
② 陈超：《诗艺清话》，《个人化历史想象力的生成》，北京大学出版社，2014，第 365 页。
③ 〔德〕恩斯特·卡西尔：《语言与神话》，于晓等译，三联书店，1988，第 57~58 页。
④ （战国）庄子：《齐物论》，刘文典撰《庄子补正》，安徽大学出版社，1999，第 50 页。
⑤ 废名：《十二月十九夜》，《废名集》第三卷，北京大学出版社，2009，第 1585 页。

会被"A 词语＜B 现实"或"A 词语＞B 现实"所替代，某一词语不再是现实的唯一对应物，现实也无法用某一词语来解释和概括。词语的绝对权威和命名的有效性在现代汉诗中被迫终止，一切言说只能在相对论的范畴中展开："我知道死亡绝对，我们不过相对地活。/我与山相对，与水相对，与鸟相对/在相对中，用相对的喜悦，反对绝对。"① 用词语做媒介的"神（心）与物（现实）"的一一对应关系只在理论范畴内才能成立。词语的"入侵"，就像突然在直线中心的位置强行使用拉力，破坏了"神"与"物"的单一对应关系；从理论上说，任何一个看似简单不过的词语都有可能指向多种不确定：

> 说水，就是说温柔：女人在岸边
>
> ……
>
> 说水，也是说古旧的廊桥
>
> ……
>
> 说水，
>
> 更主要是说心情
>
> ……
>
> 说水，
>
> 因此也是说一种认识
>
> ……
>
> ——当然，说水很可能最后什么都不说
>
> 只面对着水中的倒影发呆……②

（孙文波：《在南方之三》）

"水"已经不再是内涵清晰和指称明确的词语，而是充满多重阐释的可能，但每一种可能都是既确定，又不确定："水"可以是一种性格气质（温柔），可以是对某一具体物的想象（廊桥），可以是一种心情的表征，也可以是对某一问题的看法（认识），当然，水也许只是水本

---

① 孙文波：《相对论》，《新山水诗》，人民文学出版社，2012，第 109～110 页。
② 孙文波：《新山水诗》，人民文学出版社，2012，第 95 页。

身（什么都不说）。"水只是水／是'自在'流动的意志／不是你利用的东西／水比人类的存在／更古老／也更干净。"① 作为"物"的水和作为"词"的水合二为一，将写作和现实融合起来，还可能产生意想不到的力量和隐喻功效，"写下四行关于水的诗／我一口气喝掉三行／另外一行／在你体内结成了冰柱……"② 水既是上述可能性的某一种，又不单是上述的某一种可能，水的意义明确性只在相对意义上才能实现。水是水，又不是水，水的可供无限阐释性只有在它与现实形成言说与被言说的关系时才会实现。就"水"这一词语本身而言，作为由氢和氧组成的无机物的基本特性以及常温常压下无色无味的透明液体这一本性并无变化。只是当水与现实发生关系时，水的隐喻性或引申义才会彰显，这恰好说明在现代汉诗中，词语与现实能够产生无限纠缠的可能性。这是对词语功能的极大扩展，同时也最大限度地摧毁了词语与现实一一对应的绝对关系，而只能"在相对性中写作"。③

在现代汉诗中，绝对性消失、相对性产生的原因主要有两个，一是现实的不确定和多变性，就像感觉在时常变化一样，"冬天也可能正是春天／而鲁迅也可能正是林语堂"④；二是词语的不确定，就是前面所说的自述性。两种具有可变性之物缠绕在一起发生勾连时，不确定性必然增强，或者说只能"确定自己的差异，它的不可减缩性，可能还确定它的异质性"⑤。词与物发生勾连时，词并不能确定物的确切性质，即物到底是什么，而只能确定物的出现，确定物的不确定性。词对物无法权威命名，只是指引和引出，需要一个参照物做比对，也就是相对，在比较中辨别它与其他物的差异，就像语言学中的高矮、胖瘦都具有相对性一样。特定语境下的太阳是红的，也可能是黑的，是圆的，也可能是方的，都只是相对正确。虽然黑色的太阳可能与现实不一致，却符合深层的心理现实。绝对性被剔除以后，打开的是一个迥异于表

---

① 陈超：《话语》，《无端泪涌》，中国青年出版社，2015，第189页。
② 洛夫：《水与火》，《烟之外》，江苏文艺出版社，2010，第206页。
③ 孙文波有一部书就用此为书名（《在相对性中写作》，北京大学出版社，2010）。
④ 柏桦：《现实》，《往事》，河北教育出版社，2002，第148页。
⑤ 〔法〕米歇尔·福柯：《知识考古学》，谢强、马月译，三联书店，2003，第49页。

面现实的神奇天地，"他吐出一个怪词，而我听到的则是一个完全陌生的世界"①。

在台湾诗人罗青的《西瓜的六种吃法》② 中，诗人吐出一粒西瓜子，展现的却是奇异的思想和奇妙的世界。按照惯常思维来理解，所谓"六种吃法"，可能首先让人想到的是切割方法的不同，比如一分为二、切成花瓣形状或切割成小块，还有更极端的便是把西瓜摔碎……诗人完全没有按照这个思路来思考，而是由深及浅，由繁到简，以倒叙的方式把"吃西瓜"这一完全不必"大费周章"分析的简单行为进行了有趣而富于想象力的阐释，探讨了有关"吃西瓜"的五种想象可能，即"西瓜的血统""西瓜的籍贯""西瓜的哲学""西瓜的版图"以及最为简单直接的"吃了再说"，"吃"出了思想的广度和深度。通过"西瓜"与其他词语的转接、移植、类比、联合，赋予"吃西瓜"以更多可能且非凡的意义，隐含着诗人对生存环境、生态（版图）、哲学、生死、宇宙、人性、存在等问题的多维度思考。比如作为第 5 种吃法的"西瓜的血统"一节，诗人以看似逻辑缜密的方式反向推导出"西瓜的血统"，为西瓜的"非水果特质"作了"正名"。

> 第五种 西瓜的血统
>
> 没人会误认西瓜为陨石
> 西瓜星星，是完全不相干的
> 然我们却不能否认地球是，星的一种
> 故也就难以否认，西瓜具有
> 星星的血统
>
> 因为，西瓜和地球不止是有
> 父母子女的关系，而且还有
> 兄弟姊妹的感情——那感情
> 就好像月亮跟太阳太阳跟我们我们又跟月亮的一样

---

① 〔法〕罗兰·巴特：《恋人絮语：一个解构主义的文本》，潘耀进、武佩荣译，上海人民出版社，2004，第 23 页。

② 洪子诚编《中国新诗总系 1959～1969》，人民文学出版社，2010，第 432 页。

西瓜虽然不是陨石，但是由于西瓜与地球有"直系"血亲关系（形状相似且皆有生命），而地球是行星，星星是恒星，二者都是"星的一种"，所以西瓜具有"星星的血统"。乍看起来，这一血统的指认显得滑稽和牵强，但是从"泛灵观投射"①的角度来说，"荒谬"中又包含合理性。接下来对西瓜其他方面的指认也都如此。在"西瓜的籍贯"一节，诗人用第一人称"我们"（人）和第三人称"他们"（西瓜子）展开对比。圈出了"我们"和"他们"的各自领地，"我们住在地球外面，显然/显然，他们住在西瓜里面/我们东奔西走……他们禅坐不动，专心一意。"二者却又无法真正隔绝，最终会冲出领地，彼此进入，互相融合，"而我们终就免不了，要被赶入地球里面/而他们迟早也会，冲刺到西瓜外面。""我们"的被赶入和"他们"的走出，既具有真实性，又包含深刻的隐喻意义。而第三种吃法，即"西瓜的哲学"把西瓜和中国的哲学尤其是儒道思想联系在一起，"非礼勿视勿听勿言，勿为——/而治的西瓜与西瓜/老死不相往来。"该节的最后一句"非胎生非卵生的西瓜/亦能明白死里求生的道理/所以，西瓜不怕侵略，更不惧/死亡。"虽然未直接提及人类的问题，却暗含西瓜的品性与人类品性的比较，引人深思。同为宇宙中的存在之物，西瓜和人密不可分，也同样具有高贵品质。人类因西瓜与星星的亲缘关系而生出嫉妒的破坏举动，可能意味着对自己版图/生存环境的摧毁，不但不会破坏二者的亲密关系，反而交情更深、关系更近，"因为这样一来/陨石和瓜子的关系，瓜子和宇宙的交情/又将会更清楚，更尖锐的/重新撞入我们的，版图。"由西瓜牵扯出关于宇宙、地球和我们的位置及与人类关系的思考，颇具生态学意义。假如把西瓜的一切联想完全祛除也未尝不可，那就是第一种吃法，"吃了再说"。一切都是相对的，并没有绝对的对错可言。更具深意的是，这首诗的题目为《西瓜的六种吃法》，却只写出了五种，第六种的缺席和非具体性以及由"吃了再说"后面的省略号延宕出的空白，恰好说明"吃西瓜"还能延展出远比五种、六种更多的阐释和言

---

① "泛灵观的投射"是韦勒克所理解的"隐喻"概念中的四个基本因素之一，此处用这个概念表示人与物的共同性和一致性（〔美〕雷纳·韦勒克、奥斯汀·沃伦：《文学理论》，刘象愚等译，三联书店，1984，第215页）。

说可能。"西瓜是西瓜"或"西瓜是水果"的论断在这首诗歌的语境中已不再是绝对正确的真命题,"西瓜"不再是"西瓜","西瓜"也不只是水果,而且是充满无数可能和辐射威力的能量球。"语词的目的是唤起和激发各种意象"①,现代汉语诗人以词语为利器凿开了诗意的秘洞,让语词与世界重新相遇。

第三节

隐喻能力的复活

隐喻仿佛无处不在。当人们出于日常表达习惯说出一句话的时候,隐喻很可能藏匿其中,就像与父母玩捉迷藏的孩子。"桌子腿儿""椅子背儿""床头""针鼻儿""小心眼儿",甚至是习以为常的惯用表达,比如"具体""抽象""表达"等,都暗含着隐喻。雷可夫(George Lakoff)甚至断言:"我们用以思维与行为的日常概念系统,其本质在基本上都是隐喻性的。"② 隐喻与哲学、文化、真理、信仰、语言、诗歌、艺术、心理,甚至人的存在方式等很多方面都密切相关——隐喻就"包藏着诗,真理和美"。③ 隐喻与汉语的关系尤为密切,甚至成为一体。"从某种方式上说,每一个表意文字都是一个强有力的隐喻。"④ 人被赋予了言说的权力,并承载言说自身和言说世界的双重神圣使命。中国人用汉语这种独特的表意文字说出人和世界不可分割的联

---

① 〔法〕保罗·利科:《活的隐喻》,汪家堂译,上海译文出版社,2006,第289页。
② 〔美〕雷可夫、詹森:《我们赖以生存的譬喻》,周世箴译注,联经出版公司,2006,第9页。该作的原题目为 *Metaphors We Live By*,译者将"metaphor"译为"譬喻"。
③ 耿占春:《隐喻》,东方出版社,1993,第4页。
④ 汉语的构词法就有可能产生隐喻,比如"人+言等于信,人+木等于休",诸如此类(参见〔法〕程抱一《中国诗画语言研究》,涂卫群译,江苏人民出版社,2006,第85页)。

系的同时，可能无意间也进行了诗歌创作，因为"诗是语言的隐喻形式"①。对于诗歌而言，隐喻同样重要，对现代诗更是如此，布鲁克斯一针见血地说出了隐喻在其中充当的重要角色："我们可以用这样一句话来总结现代诗歌的技巧：重新发现隐喻并且充分运用隐喻。"②"重新发现"是说重新认识原有隐喻，发现其尚未被发现和注意的新奇之处；"充分运用"则指重视隐喻在诗歌中发挥的重要作用，并将其运用到极致。"重新发现并充分运用"就是让已经存在于诗歌中的隐喻再次活跃，让已经静止的隐喻运动，让已经沉睡的隐喻苏醒，让已经僵死的隐喻复活。"隐喻的复活"迫使"词"与"物"、"词"与"词"之间的距离和缝隙生成甚至加大，增加富裕的"留白"，供"词语"发挥自述本性，并以曲折蜿蜒的方式加以联想和填充。裂隙填充过程便是诗意再生过程，而"词"与"物"的关系也会借助这一过程增加多种可能性，获得新的生长点：

> 一切合一又含众多，
> 　空白依托的形形色色，
> 以致我们被允许
> 望出窗口并且朗读：
> 苹果林就在外面，外面的里面，
> 苹果林确实在那儿，
> 源自空白，附丽于空白，
> 　　　　　　信赖它……③
> 　　　　（张枣：《砖墙者和极端的倾听之歌》）

借助隐喻词语获得新的意义，意味着"新词"的诞生——不是新创造的词，而是在一次性使用过程中，由于全新意义对词语身体的侵占和挤入，获得与先前不同的意义。而"词"与"词"、"词"与"物"

---

① 耿占春：《隐喻》，东方出版社，1993，第9页。
② 〔美〕克林思·布鲁克斯：《反讽——一种结构原则》，赵毅衡编选《"新批评"文集》，中国社会科学出版社，1988，第334页。
③ 张枣：《张枣的诗》，人民文学出版社，2010，第281页。

之间黏稠度的稀释、距离（缝隙）的加大以及"新词的诞生"反过来又会激发隐喻的新活力，以保证现代汉诗活力四射、魅力无限。

一 "活的隐喻"

隐喻（metaphor）一词来自希腊语的 metaphora，其字源 meta 意思是"超越""过来"（over, across），而 pherein 的意思则是"传送"（to carry, bear）。隐喻本义由这两个词语意义组合而成，意为"传送过去"。它是指"一套特殊的语言学程序，通过这种程序，一个对象的诸方面被'传送'或者转换到另一个对象，以便使第二个对象似乎可以被说成第一个"①。从隐喻的原意及能够引申的意义看，隐喻的构成须具备如下三个要件：其一，隐喻的构成词之一含"超越"（over）之意，因此，隐喻应该具有比原意与原有词汇本身更多或更深的含义和内容。其二，"传送"（to carry）意味着让 A（本体 tenor）携带 B（喻体 vehicle）的某种意义特质，但是不代表两者可以相互替代（这一点和象征有差别②），A 替代不了 B，B 也替代不了 A。"隐喻的意义恰恰不在于替代，而在于双重影像（象），双重意合，双重经验领域的同现作用。"③ A 虽然携带了 B 的部分因子，B 也会反作用于 A，但是 A 和 B 仍然作为各自独立的自身存在，两者并置共存，"更重要的是考虑将两者放在一起相互对照时所可能产生的意义"④。韦勒克的阐释可能更清晰：两者"互相依存，互相改变对方，从而引出一种新的关系，也就是新的理解"⑤。除了互相

---

① 关于隐喻的词源和释义，可参见〔英〕泰伦斯·霍克斯《隐喻》，穆南译，北岳文艺出版社，1990，第 1 页；〔英〕哈德：《牛津英语词源词典》，上海外语教育出版社，2000，第 291 页；〔英〕罗吉·福勒：《现代西方文学批评术语词典》，袁德成译，四川人民出版社，1987，第 158 页；王先霈、王又平编《文学理论批评术语汇释》，高等教育出版社，2006。另外，束定芳的《隐喻学研究》（上海外语教育出版社，2000）列举了中外几种权威词典的释义。学者们对隐喻问题认知角度的不同，造成隐喻概念的多样性。本书未从隐喻的确定概念入手，而只从其词源所暗含的意义延伸，可能探讨该问题正是基础此。

② 象征是指某一事物代表、表示别的事物（〔美〕雷纳·韦勒克、奥斯汀·沃伦：《文学理论》，刘象愚等译，三联书店，1984，第 203 页）。

③ 耿占春：《隐喻》，东方出版社，1993，第 170 页。

④ 乐黛云等主编《世界诗学大辞典》，春风文艺出版社，1993，第 698 页。

⑤ 〔美〕雷纳·韦勒克、奥斯汀·沃伦：《文学理论》，刘象愚等译，三联书店，1984，第 220 页。

依存、互相改变对方以外，还要保持各自的独立性。不妨这样理解韦勒克（Rene Wellek）和维姆萨特（William K. Wimsatt）的言论：当 A 和 B 构成一对隐喻关系时，就意味着 A 既是 A，又不是原来的 A，B 也同样如此。由于隐喻的存在，A 被 B 改变，而 B 也被 A 改变，二者之间产生新的理解方式。"我与己再不同质：/单一的本质，双重的名字，/既非是一，亦非是二。"① 其三，相异的 A 和 B 会因为这种突发的、偶然的、由语境生成的一次性关系的出现而生出比 A 和 B 本身更多的意义和内容，也就是说，这个附加意义由两者之间的关系生成。

　　选取一首较为简洁的现代汉诗详细阐说这一问题。北岛的《太阳城札记》中有一首题为《生命》的诗，内容只有短短 6 个字："太阳也上升了。"② 诗人把原本不产生直接关联或者说"相异"的两个词（物）"生命"和"太阳"组合在一起，构成隐喻关系。暂且设定"生命"为本体 A，"太阳"为喻体 B。诗人并没有简单地把 A 和 B 进行类比，比如"生命是太阳"，而是抽取"太阳"的一个特性或者说一个运动轨迹"上升"来喻说生命。"生命"本身的内涵复杂，有生也有死，有爱也有恨，有苦也有甜。用太阳上升来喻说生命，最主要寓意在于生命的勃发、生命的活力，而不是死亡，这个特性从太阳上升中传递过来，或者说由 B 携带而来。太阳因成为生命的喻体而具有了生命的特质，从原有意义的自然界之物变成有生命的个体，尤其是太阳上升的动作/行为增加了生机和活力。但是"太阳"和"生命"两者自身还在，生命还是生命，太阳仍然是太阳，其本质并没变，只是二者连在一起，均可获得比原来更深、更多、更厚的新意义。当"生命"和"太阳上升"形成一对隐喻关系时，就意味着关系中出现了比"勃勃生机"这个常见喻义更多的含义。"太阳"既然有上升，就会有下落的时候，那么下落的时候是不是也可以喻说生命，只不过不是生机勃勃，而是衰落？这种联想和"隐喻背面"的意义并不离谱，反而合情合理，因为生命本身也存在这一隐含意义。

① 〔英〕莎士比亚：《凤凰与斑鸠》，〔美〕克林思·布鲁克斯《精致的瓮：诗歌结构研究》，郭乙瑶等译，上海人民出版社，2008，第 21 页。
② 北岛：《结局或开始》，长江文艺出版社，2008，第 4 页。

除此之外，这首诗的重要副词"也"的出现，又可以牵扯出新的阐释可能。诗人巧妙地用了"也"这个词语，仿佛省略了很多，而刻意省略和空白的部分恰好是"生命"与"太阳上升"之中加入的，说明还有更多类似寓意的意象存在。"生命"和"太阳上升"生成的关系网中，由于"也"的加入，增添了更多想象可能，拓宽了想象空间，这个关系空白中可生成之物比"生命"和"太阳上升"还多，除了"太阳上升"，"生命"还可以用其他物来隐喻，空白想象可能和语境再造空间非常大，且可以累加无限诗语，比如花儿开了，小鸟飞了……太阳也上升了等。诗人和读者可依据个人理解和人生经验合理填充，如此，生命与其他物亦可构成间接隐喻关系，在这种关系中，双方获得更多意义，生成更多关系。上述所有意义延伸又都必须以"生命"和"太阳上升"构成隐喻关系为前提，如果"生命"和"太阳也上升了"只是各自为政、各自独立，不发生任何联系，以上种种联想都将无效，或者不存在实现可能。另外，前面论及的诸种可能都只是针对文本本身而言，如果再加上创作语境、时代和社会背景等更多方面，含义就会更多。由此可见，隐喻的力量是无穷的。

隐喻的原初概念并未刻意强调意义传送者和获得者必须具有相似性，尽管相似性可能成为构成隐喻的首要考虑因素，这才有了维姆萨特所说的差异性，不只是相似性，相异同样也可以构成隐喻的拓展。因此隐喻有两种基本形态："一种是比喻对象与被比对象之间的含蓄的对比或相似。另一种是两者之间相反之处，在于某种对比或矛盾。"[①] 隐喻的内涵由最初的"传送"变为"用打比譬的方法传达意义"[②]，这一变化过程本身恰好也构成隐喻，"是语言具有隐喻性的例证"[③]。这是好事，但是也潜伏着危机：一旦人们把语言的这种隐喻特质作为习惯用法，而忽略被其他词语传输过来的过程，隐喻的活性必然降低，直至死

---

① 乐黛云等主编《世界诗学大辞典》，春风文艺出版社，1993，第 698 页。
② 〔英〕罗吉·福勒：《现代西方文学批评术语词典》，袁德成译，四川人民出版社，1987，第 158 页。
③ 〔英〕罗吉·福勒：《现代西方文学批评术语词典》，袁德成译，四川人民出版社，1987，第 158 页。

亡，不能说隐喻完全消亡，却不是活的隐喻。只有具备了前面所说的 3 个要件，才是真正有活力、有效的隐喻。用逆向思维方式来理解这一问题可能会更清晰。当隐喻缺少超越性，所传达的内容无法比原有意义更多、更深；当 A 和 B 之间不是并置而是替代或融合关系；当 A 和 B 之间某种关系被忽略，被传递意义的过程已经丧失，"我们再也感觉不到这些词语中包含的具体类比"①，仿佛意义并不是由其他词传送过来的，而是自带的一般。山脚、针眼、瓶颈、首脑、隐喻、典型、掌握、根源、解愁、结怨②等词语，规范和固定得甚至可以成为词典的标准词条。这些词语的"引申意义已然完全融入语言中，即便是在文学与语言上十分敏感的人都不再感到它们的隐喻含义。它们是'消失的'，'用滥了的'或者'死的'隐喻"③。维姆萨特断言："每种语言里都充满了'死的隐喻'（dead metaphor），死的隐喻就是垮掉的隐喻，A 和 B 完全融合为一。"④ "死的隐喻"可能存在如下问题：A 和 B 叠合在一起，二者之间的缝隙和距离感消失，成为一个而不是原有的两个；A 和 B 的关系在这种叠合过程中习惯性被忽略，由一次性变成永久性和固定性，失去了迁延和衍生出其他意义的可能。"死的隐喻"意味着原有隐喻力量的丧失，是"死的隐喻"的一般情况。诗歌与之类似，但是危害性更大。"死的隐喻"对普通言说和日常表达的影响并不"致命"，只会影响表达的生动性，却不会影响清晰度。它对诗歌却伤害极大，会减损诗意、简化现实、减除想象可能，就像"死词"现象一样。"死词"出现的主要原因之一就是隐喻僵化，丧失拓展可能。

"重新发现并充分运用隐喻"能够使"死的隐喻"重新获得力量，成功复活。燕卜荪的经典例子或许有用："美是一朵花"是"死喻"，以花喻

① 〔英〕罗吉·福勒：《现代西方文学批评术语词典》，袁德成译，四川人民出版社，1987，第 158 页。
② 〔英〕罗吉·福勒：《现代西方文学批评术语词典》，袁德成译，四川人民出版社，1987，第 158 页；季广茂：《隐喻视野中的诗性传统》，高等教育出版社，1998，第 55 页。
③ 〔美〕雷纳·韦勒克，奥斯汀·沃伦：《文学理论》，刘象愚等译，三联书店，1984，第 213 页。
④ 〔美〕威廉·K. 维姆萨特：《象征与隐喻》，赵毅衡编选《"新批评"文集》，中国社会科学出版社，1988，第 358 页。

美，古今中外都如此类比，属于典型的陈词滥调，但是如果把这句扩展为"美不过是一朵花，皱纹会将它吞噬"①，仅仅是增加了"皱纹"一词，效果便立刻不同。"美和花"的严丝合缝由于"皱纹"及相关动词"吞噬"的介入而变得歧义丛生。"皱纹"可以是"花的皱褶"，可以是"岁月流失"，也可以是"美的逝去""花的衰亡"，原本狭长的单向度想象空间变得开阔繁杂。因此，要想让"死的隐喻"复活的方法既简单又复杂：保留缝隙，甚至是加大缝隙；崇尚"一次性"，追求变化性而非稳固性；摆脱模式化隐喻，细小的变化和调整就可以产生意想不到的隐喻效果。概言之，让隐喻复活就是恢复词语"丰富歧义的多层次声音含义"②，而不是单向、单声道、单声部的，也不是黏稠、黏着，甚至胶着的状态。

二　加大"词"与"物"的原有裂隙

为了让词语有发挥隐喻功效的自由空间，"词"与"物"的原有裂隙需要加大而不是缩小，更不是消除。除了保证 A 和 B 既相对独立又彼此攫取和传送各自意义，以确保 A 和 B 大于其自身之外，隐喻的重要意义还在于生成两者之间的关系以及连带意义的解释。两者关系的产生仰仗的是 A 和 B 之间的距离感，如此才能保证二者不完全融合，允许充满歧义的多层次声音内涵的插入。所谓"距离感"就是"词"与"物"之间的裂隙。现代诗人就"像一个细心的厨师，他留意不让语言变稠变黏"。③黏稠意味着缝隙变窄，消失，直至 A 和 B 叠加一处。防止变黏稠的方式就是保持裂隙。具有一定宽度的裂隙作为能够制造诸多可能的空白，增加更多隐喻的手段，有能力把词与物的直线距离弯曲、折叠，再伸展、拉长，从而使黏稠度变得稀释。

叶维廉曾经谈及现代诗的三个动向之一是"尽量不依赖直线追寻的结构"④。直线和曲线都可以抵达终点，但是效果不同。由笔直变成曲

---

① 〔英〕威廉·燕卜荪：《朦胧的七种类型》，周邦宪、王作虹、邓鹏译，中国美术学院出版社，1996，第 31 页。
② 〔英〕泰伦斯·霍克斯：《隐喻》，穆南译，北岳文艺出版社，1990，第 53 页。
③ 〔法〕罗兰·巴特：《恋人絮语》，潘耀进、武佩荣译，上海人民出版社，2004，第 4 页。
④ 叶维廉：《中国现代诗的语言问题——〈中国现代诗选〉英译本绪言》，《中国诗学》，三联书店，1996，第 335 页。

折迂回，中间的弯曲处恰好隐藏了诗歌的最大秘密，隐喻的加入制造了"词与词之间的一种非线性的更为丰富的联想关系"①，就像古人所说的"曲径通幽"。"拒绝走捷径"是对复杂性的尊重和认同，"幽深"之处暗藏着更美妙、更令人难忘的景致。泰伦斯·霍克斯（Terence Kawkes）所举的例子很能说明这一问题。"我的汽车像一只甲虫"也存在类比关系，但是只表面类似，属于明喻。"汽车"和"甲虫"的相似更多在于外形，却没有传递彼此的特性，两者之间也没有和隐喻一样的亲密关系。"汽车是甲虫"中的"汽车"和"甲虫"的关系更近一步，已经形成隐喻，但是仍然相对简单。读者可以直接想到的几个关联词语和意义可能有以下几个：汽车＝甲虫＝慢＝外形；"汽车"和"甲虫"之间的缝隙并不大，能够生成的意义并不多。但是如果把这一意思用曲线的方式加以表达，效果就会不同了。比如"我的汽车向前蠕动"②，"我是从其他各种可能性的库房里选择了'蠕动'，并且把它同'汽车'相组合；这种组合所根据的原则，便是它可以使汽车的运动与虫子的运动等值。这样，就给了这一信息复杂的含义"③。用物的特性"蠕动"替代了具体物"甲虫"，"汽车"和"甲虫"的对等关系中间出现了一个小折点，能够生出的联想意义和关联词语就比之前两个词语的简单对等大得多、宽得多。这句诗至少可以作如下联想：汽车拥堵—速度慢（蠕动）—甲虫蠕动—汽车是甲虫—其他生物（比如蚯蚓）也蠕动等。"当一个词语被比喻性地使用时，其效果是预期它与类似使用的其他词语达成某种想象性的'连接'。隐喻就靠着这样的'连接'。把我们引向它的意义的'靶心'。"④

现代汉诗通过隐喻的方式，把词与物严丝合缝的紧密关系打破。"语词则总是通过无数条线（上下文意关系）与其他词相连"⑤，可能是由一词引出多物、多词解释一物，还可能一词一物类似珍珠一样顺序成串出现⑥，引

---

① 耿占春：《隐喻》，东方出版社，1993，第 171 页。
② 〔英〕泰伦斯·霍克斯：《隐喻》，穆南译，北岳文艺出版社，1990，第 126～127 页。
③ 〔英〕泰伦斯·霍克斯：《隐喻》，穆南译，北岳文艺出版社，1990，第 139 页。
④ 〔英〕泰伦斯·霍克斯：《隐喻》，穆南译，北岳文艺出版社，1990，第 127 页。
⑤ 耿占春：《隐喻》，东方出版社，1993，第 139 页。
⑥ 关于这一点属于词的歧义性的表意策略问题的解释，笔者会在第四章进行详细论述，此处暂不赘述。

出其他词与物。无论哪种模式，都意味着新型关系的诞生，对诗意的扩展、对物的理解都有益。不妨再举一个典型范例，北岛的诗歌《太阳城札记》中有一首题为《人民》的短诗，全诗如下：

> 月亮被撕成闪光的麦粒
> 播在诚实的天空和土地①

"人民"字面意思不难理解，最先能想到的"众多"，但是该词的隐含内涵却不好把握，难以用几个简单的词语加以概括。在这首诗中，北岛把集合名词"人民"，用"月亮"与"麦粒"等无直接关联的词语加以串联，构成一个整体隐喻，本体是"人民"，喻体是整个诗歌内容。把"人民"这个本体，即诗歌题目抛开，就内容来说，同样是一个非常精妙的隐喻。本体是"月亮"，喻体是"麦粒"。首先来分析由一个完整句子、多个词语构成的大"喻体"，也就是诗歌的内容。第一句诗人把"月亮"和"麦粒"放置在一起，以"闪光的麦粒"比喻"月亮"，把本属于月亮的特质转移到麦粒身上。"撕"这一动作用在"月亮"身上同样颇有意味，"能够撕扯"的应该是相对薄、脆之物，比如说纸，把月亮作为"撕"的宾语，增加了月亮原来不曾有的新特性，比如脆弱、易碎，而这一新特性同样也可以传递给"人民"。"撕"的行为和受动者"麦粒"合在一起，使"月亮"在数量上有所扩展和改变，不再是"独一无二"，而是变得多了起来，甚至多得不可胜数，这一点恰好和"人民"的不计其数特质暗合。通过"人民"与"月亮"和"麦子"的隐喻关系，再加上其他动词和名词对这 3 者之间空隙的介入和挤占，这首短诗至少有如下意义序列生成：

意义传递之前的常规意义序列（隐喻生成前）：

麦粒—不发光—播散—众多—（位于）土地—不具备人的品质

月亮—闪光—不易碎—唯一—（位于）天空—不具备人的

---

① 北岛：《结局或开始》，长江文艺出版社，2008，第 5 页。

品质

意义传递过程中而生成的交叉意义序列（隐喻生成中）：

月亮—变脆—被撕—下沉—被赋予（人的）品质

麦粒—变亮—上升—被赋予（人的）品质

意义传递之后的相悖意义序列（隐喻生成后）：

月亮—易碎—众多—被播撒—土地—诚实

麦粒—闪光—被播撒—天空—诚实

　　月亮和麦粒因为各自都传递了各自特质给对方，所以二者的特质都得以膨胀：月亮由少变多、由大变小、由天空下降至土地、由无品质到诚实（由诚实的天空传递而来）；麦粒的特质由不发光到发光、由土地上升到天空、由无品质到诚实（由诚实的土地传递而来）。麦粒和月亮都增加了其他东西，又有自己的特质。分析至此不难发现，抛开诗歌题目不谈，仅就诗的内容来说，就具有极强的隐喻性。再看题目和诗歌的关系，准确说是"人民"与"麦粒""月亮"的关系。"人民"是本体，"麦粒"和"月亮"构成了喻体。人民有了"麦粒"和"月亮"的各自特性以及演变之后增加的特性：渺小、数量多、诚实、可发光、勤劳、脆弱，可以崇高（由天空传递而来），也可以卑微……如果对喻体展开进一步联想和对比，"人民"的意义会更丰富，比如"月亮"作为太阳的反面（结合具体语境，"太阳"可以是具有固定语义的"圣词"，可以还原为本义，也可以赋予其他想象），同样发光，亮度和热度却不如太阳，看似高高在上，却只能出现在夜晚，存在蒙蔽心性，被遮蔽的可能；因为被撕成麦粒，可能会被分化；播散在大地意味着数量上的增加，也可能面临"被抛弃"的厄运。北岛这首诗用天上（月亮）和地上（麦粒）两个事物（词语）对"人民"进行解释，本身就意味着缝隙的加大，距离变长—而且非常长—"天与地的距离"；从纵深度来说，该诗是隐喻套隐喻，无疑是一种加深和加大。在"天—地"的转换之间隐喻意义变得膨大。"人民""月亮"和"麦粒"因为一层层隐喻的出现而变得丰富，假如再进行语境还原，借助三者之间生成的多样关系和能够进一步生成的意义会更加丰富。

　　"诗人把词与词之间的距离无限拉长，甚至干脆在词语之间插入一道深渊，直到形成不可穿越的绝境。在这里词语放慢了步速，孤零零地踮起足尖，静止。"① 静止之后是意蕴无穷。因此可以说，词对物不是"命名作用"而是"唤起作用"，"不在于为人们提供了确定的能指，而在于给人们提供了丰富的'能指的剩余'"。② 关于这一点，诗人张曙光的描述较为形象："也许迷人的不是雪/也不是思想，而仅仅是/词语，确切说是词语的排列。"③

三　"新词"诞生

　　"隐喻的基础首先是一种语言上的张力的可能性"④，在填充词与物缝隙的过程中，张力得以生成。这里所说的张力仅限于由词语以及词语之间的组合而产生的。不同词语相互激发、相互给予、相互剥夺，在这种双向相反的博弈之中，二者皆获得丰富。"词义的扩展滋生过程就是词（符号）与所指（物）之间的空隙的增长过程"⑤，反过来说，词与物之间空隙的增长又促进了词义的发展。"字词以无限的自由闪烁其光辉，并准备去照亮那些不确定而可能存在的无数关系。字词是百科全书式的，它同时包含着一切意义，一种关系式话语本来就迫使它在这些意义中进行选择。"⑥ 在选择过程中，词语获得了新的意义，"一个新的意义等同于一个新的词"⑦，新词得以诞生。所谓"新词"与新创造的词不是一回事，或者说与词语的新旧与否无关，而只与词语新的意义的生成有关。现代汉诗的写作过程是寻找新词的过程。"寻找新词"不是生造词语，"不是寻找稀有词汇，而是对'用得太多'的词进行

---

① 一行：《词的伦理》，上海世纪出版集团，2007，第192页。
② 耿占春：《隐喻》，东方出版社，1993，第149页。
③ 张曙光：《四月的一场雪》，《小丑的花格外衣》，文化艺术出版社，1998，第121页。
④ 〔德〕本雅明：《发达资本主义时代的抒情诗人》，张旭东、魏文生译，三联书店，2007，第17页。
⑤ 耿占春：《隐喻》，东方出版社，1993，第241页。
⑥ 〔法〕罗兰·巴尔特：《符号学原理：结构主义文学理论文选》，李幼蒸译，三联书店，1988，第88页。
⑦ 〔美〕华莱士·史蒂文斯：《徐缓篇》，张枣、陈东飙译《最高虚构笔记》，华东师范大学出版社，2009，第251页。

重新编码"。^①

> 一个新词让怀抱它的空气变冷
> 那些涌出喉咙的滥调用它拧干污水
> 诗篇，这个冬天你的骨头闪烁其辞
> 但它们与灰色的木材一样，干燥、颓败
> 坚持走向炉火，我已看到
>
> 一个新词交付紧张的笔画来生育
> 让哲学降低，或相反，撕开事物的表皮
> 现在保持着一枚花籽的内伤^②

（陈超：《一个新词》）

"新词"的寻找意味着对"滥调"的拒绝，并且可以"撕开事物的表皮"进入内部，还可以缓解因诗人和诗歌"过从甚密"而生出的束缚感和紧张度。寻找新词，首先是在意义的选择中创造并孕育新的意义。选择并非刻意摒弃原有意义，独辟蹊径、求新求奇，而是让固定的意义松动，让单一的意义复杂化，生出相异或相悖意义的杂糅。比如在张枣诗歌《云》中，本来意指远处的词语"远方"，因与很多具体物的联结而变得不再只是遥远，是成为时而远时而近、时而被追寻时而被遗忘的具有全新意义的"远方"。"咫尺之外，/远方是不是一盒午餐肉罐头，//打开喂乌托邦？远方是/漩涡的标本，有着筋骨的僻静，/也有点儿讥诮，因为太远……/远方是/工具箱，被客人搁在台阶上……"^③ 一方面诗人认为"远方"是远的，具有乌托邦性质，遥不可及；另一方面又是近的，近得像可以随时触及的"午餐肉罐头"，或者坐在摇椅上就可以眺望。一方面诗人认为"远方"是有吸引力的永在（"漩涡的标本"），诱导人们前行追索；另一方面又不断地被遗忘（虽然有用，但是被搁在

---

① 欧阳江河：《当代诗的升华及其限度》，《如此博学的饥饿：欧阳江河集 1983～2012》，作家出版社，2013，第 274 页。

② 陈超：《无端泪涌》，中国青年出版社，2015，第 171 页。

③ 张枣：《云》，《张枣的诗》，人民文学出版社，2010，第 254～255 页。

了台阶上）。远方成为兼具"远"与"近"、"追索"与"遗忘"两对矛盾的综合体，因具有全新扩展意义而变成不同于原来意义的"新词"。

其次，寻找"新词"意味着对特殊性（而不是一般性）的重视。对一般性、整体性和数量上"多"的追求会导致"比喻滥用"的恶果，"你引起泛滥的比喻/但是否已造成灾难，/还有待查实，比如/太阳像只狂热的轮盘/天空大得像个赌注/你像枚放肆的色子"①。诗人仅凭隐喻的拼凑、罗列和滥用，无法使诗歌"动起来"，就像信鸽在非战争年代失去重要性一样。"你已不像在战时//能决定我们命运/当你飞起来，你甚至/不能觉察：春天正把/你当成它的引擎。"② 不是从整体、多数和一般着手，而是从少数、特殊、细节入手。对"特殊性"的拓展要依靠"细节"来完成，可能仅凭一个细节的隐喻就可以让诗歌"鹤立鸡群"，甚至"不朽"。诗人"必须建立细节，依靠细节，通过细节的具体化而获得他所获得的一般意义。意义必须从特殊性产生……这样，我们对待诗歌的时候势必要把老一套的语言习惯颠倒过来"③。不是由一般到特殊，而是由特殊到一般，就如布鲁克斯（Cleanth Brooks）所说，能够让纸鹞具有飞翔能力的不是纸鹞本身，而是纸鹞的尾巴；不是"狗摇尾巴"，而是"尾巴摇狗"，作为动物身体一部分的"尾巴"的作用让动物获得了新的能力。

对于特殊性的重视，汉语诗人张枣也有着精辟地表达："多，总惶惑于少，而/这个少，这个少，这才是/我们唯一的溢满尘世的美满。"④ 发光的、圆形的，喻指乡愁的"月亮"只能作为常识，是一般性的存在，只有摆脱"一般性"的限定，才能看到"特殊性"的好处。重新发现并重视"特殊性"是一种创造，"现代隐喻是创造性的，也能排斥古典隐喻，因为古典隐喻是常用性的"⑤。"发现特殊性"，重估"少"

---

① 臧棣：《信鸽》，《燕园纪事》，文化艺术出版社，1998，第77页。
② 臧棣：《燕园纪事》，文化艺术出版社，1998，第77页。
③ 〔美〕克林思·布鲁克斯：《反讽——一种结构原则》，赵毅衡编选《"新批评"文集》，中国社会科学出版社，1988，第334页。
④ 张枣：《狂猖的一杯水》，《张枣的诗》，人民文学出版社，2010，第291页。
⑤ 〔法〕热拉尔·热奈特：《诗的语言，语言的诗学》，赵毅衡：《符号学文学论文集》，百花文艺出版社，2004，第539页。

的魅力，需要从细节入手，展开言说。比如洛夫的《翻译秘诀十则》：

> 把眼睛译成流水
> 把时间译成灰烟
> 把墨汁译成牛奶
> 把窗户译成鸟声
> 把妻子译成火炉
> 把乳房译成茶杯
> 把镜子译成长发
> 把街道译成冰雪
> 把故事译成房租
> 把钢笔译成阳痿①

　　翻译的秘诀并不是直译，不是用"一般"解释"一般"，而是在两个一般之间增加一个隧道，把隐喻的入口变小，只能窥探到某一部分和细节，把"一般"转化为"特殊"和"具体"，在被挤压的过程中，"一般"的"水分"被过滤掉，剩下的都是货真价实的"特殊"。就像掌握身体"柔术"的杂技演员，要先穿过比身体面积更小的钢圈，必须先变形再还原。两个同样"粗细"的物体变化不大，甚至没有变化，由"细"到"粗"则意味着增加和膨胀。通过对"特殊性"的观照，词语可伸缩、可变形、可具体、可相反、可间接勾连、可转译等，现代汉语中的"管窥"和"洞见"两个词语本身携带的隐喻恰好能够说明这种窄化的意义和价值。洛夫就是采用这种方法，把"一般"塞进细长的"管道"里，让"特殊"钻出来，并呈现在诗歌中。词语向外钻的过程是意义挤压与拉伸、距离延长、缝隙加大的过程。洛夫把前面一个词翻译成后一个词，意味着意义和内涵的增殖，被悬置和省略的部分可以随意做如下联想和补充：

　　眼睛—悲伤—哭泣—泪水—流水

---

① 洛夫：《翻译十则秘诀》，《烟之外》，江苏文艺出版社，2010，第195页。

时间—流逝—消失—灰烟

墨汁—知识—精神食粮—食物—营养—牛奶

窗户—风景—声音—鸟声

妻子—爱情—家庭—安稳—温暖—发热—火炉

乳房—生育—哺乳—容器—茶杯

镜子—照镜子—注重外形—女性—长发

街道—上班—冬季—冰雪

故事—北漂—底层—房租

钢笔—圆柱形—男性—生殖—阳痿

以上随意列举的只是联想的一种可能，还可以有更多的勾连方式，比如"乳房—柔软—温暖—温度—热水—茶杯"等。经过挤压和浓缩，需要翻译的词语所能容纳和生成的可能性意义已经比原词多得多。增多的原因在于"部分大于整体"，"特殊大于一般"，难怪欧阳江河会发出"部分是最多的，比全体还多出一个"[1]的概叹。现代"隐喻不仅是以相似性为基础的词语的置换，而是思维的一种超逻辑因果线性主谓关系的特殊模式，这种特殊的模式能够使两种互相冲突的解释同时出现，从而扩大和创造了意义的领域"[2]，发现"新词"。

寻找"新词"的第三个方法是制造或改变"重音"。"重音"是语音学较为常见的概念，可能存在于词和短语中，也可能存在于句子中，一般分为语法重音和逻辑重音。前者较为稳定，显示"语言单位结构关系与语义关系"[3]；后者意在强调，同上下文和特定语境有关。此处借用这一概念，并不想从纯粹语法或韵律方面来阐释诗歌，也无意进行语言学维度的解剖和分析，而是在隐喻意义上使用，意在阐说固定语调对现代汉诗的危害以及语调变化的因由。如果说语言学范畴内的固定重音

---

① 欧阳江河：《十四行诗：混游的年代》，《透过词语的玻璃》，改革出版社，1997，第55页。

② 耿占春：《隐喻》，东方出版社，1993，第201页。

③ 邵敬敏：《现代汉语通论》，上海教育出版社，2007，第62页。

符合语法规范，对于语言认知有益处，那么诗歌中因重音固定化（缺少重音同样是固定化的一种表征）形成的语音定式或"固定重音"① 却是无益甚至有害的。语音定式背后隐藏的其实是诗歌语调和音势的模式化，从而造成诗歌的类型化，本书对这一点已经有很多论述，这里不再赘述。同语言学倡导的具有"公度性"和"共识性"的语言规范和语法正确不同，现代汉语诗歌必须具有"辨识度"和独特性，包括个性、气质、声音、语调等。"诗歌声音拒绝合唱；它是独立的、自由的，带有个人的声音特质。"② 这种辨识度和独特性的获得可以通过变缺少重音和"固定重音"为"自由重音"，促使音高和音强的变化来实现。即使是同一个词，也会因重音转移以及由此带来的语调和音势的变化而引起意义和内涵的改变。③

以单音节词语"我"④ 为例来说，现代汉语诗歌中的"我"就像能够千变万化的"女巫"，幻化出众多个不同："五四"时期高声部，大嗓门，渴望自由的"我"；"十七年代"时期，积极运用主流意识形态话语，具有集体代言人身份的、空洞的"我"；第三代诗歌中试图打破一切的叛逆和卑微的"我"等。虽然某一阶段的诗歌由于语调和重音的固定化而沦为"诗歌公式"，但从整体变化或历时性维度来看，语调和重音的变化恰好成就了"我"的绚丽多姿和与众不同——"共时"的固定重音和"历时"的语调变化在写作效果上形成的强烈反差再次证明了重音变化之于现代汉诗的重要意义。"我"变得既分裂又混杂，既面目全非又丰富无比，仿佛已经不再是原来的词语"我"，而变成一个"新词"：舒婷的诗歌《祖国呵，我亲爱的祖国》⑤ 中的"我"异变

---

① 变"固定重音"为"自由重音"。此处只是从隐喻意义上借用语音学上的这两个概念（罗常培、王均：《普通语音学纲要》，商务印书馆，2002，第 152 页）。

② 杨克编《2001 中国新诗年鉴》，海风出版社，2002，第 625 页。

③ 关于这一点，语言学中有很多经典例子，最简单的比如词语"老子"二字的重要变化所引发的意义的不同。还需要再次强调，此处是从隐喻层面谈论问题，并非纯粹技术分析。

④ 关于"我"的特质和诗人言说语调的古今变化，本书的第二章第三节中的第三个问题已经有所提及。此处着重论述现代汉诗中"我"的语调变化。

⑤ 舒婷：《祖国呵，我亲爱的祖国》，《舒婷的诗》，人民文学出版社，2011，第 41～42 页。

或分裂为"破旧的老水车""熏黑的矿灯""干瘪的稻穗""簇新的理想""雪白的起跑线""绯红的黎明"等诸多与祖国的历史、苦难、希望、未来等相关的具体事物。从表面看没有变化的词语"我",由于"祖国"对人情感变化的引领和影响而沾染上词语"祖国"的诸多特质,而变成了"新词"(从词语"我"的立场看)。从语调上看,与其说是写"我",还不如说是写"祖国"。那个情感起伏变化的"迷惘的我""深思的我""沸腾的我",皆因祖国的兴衰荣辱而生,"我"其实已经成为没有重音或者缺少自己语调的词语,或者说重音不在"我",而在祖国,这一点从题目上就可以看出。"我"只是祖国的一个定语或修饰词,"祖国"才是言说的重点,所以"我"的内涵也被"祖国"的内涵所替代。需要警惕的是,第一次具有"祖国"内涵的"我"是"新词",但是如果"我"成为具有"祖国"内涵的固定词语,那么"我"又会再次陷入"固定重音"的泥淖,仍会面临类型化和概念化的危险,这也是特别强调词语意义选择或者意象运用崇尚"一次性"的重要原因。"现代汉诗最大限度地避免诗人声音的类似化和类型化。每写一首新诗就要走一程新路,来一次新历险;每一首新诗在语调、节拍、形式、结构、布局等方面都是一次新的抵达。"①

同样是写"我",李亚伟的《自我》②却与舒婷笔下的"我"完全不同。李亚伟不是通过其他词语意义的获取来增加或改变"我"的意义,而是通过对词语"我"的分裂阐释和矛盾表达,运用"我"自身重音的变化来生成新意义。诗人在诗歌一开篇便将"我"一分为二:"伙计,我一分为二/把自己掰开交到你的手头/让你握住了舵。"一个"我"分裂为交在你手上的和能够左右自己命运的两个"我"。因此,诗歌中出现了两种语调和两种重音的双声部特征:一种是怯懦、渺小卑微、声音微弱、被"你"控制的、不需要重音的"我":"在这个世界上,我是谁都可以握在手中的铁的事实……//我是生的零件、死的装饰、命的封面……我是一只弄脏了天空的鸟/是云的缺点/我被天空说出

---

① 陈东东:《只言片语来自写作》,北京大学出版社,2014,第361页。
② 李亚伟:《野马和尘埃·自我》,《豪猪的诗篇》,花城出版社,2006,第130~132页。

来……/我是我自己活下去的假车票/……我是浪迹江湖的字,从内部握紧了文章/又被厉害的语法包围在社会中……"另一种是能够主宰自己命运,甚至可以改变事物的、具有强大力量的叛逆的"我",必须要加重语气、增加音量重读:"我是深水中一条反目的鱼……我是一朵好样的花,袭击了大个儿植物/我是一只好汉鸟,勇敢地射击了古老的天空/我是一条不紧不慢的路,去捅远方的老底/我是疾驰的流星,去粉碎你远方的瞳孔。"无论重音还是弱读,有能量还是微不足道,这些意义的获得并不是来自其他词语,而是来自对自我的不同认知。犹疑、暧昧的态度和时刻变化的音强、音高和语调,使得李亚伟笔下的"我"时而强大,时而渺小,自信和自嘲两种语调交织在一起,"我"变得矛盾而复杂:肯定、否定、确定甚至还有反讽都蕴含其中。"我"的意义变得不再单一,而是成为又分裂又矛盾的综合统一体的"新词","我"的形象也因此呈现出两极化特征:脱离凡尘的"仙人"和被抛弃的"零余者":

> 伙计,人民是被开除的神仙!
>
> 我是人民的零头!
>
> (李亚伟:《野马和尘埃·自我》)

"当道路,已成为一个读不出重音的词。即使在对其高谱系的追溯中,传来的也只是本次文明的回声。"[1] 当词语读不出重音(和变化),只能变成由文字组成的单纯意义符号,"它已丧失了生气和热情,它已被文字所吞没。它的音调特色已被辅音啃得一干二净"[2],意义的扩展可能也就消失。改变重音、对特殊性的重视以及在意义的选择中孕育并创造新的意义,三者齐心协力寻找到了"新词",意味着"新词"的诞生。

"既然我的梯子移开了/我必须躺在所有梯子开始的地方"[3],梯子

---

① 多多:《边缘,靠近家园——2010年纽斯塔特文学奖受奖辞》,《名作欣赏》2011年第13期。

② 〔法〕雅克·德里达:《论文字学》,汪堂家译,上海译文出版社,1999,第329页。

③ 〔爱尔兰〕叶芝:《马戏团动物的逃弃》,《塔可夫斯基的树:王家新集 1990~2013》,作家出版社,2013,第250页。

固然可以连通去往高处的道路，但是道路只有一条。所有梯子开始的地方最初可能难以企及一定的高度，却是通向诸多条道路起始的地方，多条可能性道路必然比一个梯子能够搭建得更多。词语自述性的恢复、相对性的合理化以及隐喻的复活等诸多机制的运作，就如同词语引领诗歌来到所有梯子开始的地方，也是诗意和言说开始的地方，敞开、不确定、可能性皆始于此——

　　　　语言是出发地，而非结束点。①

---

① 孙文波：《我的诗歌观》，《在相对性中写作》，北京大学出版社，2010，第205页。

第四章

『词的歧义性』的表意策略

用词语月亮"触摸"物体月亮，需要"心口手眼并用"：从心开始并经由口说出或经由手写出，用"手指"和"眼望"的方式最终抵达。整个过程是否真的如此清晰？立于地面手指月亮，我们会看到什么，一定只是月亮，必须只是月亮，抑或不是一定也非必须？实际的情况很可能是这样：顺着手指的方面可能看到临街而立的楼群、高耸入云的树（假如身处丛林，树可能会提前进入视野）、略微刺眼的路灯，甚至带有红色警示灯的飞机。假如是冬天，还可能看到路灯下飘洒的雪花，然后才是夜空中闪烁的繁星，还有或圆或缺的月亮。或者虽然以手指和观看月亮为目的，却因乌云遮挡未能看到月亮（看月亮和看见月亮是两个概念），目力所及可能只是黑而"空"的天空。这就是说词语月亮抵达物体月亮至少存在三种可能：只看到月亮（等于月亮），看到包括月亮在内的很多物（大于月亮）和没看到月亮（小于月亮）。排除后两种情况，即由于干扰物的出现，看到的远比物体月亮多得多；还有就是出于看月亮的目的，最后却没有看到月亮。最简洁直接、最"圆满"的结局应该是屏蔽和过滤掉"看到月亮"之外的一切其他物，删除"看不到月亮"的可能，让词语月亮以"一对一"的"直线"方式到达物体月亮，目力所及之处只剩下月亮，只能是月亮，直指月亮。这种所谓的"理想状态"似乎只在理论层面具有合理性，只能存在于想象中。

在现实中，词语月亮与物体月亮很难实现"一对一"的关系，更难以屏蔽由"手指月亮"引出的其他联想可能。由手指/眼睛（地面）到月亮（天空）的距离太长了，长得可以容纳众多不可思议（与月亮有关或者无关）的事物挤进视线，而不像是距离一厘米、一毫米甚至更小，手指到达物只是到达一个物，而不会牵涉众多。另外，无论是观看还是手指月亮，都有一个从下（俯视或平视）到上（仰视）的转变过程，形成了自下而上的弧度，这就意味着从词语月亮到物体月亮这一动作在初始阶段就已经剔除了"直线抵达"的可能。在动作完成的过程中，同样是以曲线的方式进行——目光和手指从初始到抵达，由于其他物体的碰触和突然"闯入"，直线被迫变弯，需要"绕道而行"，绕行之后的指向是月亮、不是月亮以及不只是月亮这三种可能都存在合理性。

树才的话一语中的，说出了手指月亮的关键，破解了词语月亮和实物月亮二者关系的玄机："顺着一根手指，你须把目光扬开去；目光也许在空中什么也没看见，也许碰巧看见了月亮……手指（也许还可以加上眼观——引者注）仅仅是一种方向上的指引，而不是应该看见什么。"① 词语月亮只是一种可能和指向，代表一种向上的视野和观看角度。以词语月亮为开端，最后获得的很可能与预期有所不同。针对这种充满变数和诸多可能的结果，诗人的态度也各有差异：屏蔽月亮之外的一切，涵纳所有或者顺其自然。三种选择词语充当的角色不同，牵扯出物的数量不同，生成的诗歌体式也就不同。屏蔽一切，可以生成针对月亮的单一想象，尽管月亮也可以被赋予多种情感，但词语月亮等同于物体月亮，不牵扯其他；涵纳一切，意味着词语月亮与物体月亮有关，把所有偶然进入视野的他物都"揉进"月亮，思考词语月亮、物体月亮、他物以及用以命名他物的词语四者之间如何发生关系，发生何种关系：可能是彼此吸引、进入甚至合为一体，也可能是分裂、对峙、迁延甚至背叛；还可以顺其自然。如果手指和观看的结果是词语月亮与物体月亮无关，就意味着要坦然面对愿望落空的结局，而享受抵达的过程并展现这种落空。

词语月亮到达物体月亮的三种可能中，第一种（等于月亮）更类似于古典汉诗的想象范式，后两者则与现代汉诗想象范式类似。古代诗人和现代诗人面对月亮时，对词语如何到达事物这个问题的思考和处理方式不同，想象和表意方式也就不同。本章拟以"月亮"为典型个案，详尽分析和系统阐述汉语诗歌中有关月亮的两种想象范式，对比古今想象的差异，进而总结现代汉诗"词的歧义性"的四种重要表意策略。古典汉诗词语月亮与物体月亮基本等同（从不涉及词语的自述性和主观

---

① 树才：《词语这种材料》，《诗探索》2000 年第 Z1 期。

能动性角度看），并以此作为想象的（共同）基础，与人的神/心联合起来，月亮由客观物变成寄托主观情感之物，想象维度相对清晰、有迹可循且容易捕捉——"月亮代表我的心"；现代汉诗则在充分尊重词语自述性的基础上，由词与物的双向变动引出其他词与物，"变异"和"易变"合二为一，生出多变性和不确定因素，诗人无法捕捉月亮，而月亮也无法代表诗人的心：

> 我走到哪儿，我头上的月亮就跟到哪儿，但月亮并不了解我的心思。①

第一节

与 "月" 有关的古今想象

在中国文化语境中，"日"与"月"既是农耕时代主要的计时工具，又具有"原型"特征和神话色彩，浓缩着古人的生命体验和审美理想。"日"与"月"的实用功能（计时）相似，诗意的再造维度却不尽相同，这与"日""月"自身的不同特性有关。尽管巴什拉援引并认同"一切星辰都是由一种相同的微妙的火的天实体所造成"②的观点，但无论从特性（释放热量的多少）还是功能（"太阳"具有建设和破坏两面性）来说，"太阳"与"火"③的关系更密切，这在科学事实（太阳的内部构成和特性）和文学想象（希腊神话和中国神话传说）④两个

---

① 西川：《出行日记》，《我和我：西川集 1985～2002》，作家出版社，2013，第 181 页。

② 〔法〕加斯东·巴什拉：《火的精神分析》，杜小真、顾嘉琛译，三联书店，1992，第79 页。

③ 关于火的特性，可参见加斯东·巴什拉《火的精神分析》（杜小真、顾嘉琛译，三联书店，1992）。

④ 希腊神话中烈焰熊熊的太阳车正是普罗米修斯为人类盗取火种的地方，中国后羿射日的神话故事也与太阳的高热量（类似火）有关。

层面都能找到例证。"熄灭的烛火是一颗死亡的太阳"①，"骄阳似火"的比喻用法也是基于此。"月亮"与"火"的关系却没有那么密切，作为太阳的反面——"太阴"的月亮，由于白天被太阳的强光遮蔽，只能现身夜晚，而夜晚和火（就发光生热的相反性来说）相互抵消。从此角度而言，月亮更接近火的反面——水。中国上古神话正是依据"日"与"月"这一相反特性将两者分别人格化：太阳具有阳性和雄性特质，例如"夸父逐日"，而月亮则具有阴性和雌性（女性与母性）特征，比如嫦娥奔月。与炽烈、耀眼、灼人、急迫、阳刚的太阳相比，柔和、温婉、舒缓、从容、阴柔的月亮更适合中国文人含蓄节制情感的抒发：月亮借助太阳的能量在黑夜中制造出朦胧世界，充满了神秘色彩，触动了文人隐秘的内心，引发出无限诗意想象；而月亮形态变化，阴晴圆缺的运行规律又与人类悲欢离合的情感变迁和生老病死的生命轮回相契合，开启了"月"与"人"相互关联的广阔想象的空间之门。对于汉语诗人来说，"月亮"所能构筑地简直就是一个五彩缤纷的奇幻世界。

一 "月"的古典想象②

中国古代早期诗歌中的月亮最初只是月亮，位于客观性轴线之上，作为表征时间和具有粗略计时功能的自然之物，是一种客观存在，并无明显隐喻意义。上古诗歌《帝载歌》把日月星辰作为宇宙中的变与常，与四时相提并论。③ 然而，月亮并没有一直作为纯粹客观之物存在，而是渐渐走进"人心"。劳作之余的古人在夜晚闲暇时刻仰望苍穹，"心"与"物"（月亮）的不经意碰撞产生了抒情的前提和基础。月亮逐渐向

---

① 〔法〕加斯东·巴什拉：《烛之火》，《火的精神分析》，杜小真、顾嘉琛译，三联书店，1992，第154页。
② 本章有关月的古典想象范式的论述重点不在于严格的历时性变化，而在于变化的大致趋势和走向。
③ （汉）刘彻《柏梁诗》有云："日月星辰和四时。骖驾驷马从梁来"（逯钦立辑校《先秦汉魏晋南北朝诗》，中华书局，1983，第97页）。《帝载歌》中也有类似的表达："日月有常。星辰有行。四时从经"[《帝载歌》，（清）沈德潜选《古诗源》卷一，中华书局，1977，第2页]。

主观性轴线挪移，成为注入人类主观情感的典范"意象"。"日月光华，旦复旦兮"①，《卿云歌》关于日月的表述和对时间的感受与《帝载歌》相比，已经不再只是陈述事实那么简单，而是有了慨叹和叹息②的意味，这很可能与时间有关。③ 日月的不断更迭，时间的慢慢流走，日复一日，年复一年，对古人内心产生触动，从而生出"逝者如斯夫，不舍昼夜"的消逝之感。生命逝去和时间流逝两种感受合二为一，敏感的古人自然而然把对时间的注意力转移到自身，将因时间流逝之快的"叹逝"转化为个人生命的忧思。

《渔父歌》中对月的抒写出现了这种转变和新趋向：由隐藏于月之中的委婉慨叹变为自我情感的直接呈示。"日已夕兮。予心忧悲。月已驰兮。何不渡为。"④ 由单纯对"月"的描述扩展为"月"与"人"的并置——"并置"恰好是对人与自然统一这一"真理"⑤的诗意注解和回归，将月与人、自然与人完美地融合在一起。在人和月的并置和对照中，人赋予月以灵性，月容纳人的情感，"日落月驰"更像是影响和催促人心的有灵气之物，日落则心忧，月驰应渡河。日月更迭不再是与人的心境毫无关联的客观存在，而是能够影响情绪、左右情感的"神物"，且这种影响越来越大，最终变为核心隐喻符号。月亮的功能由单纯实用变为兼具实用与诗意，完成了由客观性轴线到主观性轴线的挪移。

月与人发生关联，也就意味着与人的情感、思想、抱负、理想发生关联，"瞻彼日月。悠悠我思"⑥ 一句清晰表达出天上的日月与个人情感和心境发生关系的可能。古人希冀借助月亮排遣忧思、消除孤独、寄

---

① （清）沈德潜选《古诗源》卷一，中华书局，1977，第 2 页。

② 敬文东认为："至晚从初民时期开始，人类已经拥有感叹的能力"（敬文东：《感叹诗学》，作家出版社，2017，第 34 页）。

③ 吕正惠认为："'叹逝'是因看到'万物'在'四时'的变化而产生的。是从'四时更变化岁暮一何速'之中，我们才体会到时间的迅速，以及人生的短暂"（吕正惠：《抒情传统与政治现实》，华中师范大学出版社，2011，第 53 页）。

④ （清）沈德潜选《古诗源》卷一，中华书局，1977，第 17 页。

⑤ 耿占春认为：人与自然的统一隐喻的基础是隐喻永远不变地驾驭着的基本真理（耿占春：《隐喻》，东方出版社，1993，第 5 页）。

⑥ 《邶风·雄雉》，（清）阮元校刻《十三经注疏》上，中华书局，1980，第 302 页。

托情感、寄寓理想，月亮在主观性轴线上的意义生成空间进一步扩展，以适应古人情感的深入表达。"东方之月兮。彼姝者子。在我闼兮。在我闼兮。履我发兮。"① 月亮除了指夜晚，更是热恋中男女感情笃厚的表征：那个美丽的人，无论日夜都在"我"的房间，与"我"形影不离、如胶似漆、嬉戏调笑。月亮不再孤单，在它身后总是跟随着人，月与人结伴而行——"月行却与人相随"②，只是一个在前，一个在后。作为"先锋官"的月亮因具有探入想象之境的强大能力而担当起"兴"的重任，将物与心联结在一起，由"及物"到"及心"，由"说物"到"言心"，成为古人抒情起兴之范型。比如：

> 明月皎夜光，促织鸣东壁。玉衡指孟冬，众星何历历。（《古诗十九首·明月皎夜光》）

> 明月何皎皎，照我罗床帏。忧愁不能寐，揽衣起徘徊。……愁思当告谁！（《古诗十九首·明月何皎皎》）

> 昭昭素月明，晖光烛我床。忧人不能寐，耿耿夜何长。（《乐府诗·伤歌行》）

> 明月皎皎照我床，星汉西流夜未央。牵牛织女遥相望，尔独何辜限河梁。（曹丕《燕歌行》）

> 皎皎云间月，灼灼叶中华。岂无一时好，不久当如何。（陶渊明《拟古九首》之七）③

> ……

在情感引出及映照中，物与心彼此激发、相互唤醒。苏轼的名作《水调歌头·明月几时有》把"人"与"月"的"情感连动"表达得近乎完美："人有悲欢离合，月有阴晴圆缺，此事古难全。但愿人长久，

---

① 《齐风·东方之日》，（清）阮元校刻《十三经注疏》上，中华书局，1980，第350页。

② （唐）李白：《把酒问月》，（清）王琦注《李太白全集》，中华书局，1999，第941页。

③ （南朝）萧统：《昭明文选》第三册，（唐）李善注，上海古籍出版社，1986，第1346、1350、1278页；（清）沈德潜选《古诗源》卷五，中华书局，1977，第110页；袁行霈：《陶渊明集笺注》，中华书局，2003，第332页。

千里共婵娟。"① 既有宿命般的慨叹，又怀有美好理想和期待，在情感表达和诗意再造两方面都堪称绝佳。

物与心（人）并置意味着两者的"质"和"性"较以前都有所扩展：物具有心的特质，而心则随物的变化而变化。物与心发生勾连，需要把物纳入人的精神和情感体系，将物作人格化填充和移植，让物获得人性。只有如此，"物"才有可能成为文人表达情感诉求的聆听者、理解者甚至传达者。促使这一前提最终生成的首要任务是让月亮学会"听"和"说"，具有交流的可能。在这两项技能中，"听"又是首要的，"让月亮生出耳朵"，学会"聆听"：

> 日居月诸。东方自出。父兮母兮。畜我不卒。胡能有定。报我不述。②

这类诗歌更像是钱锺书先生所说的"纯兴诗"，日、月扮演的角色类似于《古诗十九首·上邪》中的"上邪"：把日、月放在一起，指代"苍天"，作为人类情感忠实的聆听者和倾诉对象。正因为能够"听见"和"听懂"，才有诗人把月当作分忧解愁的"知音"的"发问"。苏轼的"明月几时有？把酒问青天"③ 和李白的《把酒问月》开篇"青天有月来几时？我今停杯一问之"④ 中"问"字，隐约透露出"月"成为人的"知音"的角色转换，但是月亮仍然高高在上，"人攀明月不可得"⑤，这种倾诉或发问略显虚无。为了让月与人更亲近，充满奇幻想象力和浪漫情怀的李白，直接把"月"从高不可攀的天上拉下来，使之落到凡俗人间，实现月和人更加亲近的愿望：

> 举杯邀明月，对影成三人……暂伴月将影，行乐须及春。⑥

---

① （宋）苏轼：《苏轼全集》，傅成、穆俦标点，上海古籍出版社，2000，第585页。
② 《邶风·日月》，（清）阮元校刻《十三经注疏》上，中华书局，1982，第299页。
③ （宋）苏轼：《水调歌头·明月几时有》，《苏轼全集》，傅成、穆俦标点，上海古籍出版社，2000，第585页。
④ （唐）李白：《把酒问月》，（清）王琦注《李太白全集》，中华书局，1999，第941页。
⑤ （唐）李白：《把酒问月》，（清）王琦注《李太白全集》，中华书局，1999，第941页。
⑥ （清）王琦注《李太白全集》，中华书局，1999，第1063页。

　　李白将人比作月亮或者用月亮代替人，并视为知己，月亮由"外物"内化为诗人朋友中的一员，虽然只是"暂伴"，但至少说出了一种新的可能。成为文人朋友和知己的月亮拥有理解、劝慰甚至"转达"情感诉求的诸多本领，充当孤独悲伤时的"解语花"。"我寄愁心与明月，随君直到夜郎西"① 一句，正是对诗人因情感无可寄托，转而信任并求助于月的信息传达。在月由自然之物进入文人世界的过程中，月与人的关系也由并置——诗人单方面的情感倾诉—变为彼此进入，实现了合二为一。

　　合二为一的"月"与"人"互为前提和影响，物因心变，心随物走：所谓月的诸多变化其实未必是真实的客观存在，而是人心境变化的错觉和表征。"残月如初月，新秋似旧秋。露泣连珠下，萤飘碎火流。乐天乃知命，何时能不忧。"② 与其说是月在变，不如说诗人主观情感的不同。到底是残月还是初月，新秋还是旧秋，或者说月亮明与不明、残与不残，与月亮的客观真实关系不大，皆关乎诗人情感与心境的波动，是人心的具体和外化。"月是故乡明"③ 同样如此。

　　当月亮由客观轴线挪移到主观轴线，被赋予人性，成为托付情感的"虚拟知己"时，就已经变得不再是原物月亮，而是蜕变为糅合和掺杂多种情感、情绪和想象的万能之物，这是一种必然——嫦娥、后羿在上古神话中与月的早期关联就已经潜藏了这种可能。在人月并置和人月合一的双重可能的激发下，有关月的古典想象进一步深入和细化：比如对月亮近似于女性阴柔之美的性别想象："月出皎兮。佼人僚兮。舒窈纠兮。劳心悄兮。"④ 诗歌由明月想到爱人，由月光之皎洁想到女性之美与思念，明写月亮，实写美人；对月亮圆与不圆的形态想象以及与人类团圆与否的对应与延伸："新裂齐纨素，鲜洁如霜雪。裁为合欢扇，团

---

①　（唐）李白：《闻王昌龄左迁龙标遥有此寄》，（清）王琦注《李太白全集》，中华书局，1999，第 661 页。

②　（北周）庾信：《拟咏怀诗》十八，（清）倪璠注《庾子山集注》中华书局，1980，第 242 页。

③　（唐）杜甫：《月夜忆舍弟》，（清）仇兆鳌注《杜诗详注》，中华书局，1999，第 589 页。

④　《陈风·月出》，（清）阮元校刻《十三经注疏》上，中华书局，1982，第 378 页。

团似明月。出入君怀袖，动摇微风发。常恐秋节至，凉飙夺炎热。弃捐
箧笥中，恩情中道绝。"① 月亮身上附加的"鲜洁如霜，团似扇圆"的
修饰语，既是月亮本身所具有，也是古人心灵和情感的投射："明月"
是说女性光彩照人的美感；团扇对季节的选择则暗示了女性两种截然不
同的情感际遇：被频繁使用，被长久遗弃；团扇寄寓团圆之意，圆则生
喜，不圆则生思、生悲、生愁、生怨等。月亮与人之间关系的深化和内
化使二者具有"（类）比"的可能，一系列与月有关的情感特性和想象
维度也随之出现，并成为月的古典想象的基本构成元素：以思为主要情
感线索（只是思的类型不同），以情（只是表情对象不同）为言说主
旨，以忧、愁、苦为情感基调，以寄托、再现和类比为表现手段。比如
下面的诗句：

　　玉户照罗帏，珠轩明绮障。别客长安道，思妇高楼上。（唐·
董思恭：《咏月》）

　　若无青嶂月，愁杀白头人。（唐·杜甫：《月三首》）

　　半夜招僧至，孤吟对月烹。（唐·曹邺：《故人寄茶》）

　　今夜月明人尽望，不知秋思落谁家。（唐·王建：《十五夜望
月》）

　　明月，明月，胡笳一声愁绝。（唐·戴叔伦：《调笑令》）②

　　所谓物随心变，心与物游，月亮的圆缺及由此带给文人的感受已经
由纯粹的事实判断经由月与人的并置最终深化为典型的情感表达，这也
是月之古典想象范式的总体变化趋势和位移轨迹。

　　有关月的古典想象，在唐人张若虚的《春江花月夜》③ 中体现得更
为集中，可看作月的整个古典想象的浓缩，基本涵盖了所有的主要范式
和言说向度，同时还增加了其他文本较少存在或不曾涉及和深入的新理

---

① （西汉）班婕：《怨诗》，逯钦立辑校《先秦汉魏晋南北朝诗》，中华书局，1983，第
117 页。

② 以上诗句选自中华书局编辑部点校《全唐诗》（中华书局，1999）。

③ （唐）张若虚：《春江花月夜》，中华书局编辑部点校《全唐诗》，中华书局，1999，
第 265 页。

解:"有的是强烈的宇宙意识,被宇宙意识升华过的纯洁的爱情,又由爱情辐射出来的同情心。"① 这首被古今学者评价颇高②的诗,至少在月亮的想象层面的确配得上如此赞誉。全诗以"月"为核心意象,佐以"春""江""花"等物交相辉映,写出了月的美感与动感,月的恒常与变化,并由此映衬出人世的愁苦与无常。全诗关于月的描写大致经历了月景—月情—月思—月愁的变化,恰好是由物及人,由景生情。诗歌开篇"春江潮水连海平,海上明月共潮生"两句,单纯写景,在"物"的层面言说月,写实色彩更多,尚未与人发生勾连。接下来"皎皎空中孤月轮"的诗句,一个"孤"字隐约显露出月的人格化特征:把月亮称为"孤月",固然有事实依据和语言使用习惯的限制,但除此之外,又透露出与客观事实、语法用法无关的强烈主观情感色彩。孤,更强调主观情感体验,感觉的孤单、孤独以及感情的无依无靠。

"月"已不再只是单纯的物和景,而是被张若虚赋予了人格化特征,且有进一步把人的情感引入其中的潜在可能。"江畔何人初见月?江月何年初照人"两个问句,将人与月的关系引出,让二者并置和发生勾连——人和月同在,人见月,月照人。对月和人的双重疑问暗含对月之恒常、人之无常的思考与慨叹:月可能永远是同一轮月,而人却不知是什么人。人可能不会间断,却在不停变化——"人生代代无穷已,江月年年只相似。"这种常与无常、恒常与多变的对比,自然引出了对个人生命和存在的忧思,也奠定了这首诗歌的情感基调——愁,"青枫浦上不胜愁"以及由愁带来的思——"何处相思明月楼",并在虚构的游子与思妇彼此思念的场景中强化这一情感。诸多词语,比如可怜、徘徊、离人、不相闻、鸿雁、春尽、落月、落花,都是对愁思的加强和阐发。

通过对月的个案研究和典型文本考察,与月有关的古典想象的大致

---

① 闻一多:《宫体诗的自赎》,《闻一多全集》6,湖北人民出版社,1994,第27页。
② 王闿运称为"用《西州》格调,孤篇横绝,竟为大家。都不为过"(王闿运:《湘绮楼论唐诗》,陈伯海主编《唐诗汇评》,浙江教育出版社,1995,第262页)。闻一多则称为"诗中的诗,顶峰上的顶峰"(闻一多:《宫体诗的自赎》,《闻一多全集》6,湖北人民出版社,1994,第27页)。

路径和主要范式已经基本厘清。"月"的基本运动轨迹：由客观性轴线到主观性轴线；位移方向：以直线方式进行的由上而下，由外而内，由人与月并置到人对月的纳入总体变化；与人之间关系（修辞）的变化：由无关到比兴；基本主题：关乎伦理。"月主要是一种伦理象征，它唤起的是对于故乡、家和亲人的情思……月亮是故乡在天上的投影，是我们所爱之人的脸庞，它一直伴随着我们的生命；同时，它的阴晴圆缺又映射出我们在人间的悲欢离合。"① 一个关键动作/行为即"移植"，通过三个步骤，促使甚至主导古典汉诗关于月之初级和基本想象的最终完成：月亮由客观轴线向主观轴线的移植，完成了第一步；通过人格化赋予的方式，月亮由上向下，由物体系向人体系的移植，完成了第二步；由外而内，月亮由独立自在之物向人内心的移植，完成了第三步。无论是把"我"情"移植"给月，还是把月"移植"到"我"心，都是重在移植。"正是移植才能真正赋予物质想象以丰富的形色，正是移植能把物质的丰富性和密度传递给形式的想象。移植使在坑木上长成的新芽开花并给予花以物质。"② 通过"移植"，月被炼造成适合古人集体有方向性想象的典型意象，对认知自我和世界都有益处。在诗意创造方面，移植的意义在于诗人将月亮带入诗歌，"并使物在精神领域，在无法完全摆脱传统的意义上增值"③。这里面透露出一个重要讯息：由移植主导的想象范式能够获得意义的增值，却无法完全摆脱传统意义的限定。增殖需要在传统意义的统摄之下仍然面临被固定化、模式化的危险，这也是月的古典想象只称得上基本想象或初级想象的主要原因。

由移植带来的两个问题不容忽视：其一，移植具有强制性，以人为言说中心和基点，强调把物"纳入"人的系统之中。对于人而言是主动，满足了诗人充分表达情感、排遣孤独和寄托情感的诉求；但是对于物而言，却是一种役使，具有强迫性。其二，关于月的古典想象，与其

---

① 一行：《月亮诗学：神话与历史——中国当代新诗中的月亮经验》，《零度》2011年第1期。

② 〔法〕加斯东·巴什拉：《水与梦——论物质的想象》，顾嘉琛译，岳麓书社，2005，第11~13页

③ 〔法〕加斯东·巴什拉：《水与梦——论物质的想象》，顾嘉琛译，岳麓书社，2005，第149页。

说是对月本身的想象，不如说是对月的构成的想象，不是从月本身出发，而是从月的性质、特征、外形变化出发，重在外在形象。面对月亮，或许还存在另一种想象可能，不是将之人格化，不是强行移植或植入，不是把它从天上拉下来，将人的感情强加于它。巴什拉说："当一种文化把自己的标记打印在一种自然上时，我几乎总是限于研究处在移植之上的物质化想象的不同分枝。"① 分枝毕竟还会有物质的主干作为牵绊和限制，却有另一种想象可以走得更远。从现代人眼光来看，唐代"诗僧"皎然的《山月行》已经透露出不一样的想象可能：

> 忧虞欢乐皆占月，月本无心同不同。②

皎然的僧人心志也许是他如此看待月亮的关键。喜怒哀乐，皆是人对月的一种强行赋予，月亮本无心，不存在相同与不同之说。这与慧能法师所参悟的"不是风动，不是幡动，仁者心动"是同一道理。不管是风动、幡动还是"月动"，其实与外物变化关系不大，而更多与"心动"有关。《山月行》客观上构成了对月亮古典想象既定范式的解构，昭示着关于月（物）的想象范式，除了人对物的强行移植和人格赋予，还存在其他向度，不需要刻意强制性改变月，也无须让月改变其他：

> 它不改变事物
> 却让事物改变了自身③
>
> （韩东：《下午的阳光》）

让物只作为物本身存在，最大限度地发挥词语和物的主观能动性（自述性），这种迥异于传统的全新想象范式需要依靠现代汉诗来完成。

---

① 〔法〕加斯东·巴什拉：《水与梦——论物质的想象》，顾嘉琛译，岳麓书社，2005，第 11 页。
② （唐）皎然：《山月行》，《全唐诗》，中华书局，1999，第 9349 页。
③ 韩东：《下午的阳光》，洪子诚、奚密等编《百年新诗选》下，三联书店，2015，第 317 页。

二 "月"的现代想象

"在电灯被大规模地普及之前，月亮是整个地球的黑夜之光……它是漆黑和光明之间的永恒暧昧，是二者之间的踌躇，犹豫和过渡……月亮是心的代表。它无法照耀整个世界，但是可以照耀人的幽暗内心。很长一段时间以来，正是月光表达了夜晚的充满诗意的魅力。"① 现代社会的两个重要发明——"电灯"和"钟表"的问世使月亮"独占"夜晚的"特权"受到前所未有的威胁，它俩就像"暴徒"，联合起来"架空"了月亮的"霸主"地位：月亮的实用功能被钟表取代，诗意想象功能和唯一性因电灯的出现被削弱甚至剥夺。"电灯"在一定程度上遮蔽并夺走了"月"本就不够赫亮的光芒，"月亮（和星星）终于消失了，不是在黑夜和天空中消失，而是在人们的目光和内心中消失，在人们的记忆和诗篇中消失……"② 那曾被认为是唯一的、重要的、不可取代的月亮轻易地被人为制造之物取代③，不但在实用功能上（计时和照明），而且在想象力的生成上。

月亮在现代人心中的地位变化是富有深意且影响巨大的，这一点在现代汉诗中完全得到呈现：月亮不再是夜空中最大、最亮的"唯一"，不再充当言说中心和绝对焦点。月亮的重要性降低，甚至可以被取代，只是供诗人言说和展开想象的一个普通词语和物，与其他物区别不大。月亮这种非中心、非唯一、非焦点角色的变化，卸掉了强加其上的传统重负和意义涂层，不再具有集体无意识文化属性和伦理印记，亦不只是圆缺变化引发的情感连动和单纯诗意的表征符号，反而可以回到词语和物的本原状态，重新接近和有效触及更多（而绝不只是伦理意义上的）。月亮借助缩小、膨胀、分裂、合成甚至悖逆等多种"物理"和"化学"方法，将自己"再造"得五花八门，甚至"面目全非"：月亮不再只是承载思念、情感、团圆、乡愁等诸种情感的诗意寄托物，它冲

---

① 汪民安：《电灯、黑夜与月亮》，《花城》2014 年第 5 期。
② 汪民安：《电灯、黑夜与月亮》，《花城》2014 年第 5 期。
③ 与汪民安所强调的一样，这里所说的有关月亮的替代和取代甚至是变化，都是就想象范式和认知方式变化而言，是一种观念上而非事实的替代。

破了伦理、文化、传统想象范式的种种束缚和限定，化身为杂糅黑暗与光明、朦胧与明晰、温暖与清冷、温柔与残忍的复杂物，并分解成包裹在词语月亮内部，与人性、生命、存在各个层面相关的"颗粒物"：那些外部的、内部的，幽暗的、浅表的、深层的、潜在的，皮肤的、肌理的、肉体的、骨骼的、物质的、精神的、美好的、残破的、庸俗的、神圣的、古典的、现代的、顺从的、反叛的、瞬间的、永恒的一切，都将被"月亮"这个词逐一连根拔出。

> 请给我额上装一枚永久的月亮
> 风暴，风暴，照亮我如同我的鬼
> 正面或反面，我乱皱皱的皮……①

月亮以及由月亮掀起的意义风暴，不但能照亮"我"的肉身，还能照亮"我的鬼"，甚至"我"的"正面或反面"——"乱皱皱的皮"，从这个角度来说，词语月亮具有永久的有效性和诗意生发可能。

那么，现代汉诗中，"月亮"成为一切可能始源的秘密何在？巴什拉形象而诗意地说出了有关物的现代想象之谜："在物质的底层生长着阴暗的植物；在物质的黑夜里盛开着黑色的花。这些花已长着绒毛并有自己的花香程序。"② 要想获得想象力的核心秘密，就要穿过事物和词语的表层，穿过外部形态而探及内核和底部、根部，捕捉到每根细小绒毛上的"花香程序"，从而获取多种诗意，生发多种想象。经由月亮这个"白得像曹营的奸细"③ 的词语说出和再造的诗意想象既简单又繁复，既清晰又暧昧。因为它牵扯出无数多的词与物，这些"丰富和多余"同月亮之间，或彼此激活，或引出，或并置，或冲突，最终以各自独有的方式改变彼此，又丰富自身。在多样化的冲突与和解中，歧义性发挥到最大限度，月的现代想象的复杂性得以彰显。由笔端的词语月亮

---

① 张枣：《暴夜》，《张枣的诗》，人民文学出版社，2010，第141页。
② 〔法〕加斯东·巴什拉：《水与梦——论物质的想象》，顾嘉琛译，岳麓书社，2005，第2页。
③ 陈先发：《戏论关羽》，洪子诚、奚密等编《百年新诗选》下，三联书店，2015，第451页。

到达天空的物体月亮的过程简直是涵纳一切；也正是因为涵纳一切，月亮才变得不是更简单，而是更复杂，不是更清晰，而是更模糊。

在诸多与月亮有关的现代汉诗中，需要重点提及和阐释的或许是台湾诗人余光中于 1998 年创作的《月色有异》①。假如将之放在"月"的古今想象的纵向坐标轴上来解读和阐释就会发现，这首诗歌隐约透露出与古典想象范式不同的诸多讯息——"月色有异"以及隐含诸多尚待挖掘的意义可能——"月色有意"。诗歌开篇便设置一个询问和质疑："灯塔向天，长堤向海/究竟在寻找什么呢？湾名西子而西子何在？""灯塔向天"一句暗藏月亮的光芒被"灯光"夺走的潜在危机——夜空中的发光体当属星月，灯光照射到天上，大有喧宾夺主之势，这就预设了与原有月亮"相异"的前提。"究竟在寻找什么"，寻找古典想象的有效性，寻找西子的踪迹，还是寻找月亮的固定想象范式？此诗开头一句，与其说是询问不如说是质询，质询月亮，质询自我，更重要的是质询传统——传统隐喻体系中"死的隐喻"。以西子命名的西子湾却无法寻到西子的踪迹，这只是一个谎言，无效或空的承诺。这句诗很容易使人联想到苏轼"若把西湖比西子，淡妆浓抹总相宜"②的名句，传统程式化想象挪移至现代已经失效，成为虚妄的想象，所以诗人发出这样的慨叹：

> 从未兑现的预言啊
> 等了一千年仍是空待
> 直到今晚，月色有异

先前的许诺都是无法兑现的"空头支票"，直到"月色有异"，说

---

① 《月色有异》全诗如下："灯塔向天，长堤向海/究竟在寻找什么呢？/湾名西子而西子何在？/从未兑现的预言啊/等了一千年仍是空待/直到今晚，月色有异/月色有意，拭出一轮圆满/脉脉的清光就是当年/照你梳妆的那一面吗？/此夕高悬成美的焦点/就为了照你浣纱归来/施施然将迷离的树影拂开/像拂开古来一层层典故/无边的月色都由你做主/只等你轻轻的莲步，一路/是真的吗，向我迎来"（余光中：《余光中集》第三卷，百花文艺出版社，2004，第 529 页）。

② （宋）苏轼：《饮湖上初晴后雨二首》，《苏轼全集》，傅成、穆俦标点，上海古籍出版社，2000，第 96 页。

出了古今的不同。现代汉诗中的月亮不再只是故乡和异乡的对比（古典汉诗最常见的一种空间比照模式），而是由空间扩展到时间，时间与空间混合的纵向延伸，隐含多种差异和可能，比如所能想象的维度、敞开的向度、迁延出的事物、引出的言说疆域等。"相异"可以是从内容到形式、从现实到现象、从事实到隐喻，也可以从诗意生发到最终走向。接下来，诗人借助于同音异形字，对"月色有异"进行了神奇的深化和转换，将言说深入另一个层面：

> 月色有意，拭出一轮圆满
> 脉脉的清光就是当年
> 照你梳妆的那一面吗？

"月色有异"到"月色有意"的变化恰好是由外在到内部、由表及里、由物到心的变化，清晰传达出现代想象的大方向——由深、由里、由内质、由心的整体变化。从"有异"到"有意"又说明现代与古典想象的同与不同："有异"又都"有意"，但主要是"异"——比古典更深入、更深化、更深邃、更深奥甚至更深幽的"异"和"意"。"异"隐含着扩充、延展、变形、分裂、意义转移等多种潜在可能。月亮已经变化，如今的这枚月亮早已经不是"当年照你梳妆的那一面"。"施施将迷离的树影拂开"一句至少包含两层含义：一层是把曾经附着在月亮身上的遮蔽物擦掉和剥离，"像拂开古来一层层典故"；另一层是说现代之月的不可捉摸和不确定，拼命地想看清，却未必看清，可能反而更加含混——这也是词语歧义性的魅力和问题所在。"无边的月色都由你做主"，做主的不再是诗人，而是被幻想出来的他者，如此就拉开了月亮和诗人的距离，在月亮（物）和诗人（心）之间融入了更多他物。"只等你轻轻的莲步，一路/是真的吗，向我迎来"，走来的不只是"西子"，而是更多产生这样或那样勾连的词与物；强制色彩被消除，不是把"你"强行纳入，而是向我"迎来"，不是一个听命于另一个，而是彼此碰撞和交汇。

《月色有异》可看作月之现代想象的整体性隐喻文本，透露出太多的重要讯息，提及和点到了诸多相异之处和潜在变化。颇具巧合意味的是，现代汉诗的月之想象恰好在"月色有异"和"月色有意"这两个维度展开，包括外在和内质的不同——"有异"以及由此牵出的多种意义阐释——"有意"，接下来的论述便从这两个维度展开。

首先详细剖析第一个层面，即"月色有异"。"异"就是不同①，这个"不同"可以有两种理解方式，一个是与真实的"月"不同——现实与想象，诗歌与科学本来就不同；另一个是与古典汉诗中"月"的不同，这两点在现代汉诗中均有所体现。关于月之现代想象的"异"包含很多方面：可能是外部也可能是内质的，可能是感官（以月本身为基点）也可能是理解的（为观看者为基点），可能是切入点（开始）也可能是言说过程和走向的（结局）。形状、大小、数量、性质等表层想象的不同，彰显的其实是想象内质的变化，比如诗学理念、人与世界的关系、语言与写作关系的不同。现代诗人不能也不该只停留在对物的单纯直接思考层面，而是需要充分考虑"词"与"物"的可能性异变以及由此牵扯出的多维言说向度。这种由外形到内质的不同恰好表明"月色有意"，即月亮内质的"异"与"意"暗合，成就了月亮的丰富和繁复。

从最为浅表的月亮外形"有异"谈起，亦可以称之为"变形"。"变形"可以是形状、颜色、大小、数量等很多方面的变化，比如说颜色和形状的不同：

> 你说李白酒后看见月亮是蓝的。他说月亮比李白还白。我认定月亮是某种形状。怎么打磨都是方的。②
>
> （周伦佑：《自由方块》）

"方形的月亮"是绝对的变形，与客观现实和古诗中月亮的形状都完全不同。颜色也是如此，月亮可以是任何颜色，是"蓝色"的，还可以是白色的——"比李白还白"，也可能是红色的——"而你的微笑

---

① 本部分所有谈及的与月有关的异或者一切特性，都只是从诗学范畴来谈，与科学和客观现实无关。

② 《周伦佑诗选》，花城出版社，2006，第127页。

将印在红色的月亮上/每夜升起在我的小窗前/唤醒记忆"①，甚至比蓝、白、红更多的颜色以及比颜色更难以捉摸的东西：

> 那么长时间，且从不以我们叫不叫它蓝月亮为要挟，
> 你就没觉得一点歉意？好吧。
> 但是听起来，就好像不叫它红月亮
> 我们会失去你对宇宙的信任。
> ……
> 因为不叫它金黄的月亮
> 你会憋死。而金黄的月亮背后
> 你的身体始终比世界的黄金更出色。
> ……
> 你第一次叫它黄月亮。但听起来
> 就好像不喊它苦月亮，你会对不起
> 卧底在人海里的心针。②

（臧棣：《为月亮服务——赠康赫》）

在这首极为"饶舌"和"拗口"的诗歌中，月亮简直就变成了难以捉摸的百变之物，时而蓝色，时而红色，时而金黄，时而又由颜色、外形的视觉变为味觉的苦月亮。有时，苦涩又可以因诗人情感体验的不同而五味俱全："家乡的月最甜/因为它照着家的庭院//异乡的月这般咸/因为它泡着思乡人的泪涟涟。"③古典汉诗"月"的想象更多是从观感出发，而现代汉诗则不局限于观感。由视觉的"圆与不圆"转换为味觉的"苦""甜"和"咸"，直指词语的变幻不定和难以捉摸，"卧底在人海里的心针"一句更是强化了难以捉摸的事实，加大了触及难度。

月亮大小的变化似乎比形状和颜色的变化更值得细究：由于灯和钟表的出现，当然还有其他诸多外部原因，月亮无法再次成为现代人想象

---

① 北岛：《雨夜》，《结局或开始》，长江文艺出版社，2008，第16页。
② 臧棣：《取材于月亮的偏见》，《星星》上旬刊2015年第1期。
③ 原甸：《家乡的月最甜》，《中国新诗百首赏析》，北京语言学院出版社，1991，第368页。

的唯一焦点，从对现代人吸引力的大小和被想象频率的高低方面而言，"月亮"在变小。"神秘女子在一百年前已为我订好/用她的高倍望远镜观察大街上的动向/月亮比一百年前瘦小了几圈/当小成一颗星星/当今晚的月圆在她的镜头里成为挽歌。"① 月亮就像减肥或瘦身一般，甚至干脆就缩小为具体的人或物，"我想象月光是橙子浓浓的汁液/（天空中只有一个金黄、浑圆的甜橙）……有一天 我会躺在山谷永久睡去/只为成为另一个众神乐意品尝的甜橙/成为驻留于尘土深处的微型月亮"②。颇具悖论性的是，月亮从表面上看是在缩小，但是容留诗意的能力和容积却变得无限大，即语词空间的扩大、词语数量和所能触及物的膨胀以及由二者引出的意义扩展和迁延能力的增强。"词汇能随着它所面对的事境空间在容积上的变化，改变自身语义空间的大小：在被它包纳和框架的事境需要它大的时候，它能陡然增大，在需要它小的时候，它不由分说地小了起来。它具有金箍棒在孙悟空手中按照需求能大能小、可大可小的能力。"③

就词语数量而言，月亮已经远不只是词语月亮自身，亦非古典汉诗中的想象定型，现代诗人通常借助语言学和修辞学中类似博喻的修辞手法，把单个词语月亮改写或扩充成几个或更多的其他词语，在扩张过程中，月亮的意义得以延展。比如诗人严力运用了五个没有必然联系的暗喻构成的博喻，完成了对月亮言说疆域的开阔："中秋月"可以是"人类最早转播悲欢离合的/中华牌通讯卫星，是所有节日中最大的一个气球/永不落的和平的广告，是所有节日中最高的一盏灯/是没有停电之苦恼的光芒，/是永远鼓励人们抬起头来的节"④ 等诸多事物的总汇或集合。虽然在个别隐喻片段仍能看到古典隐喻范式的痕迹（比如第一句），但是由于通讯卫星、广告、灯等现代意象的进入，"中秋月"便超越了古典想象范式的局限，位于节日与非节日、思乡与非思乡、商业与非商业的临界点，组成了是 A 又不是 A 的意义杂糅。

---

① 从容：《中央大街》，《审视》2014 年卷，第 38 页。

② 哑石：《青城诗章·守护神》，《人民文学》2002 年第 2 期。

③ 敬文东：《历史以及历史的花腔化》，《守夜人呓语》，新星出版社，2013，第 83 页。

④ 严力：《中秋月》，《历史的扑克牌》，山东文艺出版社，2007，第 121 页。

就言说内容而言，月亮所带来的不只是词语数量的增多，还有内容和意义的膨胀。在祛除古典想象遮蔽，回归到词语本身之后，月亮反而可以从容地面对更多事物。"所幸的是还有/月亮陪着他回家，像一只狗。但那不是李白的月亮/也不是苏东坡的月亮和姜夔的月亮。他只是不经意地看到——/鸟儿们归巢，虫子们在草丛鸣叫，求偶。那月亮/占据了天空，有时比人脸还要大。"① 当月亮摆脱了由李白、苏轼甚至姜夔所代表的传统限定和抒写霸权，重回自身以后，月亮只是一个普通的自然景观，很多事物和诗意场景可能都会因看月亮的不经意动作而迁延生出，月亮不是小而是变大——所能涵纳之物之多之广，具有更多喻指的可能，且更为繁复和复杂难解，就像陈东东的《月亮》：

> 我的月亮荒凉而渺小
> 我的星期天堆满了书籍
> 我深陷在诸多不可能之中②

既然月亮"荒凉而渺小"，就应该很好把握，但由于其所对应的生活琐事的繁杂，"我"反而陷入诸多不可能之中（这本身就隐含着某种悖论）。"荒凉而渺小的月亮"勾连太多物的出现，本身就是混乱，就是诸多不可能，就是繁复："我的日子落下尘土……我的花园还没有选定/疯狂的植物混同于乐音/我幻想的景色和无辜的落日/我的月亮荒凉而渺小//闪耀的夜晚，我怎样把信札/传递给黎明/我深陷在失去了光泽的上海/在稀薄的爱情里/我看见你一天一天衰老的容颜。"作者想表达的是对逝去之物的担忧、无限的虚空、幻灭的寂寞、无望的混乱等多种情绪，诗歌中燃烧的马匹、犹豫的蝙蝠、寂寞的字句、无法传递的信札、旧唱片等掺杂新与旧、理清和理不清的诸多矛盾事物只能使诗人更加混乱不堪。

月亮不可改变的物理成分被现代诗人用多变的物和不确定的词替换为变化多端的想象成分。现代汉诗中月亮的本来面目越来越模糊，越来

---

① 张曙光：《有关陶渊明》，《中国诗歌》2011 年第 12 卷。
② 此页未标明出处的诗歌均引自陈东东《月亮》，《海神的一夜》，改革出版社，1997，第 113～114 页。

越变化多端，能够和需要改变的不只是外形，也可以是内质：

> 我们把在黑暗中跳舞的心脏叫做月亮/这月亮主要由你（亚洲铜）构成"①（海子：《亚洲铜》）
> 我的女人偏离了轨道/扔出马车的温湿肉体/就是月亮②（海子：《婚礼之歌：月亮歌》）

月亮的内质时而变得坚硬无比（亚洲铜），关乎民族、种族和历史；时而变得肉感十足（女人身体），关乎欲望、生殖与两性。无论是外形的小还是容积的大，抑或性质的多变，都恰好从一个侧面说明月亮现代想象的复杂和难以捉摸，且最终指向都是扩大和膨胀。这看似悖论，却正是词语与词语之间以及词语内部形成互否和抵牾的结果。③

月亮外形的缩小和内质的膨胀所生成的相反的力必然导致词语因内部压力不均而碎裂，即自身冲破自身，自身打破自身："月亮，无法在动荡不息的海面保持完整/心，无暇成为它自身"④，最终走向分裂。这种以自我分裂方式的自我突破，是月亮本身暗藏反抗力量的结果："推开树林/太阳把血/放入灯盏"⑤，月亮来自太阳之血，隐喻着生命之始源，也意味着产生暴力（以分裂的方式）抵抗自身的可能。而成为"太阳的另一半"⑥，暗示月亮本身就是以分裂的方式获得了生命，"你（月亮）是从我（太阳）身上撕下的血肉"⑦，也就蕴蓄着再次分裂的可能。"分裂"作为月亮的存在方式，具有宿命性和"原罪"意味，一旦时机成熟（内质膨胀到足够大，就像气球），便会以破碎的方式冲破

---

① 海子：《亚洲铜》，西川编《海子诗全集》，作家出版社，2009，第3页。
② 海子：《太阳·断头篇》，西川编《海子诗全集》，作家出版社，2009，第605页。
③ 关于这一问题，在本章的第二节还会进行详细论述。
④ 扶桑：《白色生涯》，《审视》2014年卷。
⑤ 海子：《夜月》，西川编《海子诗全集》，作家出版社，2009，第100页。
⑥ "我是太阳/我的另一半（月亮）是什么时候丢失的？/我非得背着这巨大痛苦的心/到处寻找它追逐它？"海子：《太阳·断头篇》，西川编《海子诗全集》，作家出版社，2009，第607页。
⑦ 海子：《太阳·断头篇》之《婚礼之歌：月亮歌》，西川编《海子诗全集》，作家出版社，2009，第606页。

自身限定。

> 膨胀如黄金的圆环/无可缓释/被鼓面攫紧的天空/渴望崩溃……①
>
> (寒烟:《月亮向西》)

"渴望"二字说出了月亮冲破自身的强烈诉求,出于自我选择的主动性而非被动承受和接受,这恰好显示出古典与现代汉语诗歌"月亮"所处位置的不同:古典汉诗是进入,人让月进入,而月被进入;现代汉诗则是出来,月从自身出来。进入有限制,出来则更自由。月亮的变形中其实也暗含分裂,一个膨胀为多个,既可以说成膨胀,亦可以看作分裂。分裂和崩溃之后,月亮可以有更多空间容纳诸多事物:

> 谁呼喊,如抽搐的裂帛
>
> 使紧密的空间裂开一道光的缝隙
>
> 正好经由一阵波浪的推涌
>
> 一枚果实,带着血水滋养的青黄
>
> 嵌入某个行星的瞬间
>
> (寒烟:《月亮向西》)

分裂的过程充满痛苦,所获得的却是异常丰富。月亮可直接有效面对和容纳更多事物,而这也会给其他物带来益处。"裂开一道光的缝隙"照亮的将是诸多事物:那些类似波浪推涌、高低起伏的变化和历险既可能触及世俗生活本身,又因得益于"血水的滋养"而触到生命的真相。

分裂可以造成数量上的变化,这种变化仍然在"相异"理念的支配下展开,由一个变为两个甚至多个,数量变化背后既是内质的裂变,又是诗人对世界看法的改变——由理所当然地认为可以洞悉一切变为承认理解难度的加大。诗意的、庸俗的、美好的、丑恶的都可以进入月亮的内部,"世界,一半黑着,一半亮着/事件堆起来了"②。把月亮由

---

① 寒烟:《月亮向西》,《诗选刊》2011年第6期。

② 张玞:《骆一禾诗全编》,三联书店,1997,第403~404页。

"黑"变"白"，黑着的部分有填充新的可能，而亮着的部分可以翻新，打破陈旧的一切。因为所谓的光或月亮并未真正地发挥效力，"月亮虽也照亮厚实的尘土，光辉/却遍地遗失。月亮陈旧/在隐没的蓝瓦上扔着、光着、贫穷着/象一些碳块上画下的皮肤/暗暗地红黄着"①。现代诗人需要做的是把扔着的、光着的、贫穷着的月亮"捡回来"。

分裂可以从月亮内部产生（内部裂变），也可以直接克隆为两个或多个（外部膨胀），无论何种方式，都意味着月亮的成倍增加。以外部膨胀的方式分裂后的月亮，每一个面对其他事物时都是有效个体和言说起点，就像徐志摩的《两个月亮》："我望见两个月亮：/一般的样，不同的相。//一个这时正在天上，/披敞着雀毛的衣裳……/但她有一点子不好，/她老爱向瘦小里耗；……//还有那个你看不见，/虽则不提有多么艳！……/又况是永不残缺！/只要我闭上这一双眼/她就婷婷的升上了天！"②一个月亮分裂成两个：现实之月和想象（理想）之月。现实之月虽然美好，但是善变——"老爱向瘦小里耗"，且这种多变直接左右和影响人的情感——"相思难捱"；想象或理想的月却可以永恒，一直都圆满，诗人用想象替代现实的月，"只要我闭上这一双跟/她就婷婷的升上了天。"

数量的分裂是月亮分裂的总引擎，一旦被拉动，更内在的分裂也随之到来，比如性别和性质：

> 你把前门关上时，皎洁的月亮像你的女儿，/带着从车站上失联多日前//只有卖冷饮的人见过的最后一副表情。/你把后门打开时，金黄的月亮像你的儿子，/已被大麻出卖，而耻辱并未获得新意。③
>
> （臧棣：《拆迁》）

月亮不再只是阴性，而是兼具阴阳或雌雄两种性别。现代诗人对月

---

① 张玫：《骆一禾诗全编》，三联书店，1997，第 403 页。
② 徐志摩：《两个月亮》，韩石山编《徐志摩全集》第四卷，天津人民出版社，2005，第 403~404 页。
③ 臧棣：《拆迁》，《星星》2015 年第 1 期。

亮自身以及想象方式的认识都出现了变化和裂痕：月亮不再只是遵从伦理和情感框架限定的想象物，由于月光的普照性和分散性，可以与诸多物发生关系。"它（月亮——引者注）展开在道路上，／它飘闪在水面上，／它沉浸在／水草盘结得如同忧愁般的／水底；它睥睨在古城的雉堞上，／万千的城砖在它的清亮中／呼吸，／它抚摩着／错落在城厢外面的墓墟，／在宿鸟的断续的呼声里，／想见新旧的鬼，／也和我们似的相依偎的站着，／眼珠放着光，／咀嚼着彻骨的阴凉。"① 这样的月亮无法再像原来那么清晰自明，而是时而清晰，时而含混，难以捉摸、复杂难解。面对难以捕捉的月亮，现代诗人对月亮的感情也不再像古人一样，出于全身心的热爱，而是陷入了前所未有的恐慌之中（必须在自我否定中重新修正对世界的认识）：

> 月光光，月是冰过的砒霜
>
> 月如砒，月如霜
>
> 落在谁的伤口上
>
> ……
>
> 现代远，古代近
>
> 恐月症和恋月狂
>
> 太阳的膺币，铸两面侧像②

诗人因思乡情感之切又得不到排解，只能以自欺欺人的方式回避，越是回避越是怕"睹月思乡"，反而说出了思念之甚和思乡之苦。这首诗歌也有另外的解读方法。词语"月光光"恰好包含了意义的分裂：两个"光"的重叠，可以解释为光亮，也可以解释为光亮的消失和不存在。对应的是光明与黑暗、恋月和恐月。由古人的恋月变为今人的恐月，主要原因在于不确定因素的增强，月亮不再是一眼便可望到底部的透明和单纯存在，不再只是生成诗意的物，而是一种"毒药"（砒霜），是可见的和不可见的、可以洞悉与无法洞悉的纠缠一处，诗人因害怕无

---

① 徐志摩：《秋月》，韩石山编《徐志摩全集》第四卷，天津人民出版社，2005，第378页。

② 余光中：《月光光》，《余光中集》第一卷，百花文艺出版社，2004，第389页。

法认清导致自己身陷其中而生出对月的恐慌。月亮的圆与不圆已经不能成为现代诗人关注的焦点，而是更具情感曲折度和深入的意味，人与月亮的关系也出现变化。人没有权力也没有能力把月亮纳入自身，而是需要倾听月亮自身的心声，因为月亮难以捉摸，因为月亮有洞悉世事的能力：

> 而今我醒来　感到钻石一样的月光
> 会倏然洞穿身边裸露、颠摇的一切
> 它会化为青烟？或隐着形不肯离去？
> 总有一天　我会看清它的面目
> 如认识自己。①
>
> （哑石：《青城诗章》）

不是我洞穿月亮的秘密，而是月亮洞悉我的秘密，不是让月亮聆听我的心声，而是我要聆听月亮倾诉自己的心事，或者说两者相互打量，借月亮认识自己。

"月光照着月光 月光普照/今夜美丽的月光合在一起流淌。"② 分裂的另一种方式是内部的裂变，由一个整体分裂成两个部分。这意味着每一部分都有机会重新拆解和组装为内质全新的月亮，或者不应该再称为月亮，而是成为新的物，充满新的合成可能。"月亮里的大部分配件，我都已经/非常熟悉了。我经常一个人在阳台上/把大半个月亮拆卸下来，组装成/一个机器猫，……/改装成山地车……/加工成充气娃娃，然后苦练肺活量，给它/吹足了气，开始琢磨：是先奸后杀/还是先杀后奸？"③ 月亮被胡续冬分成了两部分，可以把握的部分和不可把握的神秘部分。诗人把可以把握的部分与现代世界嫁接，重新进行组接和拼装，置换了月亮的原有特性，月亮由圣洁变得俗不可耐，关乎消费和欲望。对于未被重新组装之前的月亮而言，与其说是分裂，不如说是合成——分裂与合成本来就是成对出现，是一个硬币的两面。

---

① 哑石：《青城诗章·曾有数次我被月色惊起》，《人民文学》2002 年第 2 期。
② 海子：《月光》，西川编《海子诗全集》，作家出版社，2009，第 394 页。
③ 胡续冬：《月亮》，《日历之力》，作家出版社，2007，第 39 页。

如同巴什拉所说的"水"具有同其他本原的合成能力①一样，当月亮获得太阳的血液，成为独立个体以后，就具有了与除太阳以外的日常之物合成的本领，并在合成过程中完成全新意义的互相激发。合成可以同质也可以异质，比如与同为硬质（月亮的硬质来自月亮的永恒性，虽然常变，但是恒在）的物品花瓶的合成。在《花瓶，月亮》② 中，诗人欧阳江河通过"易碎"这一品质把月亮和花瓶加以勾连，并将之"转嫁"给月亮。月亮就像花瓶，花瓶就像月亮，二者存在相似点，亦可以相互并置，却又不可完全相互替代。月亮与花瓶合成以后，新的言说向度出现：月亮由幸福的象征变为不幸的见证，"在月光下相爱就是不幸"。诗人心酸而无奈地诉说人与人之间的情感危机、猜忌、隔阂、争吵甚至决裂，月亮由人类情感的沟通者和传达者变为疏离的见证，与幸福、理解、交心无关，而与黑夜、毁灭（花朵像大火）、死亡有关。美的东西是虚无和不幸的，可以伤人和自伤，"泪水和有玻璃的风景混在一起"，终将会失去。看似坚硬之物其实脆弱无比，诗人只剩下绝望和深深的怀疑：

> 我们曾经居住的月亮无一幸存，
> 我们双手触摸的花瓶全都掉落。
> 告诉我，还有什么是完好如初的？

连月亮都有碎裂的可能，又有什么得以完整？一句对"完好如初"的质问，切中了事物分裂的要害。在月亮和花瓶质地"通约"的过程中，隐喻着万物容易碎裂、难以长久的事实，所谓的"但愿人长久"也只是一种美好的愿望。

合成还可以在异质的事物之间进行，从异质中找到相似性。月亮能够与并无相似性的普通之物勾连，比如说水果。在另一首诗《梨子》中，欧阳江河把"梨子的冷"和"月亮的热"联系在一起，"梨子与山

---

① 〔法〕加斯东·巴什拉：《水与梦——论物质的想象》，顾嘉琛译，岳麓书社，2005，第15页。
② 此页未标明出处的诗歌均引自欧阳江河《花瓶，月亮》，《透过词语的玻璃》，改革出版社，1997，第82~83页。

顶的月亮重叠在一起，/这天鹅绒似的昨夜之恋，/我从中看到了变化的相似修辞"①。所谓"变化的相似修辞"是指梨子的长落就像爱情的转瞬即逝、雪的寒冷、月亮的圆满一样，瞬息万变、难以永恒。摘梨子可以近距离感受梨子的完整，就像可以靠近和感受完美的爱情。但是，当梨子被作为食物、即将被吃的时候，完整性就会遭到破坏，"托盘里的，削过的、切成薄片的"②，爱情也是如此。天鹅绒般轻盈的恋情，与其说是爱情，不如说是短暂放纵，可能只是肉欲的满足，"它的肉体是六月的一场大雪，/里面没有我的呼吸"，月亮又何尝不是如此？诗歌的最后一句"你说听到的，正是无法言说的"，表达了难以逾越的隔膜及不可得的遗憾与无奈之感。这首诗以"雪"为媒介，将"月亮"和"梨子"以异质甚至冲突的方式合成，把大雪比喻成梨子，降低了梨子的"温度"，梨子由常温变为寒冷，梨子的"冷"和月亮的"热"形成对比——"梨子体内的冷冷焚烧/漫过头顶，证实了月亮的心脏/是烈火形成的，但从远处看/或用手触摸全是冰雪。""冷冷焚烧"这个看似矛盾的词语搭配组合，使得无论是月亮、雪还是梨子都出现了与先前不同的特质。这说明对分裂后月亮的重新合成，不但是对月亮本身质的扩展，使"月色有意"中的"意"变得更加丰满，而且是对其他物的扩展，即双重扩展。在扩展中月亮可能已经变得与原来的内质不同，而其他物也获得了新的阐释可能。

在月亮经由变形到分裂再与其他事物合成的过程中，最大限度地实现了意义的扩展。扩展之后言说重点可能已经偏移或转移：不再只是对月的言说，而是转到其他词语和物的身上，并由此牵扯出更多词与物。比如海子的这首《月》：

月亮是掘井的白猿/月亮是惨笑的河流上的白猿//多少回天上的伤口淌血/白猿流过钟楼/流过南方老人的头顶//掘井的白猿/村

① 欧阳江河：《梨子》，《透过词语的玻璃》，改革出版社，1997，第41页。
② 此页未标明出处的诗歌均引自欧阳江河《梨子》（《透过词语的玻璃》，改革出版社，1997，第41页）。

庄喂养的白猿/月亮是惨笑的白猿/月亮自己心碎/月亮早已心碎①

"猿"是古典汉诗时常出现的意象，古人借用猿的哀鸣之声寄寓悲伤离别之意。海子把白猿与月亮放在一处，意义互生互换，互为补充。整首诗的主语和宾语以如下脉络推进：月亮是主语，白猿为宾语—白猿作主语—月亮是主语，白猿作宾语—月亮作主语，月亮和白猿既有合成又彼此独立。在诗歌第二节，诗人已经完全把月亮替换为白猿，并在白猿一词的基础上扩展新的言说。白猿通过与一系列带有鲜明农耕和家园印记的修饰词结合：掘井的、河流上惨笑的、村庄喂养的，暗示了悲哀的无处不在以及彻骨的绝望。虽然这在情感表达上并无新奇之处，但是在篇章结构、想象模式以及可以牵扯出的物方面，具有鲜明的现代特征。由本体引出喻体，再将喻体延展出的多元特质反过来植入月亮（本体）之中，丰富月亮的内涵，实现本体与喻体意义的双重扩展与迁移。

迁移意味着月亮既可以作为本体，也可以作为开端——"从最小的可能性开始"，引出无限之物，在现代汉诗中，后者往往更复杂难解。陈东东的诗歌《月全食》② 就是如此，"月全食"只是一个"由头"和切入点，却牵出了众生百态，诗歌整体容积大得惊人，可涵纳事物也多得惊人。正文开始之前，诗人引用陶渊明的诗歌《饮酒》（十）中的一句，设了个疑问："此行谁使然？"随着诗行的铺展，应该是答案揭晓，即"谁使然"的"谁"厘清的过程，然而事实并非如此。诗歌开头一句看似很清晰："旋转是无可奈何的逝去，带来历程、/纪念，不让你重复的一次性懊悔。"仿佛是古人对于时间逝去的慨叹，连懊悔的权利也没有。在这个开端的引领下，"谁使然"仿佛呼之欲出。但紧接着诗人却笔锋陡转，强调述说重点不是慨叹时光，而是"因回潮变得浑浊的真理"。③"浑浊"二字说出了诗人的真正言说意图：诗歌将呈现的并非清

---

① 海子：《月》，西川编《海子诗全集》，作家出版社，2009，第102页。
② 陈东东：《月全食》，《夏之书·解禁书》，重庆大学出版社，2011，第111~119页。
③ 这句诗的原文为："真理因回潮/变得浑浊了"（陈东东：《月全食》，《夏之书·解禁书》，重庆大学出版社，2011，第111页）。

晰自明的剥皮去繁过程，也不是找出"谁使然"，而是多元、多层、多维度的人生百态的展示：或真实或虚构，或真诚或虚伪。言说的一切都以"月全食"这一天文现象为隐喻的基础。

"月全食"由月（被遮蔽的程度和过程）变形与他物合成而得，这一天文现象的出现本身就与太阳和地球有关，而非月的单一变化，兼具写实和想象两种可能。诗人借用这一特质，扩展出现实、天文、隐喻三个层面。作为"天文现象，新闻事件、'月亮的反题'或伪诗意的表达"① 和"月全食"所能牵扯出的物都比月亮本身要多。作为天文现象和新闻事件，"月全食"牵扯出的是科学与反科学的故事：诗人以老年读者的视角陈述了"月全食"出现的天文事件的客观事实，"简报年鉴""逸周书""卫星城"都与此有关，另一个人物宇航员的出现强化了科学性；但是另一边又出现反科学、反客观事实的事物：花边新闻、科学报道和打着科学名义的邪教教义，所以诗人不无嘲讽地说："迷信和反迷信/有如奇异的物质和反物质，是世界观对称的/两个方向。""月全食"作为"反月亮母题"②，包含对月亮原有意义的消解和颠覆。曾经的月亮守护神嫦娥不再是圣洁的仙女，而是俗化为"美容师嫦娥"，一切都与金钱、消费和欲望有关：按摩室、肉体、震颤、呻吟、舌尖舔卷、石膏乳房一系列令人浮想联翩的"暧昧"词语，将嫦娥"改造"得面目全非。由此引出的现实却又无比真实，真实得触目惊心。一切都打上了消费的印记，"散发胖女人辛酸的水果铺"、"领口低浅的爱神发廊"、ELLE 提包、口红、手机。对嫦娥的调侃和神性消解也隐含着对月亮生成诗意的反思和对虚假诗意的批判。诗中出现的"你"其实是一个"伪诗人"，随意写作哗众取宠的诗歌，制造些"伪

---

① 陈东东的创作初衷："《月全食》从反方向处理（月亮）这一原型，并在三个层次齐头并进：月全食作为天文现象；月全食作为新闻事件；月全食作为反月亮母题，亦即诗意生存贫瘠化及伪诗意时尚化的意象和寓言"（陈东东：《只言片语来自写作》，北京大学出版社，2014，第238页）。

② 陈东东认为："月亮是一大诗歌母题，尤其是中国古诗，几乎把月亮用于从爱情到背叛的各个方面，而以月之盈亏喻义人之生死聚散，是最经典又最普遍的母题，它们的原型，在嫦娥偷取丈夫射日英雄羿的不死药逃离奔月的神话里都可以找到"（陈东东：《只言片语来自写作》，北京大学出版社，2014，第238页）。

诗意"：在"晚报是一种生活方式"的当下，诗人却要故作高深地改头换面，"好像又是一个炼狱故事"，以此吸引"女崇拜者的目光"。诗人一方面假装高蹈神圣，另一方面又不可救药地贴近世俗——"梳妆镜是我的月亮"，迎合消费，就"像月亮，/被一个没必要的夜之韵脚躲避或/否决，只好在浴缸里，反映最隐秘的/乡愁色情。"在批判伪诗意的同时，诗人也不忘指向人的道德现实，"邮差"这一角色的出现把诗人重点表达的三重含义串联在一处。"邮差"意味着一种传递：传递消息（新闻也是一种特殊方式的传递消息）、传递书信（情书，对道德的一种虚假遵守和对非道德的庇护）、传递诗歌（诗人也是某种意义上的邮差，传递诗意。当真实的诗意消失，诗人只能传递信息，如此将毫无意义）。科学与反科学、真实与虚假、诗歌与新闻报道、道德与非道德、诗意与消费所有这些真真假假、虚虚实实的"大杂烩"，恰好与"月全食"的过程不谋而合：光亮—被遮蔽—复光，一些事物被遮蔽，一些事物得以显现。在遮蔽与显现的矛盾和正反张力中，诗歌的现实性、反讽性、深刻性和有效性既得以最大限度地呈现，又变得更加混乱、复杂和多解。正因为"多"得难以厘清和捕捉，所以直到诗歌结束，引子中提出的"此刻谁使然"的问题仍然悬空和无解，"不知道是谁"或者"谁都是"，诗歌最终走向了多义的反面，诗人看到了一切了无意义：

> 消息的送达是
>
> 小小的死亡，是一次死亡！
>
> 月全食备忘在剪报年鉴里。

无论是作为客观存在还是诗意生发可能，诗人写"月"最终却走向了"反月"，变成对"月全食"的"悖逆"。然而，"这并不妨碍对那个/永恒理念的认定；——这同样不妨碍/一个人对其月相的背弃。"反而可以认清自己和生存本身，因为"这其实是反光的一个背影，是这个/背影的反光之夜……"

其实，早在现代诗人潘漠华把"月光"悄悄置换为"月儿光光"（月无光），由自然变化引出情感变化时，就已经隐含了叛逆的因子。

月光撒满了山野，

我在树荫下的草地上，

……

月儿光光了，

这使我失望了，

伊被荆棘挂住伊底衣了。①

（潘漠华：《月光》）

由"月光"到"月儿光光"的转换，展示了爱情的大喜大悲。这种悖逆在 20 世纪 80 年代中期以后走得更远，"穿过钢筋后，月光变得锈迹斑斑。/月亮若是上天掷来的一枚硬币，我永远选择背面"②。现代诗人对词语悖逆的处理方式有多种，可能是对月亮原有功能和自身的悖逆，"月亮，你在夜空中燃烧……/但从来也不照耀我的生命/……夜空中你如果不是一匹白马/就一定是一只孔雀"③；可能是月亮性别的悖逆，把"阴性"月亮"阳性化"，"最后，镰刀，磨刀石，月亮，这个男人/都有了相近的弧度"④；可能是对既定想象范式的悖逆，月亮不再只是诗意的，而是暴力的残忍，"今晚的月亮，多么残忍/锋芒毕露——/一团绷紧寒冷的烟云/一间淬炼经久的作坊"⑤；刘川笔下的月亮更是对诗意的彻底颠覆，完成了对"天涯共此时"的世俗化消解："月亮上也没有/我的亲戚朋友/我为什么/一遍遍看它//月亮上也没有/你的家人眷属/你为什么/也一遍遍看它//一次，我和一个仇家/打过了架/我看月亮时/发现他/也在看月亮//我心里的仇恨/一下子就全没了……"⑥ 悖逆是一种反向思考，是一种深入的特殊方式，是对月亮（词语）、自我和存在本身的质疑，"为什么我/我一个人/就不能占有一个整体/凭什么、凭什么/我非得去寻找/去找到你/你是谁？/你存在吗？"⑦

① 朱自清编选《中国新文学大系》第八集，上海良友图书印刷公司，1935，第 151 页。

② 刘年：《洪家营的月亮》，《审视》2014 年卷。

③ 杜涯：《月光曲》，《杜涯诗选》，花城出版社，2008，第 65 页。

④ 晴朗李寒：《月光下的磨刀人》，《诗选刊》2015 年第 5 期。

⑤ 寒烟：《月亮向西》，《诗选刊》2011 年第 6 期。

⑥ 刘川：《在孤独的大城市里看月亮》，《鸭绿江》2014 年第 7 期。

⑦ 海子：《太阳·断头篇》，西川编《海子诗全集》，作家出版社，2009，第 608 页。

面对变形的、分裂的、合成的、悖逆自身的月亮，以及由此引出的变化多端的其他词与物，月亮变得难以琢磨和难以看透，没有人敢说自己读懂了月亮。

> 但始终有一丁点月亮
> 我无从把握。我戴眼镜的时候，它藏在
> 我左眼的镜片里，像凝结了的烟雾，
> 让一切快乐的事物显得模糊。我换上
> 隐形眼镜，它又变成右眼镜片上的
> 小小的褶皱，硌得我的眼睛生疼。①

"眼镜"作为"看"的媒介出现，意味一种幻象和变形，一种无法直接抵达真相的困境，这是因为"事物本身即暗含命运/'命运'。更高的法则在天籁之上/不为多数人呈现/就像彻夜轰鸣的大海/只向绝对的少数敞开"。② 现代诗人只能发出这样的无奈感慨："我并无词语可描摹月亮/它的脸庞就是它那折断了箭头的光芒。"③ 月无法用词语捕捉和描摹，词语的存在反而使月亮变得更加混乱不清，增加了月亮的神秘感。

> 那是一种自觉，涉及
> 神秘的快感隐现在
> ……
> 很多细节，都像是用一个矛盾纠正
> 世界的寓言。
> ……
> 它以圆为宿命，热衷于神秘的团结，
> 并不在意我们究竟能看懂多少。④
>
> （臧棣：《被秘密雕刻过的月亮》）

---

① 胡续冬：《月亮》，《日历之力》，作家出版社，2007，第39页。
② 寒烟：《月亮向西》，《诗选刊》2011年第6期。
③ 扶桑：《月之食兮》，《审视》2014年卷。
④ 臧棣：《被秘密雕刻过的月亮》，《星星》2015年第1期。

现代汉诗中月亮难以把握的原因，一是自身变数大，二是去除了"被移植"的限定，月亮变"被动移植"为"关系的引出"，作为可能性开端，所勾连出的事物多。正是月亮不可把握和不可说尽的特征，无法支配和难以理解的神秘性，才使得诗人越来越想挑战和冒险，也越来越着迷，"我爱你身世之谜，除你之外/我没有其他的谜"①。繁复也好，混乱也罢，这一切的"始作俑者"都在于词语，在于词语的灵活多变和自述性以及由此带来的歧义多解。"是词语，是禁果大口历险的甜蜜/使我背弃了你/在开向幽暗的漫长的行走中/将世界巨大、荒凉的心，安放于/船帆动荡的阴影。"② 词语背弃月亮（物），月亮（物）背弃自身，并借此彻底打破、解构甚至颠覆既定的想象模式。那么，这样的月还是李白、苏轼笔下那轮柔和清亮、圆缺分明的月吗？

但那是月吗，那不是月；但那不是月吗，那是月。

三 "月"的古今想象带来的启示

加斯东·巴什拉在谈到水的想象时，从哲学层面区分出两种想象："形式想象和物质想象"，形式想象"朝着形式和色彩的方向，朝着多样化和变化的方向，朝向表层未来的方向，具有可动性和绘画性，当面对某些新事物时，就开始跳跃；物质想象是具有深度、实体内在性和容量，那些缓慢生成的和物质的力量的内在想象。"③ 按照字面意思理解，形式想象更注重外在和表层，而物质想象则关注内在和深层，比较稳定，可以排除表层的变幻，直接深入物质本身，"涉及事物的根源，居于事物的核心和基础上"④。巴什拉本人也承认很难将二者完全分离，但仍然可以作形象描述和对比。以集中论述的"水"为例⑤，巴什拉首

---

① 海子：《太阳·断头篇》，西川编《海子诗全集》，作家出版社，2009，第 606 页。
② 寒烟：《月亮向西》，《诗选刊》2011 年第 6 期。
③ 〔法〕加斯东·巴什拉：《水与梦——论物质的想象》，顾嘉琛译，岳麓书社，2005，第 2 页；〔日〕金森修：《巴什拉：科学与诗》，武青艳、包国光译，河北教育出版社，2001，第 149 页。
④ 〔日〕金森修：《巴什拉：科学与诗》，武青艳、包国光译，河北教育出版社，2001，第 149 页。
⑤ 〔法〕加斯东·巴什拉：《水与梦——论物质的想象》，顾嘉琛译，岳麓书社，2005。

先从水最基本、最显在的特性，如清澈、流动、春水等谈起，这种更多直接取自物质表面特性甚至无须动用大脑思考的想象，简直可被看作客观存在的事实，就是形式想象。而接下来的论述和分析，巴什拉深入物质内部，深入本质，触及本原。① 比如深邃的水、沉睡的水、沉重的水；卡翁情结——有关死亡和幽灵和奥菲利亚情结——有关自杀与忧伤；合成的水（水与土结合成泥）；实质的母性（持续性、繁殖性）与表面的女性的水；纯洁与净化的水；淡水至高无上；狂暴的水等，都具有更多、更复杂、更远距离的隐喻特性。所有这些大都属于物质想象，至少不仅是形式想象，即使它们可能杂糅着形式想象（比如纯洁与净化部分），也仍以物质想象为主，这在清澈、流动与沉重、深邃、纯洁、狂暴等词语的对比中就能看出差异。清澈、流动是可以"看见"的客观事实，而沉重、深邃等特性却需观察者动用思维引线、调动思想储备、动用情感神经、借助思考和联想等多种思维手段才得以捕捉。按照这一思路来理解，物质想象比形式想象所生成的想象深度和广度会更大，所牵扯出的物也会更多。形式想象是由一维生出多样，物质想象则是由多维生出多样。前者远不及后者所面对的事物多，因为后者的基数本身就大，所以指向更为繁复。

与中国诗人关于物质想象的无意识（非自觉性）运用不同，巴什拉有自己独特的理论和诗学体系建构考虑，他想构建的是以水、火、土和空气为主体的"元素诗学"，与这四个元素的物理和化学属性有关，是科学与诗学相结合的产物。本书所说的古今诗人关于月的想象，没有清晰宏阔的目标，也没有这么复杂，并不能与之完全等同，但是巴什拉的观点却可以作为注释和辅助阐说，帮助厘清汉语诗歌古今两种想象范式的差异：从深度、广度、所勾连物的多少以及可能性大小的角度来说，月的古今想象的总体性差异非常类似于巴什拉所说的形式想象和物质想象。古典汉诗关于"月"的想象更接近于巴什拉所说的形式想象（直接想象），即由月亮外在的显在特征生发，偏重于外在，比如形状、大

---

① 巴什拉说："只是在第二章中，我才确信触及了本原，即物质的水，在其实体中加以想象的水"（〔法〕加斯东·巴什拉：《水与梦——论物质的想象》，顾嘉琛译，岳麓书社，2005，第13页）。

小、颜色等生成的想象，可称之为"形式想象"。"形式想象"不是仅就外形而言，只是相对外在。虽然也会经过诗人的情感和思想加工处理，但是其一维（某一个或某几个）特征易于捕捉和理解。古代诗人把相对易于把握的想象可能与个人情感及人生感悟联系在一起，并以"移植"的方式将月亮（物）纳入自我体系之中（无论是从情感还是想象上）。这种想象范式的优势在于，容易促使稳定而成熟想象范式的最终生成，从而增强诗歌体式的内部稳定性，形成写作和阅读的"想象惯性"，使"物"和词语成为用以表达和寄托明确情感，引起广泛共鸣的集体无意识意象，"一种幻象为了达到有意义地、保持必备的一贯性被写在作品中，就必须找到适合自己的物质。某种元素必须为幻想提供其本身包含固有规则的特殊诗学"①。但是问题也同时存在，基于同一性和提纯的想象范式容易造成言说和理解的固定化和模式化，"但生命不能象河流，犹如月光／需要警惕，圆熟与畅达的危害／或者最终，能否在一片明朗中／制造着物质，歌颂精神"②。人对月亮（物）的"强行移植"限制了月亮的自主言说功能，限制了月的无限敞开，能够提供的"想象酵母"的数量相对就少，能够发酵的内容也就不可能那么多，甚至变得固定和单一。

月亮的现代想象则更接近巴什拉所说的物质想象（间接想象），至少是物质想象和形式想象的综合，且物质想象居于主要成分，含量更高、比重更大。"物质"可细分为"物的想象"和"质（本质，内质）的想象"。"物"的想象，虽然也是由人（诗人）的思维发起，却未强制月亮必须无条件服从于人，而是充分尊重月（物／词）的自我生成性，充分考虑月的能动性，由此物引出彼物，直至众多。"质"的想象更注重内在、内化品质，而不只是表面，这样才有了对客观的"月"和古典的"月"的各种"哈哈镜"造型，即变形、分裂、合成或悖逆的多种变化。这就打破了形式想象的同一性和单一性，进入可能被同一性外形遮蔽的内质。从诗歌的丰富性、言说的有效性、繁复性和多样性

---

① 〔日〕金森修：《巴什拉：科学与诗》，武青艳、包国光译，河北教育出版社，2001，第 150 页。

② 南野：《表述》，《非非》1993 年号，第 64～65 页。

来说，这种想象范式更有效。

"在深化的意义上——物质似是不可测的，似是一种奥秘。和飞跃的意义上——它似是一种取之不竭的力量，一种奇观。在这两种情况中，对某种物质的思考培育着一种敞开的想象。"① 敞开的想象正是"月亮"在现代汉诗中具有的功能和存在样态。在敞开过程中，"一对一"的单一想象模式被打破，词与物膨胀变大，其他物/词语可以被再认识和再发现，实现意义的再生成和再创造。巴什拉在文中提及的关于乳汁和水的论述就是很好的例证②，在《水与梦》的第五章，巴什拉由象征母性的词语大海展开言说，母性与乳汁有关，而水又与乳汁同质（流动的、生命所需的），"一切液体全是水；一切水都是一种乳汁"③，并借助这一思路，完成了"水—乳汁—温暖—幸福—母性—海洋—吸吮乳汁的孩子—河川是母亲—海里生物像孩子"等一系列想象，建立了一个想象序列。由"水"这一起点到"海里的生物像孩子"这一暂时终点的过程，牵扯出很多物，而每个物又都可以以分岔的方式迁延出更多，最终生长成枝蔓众多、体系庞大的想象之树。

现代汉诗中月亮的内涵已经无法借助几个词语就能清晰概括，它呈发散状态，只要具有丰富的想象力和想象的合理性，向上、向下、向四方都有延伸和扩展的可能。现代诗人笔下的月亮不再是想象的中心，而是诸多可供想象之物中的一个。

> 宇航员们光顾过的月亮
> 它一度是我们意识的中心，但
> 现在只是一个废弃了的喻体
> 我们宁愿谈论着玛丽莲·梦露
> 费雯丽，奥黛丽·赫本或金斯基

---

① 〔法〕加斯东·巴什拉：《水与梦——论物质的想象》，顾嘉琛译，岳麓书社，2005，第3页。
② 〔法〕加斯东·巴什拉：《水与梦——论物质的想象》，顾嘉琛译，岳麓书社，2005，第129~132页。
③ 〔法〕加斯东·巴什拉：《水与梦——论物质的想象》，顾嘉琛译，岳麓书社，2005，第129页。

金发的女郎，目光注视着

有钱的绅士，或爱情①

（张曙光：《看电影》）

月亮可以是爱情、女性、男性、欲望、消费、梨子、花瓶等可以触及和想到的一切。当然，这种物质想象也会存在问题，那就是由于想象维度的多元，对词或物可能不会变得清晰，反而更含混不清，这是现代汉诗的特点，也是现代汉诗的问题。不妨用以下文字总结古今想象范式的差异：

> 古典汉诗注重同性（同一性质、同一特性）的孕育能力，现代汉诗则更注重变形能力。②
>
> 古典汉诗从月亮中发现了人（自己），现代汉诗从月亮中发现了月亮和世界。

"最富有创新精神的诗人利用大胆摆脱社会习俗的遐想，把来自于语言的社会资源的萌芽移植到自己的诗歌中去。"③ 月亮的形式想象在古典汉诗阶段已经基本完成，现代汉诗有权利也有义务沿着另一向度或深度展开，那就是物质想象。现代诗人笔下的月亮不再是移植和强行纳入而是意在引出，不是尊重原意而是充分变形，不是注重完整而是侧重分裂，不是单一提纯而是合成杂糅，不是正向思维而是反向叛逆，不是直接看出（直接说出）而是主动进入。通过对月亮的质的改变，物被勾连和引出。现代诗人从外在（颜色、形状、数量等）到内在（性质、性别、特性）两个层面，以变形、分裂、合成、悖逆等多种手段，完成了月亮的现代想象和诗意言说。现代诗人想要抵达的不是局限于伦理维度、关于个体生命呈示的澄明之境，而是融经验、体验、现实、诗学、

---

① 张曙光：《看电影》，《午后的降雪》，重庆大学出版社，2010，第149页。

② "同性孕育能力"和"变形能力"借用了金森修的说法（参见〔日〕金修森《巴什拉：科学与诗》，武青艳、包国光译，河北教育出版社，2001，第151页）。如果深入研究这种差异背后暗藏的"玄机"，将是个复杂且重要的问题，此处暂不阐述。

③ 〔法〕加斯东·巴什拉：《水与梦——论物质的想象》，顾嘉琛译，岳麓书社，2005，第149页。

哲学于一体的神秘之境。

然而，"物质不管经过何种扭曲，何种分割，它依然是其自身"①。物质本身并没有变，变化的是想象和认识物质的方式。月亮就是月亮，月亮只是月亮而不是其他，却可以牵扯出其他。卡尔维诺说："月亮老了……千疮百孔，筋疲力尽。她光秃秃地在天空中打滚，消耗殆尽，瘦得像一块榨干的骨头。"② 这枚被时光磨损的月亮——被古人使用得"千疮百孔"的旧词和旧物，经过现代汉语诗人的"妙手"整容，得以面颊绯红、珠圆玉润、返老还童，成为新生的月亮。这枚崭新的月亮"从海底升起来，带起一条由绿色的、闪光的海带组成的裙摆；它身边涌起的水花像草地上镶嵌的喷泉，赋予它绿色宝石般的光泽……"③

第二节

"词的歧义性"表意四法：变形 分裂 合成 悖逆④

提高理解和认识事物的能力，进而"看清"和"看透"，不是顺着单纯清晰事物的直线言说，也不是对已知、定型看法的重复言说，而是"更多地意指着对未知的、含混的、变动的、混杂因素的洞察。理解是给予光线：照亮其存在。理解还应保持事物本来的不透明"⑤。"不透

---

① 〔法〕加斯东·巴什拉：《水与梦——论物质的想象》，顾嘉琛译，岳麓书社，2005，第3页。

② 〔意大利〕伊塔洛·卡尔维诺：《宇宙奇趣全集》，张密等译，译林出版社，2011，第254页。

③ 〔意大利〕伊塔洛·卡尔维诺：《宇宙奇趣全集》，张密等译，译林出版社，2011，第265页。

④ 需要特别说明的是，这里所列举和详细分析的表意四法只是较为显豁的歧义表达方法，并没有穷尽，事实上，现代汉诗无创作定式，诗人的生命体验和个性也不同，很难做到完全穷尽。以下对每一个种方法的分析和论述也都是如此，只是意在展示多样化带来的歧义性以及多样化生成的诸多言说可能。

⑤ 耿占春：《改变世界与改变语言》，社会科学文献出版社，2000，第372~373页。

明"可能包含着惊喜，也可能包含着谬误，可能有真理，也可能存在偏见，将其中可能包含的复杂性揭示出来，似乎比自以为是的单向度言说更重要。对于诗歌写作和现实生活而言，偏见有时候比真理更有效：真理意味着正确，同时也是呆板和限定，既然被称作真理，肯定具有"唯一正确性"，"唯一正确性"是诗歌中最无效的词语，完全不需要考虑。而偏见却不同，它富于趣味、琢磨不定、充满个性、复杂难解，最重要的是生存真相可能就隐匿其中：

> 我曾经以为：
> 偏见是我们进入生活的有效开始
> 现在我依然这么认为：造谣比制造真理
> 更加有趣。[①]

（敬文东：《笔记本》）

现代汉诗基于词与物生成的想象就是偏见式的——顶多算得上个人诗学意义上的真理，对于其他人而言无效，不具有"公度性"。比如"这个苹果是圆的"这一判断对这个苹果而言可能是真理，如果推而广之，认定所有的苹果都是圆的（包括被切开的和长歪的），就成为谬误。就像"月亮是圆的"这种类似于常识的真理在诗歌中未必就比"月亮是方的"更有效一样，事实很可能恰好相反。"偏见"是破译现代汉诗"词的歧义性"表意之谜的唯一有效手段。"偏见"就是针对真理的"不""非""反"。如果真理表述为"一个是另一个"，那么偏见就可能是"一个不是（非）另一个，或者不一定是另一个"。"非"和"不"意味着不确定和否定，或不一定是原来的样子，可能是原来的变形、放大或缩小、膨胀或萎缩；可能是分裂，由一个变为两个甚至更多；可能是合成，与其他物携手生成（融合生成），总之与原来的词语意义与物不一定相同，甚至不同或者无关。"反"意味着否定基础上的悖逆，与原有意义的相对甚至相反。无论是"不""非"还是"反"，都意味着从同一性中抽离出来，在差异性的基础上审视事物。巴什拉

---

① 敬文东：《笔记本》，《山花》2010 年第 14 期。

说："在统一体内部做不出诗来：独一性没有诗的特性。"[1] 至少在统一体内部做不出具有自身鲜明文体特征的现代诗，只能算作古典汉诗的现代延伸，或冠以现代之名的古典汉诗。因此，"应当找到一种使犹豫和暧昧统一起来的方法，只有这二者能使我们从现实主义中摆脱出来，使我们能遐想"[2]。要考虑犹豫和暧昧（含混的另一表述方式），而不是果断、清晰和坚决。要考虑分裂、变形、复杂而不是统一、原形、单一。陈超先生在论及西川的诗歌创作时有过这样的论断："它们（西川的杂体诗）不是只有无穷包膜内核却空无一物的洋葱，而是实实在在的诸多言说有根的茎块，这茎块彼此缠绕相互激活，但并不指向文本毁物主义，而是将生存和语言内部实实在在起作用的彼此矛盾的力量引诱出来。"[3] 这也正是现代汉诗"词的歧义性"希求达到的目的：

> 给那一切不可见的，注射一支共鸣剂，
> 以便地球上的窗户一齐敞开。[4]
>
> （张枣：《祖母》）

在本章第一节，笔者以词语/物"月亮"为个案，详细辨析了古今两种想象范式的差异性，阐述了需要深入和延展的问题与思考。在这一感性和系统认知的基础上，此节将打开思路，放宽视野，由对一个词/物的个案考察扩展为对所有词语/物的整体考察，系统分析和阐释现代汉诗的词语是如何运用变形、分裂、合成、悖逆这四种表意策略，把"歧义性"这一特征发挥得淋漓尽致的。

有时，借助一个词、一个韵脚，写诗的人就能出现在他之前谁

---

[1] 〔法〕加斯东·巴什拉：《火的精神分析》，杜小真、顾嘉琛译，三联书店，1992，第128页。

[2] 〔法〕加斯东·巴什拉：《火的精神分析》，杜小真、顾嘉琛译，三联书店，1992，第128页。

[3] 陈超：《从"纯于一"到"杂于一"——西川论》，《个人化历史想象力的生成》，北京大学出版社，2014，第121页。

[4] 张枣：《祖母》，《春秋来信》，文化艺术出版社，1998，第144页。

也没到过的地方，——也许，他会走得比他本人所希求的更远。①

一　词语变形：缩小与膨胀

依据个人生活经验和科学常识，应该相信古罗马诗人奥维德（Ovidius）的论断："宇宙间一切都无定形，一切形象都是在变易中形成的"②，就像昼夜交替、日月更迭和四季变化，诗歌中的词语也应如此。如果不考虑变化，只在"原形"的基础上长期频繁使用词语，词语必将会被磨损。所谓的不磨损③是有前提的：在保证词语充分自由，允许其发挥自述性和变化的前提下才可能实现。如果只使用而不回馈、只倒出而不装入、只重复而无变化，词语必然会被磨损，就像随着字迹被擦涂而逐渐变小的橡皮。这里所说的"磨损"并非表面的缩小，而是可能伸展空间的萎缩、意义的固定和能指范围的缩小，即语词空间的缩小。越是历史积淀深厚、备受古今诗人青睐的词语，越容易磨损。卡尔维诺把变瘦变老的月亮比作"榨干的骨头"，恰好命中了一个问题的两面：如果长期在同一意义上使用，词语会被磨损，会变形（缩小）的；要想让物恢复原样（原形）的有效方法同样是变形——把缩小的物以膨胀（变大）的方式恢复原形——只不过二者的差别在于：前者是使用意义上的变形（磨损），后者是重新赋予意义上的变形（填充）。本部分所说的"变形"是在词语向外敞开和言说的基础上生成的，是一种填充和再生，无疑属于后者。

变形是一种新生的方式，蕴含新生的多种可能。"所谓'生'就是和旧的状态不同的状态的开始了；所谓'死'就是旧的状态停止了。"④词语变形之后就不再只是"孤单"状态，而是能够迁延出比自身丰富

---

① 〔美〕约瑟夫·布罗斯基：《诺贝尔文学奖获奖演说》，王家新、沈睿编选《二十世纪外国重要诗人如是说》，河南人民出版社，1992，第 317 页。

② 〔英〕奥维德：《变形记》，杨周翰译，人民文学出版社，2008，第 319 页。

③ 树才认为：词语这种材料的特殊性在于：词语可以被反复使用，而看上去无磨损迹象。从这一点而言，词语是用之不竭的（树才：《词语这种材料》，《诗探索》2010年 Z1 期）。这个论断是具有前提和选择性的，而非放之四海皆准的真理。

④ 〔英〕奥维德：《变形记》，杨周翰译，人民文学出版社，2008，第 321 页。

得多的他物，就像"黑夜消殒，黎明到来"① 一样。黑夜经由存在到消失的"变形"之后，才会给黎明让出位置，取而代之。假如黑夜永在，那么黎明将无处安放。同理，黎明也是要以消失的方式完成变形（变黑变暗），才能实现昼夜更迭。由此可见，现代汉诗中词语的变形包括词语自身的变形和由此迁延出的其他词语的变形，就像珍珠项链，一个牵出一个，一个跟着一个。而且，A 词语和 B 词语的变形互为因果，由 A 的变形牵扯出 B，而 B 的存在会使得 A 形态万千。比如单独说到苹果时是圆的，词语"圆形"可以作为苹果的精确表述，但是当"圆形的苹果"与"刀子"发生关系，把苹果一分为二或切成若干小块时，词语"圆形"就不再有效，而是变形为半圆、碎块或其他（只要愿意，可以雕刻出各种形状），作为物和词的圆形苹果都发生了变形。再比如说大海，大海是什么形状？方的、圆的还是无边无际？很多被认为是具有合理性和科学性的判断，其实未必正确或有效：所谓无边无际其实是与海所处的位置，或者说用来盛装海水的容器有关，因为大海通常位于大地之上，所以无边无际。若非如此，海的形状也可以是不确定和多变的。诗人蒋浩把"海的形状"阐释得极为丰富和多样：

你每次问我海的形状时，

我都应该拎回两袋海水。

这是海的形状，像一对眼睛；

或者是眼睛看到的海的形状。

你去摸它，像是去擦拭

两滴滚烫的眼泪。

这也是海的形状。②

……

海的形状还远不止于此，"锻炼的面包""桌子上剩下的这对塑料

---

① 〔意大利〕伊塔洛·卡尔维诺：《宇宙奇趣全集》，张密等译，译林出版社，2011，第319页。

② 蒋浩：《海的形状》，洪子诚、程光炜主编《中国新诗百年大典》第二十五卷，长江文艺出版社，2013，第97页。

袋"、退潮以后剩下的盐、"一袋水""一袋沙"都可以是海的形状。大海原本的无边无际、无法具体化的形状因为容器的不同而形态多变，曾经被认定的常识甚至真理也变得不再确定：

> 你肯定，否定；又不肯定，
> 不否定？你自己反复实验吧。
> 这也是你的形状。但你说，
> "我只是我的形象。"①

又或许，海还是海，"它无比宽广／呈现蓝色或绿色／它什么都不代表／什么也不暗示"②。海本身没有变，却会因理解的差异而产生变化。在这种肯定、否定的反复实验和不确定性中生出歧义，并加深对事物的认知和理解："变形"不涉及客观真理的判断和陈述，只是表达对事物的一种观点和观感，不是表面的正确，不是"是"与"非"的二元对立，而是存在的多种可能。"我是白色的。细嫩、松软。／有时是一片羽毛，有时是／一片冰天雪地。这与其说／涉及到一种表白，不如说／牵连到人对我的一种看法。／人相信他所看到的事物。"③

海之所以形状多变，既与水本身的流动性特质有关，又与因理解不同而生出的他物的勾连有关，作为物的海和作为词的海都发生了变形。作为物的变形可以改变人们对物的原有看法，生成新的看问题方式，物在理解的多样化过程中变得丰富；作为词的变形，可以加速、增加词语内部意义的膨胀，使诗人在充分理解词语本身的同时，又能够透过表面最大限度地认识其他生成关系之物，"水会自己变形，也会改变其他东西的形状"④。词与物的变形既可以改变他者，又可以改变自身。两者的差别只是在于词改变的"他者"，更多指向其他词与物，而物改变的"他者"则更多指向人，或者说人的理解。

---

① 蒋浩：《海的形状》，洪子诚、程光炜主编《中国新诗百年大典》第二十五卷，长江文艺出版社，2013，第 98 页。
② 赵野：《海》，《逝者如斯》，作家出版社，2003，第 114 页。
③ 臧棣：《白色》，《燕园纪事》，文化艺术出版社，1998，第 45 页。
④ 〔英〕奥维德：《变形记》，杨周翰译，人民文学出版社，2008，第 322 页。

单是一个诗人笔下的一个词语"海",就可以形态万千,足见词语变形对现代汉诗意义丰富性的影响。为了便于把握和理解以及探讨问题的集中,这里仅从词语能指面积和体积的变化探讨最直观、最基本的变形方式——大(膨胀)与小(缩小)。先说缩小。格拉斯小说《铁皮鼓》中的小侏儒奥斯卡以"自残"的方式拒绝长大,缩小自己(拒绝长大是另一意义上的缩小)的奥斯卡在获得超能力(远距离震碎玻璃)的同时,也因此得以借"局外人"的身份窥探隐藏在黑暗角落的善与恶。卡夫卡与父亲对抗的途径是缩小自己,"为了看到陌生的动物,更微妙的动物,不得不再次缩小,变形"①。词语为了准确触摸微小和幽暗事物的"命脉",探查更陌生和隐秘的存在,也只能以缩小的方式变形。"小"才有可能进入纤细、狭长而幽深的意义缝隙(就像针),"挑出"事物的核心秘密。缩小的、变得细小的"词语侏儒"能够以"旁观者"姿态"窥视"被"正常大小"忽视的"细枝末节",说出事物的真相。在《抒情诗》中,臧棣以诗歌的方式阐释了缩小变形的有效性:"而变细的/却是我们的眼神——/似乎还能再细,至少/可以比仔细更细/细如陌生人的皮肤/……细如细而不腻/……细如细长/……细如远方/……细如少减去多/其结果是我们的抽屉里/又添了一把指甲刀。"②缩小变细是一种有效的抒情方式(题目叫抒情诗),细不是少而是多(添了一把指甲刀),细可以窥探到更多的秘密,可能未必与预先设想的秘密吻合,可能大于,也可能背离,但最后指向的都是意义的膨胀。

现代汉诗中词语最显豁的缩小变形有两种:一是由大变小,将容易固定化和流于空泛的集合性词语(主要指名词)个体化、细致化;二是由抽象③变具体,将内涵(意义)不确定词语(涵盖很多词性)细节化。集合名词,由于所指和内涵的笼统和模糊,更容易被役使和利用,本应该有更多发挥余地和多维阐释向度的自述性被压制。比如"人民"

---

① 钟鸣:《卡夫卡》,《畜界,人界——一个文本主义者的随笔集》,东方出版社,1995,第 22 页。

② 臧棣:《抒情诗》,《新鲜的荆棘》,新世界出版社,2002,第 46~47 页。

③ "抽象"由于看不到无法捕提而可以想象成"无限大"。抽象的东西具体化也可以被视作一种缩小——因为抽象是无形的,可以看作无限大、不可捉摸、不可把握、无法说清的。

"大众"，甚至是"我们"这类词语，缩小可以给这样高蹈虚幻的词语做意义上的降旗仪式。人民对应的不再是单一、空泛、呆滞的固有定义，而是在词语意义返源的基础上展开新的想象和言说：

> 人民就是——
>
> 做馒头生意的河北人；
>
> 村头小卖铺的胖大嫂；
>
> 裁缝店的高素珍；
>
> 开黑"面的"的王中茂；
>
> 村委会的电工。
>
> 人民就是申光伟、王家新和我。[①]
>
> （孙文波：《上苑短歌集》）

"人民"一词本就不确定，可作多元理解：是 A 也是 B，不只是 A 也不只是 B；是"我"也是"他"，不只是"我"也不只是"他"。在这种不确定中，词语"人民"的内涵变得复杂。一旦多元性和不确定性被悬空和剪除，必然变成单一和空洞无效的符号。当孙文波把"人民"这样具有大词或"死词"特征的词具体化为各行各业、形形色色的个体时，其内涵一下由空洞所指变得可触可感、容貌清晰，意义不再处于悬空状态，而是有着"接地气"的具体和鲜活。这里所说的"人民"远比本义和字典意义[②]丰富得多。从词义来说，局部缩小其实整体上是放大和膨胀："人民"一个词通过判断动词"是"牵扯出"胖大嫂""河北人""高素珍""王中茂""申光伟""王家新和我（孙文波）"，从具体性和多样化角度来说，"人民"的意义其实是"变大"了。在对每个人身份和所从事行当的细致描摹中，感情色彩亦扩展为多种理解。人民不只是淳朴善良的代名词，也可能是迫于生存压力而违背道德规范（道德准绳），人民"王中茂"开"黑面的"（黑出租）的细节描写，构成了对人民的一维言说和崇高性的消解。

[①] 孙文波：《上苑短歌集》，《孙文波的诗》，人民文学出版社，2001，第 96~97 页。
[②] "人民"的定义：以劳动群众为主体的社会基本成员（《现代汉语大词典》，商务印书馆，2000，第 269 页）。

　　还有一些词语，虽然隐含时空概念，却无法将时间概念确指到小时分秒，亦无法将空间概念确指到平方米，这类词语同样可以用缩小的方式加以细致化，分割成若干细节，以达到生动和准确的诗意表达效果。现代汉语中这类词语非常多，比如表示时间的四季、月份、年份、某一天或者表示地点的咖啡馆、电影院、银行、广场等，这些词语展开的诗意言说因词语本身暗含诸多不确定因素而处于不断变化之中。词语只是提供一个时间、一个场所、一种可能，甚至只是一个写作的开始。比如叶辉笔下的"糖果店"，"有一会我在糖果店的柜台上/写下一行诗，但是/我不是在写糖果店/也不是写那个称秤的妇人/我想着其他其他事情：一匹马或一个人/在陌生的地方，展开/全部生活的戏剧"。[①] 身处糖果店，却未必必须写此情此景，只是诗歌的开始。在这一创作理念的支配下，看似无法被具体化的时间同样可以用细节组合的方式变得细致和具体。于坚的《作品52号》，整首诗都由一些看似无关紧要的细节组成：

　　　　很多年 屁股上拴串钥匙 裤袋里装枚图章
　　　　很多年 记着市内的公共厕所 把钟拨到7点
　　　　很多年 在街口吃一碗一角二的冬菜面
　　　　很多年 一个人靠着栏杆 认得不少上海货[②]

　　看似漫长的"很多年"并不是时刻都有大事件发生——"生老病死"的笼统概括实际上毫无意义，不足以用来彰显个性，呈现差异。一生中能够被记住的，或者说把时间一点点磨损掉的，恰好是那些琐碎、微不足道的小事，而每个人的"很多年"正是因这些细节的不同而各具特性。由这样一些细节组成的"岁月"（很多年）比纯粹的时间标注和计算要丰富和膨大得多。

　　另一种较为常见的缩小式变形是由抽象变具体，即将内涵（意义）不确定的词语（涵盖很多词性）细节化，把无色无味、无影无形的抽象词语具象化，强化、加深或解构、颠覆抽象词语的某种或某些特性。

---

① 叶辉：《在糖果店》，张桃洲编《中国新诗总系 1989~2000》，人民文学出版社，2010，第391页。

② 于坚：《作品52号》，《于坚的诗》，人民文学出版社，2002，第205页。

比如记忆，既看不到也抓不着，有真实性，也有虚构性，同时亦有选择性（强化某些快乐记忆或者刻意遗忘某些不快），不同年龄层次的人的记忆的时间长度和容量都不确定。记忆无法说尽，却又时刻伴随着人，成为生命的一部分：它"生存在燃着的烟卷上，在绘着百合花的笔杆上，在破旧的粉盒上，存在颓垣的木莓上，在喝了一半的酒瓶上，在撕碎的往日的诗稿上，在压干的花片上，在凄暗的灯上，在平静的水上，在一切有灵魂没有灵魂的东西上，它在到处生存着，像我在这世界一样"①。以对曾经存在场景扫描和电影回放的方式，经过"蒙太奇"的拼接，把记忆的多样复杂特征完全表现出来，比用抽象的方式解释抽象好得多。有时，诗人还可以在对词语某些特征强化的基础上进行新的意义扩展和敞开，新的思考或者其他艺术效果得以生成。柯平的诗歌《说给小白听的话》是对难以说清且容易空泛和模式化的主题"爱"的变形，看似最动人的男女之间私密情感的表达其实是最值得怀疑，甚至是颇具讽刺意义的：

> 我要象爱节日那样爱你。
>
> 我要象一只拖鞋爱另一只拖鞋那样爱你。
>
> 我要象酒鬼爱酒那样爱你。
>
> 我要象爱金庸的小说那样爱你。
>
> 我要象爱林彪爱搞阴谋那样爱你。
>
> 我要象爱琴弓爱琴弦那样爱你。
>
> 我要象爱小学一年级的王老师那样爱你。
>
> 我要象爱奖金那样爱你。
>
> 我要象我爱我初恋的情人那样爱你。
>
> 我要象爱我即将出版的诗集那样爱你。
>
> 我要象爱我自己那样爱你。②

通过由抽象情感到具体的缩小，"我爱你"已经被改写，达到与空

---

① 戴望舒：《我底记忆》，朱自清编选《中国新文学大系》第八集，上海良友图书印刷公司，1935，第221页。

② 柯平：《说给小白听的话》，《写给小白的71首情诗》，海南出版社，1994，第34页。

洞表达完全不同的美学效果。一系列生动有趣的类比把人类最神圣、最高级的情感缩小（精神上的缩小，感情色彩的缩小以及具体化）为玩笑似的戏谑。庄重的爱之誓言也变成嬉皮笑脸的"胡言乱语"，表白地点由教堂（圣洁和崇高）转移到日常生活领域，并与功利、欲望、消费、金钱甚至历史等其他事物联系在一起，由单纯的情感言说变为复合杂糅，转向现实和历史。在亦庄亦谐、亦真亦假的情感表达中完成对情感、人性、现实以及历史的多重思考和解构，给诗歌增添了张力和魅力。

从数量和容积来看，词语可由一个膨胀出许多，比如"人民"和"记忆"，如果愿意写下去，也可能是无数。而简单判断句"我爱你"亦由于多个意味十足的明喻介入其中而变得内涵复杂，远比"我爱你"三个字本身可供联想的意义丰富得多。因此可以说，无论是由整体到个体，还是由抽象到具体，表面的缩小其实是意义的膨胀，细部的缩小实际是为了整体膨胀；而整体膨胀又使细部变得更细致、更纤细。缩小不是减法而是加法，不是除法而是乘法。缩小和膨胀总是成对出现，都是相对而言，从破坏性上来说，"奥斯卡"（侏儒）和"庞大固埃"①（巨人）是同一类人，只是看问题的角度不同而已，就像是大于或小于：

> 我不只大你一个青春；我大你
> 三千里江山，一万个陌生人，一百个
> 阴沉的念头。我还大你
> 微不足道的几本书，三四个观点
> 以及正在建造中的荒唐体系
> ……
> 我小于你的东西
> 也很多，绝不只是上述一切的反面。
> 我小于你的纯洁、健康和一万个未来：

---

① 拉伯雷在《巨人传》中塑造的庞大固埃，有智慧、有头脑、会跳舞、会舞剑，当然也具有破坏性，用手指就可提起大钟，到圣母堂摘大钟，蔑视权威，研读了七科，秉性颖悟倍于常人，记忆力强（〔法〕拉伯雷：《巨人传》，鲍文蔚译，人民文学出版社，2004，第206页）。

那都是我现在只配仰望的东西。①

（敬文东：《偶然作》）

如果没有具体语境，"我大于你"或"我小于你"这个论断并不严谨，若非经过变形处理，很难具备诗意，更像在陈述事实，类似于"我的年龄比你大"这样的语言。敬文东这首诗非常巧妙地把"我"和"你"或者人和人之间的差异用变形的方式展现出来，这种变形不是习见的年龄差距、能力差距、经历差距的机械对比，而是具体可感、生动有趣的"大小"对比，某些方面我大于你，但是另一些方面我又小于你，人和人的不同在看似滑稽又值得深思的对比中形象地被说出。

变形具有双重意义：认识自我和深入他者。从想象力激发角度来说，水的倒影比水本身更重要，因为与水相比，水的倒影更具有想象力延展可能，可提供想象空间更大。"在微微摇晃的倒影中／我找到了你／那深不可测的眼睛"②，倒影中的一切既真实又经过变形，是变形之后的真实，可以从不同维度深入事物。另一重要意义在于，词语通过缩小和膨胀自身意义变得更加充盈。变形是深入词语自身的一种特殊有效方式，就像巴什拉看到水的倒影之后，突然间正视到水本身一样。以变形的眼光重新深入、介入和审视世界，一切都会有所不同：

什么都在变化。

世界不是想象的世界。③

（孙文波：《上苑短歌集》）

二　词语分裂：拆解与打碎

词语因缩小而生成的细部颗粒胀大到一定程度，必然会冲破包裹的外皮而生成分裂——"歧义性"的另一表意策略。词语不再只是基于数量同一的变形，而是数量变化以及由此引出的意义混杂。对词语分裂

---

① 敬文东：《偶然作》，《山花》2010 年第 14 期。

② 北岛：《迷途》，《结局或开始》，长江文艺出版社，2008，第 29 页。

③ 孙文波：《上苑短歌集》，《孙文波的诗》，人民文学出版社，2001，第 97 页。

之后新增的本领和能力的概括，卡尔维诺的小说《分成两半的子爵》可看作最好的隐喻范本。"我舅舅"梅达尔多子爵的身体因战争被炸坏了左半边，而右边竟然完好无损，子爵因此成为"分成两半的子爵"，露在外面的右半身和隐藏起来、残缺不全的"左半身"。变成"一半人"的子爵因为身体分裂，善恶本性均得以最大限度地激发。同时，子爵不只自己分裂，而且增添了把其他事物变成一半的"本领"，比如半个梨子、半只青蛙、半个甜瓜、半个蘑菇、半个石菌、半个红磨、从中间裂开的大树等。子爵身体的分裂至少有三个意义：首先，分裂意味着多，由一个分成两个或其他，数量增多；其次，分裂能够"以己度人"，看到分裂的世界，甚至把完整之物变得分裂；最后，分裂就是把虚饰的完美和完整表面剖开，放大细节和局部，这相当于进入事物内里，看到或引出深藏之物，进而偏离或颠覆先前的认知，表现在子爵身上是恶与善的无限放大。小说中人物对白更具有启示性：

> 帕梅拉对子爵说："您把大自然的一切造物都撕碎吗？"
>
> 子爵回答："除此之外，我们没有别的语言可以交谈。世界上两个造物的每一次相遇都是一场相互撕咬。"[1]

按照子爵的说法，认识事物的唯一有效语言就是拆解和撕裂，不同事物所蕴含的不同元素可能会相生相克，有互相拆解和分裂的可能（撕咬的结果），而互相撕咬的过程可能也是接近本质（真相）的途径，无论美丑善恶。子爵说："我对这种恶的本性有所了解，你会比跟别的人在一起更安全，因为我像大家一样干坏事，但是我与别人又不相同，我下手准确。"[2] 因为"恶"被揭露而不是被隐藏，所以显得格外刺眼，原本深藏和被遮蔽的特性从分裂的缝隙中显现。

分裂是拆解、打碎或破坏，词语由一个分成两个，由"一"生出"多"和"具体"，容纳更多可能性。无论两个还是多个，必然大于一，

---

① 〔意大利〕伊塔洛·卡尔维诺：《分成两半的子爵》，《卡尔维诺文集》第3卷，蔡国忠、吴正仪译，译林出版社，2001，第38页。

② 〔意大利〕伊塔洛·卡尔维诺：《分成两半的子爵》，《卡尔维诺文集》第3卷，蔡国忠、吴正仪译，译林出版社，2001，第38页。

就像欧阳江河笔下的《手枪》：

> 手枪可以拆开
> 拆作两件不相关的东西
> 一件是手，一件是枪
> 枪变长可以成为一个党
> 手涂黑可以成为另一个党①

"手"和"枪"本身并没有任何变化，但是由于"手枪"一个词语被拆解为"手"和"枪"两个，各自延展出的内容和意义比"手枪"单个词语要多："手"可以变成"黑手党"，而"枪"可以变为"长枪党"，这意味着新意义不只是由"手枪"引出，而且由"手枪""手"和"枪"三者共同生成。而且，这种经由拆解所引发的联想是多样和多元的，"黑手党戴上白手套／长枪党改用短枪"。按照这个逻辑推演下去，黑手党可以戴上红色手套，而长枪党也可以不使用枪。言说的脉络和生长点是可以随意延伸的，诗歌因词语"手枪"的拆解变得意义无穷，直至"世界在无穷的拆字法中分离"。②

"分裂"有被动和主动之分：子爵是被迫分裂的，却因此获得了新意义和对世界万物的新认知，反过来又以主动姿态拆解和打破世界万物。词语的分裂同样如此，既主动也被动：主动是指自述性功能迫使词语不断调整自我，最大限度发挥面对复杂物世界的言说效力；被动则指万物的复杂性迫使词语分裂，以更有效的方式进入物、探查物。无论是主动还被动，皆相对而言，A 对 B 的拆解行为主动，B 就被动；B 内部自我分裂，反过来强迫 A 以分裂眼光审视 B，那么 A 就会相对被动。无论是拆解还是打碎，都是被动和主动的集合，或者说被动和主动可以互换位置，最终结果都是分裂。

尽管新诗草创时期，现代诗人对词语分裂的认识没有 20 世纪 80 年代以降那样自觉，更多是出于诗意本身而非语言本体的考虑，但是在不

---

① 欧阳江河：《手枪》，《透过词语的玻璃》，改革出版社，1997，第 20 页。
② 欧阳江河：《手枪》，《透过词语的玻璃》，改革出版社，1997，第 20 页。

自觉中也"运用"着这样的表意策略。比如康白情的《和平的春里》，可看作词语的分裂，通过对"绿"的拆解，绿色变得具体。

> 遍江北底野色都绿了。
>
> 柳也绿了。
>
> 麦子也绿了。
>
> 细草也绿了。
>
> 水也绿了。
>
> 鸭尾巴也绿了。
>
> 茅屋盖上也绿了。
>
> 穷人底饿眼儿也绿了。
>
> 和平的春里远燃着几团野火。①

经过康白情的细腻演绎和拆解，古典汉诗中"绿"的单一笼统对应物"江南岸"（由"春风又绿江南岸"分析得来）已经被具体化为柳、麦子、细草、水、鸭尾巴、茅屋盖、穷人的眼等物，"唯一性"被打碎，成为由多个碎片拼合而成的多样化图景。在这首诗的最后，出现了一个与整首诗歌翠绿的底色不搭调的"异端"：自诗歌开始都在说"绿"，唯恐未把绿以及由此寓意的生机勃勃春景说尽，而最后一句却出现了无论是颜色还是性质都与绿色相悖的物——"几团野火"，再加上饿得眼睛发绿的穷人，这无疑给"费力描写"的"和平的春里"增加了一抹不和谐的色彩。由整体的绿分裂出具体的绿，又由生机勃勃的绿分裂出苦难的绿（饥饿的穷人）和破坏绿色的火（并不是绿色，而是红色）。两种分裂方式并不相同，前者是由整体到具体，后者是生成悖论和异端。这说明分裂具有差异性和连续性，并非一次性完成，且具有多种分裂方法。

词语分裂的连续性就像生物学中的"有丝分裂"。连续分裂的结果是由一个分为两个，然后两个分别分裂，以至于越来越多，当然，如果

---

① 康白情：《和平的春里》，姜涛编《中国新诗总系 1917~1927》，人民文学出版社，2010，第78页。

这种连续分裂的方式不同，还会由一个牵出另一个，甚至走向最初词语的反面。

> 我已经可以完成一次重要的分裂
> 仅仅一次，就可以干得异常完美
> ……
> 但我对于我肢解后的那些零件
> 是给予优厚的希冀，还是颓丧的废弃
> 我送给你一颗米粒，好似忠告
> 是作为美好形式的句点还是丑恶的证明
>
> 所以，还要进行第二次分裂
> 瞄准遗物中我堆砌的最软弱的部分
> 判决——我不需要剩下的一切
> 哪怕第三、第四、加法和乘法①

　　加法和乘法而非减法和除法，意味着比原来多而不是少。连续分裂是打碎整体的过程，在越来越多、越来越细致、越来越深入的连续分裂过程中，渐渐逼近想要探明的事物的真相。诗人王家新由"乌鸦"说到"作诗"，"乌鸦"并没有直接分裂，但是由"乌鸦"引出的词语"作诗"却发生了分裂。由"作诗"引出二十八个因由和目的，比如"为一只乌鸦在梦中的出现——/……为所有诗人'对困难事物的强烈爱好'，/为一个自虐的女人；/……为迟迟而来的葬礼；/……也为我们在天空发蓝时经受的洗礼；/……为那不便言说的恐惧；/……为时间的威胁，/……也为那些仍渴望梦见一些什么/又恰好被乌鸦所梦见的人……"② 诗人将写作因由分裂和打碎，把对乌鸦的思考渗透进对诸多事物的思考之中，最终目的是等待"那惟一的事物的到来"③，这"惟一的事物"可能就是真相。

---

① 戈麦：《誓言》，西渡编《戈麦诗全编》，三联书店，1999，第 160 页。
② 王家新：《乌鸦》，《王家新的诗》，人民文学出版社，2001，第 158 ~ 159 页。
③ 王家新：《乌鸦》，《王家新的诗》，人民文学出版社，2001，第 160 页。

"世界的声音，／在不一致的地方被分开。"① "不一致"可能与词语本身暗含分裂之意有关，也可能与不同人、不同生存体验和感触有关。前者比如张曙光的《小丑的花格外衣》，词语"小丑"本身就因活动地点不同（舞台和生活）暗含一分为二的特性，真与假都暗含其中；后者与词语的笼统性有关，比如广场（欧阳江河《傍晚穿过广场》）、弧线（顾城《弧线》），这些是诗人认识和体验差异生出变数的词语引出的分裂。与《手枪》词语本身的分裂不同，《傍晚穿过广场》是对广场内涵的差异性填充生成的分裂，也就是说，词语分裂至少可以以三种方式进行，词语概念中隐含分裂；由对词语本身的拆解带来的分裂；诗人"利用"词语的不确定性，由个人体验填充和经验改造的分裂。

> 假如能够将一切东西都一劈为二的话，那么人人都可以摆脱他那愚蠢的完整概念的束缚了……（原来）我以为什么都已看清，其实只看到皮毛而已。假如你将变成你自己的一半的话……你虽然失去了你自己和世界的一半，但是留下的这一半将是千倍的深刻和珍贵。你也将会愿意一切东西都如你所想像的那样变成半个，因为美好、智慧、正义只存在于被破坏之后。②

"一分为二"的子爵颇具哲理和预言性地说出了分裂对理解词语与物，甚至认知世界的益处：真相和事实也存在于被破坏、被分裂之后。臧棣收录在两部诗集中的六首同题诗《未名湖》更适合集中阐明这一问题。其中四首收录在《燕园纪事》，两首收录于《新鲜的荆棘》的《未名湖》，虽然题目相同，但是切入角度、言说内容、寄寓的思考都不同，有的甚至相反和矛盾。第一首《未名湖》③ 因为有了副标题"为张旭东而作"的限定而设定了具体言说对象。诗歌从月亮写起，却不是为了纯粹写景，而是透出一种思想观，"有一种东西柔软得直逼／开窍的

---

① 莫非：《词与物》，张桃洲编《中国新诗总系 1989～2000》，人民文学出版社，2010，第472页。

② 〔意大利〕伊塔洛·卡尔维诺：《分成两半的子爵》，《卡尔维诺文集》第3卷，蔡国忠、吴正仪译，译林出版社，2001，第35页。

③ 臧棣：《燕园纪事》，文化艺术出版社，1998，第48～52页。

心灵"，诱发诗人陷入"透彻和沉思"，修正和完善某些观念。"那不是／真切或清晰能够解决的问题。／仿佛要将已重叠于我们体形的／某样东西，再重新分离出来；／灵与肉的辩证法日益粗糙，／比例失调：像新一代散文的／粗腿，嫁接于格言的腰肢。"如果说这首《未名湖》倾向于沉思和修正，那么第二首《未名湖》① 则意在反讽：在"新闻联播"和"晚餐美化生活的时间"，诗人来到湖边筹划着钓"美人鱼"却未得，现实的虚假与想象的真实总是发生龃龉，终究无法由假成真，一切逃离和抵达只是一种想象的真实。第三首在《未名湖》② 中，诗人把目光转向冬季未名湖，将之日常化并与消费联系在一起，"在冬天，它是北京的一座滑冰场，／一种不设防的公共场所：／向爱情的学院派习作敞开"，隐约透露出对"未名湖"消费倾向和"堕落"的担忧，"它是我们时代的变形记的扉页插图：／犹如正视某些问题的一只独眼，／另一只为穷尽繁琐的知识已经失明。"第四首《未名湖》③ 写的是秋天，恰好与第三首内涵相反，不是堕落而是一种艰难孤绝的坚守和抵抗，"这也是／它没有被谱成流行歌曲前的标准姿态……它的抒情天地恰到好处／像《红楼梦》中的某一页／／它把我们当中的一些人／变成那喀索斯：让知识的面孔异常优美。"《新鲜的荆棘》中收录的两首又与这四首不同。前四首至少可以看到"湖"的影子，尽管诗人的着眼点并不在湖。《未名湖》（一）④ 完全没有"水"的痕迹，唯一出现的饮水与湖水也不是一回事。诗歌以（湖边之）树展开，最后的落脚点却不在树，而是理解和不理解、正确和错误之间的小偏差和小契合：不正确的行为带来的是正确的理解，能触动内心的并不是风景，而是无法融入风景之物，你所蔑视的东西可能正是你呼吁的，所有这些看似相悖却又合理。《未名湖》（二）⑤ 是对"洞"的思辨和看法，包含对生活、写作、自身的哲性辨析。"洞"的所指层次很多：你身上的洞、玻璃上的洞、语言的洞、生

---

① 臧棣：《燕园纪事》，文化艺术出版社，1998，第 85 页。
② 臧棣：《燕园纪事》，文化艺术出版社，1998，第 131~132 页。
③ 臧棣：《燕园纪事》，文化艺术出版社，1998，第 168 页。
④ 臧棣：《新鲜的荆棘》，新世界出版社，2002，第 189 页。
⑤ 臧棣：《新鲜的荆棘》，新世界出版社，2002，第 190 页。

活中的"洞"。洞的数量（"我"总是数不对"你"身上的洞）、"洞"的用处（是一种弥补还是出口）、"洞"的性质都无法看清，只有"使用它，才知道它是不是出口"。

六首都是《未名湖》，但是未名湖和未名湖是多么不同：哲学的未名湖、辩证的未名湖、坚守的未名湖、孤绝的未名湖、堕落的未名湖、世俗的未名湖、想象的未名湖、矛盾的未名湖甚至是与未名湖无关的未名湖。"未名湖"分裂为六个"未名湖"，还可以是其他湖；又或者与湖水无关——如果把诗歌的题目换成其他词语似乎也说得通，比如最后一首叫作"洞"好像更准确。词语"未名湖"在这些诗歌中出现了分裂，此诗与彼诗不同，此诗言说之物与彼诗言说之物也不同。"未名湖"只是引子，一个可能性和开始，提供言说和想象起点，并无绝对正误之分。

古典汉诗也有同题诗，较为著名的比如《关山月》①，魏晋以后虽然写作范式也经历几次变化：由写月的咏物诗到望月怀乡再到戍边的游子与思妇的情感应合②，但是都没有脱离思乡、戍边、团圆的大主题，仍然是沿着伤离别③这一原始范式展开的想象。都是同题诗，都是面对一个言说中心，古今差异却很大。古典汉诗注重同质而非异质，注重相似性而非差异性。现代汉诗词语分裂则更注重异质和差异性④，于分裂的间隙（in-between）挖出更多异质因素以及可能接近本质的语言：

> 当云层终于断裂
> 鱼群被引向临海的塔楼

---

① 《关山月》属于横吹曲辞。参见（宋）郭茂倩编《乐府诗集》，中华书局，1979，第311页。

② 关于这一创作范式的变化，可参见阎福玲《横吹曲辞〈关山月〉创作范式考论》（《河北师范大学学报》2005年第2期），具体诗作见（宋）郭茂倩编《乐府诗集》（中华书局，1979，第334~349页）。

③ 《乐府解题》曰："《关山月》伤离别也"［（宋）郭茂倩编《乐府诗集》，中华书局，1979，第334页］。

④ 现代汉诗出现过古典汉诗存在的问题，比如前面曾经论及的政治抒情诗，虽然表面看来也似乎是词语的分裂，但只是在同质和相似性的基础上的分裂，与此处所论及的问题不同。正是同质才带来一体化、固定化等问题。这种现象和问题是现代汉诗必须警惕和避免的。

　　华灯会突然燃遍所有的枝头

　　照耀你的和我的语言①

（陈东东：《语言》）

　　造成词语分裂的最根本原因在于言说（表意）困境，复杂多变的事物无法被全面彻底而清晰地描述，所以只能用分裂的方式，通过诸多细节的增加和扩展，在一定程度上弥补无法穷尽的缺憾。"你的写作拯救了你，你用一首诗/原谅了世界，却从不原谅自己/那聚在一起的词语，又将分开/全部砸向你额头的土地。"② 关于这一困境和矛盾，昌耀在《紫金冠》③ 中表现得非常鲜明："我不能描摹出的一种完美是紫金冠。"对于紫金冠到底是什么，诗人陷入了言说的困境。在语言尚未彻底有效抵达神秘之物之前，诗人的内心情感也产生了分裂，一方面，"我喜悦。如果有神启而我不假思索道出的/正是紫金冠"；另一方面，又因不能准确地触碰物的意义内核而充满焦虑，因为"紫金冠"可能是希望之星，在热液中带来的沁凉，可能是人性觉醒、是永恒、是宝藏，还可能是不可穷尽的高峻或冷寂等。"'紫金冠'不可描摹，但诗人又太想描摹，因而只好结结巴巴地进行描摹。口吃的形而上学，就是在把自己无限缩小之后，面对一切大于自己的事物（当然，所有事物都会大于他），想说却又无从说起的那种结结巴巴的音势。"④ 正因为无法说清，又害怕说不清，所以只能不停地说，用尽可能多的词语加以阐释。尽管如此，"分裂"仍然有其自身的独特效力，它生出多，带来异质的繁复，牺牲了自身的完整而展现分裂的世界，并可能在分裂间隙探明真相：

　　一片响声之后，汉字变得简单。

　　掉下了一些胳膊，腿，眼睛，

---

① 陈东东：《语言》，《海神的一夜》，改革出版社，1997，第 6 页。

② 蒋浩：《在冬天》，《阵地》1996~1997 年总第 6 期。

③ 昌耀：《紫金冠》，《昌耀的诗》，人民文学出版社，2000，第 202 页。

④ 敬文东：《对一个口吃者的精神分析》，《诗歌在解构的日子里》，北京大学出版社，2008，第 119 页。

但语言依然在行走，伸出，以及看见。①

（欧阳江河：《汉英之间》）

三　词语合成：并置与进入

《分成两半的子爵》中，子爵在善与恶斗争中血管被再次切断，血液最终融合在一起，合二为一。表面上看，再次合体的子爵与分裂之前并无区别，但是经历过分裂的子爵通过缝隙对物的理解加深，充分认识了分裂和完满，能够比原来更透彻地了解这个世界。因此，合成之后的子爵既是原来的子爵，又不是原来的子爵，词语也是如此。原有词语以拆解和打碎的方式分裂之后，碎裂的部分并不是孤独存在，也非永远残缺不全，而是等待"最佳时机"进行合成：与原有之物合成或与其他之物合成。不管是与原来的部分还是寻找新的对象，合成之后的词语与之前相比都有所不同。重新组合的新词与旧词已经不再是同一个，经过分裂的再合成比先前容纳的意义更多。

与语言学中的"合成词"不同，这里说的"合成"（synthesis）不是部分组成整体，而是把两个或更多与语法和惯用法无关的词语，因为某种内在联系勾连在一起，通过奇妙的"化学反应"（不是表面位置的并置或移动，而是质的变化）所形成的关系，合成的结果是把词语的简单意义深化和扩展为复杂。每个词语单独出现，意义非常明确，但是把两个词语放在一起，就变得意义混杂。合成之后的词语的言说能力大大增强，既具有分裂以后（合成以前）的能力，又增加了合成之后的新能力。以陈东东的诗歌《点灯》为例：

> 把灯点到石头里去，让他们看看
> 海的姿态，让他们看看
> 古代的鱼
> 也应该让他们看看亮光
> 一盏高举在山上的灯

---

① 欧阳江河：《汉英之间》，《透过词语的玻璃》，改革出版社，1997，第69页。

灯也该点到江水里去，

……

点灯。当我用手去阻挡北风

当我站到了峡谷之间

我想他们会向我围拢

会来看我灯一样的

语言①

　　这首诗表达了诗人对语言的新认识以及明确的语言观：诗歌语言具有无限潜能，能够最大限度地自我激发，"当我们用语言写成一首诗的时候，也是我们让语言回到语言自身的时候。诗歌语言的向度更深刻地朝着语言内部而不是语言之外的世界，为写诗的那个人带来所谓语言的自我意识"②。陈东东极为精准地把语言比喻为"灯"（可以照亮，可以发光发热），恰好说出了词语合成的重要性以及开阔性：词语与其他词语先是靠近和并置，然后以进入内部的方式合成，呈现出来的是人们不曾看到的世界和景象：当灯（词语）进入石头内部，就能看到海的姿态、看到鱼还有能够照耀和发光的灯；当灯（词语）进入江里时，不但能看到无声的海、活着的鱼，还能看到落日以及树林里腾起的火鸟；当词语进入其他词/物的内部，点亮语言之灯，"光"将会吸引"他们"向"我"围拢。由此可见，词语的合成方式有两种，或者说要经过两个步骤（阶段）：并置和进入。并置是指原本不相关的两个或更多词语出现在一个句子或一首诗歌中，并生成某种关系，"阳光，我，/我和阳光站在一起！"③ 并置之后，两个词语不是表面的并列，也不是单纯的平行关系，而是意义的互相交叉和进入。"我"因为"和阳光站在一起"而变得温暖和耀眼，"阳光"也因"我"的陪伴不再孤单，"阳光"和"我"的意义都变得丰富。合成可以是相互吸引，B 词语被 A

---

① 陈东东：《点灯》，《海神的一夜》，改革出版社，1997，第22页。

② 张学昕：《诗是我们内心的一种精神结构——李笠、陈东东访谈》，《作家》2007年第10期。

③ 王小妮：《我感到了阳光》，王光明编《中国新诗总系　1979～1989》，人民文学出版社，2010，第202页。

词语的魅力所吸引，围拢过来，渴望与 A 融为一体，由被动吸引变为主动进入；合成也可以是两个词语的暗中较量和厮杀，"我要化入你的血，/我要化入你的汗，/我要让你/比一切更痛苦更有力"①，更有效。

并置与进入并无先后之分，可以先并置后进入，也可以先进入后并置，两者以循环的方式彼此激发，因彼此吸引走到一起，并互相进入。因此，进入和并置同时存在更有效：两个原本不存在"组合合法性"的词语合成在一起，表面上并置，其实是意义的彼此进入，从而具有单个词语都不具有的全新意义。比如废名的诗歌《寂寞》：

> 行到街头，乃有汽车驶过，
>
> 乃有邮筒寂寞。
>
> 邮筒 PO
>
> 乃记不起汽车的号码 X，
>
> 乃有阿拉伯数字寂寞，
>
> 汽车寂寞，
>
> 大街寂寞，
>
> 人类寂寞。②

（废名：《街头》）

这首诗的内涵比较单一，理解向度并不存在多维性，但是由于诗人将词语"寂寞""非法化"（语法上不经常和错误使用），言说的深广度和生动性增强。"寂寞"的使用范围被扩大，原本只能够与有生命之物搭配组合的词语与无生命的物合成在一起，通过"人寂寞"和"物寂寞"的共同作用来说明寂寞的深广。只是人的寂寞仿佛不足以表达情感的无穷尽和难以排遣，汽车、大街、邮筒、数字都是寂寞的，只有与物合成，成为具有普遍性感受，才能够表达寂寞的程度之深。因此"寂寞"具有双向性，人和物都能感受得到，而且无处不在。类似的用法还有卞之琳的《无题》（二），"窗子在等待嵌你的凭倚。/穿衣镜也怅望，

---

① 邵燕祥：《记忆》，王光明编《中国新诗总系 1979～1989》，人民文学出版社，2010，第 115 页。

② 废名：《街头》，《废名集》第三卷，北京大学出版社，2009，第 1591 页。

何以安慰?"① 不只人能够思念,连无生命的物都在想"你",足见热恋的男女对爱人的思念之深和渴盼之切。这样的合成既有独特性、深刻性,又妙趣横生。

词与词并置和进入以后,具有了单一所不曾具有的多副面孔:"那经由天空飞来的鸟也有鱼的特征/……那经由海洋游来的鱼也有鸟的双翅……/那经由海洋飞来的鸟也有人的面孔……/那经由天空游来的鱼也有人的双脚/……从鸟的双眼我认出了无边的大地/从鱼的腮部我听到了人的喘息。"②通过鸟和鱼、鱼和鸟、鸟和人、鱼和人的合成,诗人意在说明非人类的其他物种不该被排除在外,而应"在我们中间"。人凭借它们而非单靠一己之力,认出了大地,认识了自我。我们"被各种可能的结合这股持续不断的浪潮推动着前行,使过去的光晕穿越时空,带入未来"③。

词语合成的主要作用体现在两个方面:深度和广度,即言说的深入性和多维性,不只是意义上的递进,而且是内涵的多维度延伸。当一个词语与其他诸多词合成为"新词"时,内涵和意义均发生了变化,即深化又延展。较为典型的是默默的诗歌《为上帝补写墓志铭》,这首诗通过"亲爱的"一词与其他词/物的勾连,显示了两个相反层面的思考:是与非、黑与白、真与假、对与错。一切都是亲爱的,这好像是一个是非判断,已经在语气上给予肯定;一切都可以(或都可能)亲爱,又拆解了肯定性而具有选择意味,这两种态度本身就自相矛盾。诗人每说一个肯定句之后都要连缀个问句"亲爱的谁"。当"亲爱的"与诸多词语合成以后,所传达的信息和提供的意义阐释已经远非爱的纯粹表达那么简单。矛盾表述背后其实隐含着诗人的真正意图:建构与解构,一面建构,一面解构;一面假设,一面宣称假设无效。

---

① 卞之琳:《无题》(二),《三秋草》,华夏出版社,2011,第82页。
② 郑单衣:《在我们中间》,张桃洲编《中国新诗总系 1989~2000》,人民文学出版社,2010,第419页。
③ 〔意大利〕伊塔洛·卡尔维诺:《宇宙奇趣全集》,张密等译,译林出版社,2011,第188页。

一切都是亲爱的：亲爱的夜晚，亲爱的梦境

亲爱的野狗，亲爱的领袖，亲爱的谁？

……

一切都是亲爱的：亲爱的骗子，亲爱的记忆

亲爱的生日，亲爱的浴室，亲爱的皇帝

亲爱的谁？

一切都可以亲爱：亲爱的愤怒，亲爱的恐惧

亲爱的出卖，亲爱的忧郁，亲爱的意外

……

一切都是亲爱的，一切都可能亲爱

亲爱的秘密，亲爱的坟墓①

（默默：《为上帝补写墓志铭》）

　　诗歌集中展示了"亲爱的"与其他词语合成的"惊人"效果。能够与"亲爱的"组合，或者说可以被称为"亲爱"的词/物，可谓五花八门，有人，有物；有日常的，有神圣的；有世俗的，有高蹈的；有褒义的，有贬义的。"亲爱的"作为媒介，使原本诸多不相干的词/物并置在一处，颇具深意，比如"亲爱的野狗，亲爱的领袖"，无疑具有反讽和消解崇高的意味。而"亲爱的"与丑恶事物（情感色彩偏褒义的词语）的勾连，同样具有讽刺和批判性，比如"亲爱的骗子""亲爱的出卖""亲爱的恐惧"。结合题目来看，"亲爱的"和一切词语合成，好像彰显了上帝的仁慈，但上帝又不分善恶好坏，所谓的仁慈其实都是一种假象。诗人通过是非、真假的转换完成了对世俗性、人性和神性的多重批判。

　　上述所举诗歌是一个相对固定词语与另一些（个）词语合成，生出的多义和歧义。有时也可以不局限于某一固定词语，而是围绕统一主题，不同词/物之间的合成。20 世纪 90 年代以来，西川的诗歌写作总

---

① 默默：《为上帝补写墓志铭》，陈超编《以梦为马——新生代诗卷》，北京师范大学出版社，1993，第 150～151 页。

体走向了"混杂"①，《致敬》正是诗学范式转变的典范之作，诗中"异质"和"混杂"的新特征依仗的恰恰是词语合成。比如第二小节：

> 苦闷。悬挂的锣鼓。地下室中昏睡的豹子。旋转的楼梯。夜间的火把。城门。古老星座下触及草根的寒冷。封闭的肉体。无法饮用的水。似大船般漂移的冰块。作为乘客的鸟。阻断的河道。未诞生的儿女。未成形的泪水。未开始的惩罚。混乱。平衡。上升。空白……怎样谈论苦闷才不算过错？面对岔道上遗落的花冠，请考虑铤而走险的代价！②

除了最后一句，其余都是词语，而且大部分是名词，只是都增加了修饰语。如果把每个词语前面修饰的部分去掉，忽略不计，这一小节可以提取出这样一些词语：苦闷、锣鼓、豹子、楼梯、火把、城门、寒冷、肉体、水、冰块、鸟、河道、儿女、泪水、惩罚、混乱、平衡、上升、空白。句号的运用，让每一个词语都构成完整句子，增强了词语的独立性，整小节基本都是词语的合成。后面的所有词语是对"苦闷"的细节阐释和意义递进，整小节以"苦闷"开始，又以"苦闷"结束——"怎么谈论苦闷才不算过错？"单独把苦闷和其中某一词语勾连，意义不大，不能有效切中词语和意义要害，反而显得过于突兀。然而，将这些词语放置在一起，并经由重要中介"苦闷"的牵引，意义彼此进入，然后诸多细节又合成整体进入苦闷的内部，贴上苦闷的标签，用以表现其程度之深。"致敬"本应是对崇高之物的精神膜拜行为，这一小节却出现了异质因素和相反向度。"语言的单纯性更多地让位于混杂性……高贵的宣渝口吻与低俗、滑稽的语风，也最大限度地形成了纠结。象征性的诗化语言，在泥沙俱下的生话语言的冲击下，已面目不清。这无疑表明了诗人要处理当下生活的雄心。"③

---

① 陈超认为西川的创作发生了从"纯于一"到"杂于一"的变化（陈超：《从"纯于一"到"杂于一"——西川论》，《个人化历史想象力的生成》，北京大学出版社，2014，第93页），姜涛也看到了西川语言风格的混杂性（姜涛：《巴枯宁的手》，北京大学出版社，2010，第97页）。

② 西川：《致敬》，《我和我：西川集 1985～2002》，作家出版社，2013，第101页。

③ 姜涛：《巴枯宁的手》，北京大学出版社，2010，第97页。

在复杂中发现新意义或者对日常事务进行反思和批判，有时需要某些修辞手段的辅助来完成。森子的诗歌《废灯泡》①借助物与物的某些共同特性，运用连续转喻的修辞方法，实现"灯泡"与其他物的多次合成，阐明了"灯泡"的基本功用、模仿功用和象征功用，并由"灯泡"转向"废灯泡"，引发新的思考。灯泡的基本功用是照明，带来的结果是光明；灯泡可以并借助发光特性，与太阳合成，成为太阳的模型（模仿功用）；还可以借助发光和透明特质与乌托邦合成，转喻为隐藏暂时快乐（易碎）的理想国。由"灯泡"变为"废"灯泡时，就意味着"灯泡"与无用的合成，曾经的光明、温暖、制造快乐的乌托邦幻象等一切特质和功用都将失效，废灯泡所引出的是"新的合成"。在新的合成过程中，新的模仿和象征功用随之出现：对"废灯泡"的抛弃和执行死刑就像人们对"昨天的理想"的埋葬。而由多个"废灯泡"合成所导致的恶果——灯泡厂关闭转喻为对现实的观照和反讽：被需要的不再是"光"，而是"药"。这首诗表面是在说物（灯泡），更是在阐述合成以后各种功能的增强。

无论是并置还是进入，无论是一物与他物合成，还是由一物引出的诸多物之间的合成，都必须借助于至少两个词语，并且词语之间形成这样或那样的关系，才能叫合成。关系的生成对词语的合成起到至关重要的作用。学者奚密在论及废名的《寂寞》与李商隐《登乐游原》的差异时，也谈到了这个问题："虽然两者都使用具体意象来表达情绪，但李诗中的'夕阳'是一个传统诗歌中频繁使用的自然象征……更适宜表达悲哀、怀旧或类似的意绪……废名诗中的意象……都不含寂寞的内

---

① 《废灯泡》全诗如下："灯丝断了，它从光明的位置退休/它最后的一眨眼解除高烧/回到寒冷而透明的废品博物馆/我记得孩子是怎样处理废灯泡的/'啪'的一声，听个响儿/宁为玉碎，不求瓦全/灯的死法如此悲壮/除此之外，灯还有什么用？/象征，对；模仿，对/它是从生产线下来的太阳的模型/它饱满的真空形成小宇宙/发明家爱迪生对它情有独钟/光和玻璃是乌托邦的建筑/在每一家庭的理想国里/人只是一个快乐的囚徒/泡废弃的大脑依然可爱/如果你家有孩子千万不要存废灯泡/它物质的属性易碎、扎手/因此，对一只废灯泡执行死刑是必然的/就像我们不断埋葬昨天的理想/还会有别的光线照进肉体的角落/还会有灯的嫡孙守着空缺/真是这样，确实是这样/两年前，城里的灯泡厂关闭了/厂区地皮卖给房地产开发商/生产线上的女工被安置到医药商店/调侃的人也许会说：现在/我们需要的是药，不是光"（森子：《废灯泡》，《森子诗选》，长江文艺出版社，2016，第37~38页）。

在属性，不成其为自然象征。倒不如说寂寞来自它们之间以及它们与诗人之间的关系。"① 现代诗注重的是词与词之间关系的生成而非词语固有的意义。关系可以是具有语法合理性的固有关系（比如我和寂寞），也可以是"非法"的全新临时关系（比如邮筒和寂寞）。无论是固定还是临时，关系的生成均由其他词语引出，是向外打开的，属于外部增生。

在合成或曰关系生成过程中，文本的走向可能已经背离词语本义，实现了意义的延异（differance）。这个由解构主义大师雅克·德里达（Jacques Derrida）自创的说法（德里达认为这不是一个词语，也非一个概念），在书写过程中就使用了合成（字母 a 取代 e 与其他字母合成），也显示了延异。德里达发明这个符号有着明确的拆解和反叛对象。② 这里借助"延异"的说法，与德里达的拆解目的不同，也不涉及逻各斯中心问题，只是为了说明因扩展而形成的不同可能。所谓"延"，并不涉及时间的延宕或延缓，而是指外扩，多维度的意义生成与扩展；所谓"异"就是差异。"延异"的结果是变深变广，变得不同，"可以同时指涉全部的意义形态，它具有直接和无可简约的多义性"③。

勒内·夏尔（Rene Char）说："在诗的内容中应当有同等数目的秘密隧道、手风琴孔眼和未来因素，阳光普照的港湾、诱人的蹊径和彼此呼应的生物。诗人是这许多构成秩序之物的统率。而这个秩序又是不安定的。"④ 合成与分裂其实是互逆的，是一个问题的两面，对 B 来说是合成，就 A 而言可能又是分裂。合成和分裂的互逆恰好印证了勒内·夏尔的判断——秩序的不安定以及随时打破自身的"潜在危险"。合成和分裂所引出的"延异"，可能把这种"危险"显在化，走向秩序的反面，客观上造成对秩序的背离和背叛：

---

① 奚密：《从边缘出发：现代汉诗的另类传统》，广东人民出版社，2000，第59页。
② 德里达将差异（difference）中的一个字母 E 变为 A，从而在沉默之中质疑和颠覆逻各斯中心论，进而解开形而上学思维方式的死结（赵一凡主编《西方文论关键词》，外语教学与研究出版社，2006，第755页）。
③ 赵一凡主编《西方文论关键词》，外语教学与研究出版社，2006，第759页。
④ 〔法〕勒内·夏尔：《诗论》，王家新、沈睿编选《二十世纪外国重要诗人如是说》，河南人民出版社，1992，第106页。

你底秩序，求得了又必须背离。①

（穆旦：《诗八首》）

四　词语悖逆：颠覆与背叛

"语言离它意指的东西既非常近又非常远。在某种意义上语言背对着含义，它对含义并不关心。对于精心构思的思想而言，语言……是那些完全着迷于彼此区分和彼此印证的姿势的扩张。"② 正因为语言背对含义，无法看到意义的走向，所以有时候碰巧与含义重合，有时候偏离，甚至悖逆：

而东西本身可以再折
直到成为相反的向度③

（欧阳江河：《手枪》）

词语经由分裂与合成所产生延异是"一种反常、一个例外、一次越轨"④，一次背离，这是语言与含义之间多变且不确定的关系本身蕴含之意。让词/物"成为相反的向度"，与自身形成悖逆，是意义自我保护的一种手段和方法，保证词语不会在趋同性维度被过度使用而变得磨损和僵化，就像树才所说，"词语在使用上的多主人化和多变性使它最终对它自己构成一种抵抗，一种反向，一种取消"⑤。抵抗、反向和取消的有效方式是意义的偏离，而偏离的最极端形式就是相悖。正常与相反向度是一个硬币的两面，共同保持词语意义的平衡，类似于天平、跷跷板，也类似于欧阳江河所说的"马"：

马如此优美而危险的躯体
需要另一个躯体来保持

---

① 穆旦：《诗八首》，《穆旦诗文集》一，人民文学出版社，2006，第79页。
② 〔法〕莫里斯·梅洛 - 庞蒂：《世界的散文》，杨大春译，商务印书馆，2005，第131页。
③ 欧阳江河：《手枪》，《透过词语的玻璃》，改革出版社，1997，第20页。
④ 赵一凡主编《西方文论关键词》，外语教学与研究出版社，2006，第757页。
⑤ 树才：《词语这种材料》，《诗探索》2000 年第 Z1 期。

和背叛。马和马的替身

双双在大地上奔驰①

欧阳江河切中了问题的要害：马之所以拥有如此优美和危险的躯体，是因为"另一个躯体的保持和背叛"。"另一个躯体"可以从自身分裂而来，也可由他者合成产生。"保持和背叛"恰好说出了"另一个躯体"的两个功能：一个是在正常意义向度的辅助言说（帮助和辅佐），另一个是对正常意义的悖逆（拆解和颠覆），两个向度的共同发力，以相辅相成与相反相成的方式通力合作，才使词语永葆张力。悖逆是一种反叛、一种重说、一种思考，更是一种扩张，通过言说的多样化和反方向开掘，完成意义的领地扩张。扩张的结果是悖逆之前和悖逆之后意义的双重膨胀：传统意义与最新可能，双双在大地上奔驰。领地扩张的过程必然是痛苦的，因为背叛的对象不是别人，而是词语自己，包含对原有认知、既有经验的自我否定，明知痛苦，却又"不得不"。"诗人不能长久地在语言的恒温层中逗留。他要想继续走自己的路，就应该在痛切的泪水中盘作一团。"②为了扩张领地，完善自己，诗人甚至不得不把"枪"瞄准自我，尽管一切无辜，我也无辜：

不应当瞄准苹果苹果是无辜的//瞄准世界吗/世界是无辜的……//我不去瞄准女人/她们是母亲和妻子/瞄准她们就是瞄准人道主义……/那么把枪口对准自己③

"瞄准"需要背负道义、合理性、传统、自我的多重枷锁，面对多重背叛，诗人以悖论的方式痛苦地不断说服又否定自己，"我也是无辜的，因为我不得不瞄准"。"瞄准"的意义在诗人不断的自我否定和悖论中走向了虚无。

---

① 欧阳江河：《马》，《透过词语的玻璃》，改革出版社，1997，第122页。

② 勒内·夏尔：《诗论》，王家新、沈睿编选《二十世纪外国重要诗人如是说》，河南人民出版社，1992，第106页。

③ 京不特：《瞄准》，王光明编《中国新诗总系 1979~1989》，人民文学出版社，2010，第362~263页。

悖逆的方式有多种，主要表现为词语意义的悖逆和词语功能的悖逆。意义悖逆在现代汉诗中运用最多，也最常见，呈现出多种样态，比如有对词语原意的悖逆，即打破约定俗成的诸如意义、感情色彩、精神指归等限定。这种悖逆从单个词语的表面上看不出任何异常，需要与其他词语勾连方可生成悖逆。比如"春天"这个词语，在现代诗人笔下并没有形式上的变化，"春"和"天"二字都没有任何更改，但是在每个诗人笔下的具体言说过程中，却因与不同词语的勾连，完成了内涵和意义的悖逆。像帕斯捷尔纳克笔下的春天，通过把寓意生机和希望的绿色加深，或者说借助与黑色的合成，将春天的本意完全改写一样；海子笔下的"春天"也不再翠绿而是鲜红，不再温暖而是触目惊心，"春天，残酷的春天/每一只手，每一位神/都鲜血淋淋/撕裂了大地胸膛"①。海子笔下的桃花也是如此。② 除了词义本身，悖逆还可能针对词语的某种特性，比如崇高性或原有感情色彩——这在1986年以后的现代汉诗中极为常见，以"朦胧诗"反叛者姿态出现的"第三代诗"，其核心主张就是基于此：非崇高甚至反崇高。比如以下诗句：

父亲是萝卜
母亲是一只母鸡
漫不经心地放屁③

（张锋：《军规》）

张锋通过由"人"到"物"，准确说是到"家禽"和"植物（蔬菜）"的变形，实现了诗歌语言的生动表达和思想的完美传达。虽然不合理，但是合情，"对情感语言来说，联想中的差异无论多大都没

---

① 海子：《春天》，西川编《海子诗全集》，作家出版社，2009，第529页。
② 仅1987~1989年，海子创作的题目中包含桃花的诗歌就有6首（参见《海子诗全集》，作家出版社，2009，第516~524页）。不只海子，其他现代诗人笔下的桃花同样具有悖逆特征，比如杜涯的诗歌《桃花》也是如此。
③ 张锋：《军规》，徐敬亚等编《中国现代主义诗群体大观 1986~1988》，同济大学出版社，1988，第546页。

关系"①。在差异性的联想和词语转换（变形）过程中获得了对事物的新认识，非单向度，简单的是非判断。这类悖逆方式在现代汉诗中随处可见，只是具体操作方法不同，有的是变异，有的是还原，有的是降低，于坚笔下的弗罗斯特、尚仲敏眼中的卡尔·马克思都是如此，暗含对"卡里斯玛"②形象的悖逆。

当然，悖逆也可能发生在词语外形被改写的情况下，在变化中完成对词语意义的背叛。比如通过有意而为之的书写（输入）"纰漏"和错用（可能同音不同形），诗人将原有之义颠覆，产生想表达之意与实际表达之意的悖逆。台湾诗人陈黎的《一首因爱困在输入时按错键的情诗》就是如此：

> 侵爱的，我对你的爱永远不便
>
> 任肉水三千，我只取一嫖饮
>
> 我不响要离开你
>
> 我不响要你兽性搔扰
>
> 我们的爱是纯啐的，是捷净的
>
> 如绿色直物，行光合作用
>
> 在日光月光下不眠不羞地交合
>
> 我们的爱是神剩的③

诗人想表达的和真正表达的意义发生了根本偏离，原本对圣洁爱情的表白却变成肉欲的赤裸裸呈现，虚假的圣洁和真实的世俗以及内心潜意识的真实想法在词语错误的输入过程中表现出来。该诗的情感表达既

---

① 瑞恰慈认为语言有科学和情感两种用法："语言的科学用法，为了达到目的，不仅联想必须正确，而且联想之间之联系和关系也必须是如我们所说的合乎逻辑的。语言的情感用法：对情感语言来说，联想中的差异无论多大都没关系"（〔英〕艾·阿·瑞恰慈：《语言的两种用法》，杨匡汉、刘福春编《现代西方诗论》，花城出版社，1988，第171页）。

② 卡里斯玛指一种具有原则性、神圣性和感召力的人物、行为、角色或符号等。人们常说的具有超常权势和魅力的英雄、领袖、圣人、伟人、先知，或者公认的不朽的艺术作品（参见陈超《20世纪中国探索诗鉴赏》，河北人民出版社，1999，第1284页）。

③ 陈黎：《一首因爱困在输入时按错键的情诗》，《陈黎诗选：1974~2010》，九歌出版社有限公司，2010，第217页。

错误又正确，既真实又虚伪。"亲爱"变成"侵爱"——爱的自由和双向情感变成了一方对另一方的强迫之意；用以表达忠贞不渝的"弱水三千"变成了"肉水"和"一嫖"，明明是不想离开，却变成了渴望偷偷离开（不响），还有"不眠不羞"等，所有错误键入的词语恰好走向了表达之意——忠实、坚决的反面——犹疑和肉欲。结尾"神剩"一词将这种真实和反讽推向极致，走向了神圣的反义，不是神圣而是神剩下和不屑于要的，是纯崒的——可能是令人唾弃和世俗的。诗歌因"错误"键入而具有意义相悖的双重内涵和双重所指。

有时，对词语的改写走向词语内涵的反面未必是无意间的输入错误，而是刻意为之。陈黎的另一首诗《战争交响曲》很典型。全诗由4个字"兵、乒、乓、丘"组成，通过这4个字的逐步变形，由"兵"经由"乒乓"到"丘"，展现了战争的惨烈过程。而所谓的交响曲，也在兵刃相见的过程中不断地回放和奏响，尤其是象声词"乒乓"的运用。

兵兵兵兵兵兵乒兵兵乒乓兵兵乒兵兵乒兵兵兵兵兵
乒兵乒兵兵乒乒乓兵乒乒乓兵乓兵兵乓兵兵兵兵兵
……
乒乒乒乒乒乒乒乒乒乓乒乓乒乓乒乓　乒乓乓　　乒
　乒乓　乒乓乓乒　乒乓　　乒乓　　乒乓　乒乓
　乒乓　　乒乓　　乒乒　　乒乒　　乒乓　乒乓
　　乒乓　乒乓乓　　乒　　乒乒　　　　乒
乒　　　乒乓　　　　乒　　　乓　乓乒
　乒　　乒　　乒　　乒　　乒
　　乒　　　　乓
丘丘丘丘丘丘丘丘丘丘丘丘丘丘丘丘丘丘丘丘丘……①

通过字形相近的字偏旁的次第减少，士兵身体的支离破碎，用以形

---

① 陈黎：《战争交响曲》，《陈黎诗选：1974~2010》，九歌出版社有限公司，2010，第208页。

象地表现战争的惨烈和残酷，而由兵到丘的变化过程并非两个笔画的丢失那么简单，而是用丘完成了对兵的意义的悖逆，由数不清的人变成最后的没有一个人（兵被无数的丘所替代），进而完成了对所谓战争的批判和对战争交响曲的解构。无论是"无意识"的输入错误，还是有意识的局部涂擦（删除）和改写，都无一例外地显示了词语（由词语构成的语言）因自身携带悖逆因子而具有的强大功能和独特魅力。

除了对词语意义的悖逆，还有一种方式非常重要，即对词语功能的悖逆。尽管这种悖逆方式在数量上并不占优势，却是现代诗人对语言本身反思的结果。现代诗人需要面对和思索的不只是写作本身，还有用以写作和生成诗歌的语言，包括挖掘词语的无限魅力和无穷潜力以及对语言本身的反思和质疑两个向度。现代诗人一方面尽可能挖掘和激发词语的最大表意潜能，将之发挥到极致；另一方面又质疑词语（语言）本身的表达效力——这同样是一种悖逆，对自我认知和词语自身力量的悖逆。后者涉及词语的言说和书写困境。"写下"本应存在，却因词语自身的超强力量把纸上的东西变成了实际之物之后，却走向了存在的反面——消失。

当我写下"鸟巢"/里面的鸟群惊飞了//当我写下"火"/这页纸已不存在//当我写下"黑暗"/它其实已经被照亮//当我写下"永恒"/我就是在目睹钻石的溶化①

（代薇：《随手写下》）

代薇这首诗本身的表达就相悖：一方面，词语以书写的方式形成于纸上时，词语就具有了物的特质，由书写到实物表明词语表意和言说力量的强大。另一方面，由词变成物，由书写进入所谓真实的过程中，也是词语失效的过程，成真之后却消失不见，"死在寻找不死，永恒尚未完成/写作在寻找你，要成为/它的敌人"②。鸟的存在才能够证明词语鸟巢的有效性，但是在有效性产生之后，瞬间又变得无效——鸟群惊飞

---

① 代薇：《随手写下》，张桃洲编《中国新诗总系 1989~2000》，人民文学出版社，2010，第485页。

② 蒋浩：《在冬天》，《阵地》1996~1997年总第6期。

了。这就形成了悖论，词语的功能既强大又无效，"我在说出它的时候已经脱离了它"①。词语所面临的这个问题其实也是语言表达的困境。现代诗人承认并谈论词语表达的悖论，并不意味着对词语的否性，而是一种反向思考维度的扩展，对于深入认识词语有益。词语的功能无可替代，即使是"无语的时候，词语仍是中心"②。沉默的时候，词语仍然很重要，但是说出了或写下来之后，词语又自我抵消，这可能是词语无法摆脱的魔咒和怪圈，也是词语的魅力所在。

悖逆不但方式可以多样，而且发生场所也不固定，可以在一首诗歌内部，也可以在两首诗歌之间。诗人多多于 1994 年创作的两首诗歌《锁住的方向》和《锁不住的方向》③，从词语到意义，既存在内在关联，又构成悖论，集中展现出诗人的语言特征和独特表意方式。从时态上看，"锁住的"先于"锁不住的"，前者是将来时，后者是完成时（过去时）；前者是直接陈述，后者是间接陈述（具有转述的意味），后者仿佛是前者的"对立面"，刻意拆解和解构。两者放在一起恰好构成相反言说，互为悖论。除了两首诗歌之间，在每首诗歌内部，从词语表达到意义的最后生成，也都形成悖逆。

先看《锁住的方向》，"舌头""嘴""说出"等词语的出现，表明率先出场的"你"应该与词语/语言，与言说的自由度有关：锁住的方向—言说不自由；锁不住的方向——言说自由。词语由多元被规训为单维——"众口一词"，言说因集体化而导致个性消失，即使说出了也是毫无意义——"想说但说不出口"，能说出的是被限定过的，是虚假的，内心真实想法无法说出。说出的和想说的形成悖逆，只能说些无关紧要，甚至是不触及生存核心的假话和装饰性话语。真相被迫隐藏，憋在心里而无法说出，"舌头同意算得了什么"，隐藏真相的最佳人选是死者，"死者才有灵魂"，所以一切真相只能成为谜。诗歌的前半段把渴望言说又不敢言说的压抑情绪推到了极致，在诗歌后半段出现了反

---

① 欧阳江河：《玻璃工厂》，《透过词语的玻璃》，改革出版社，1997，第 66 页。

② 多多：《请帮助光，培养另外的眼睛——多多的受奖词》，《当代作家评论》2005 年第 3 期。

③ 多多：《多多四十年诗选》，江苏文艺出版社，2018，第 224～225、226～227 页。

弹，近乎"置之死地而后生"。将来时态的运用暗示了诗歌语言或者诗人精神内部发生的裂变，从一连串相对压抑和沉闷的意象和场景中分裂（孕育）出新的可能，比如"言说的自由"和"词语的自觉"："绿色的时间就要降临"，一切被冰封的、被冰冻的（冰箱里的鸡）、无生命（葡萄干）之物，那些无望的、绝望的却孕育的、无限可能的物，"与金色的沙子再一次闯入风暴"，完成了语言的历险。孕妇、精子都是孕育希望的象征，诗歌最后与主题构成了悖逆——锁住的方向正是要冲破的，可能会成为锁不住的方向。

再看《锁不住的方向》。"舌头们"找到了能说出"你"的嘴却不再说，因为词语/语言已经被废除。词语/语言在废除以后，"不同的方向"和被锁住的同一方向同样无效，后者甚至比前面更无效，因为语言已经消失，或者说被废除，物无法被准确表达和说出，所以物变成了物的影子。诗人以转述的表述方式，强化了"失真"的特性，更虚假，也更虚幻：由物引出的谜团还有可以猜到谜底的可能，但是物的影子，甚至"影子的影子"却完全是虚妄的，甚至比被规训的单一维度言说还无效，因此，"死人也不再有灵魂"。失去了言说可能的语言与"同一方向"的语言在无效性方面一样，"他们留下的精子，是被水泥砌死的词"。《锁住的方向》中的所有假设和即将发生之事都已经成为事实，但是结果出人意料：当"锁住的"变成"锁不住的"之后，最终还是变成"锁住的"。两首诗内部和两首诗之间构成了"悖论的循环"，实现了内容与主题以及内容前后之间的言说与不可言说、自由与束缚、真实与虚假、词语/语言存在与丧失的多种悖逆。

锁住的方向

是失业的锁匠们最先把你望到
当你飞翔的臀部穿过苹果树影
一个厨师阴沉的脸，转向田野

当舌头们跪着，渐渐跪成同一个方向
它们找不到能把你说出来的那张嘴

它们想说，但说不出口

说：还两粒橄榄

……

当浮冰，用孕妇的姿态继续漂流

渴望，是他们唯一留下的词

当你飞翔的臀部打开了锁不住的方向

用赤裸的肉体阻挡长夜的流逝

他们留下的词，是穿透水泥的精子——

锁不住的方向

是失业的锁匠们最后把你望到

当你飞翔的臀部穿过烤栗子人的昏迷

一个厨师捂住脸，跪向田野

当舌头们跪着，渐渐跪向不同的方向

它们找到了能把你说出来的嘴

却不再说。说，它们把它废除了

据说：还有两粒橄榄

……

当孕妇，用浮冰的姿态继续漂流

漂流，是他们最后留下的词

当你飞翔的臀部锁住那锁不住的方向

用赤裸的坦白供认长夜的流逝

他们留下的精子，是被水泥砌死的词。

悖逆是一种"反转"，A 成立，反 A 也成立，是对二元对立和固定思维模式的一种彻底颠覆与重写。诗人所关心的和对写作起决定作用的不再是"A 不是 B 与 A 是 B"，而是变成了是 A 也是 B，不但有 A 还有 B，"不再局限于'不是……就是''非此即彼'的二元对立缩减逻辑，而是'增补逻辑'，'既是……又是''亦此亦彼'。二元逻辑的基本守则是同一律（A＝A），以及由此衍化的排斥律（A≠－A），而增补逻辑则展示了差别的原则，它强调'既是 A 又是非 A，还可能是生成性的B、C、X……'"[1] 现代汉诗所呈现的不是是非关系，而是选择或引出，或者呈现复杂多元样态的可能。虽然现代汉诗常用 A 是 B、C、D、E 类似的句式，但是这里的"是"已不再具有判断意味（如果是判断，就意味着这样的思维逻辑成立：A 是 B，A 就不应该是 C），而是更接近"可能"的多样化的呈现。这对认知世界，对词语言说能力的发挥无疑是有益处的。把事物呈现出来，"至少词要从现实中挣脱出来。要从被现实的有限性所禁锢的内部出来。其实'出来'就是言说。诗人的任务就是把它'言说出来'。我们经常停留在'言说'中，但是并没有'言说出来'。什么叫'出来'？就是对存在对词语存在的发掘"[2]。

经由变形、分裂、合成和悖逆四种表意策略共同作用，词语的四维空间被打开，向上、向下、向左、向右、向前、向后，向内、向外，词语由一个点变为一个圆形，由一维变成多维，歧义性被充分地表达出来。四种表意方法其实并无绝对明显的界限，而是互相关联、互相包含甚至互为因果：无论是分裂、放大、缩小、合成、悖逆，最终都是膨胀，不是少而是多，不是纯而是杂；分裂和合成都是相对而言，恰好是一个事物的两面；悖逆与分裂、合成都有关……所谓四种表意策略，只是对多种表意策略的提纯和举隅，不是万能公式，不能套用在诗歌创作中，亦无法穷尽，具有未完成性和敞开性，"在无数可能里一个变形的生命/永远不能完成他自己。"[3] 借此，可以看到简单中的复杂，由简单生出复杂。"一种反推——/在石头的空虚里，死亡并非终结，/而是一种可改变的原始的事实。/石头粉碎，玻璃诞生。/这是真实的。但还有另一种真实/把我引入另一种境界：从高处到高处。"[4] 把简单复杂化比

---

① 陈超：《从"纯于一"到"杂于一"——西川论》，《个人化历史想象力的生成》，北京大学出版社，2014，第 114 页。

② 凌越、多多：《被动者得其词》，《当代作家评论》2011 年第 3 期。

③ 穆旦：《诗八首》，《穆旦诗文集》一，人民文学出版社，2006，第 77 页。

④ 欧阳江河：《玻璃工厂》，《透过词语的玻璃》，改革出版社，1997，第 67 页。

把复杂简单化更有价值,"揭示出表面上严格、稳定、和谐的观念的内在矛盾和紧张态势,使它们'问题化'而不是'结论化'"①。

在由简单到复杂或诸多变形的过程中,看问题的方法变了,世界也发生了变化,"换一种读法便是改换一种语境/把虎放到炉火纯青的铜镜上炙烤/不是虎本身,是虎口里吐出的一块/甲骨碎片,看它如何在火焰中/翻转、变形、破裂,然后现出兆纹/训诂学的拆字癖,读出偏旁部首/从这些裂纹入手,抓住虎的消息/把它从偏执的自恋中引申出来/转变成纯客观的物象"②。这样获得的事物意味着多或"多得多","一个虎字比全体动物的总和还多"。③

诗歌就像由词语构成的王国,"在这个没有人的精神王国里,每一棵树都将是森林仙女,每一种现象都将叙述它的变形记"④。通过多种表意方式的综合运用,现代汉诗中"那个养育我们的世界终于在我们眼前展现了它多变的形态"⑤,生出了多、杂和繁复:

> 大自然一再施展僵死
>
> 或春天的变脸术:而必然
>
> 从电话里开出来大卡车
>
> ……
>
> 我在一面小圆镜里。
>
> 出来了一个,还有。
>
> 出来了一伙,还有。⑥

由"一个我"到"一伙我"到"不可穷尽",是"自我之面具的

---

① 陈超:《从"纯于一"到"杂于一"——西川论》,《个人化历史想象力的生成》,北京大学出版社,2014,第114页。

② 周伦佑:《象形虎》,《周伦佑诗选》,花城出版社,2006,第107~108页。

③ 周伦佑:《象形虎》,《周伦佑诗选》,花城出版社,2006,第110页。

④ 〔俄〕奥·曼杰施塔姆:《词与文化》,王家新、沈睿编选《二十世纪外国重要诗人如是说》,河南人民出版,1992,第171页。

⑤ 〔意大利〕伊塔洛·卡尔维诺:《宇宙奇趣全集》,张密等译,译林出版社,2011,第13页。

⑥ 萧开愚:《安静,安静》,《此时此地:萧开愚自选集》,河南大学出版社,2008,第246、249页。

不可穷尽"①，也是词语自身变形的不可穷尽。"我感到了我自己的复数性，作为自己形象的复数，也注定是在世界上的复数。"②

　　无论是"不""非"还是"反"，无论是变形、分裂、悖论还是合成，其实质都是打破那些虚饰的诗意和所谓的和谐，具有撕裂和破坏性，把所谓的整体、无缝的词或物撕裂，容纳更多的异质，生出多，生成差异，生出不可能的可能，就像玻璃的制作过程："那么这就是我看到的玻璃——/依旧是石头，但已不再坚固。/依旧是火焰，但已不复温暖。/依旧是水，但既不柔软也不流逝。/它是一些伤口但从不流血，/它是一种声音但从不经过寂静。"③ 词语既是其本身，又不只是其本身，如此，才具有意义多重性和敞开可能。现代汉语诗人还有什么理由拒绝这繁复的、缤纷的、变形的、多样的、丰富的歧义世界？他们只需要——

　　　　　　……
　　　　　　闭上眼。让它进来，
　　　　　　带着它的心脏，
　　　　　　　一切异质的悖反的跳荡。
　　　　　　消化它。爱它。爱它恨的。
　　　　　　　一切化合的
　　　　　　错的
　　　　　　……
　　　　　　　镶入一个凭虚而
　　　　　　变形的，袅动的框架，逸散着，
　　　　　　　漂移着，使
　　　　　　室内谛听的空间外延…… ④

　　　　　　　　　（张枣：《钻墙者和极端的倾听之歌》）

---

① 冷霜：《解读〈安静，安静〉：减法所不能删除的》，洪子诚主编《在北大课堂读诗》，长江文艺出版社，2002，第197页。
② 〔意大利〕伊塔洛·卡尔维诺：《宇宙奇趣全集》，张密等译，译林出版社，2011，第17页。
③ 欧阳江河：《玻璃工厂》，《透过词语的玻璃》，改革出版社，1997，第67页。
④ 张枣：《张枣的诗》，人民文学出版社，2010，第278～279页。

结 语

词语的蛊惑或辩白

　　如果说"诗歌是词语中一场以词语为手段的革命"①，那么，"歧义"无疑是这场词语革命中最具革命性、颠覆性和创造性的手段之一。"歧义"左右着现代汉语诗歌的命运，关乎评价的优劣，涉及是与不是、好与不好、懂与不懂、难与不难、有无魅力和可读性的两极判断。"有时一个词可以要你飞到天上／也可以要你生不如死。"② 充满歧义性的词既是现代汉语诗人的一株救命稻草，也是一粒迷药，"那未成形的黑暗是可怕的，／那可能和不可能的使我们沉迷"③。王家新的诗句再次确证了"词的歧义性"之于现代汉诗的重要性：

　　　　我们都在歧义中／划桨④

　　　　　　　　　　　　　　（王家新：《外伶仃岛记行》）

　　副词"都"字道出了现代诗人身处语词的歧义之河，主动或被迫向前划行的事实。现代汉语诗人就如同在宽广的歧义之河中划桨的"摆渡人"，可能会因灯塔的指引而准确地找到前行的路，也可能因风暴和雾气而迷失方向，迷失自我。无论是救命稻草还是迷药，"词的歧义性"存在于现代汉诗之中，且对其文体范式和语言范式的确立具有重大的影响作用这一事实不应悬置，也不该忽视。

　　词语的歧义性打破了词与物的意义"单一"对应性，颠覆了诗人面对世界的绝对言说权威，搅浑了意义的透明度，带来了阐释的无限可能；它巫蛊了诗人面对词语与现实时曾经清明的心，增加了诗人表意的焦虑。所有这些统统成为现代汉诗或被诟病或被褒扬的因由：反理解和理解难度加大、意义的含混和不可阐释性、焦虑性和无力言说性。诗人

----

① 〔美〕华莱士·史蒂文斯：《高尚骑士与词语的声音》，《最高虚构笔记》，张枣、陈东飙译，华东师范大学出版社，2009，第298页。
② 潇潇：《有时，一个词》，王云鹏主编《大诗歌》，中国青年出版社，2009，第116页。
③ 穆旦：《诗八首》，《穆旦诗文集》一，人民文学出版社，2006，第78页。
④ 王家新：《外伶仃岛记行》，《塔可夫斯基的树：王家新新集　1990～2013》，作家出版社，2013，第188页。

穆旦生动而精准地说出了"词的歧义性"给现代汉语诗歌带来的财富以及因此出现的难题：

你给我们丰富，和丰富的痛苦。①

现代汉语诗人在理所当然地"享有"意义丰富的同时，也就意味着必然要承受"丰富的痛苦"。与"词的歧义性"有关的现代汉诗的"丰富"至少有以下几个方面。首先，"词的歧义性"保证了"词是活的"和词语意义空间的最大限度扩展，且两者互为因果、相辅相成。"词是一颗灵魂。活的词并非指一种东西而是尤如寻觅一个栖身之处那样，随意选择这种或那种客观意义、物质性、恋人的身体。"② 曼杰什坦姆（Madnelstam）把"词语"喻为灵魂，且具有意义的自由选择权恰好说明了这一点。其次，"词的歧义性"丰富了现代汉语诗歌的语言表现力，捍卫了现代汉语诗歌的文体边界，保证现代汉诗是其自身。词语的歧义性是现代汉诗重要特质之一，它的存在与否是现代汉诗是否具备自身文体特征、能否称为优秀之作、是否具有"内质的现代性"的重要衡量标准。最后，"词的歧义性"最大限度地发现并阐释了"世界"的多样性，帮助诗人找到了"词所隐瞒的人的无限边界"③，探及了世界和人性的幽微地带。就完成性和发挥效力的时间来说，以"歧义性"为有力武器的词语革命，或者说词语的历险远没有停止，"我仅仅是一个草稿，从未真正完成"④。它有更大的迷宫需要制造，它有更大的谜团需要破解，它有更迷人的魅力需要呈现——"它就是未来的关键。／一切都得仰仗它"⑤。

正因为丰富，丰富得难以捉摸、难以取舍、难以洞透、难以驾驭，所以生出了"丰富的痛苦"。首先，"词的歧义性"增大了现代汉语诗

---

① 穆旦：《诗八首》，《穆旦诗文集》一，人民文学出版社，2006，第 86 页。

② 〔俄〕曼杰什坦姆：《词与文化》，王家新、沈睿编选《二十世纪外国重要诗人如是说》，河南人民出版社，1992，第 175 页。

③ 多多：《边缘，靠近家园——2010 年纽斯塔特文学奖受奖辞》，《名作欣赏》2011 年第 13 期。

④ 敬文东：《笔记本》，《山花》2010 年第 14 期。

⑤ 张枣：《大地之歌》，《张枣的诗》，人民文学出版社，2010，第 270 页。

人驾驭语言和写作的难度。"语言是一座遍布歧路的迷宫"①，语言的"迷宫"特质既是诗人用以创造诗意世界的有力武器，又是必须依靠语言方能证明自身存在价值的宿命般的悲剧。"人从自身中造出语言，而通过同一种行为，他也把自己束缚在语言之中"②，现代诗人不能逃离，只能涉险。只要一个词语就有可能使诗人"误入歧途"，就像周伦佑笔下的"象形虎"，"不规则的断句/漏排、错行、重复、错字、倒置/以及非人为的乱码，使虎成为/一片进不去也走不出来的迷津/虎与文字的不对称关系，造成/太多的歧义。虎用引申义和转义/把我们引向更远的歧途……"③ 从而迷失在词语的迷宫之中。

其次，增加了现代汉语诗人面对语言和写作时的表意焦虑。"词的歧义性"在增加言说难度的同时，也加剧了诗人内心的惶惑、彷徨和不安，甚至对自身和词语的深深怀疑："词语的迷宫/太深邃，不向我敞开，不让我看见/想看见的生活——含混的叙述，不及物/的定语，让我把自己抽象成一个观念/——诗人，找不着北的人。"④ 难以捕捉和琢磨并不是最可怕的，诗人更担心的是被词语抛弃，甚至背弃，"但词语也许最终并不需要我们/终有一天，它像啐出一口鸟骨一样/啐出我们的躯骸"⑤。语言是诗人身份和诗歌文体最核心的组成部分，词语丢弃了诗人，词语仍然是词语，而诗人被词语抛弃，或者说诗人丢弃了词语，则意味着诗人和诗歌的双双消失。面对"词的歧义性"赋予的丰富以及由此带来的丰富的痛苦，诗人们不得不承认："琢磨语言，比琢磨一个国家的道德/更难。"⑥

最后，现代诗人阐释现实的难度加大。词语与现实的复杂难辨导致现代汉诗出现了一个颇为棘手问题，即诗人面对现实/世界时，阐释和认识（对本质的认识）的难度加大，所以只能探寻一种存在样态和可

---

① 赵一凡：《欧美新学赏析》，冯川译，中央编译出版社，1996，第 109 页。
② 姚小平：《洪堡特——人文研究与语言研究》，外语教学与研究出版社，1995，第 135 页。
③ 周伦佑：《象形虎》，《周伦佑诗选》，花城出版社，2006，第 113 页。
④ 孙文波：《在南方之八》，《新山水诗》，人民文学出版社，第 100 页。
⑤ 寒烟：《月亮向西》，《诗选刊》2011 年第 6 期。
⑥ 孙文波：《论隐喻》，《新山水诗》，人民文学出版社，第 17 页。

能，而难以得出确切的结论：我（诗人）"一再想看到隐藏在事物后面/的秘密。我总是相信一切事物的/后面无不隐藏着什么。/……为什么一个生命/是以这种方式存在？到今天，/我仍然没有结论"①。词语和现实的复杂难辨以及现代汉语诗人的言说和阐释困境叠加在一起，自然也就增加了阅读和理解的难度。

无论是好还是坏，不可否认的是，"词的歧义性"已经、应该而且必须存在于现代汉语诗歌文体之中。除去量和质的优劣判断，或许还有另一种对现代汉语诗歌文体建设本身更有效和有益的认识和理解方式，那就是放下是非、对错之辩，搁置优劣、好坏之争，悬置丰富与丰富的痛苦的考虑，用心聆听来自词语自身内心深处的辩白和独白，或许更有意义：

> 当面对命运和胜者——
> 我来了，我胜了，或我征服
> 但胜者何胜，而败者何败——
> 他们的故事最终会被我叙说②

隐藏于词语内部的秘密最终会被"我"叙说。

隐藏于诗人内心的秘密最终会被"我"叙说。

隐藏于世界各个暗处的秘密最终也会被"我"叙说……

---

① 孙文波：《随风吟》，《新山水诗》，人民文学出版社，第 21 页。

② 张曙光：《小丑的花格外衣》，《小丑的花格外衣》，文化艺术出版社，1998，第 176 页。

参考文献

一 中文著作

[1]（魏）王弼注《老子道德经》，中华书局，1985。

[2]（汉）高诱注《吕氏春秋》，上海书店，1992。

[3]（明）胡震亨：《唐音癸签》，古典文学出版社，1957。

[4]（梁）萧统编《文选》3，（唐）李善注，上海古籍出版社，1986。

[5]（清）仇兆鳌注《杜诗详注》，中华书局，1999。

[6]（清）戴震：《戴东原集》二，王云五编，商务印书馆，1934。

[7]（汉）许慎撰，（清）段玉裁注《说文解字注》，上海古籍出版社，2004。

[8]（北周）庾信撰、（清）倪璠注《庾子山集注》，中华书局，1980。

[9]（清）阮元校刻《十三经注疏》，中华书局，1982年。

[10]（清）沈德潜选《古诗源》，中华书局，1977。

[11]（清）王琦注《李太白全集》，中华书局，1999。

[12]（清）杨伦笺注《杜诗镜铨》，上海古籍出版社，1980。

[13]（宋）李昉：《太平御览》第一卷，夏剑钦等校点，河北教育出版社，2000。

[14]（宋）罗大经撰《鹤林玉露》，中华书局，1983。

[15]（宋）梅尧臣：《梅尧臣编年集校注》中，朱东润校注编年，上海

古籍出版社，1980。

［16］（宋）苏轼：《苏轼全集》，傅成、穆俦标点，上海古籍出版社，2000。

［17］（宋）朱熹：《诗经集传》，世界书局，1936。

［18］艾青：《艾青全集》，花山文艺出版社，1991。

［19］安琪：《极地之境》，长江文艺出版社，2013。

［20］柏桦：《往事》，河北教育出版社，2002。

［21］北岛：《结局或开始》，长江文艺出版社，2008。

［22］卞之琳：《三秋草》，华夏出版社，2011。

［23］昌耀：《昌耀的诗》，人民文学出版社，2000。

［24］陈伯海主编《唐诗汇评》，浙江教育出版社，1995。

［25］陈超：《20世纪中国探索诗鉴赏》，河北人民出版社，1999。

［26］陈超：《打开诗歌的漂流瓶》，河北教育出版社，2003。

［27］陈超：《个人化历史想象力的生成》，北京大学出版社，2014。

［28］陈超：《无端泪涌》，中国青年出版社，2015。

［29］陈超编《以梦为马——新生代诗卷》，北京师范大学出版社，1993。

［30］陈东东：《海神的一夜》，改革出版社，1997。

［31］陈东东：《夏之书，解禁书》，重庆大学出版社，2011。

［32］陈东东：《只言片语来自写作》，北京大学出版社，2014。

［33］陈嘉映：《语言哲学》，北京大学出版社，2003。

［34］《陈黎诗选：1974～2010》增订版，九歌出版社有限公司，2010。

［35］陈世骧：《陈世骧文存》，杨铭涂译，辽宁教育出版社，1998。

［36］陈仲义：《现代诗：语言张力论》，长江文艺出版社，2012。

［37］杜涯：《杜涯诗选》，花城出版社，2008。

［38］《多多四十年诗选》，江苏文艺出版社，2018。

［39］《废名集》第三卷，北京大学出版社，2009。

［40］《冯至全集》，河北教育出版社，1999。

［41］葛本仪：《现代汉语词汇学》，山东人民出版社，2001。

［42］葛兆光：《汉字的魔方》，辽宁教育出版社，1999。

［43］葛兆光：《中国思想史》，复旦大学出版社，2013。

［44］耿占春：《改变世界与改变语言》，社会科学文献出版社，2000。

［45］耿占春：《隐喻》，东方出版社，1993。

［46］谷衍奎编《汉字源流字典》，语文出版社，2008。

［47］顾颉刚等编《古史辨》第 3 册，上海古籍出版社，1982。

［48］郭济访、王建选评《台湾三家诗精品集》，安徽文艺出版社，1990。

［49］《郭沫若全集》文学编第一卷，人民文学出版社，1982。

［50］韩少功：《马桥词典》，作家出版社，2011。

［51］韩石山编《徐志摩全集》（第四卷），天津人民出版社，2005。

［52］洪子诚、程光炜编《第三代诗新编》，长江文艺出版社，2006。

［53］洪子诚、程光炜编《朦胧诗新编》，长江文艺出版社，2004。

［54］洪子诚、程光炜主编《中国新诗百年大典》三十卷，长江文艺出版社，2013。

［55］洪子诚、奚密等编《百年新诗选》上下卷，三联书店，2015。

［56］胡适：《尝试集》，人民文学出版社，2000。

［57］胡适：《胡适文集》，欧阳哲生编，北京大学出版社，1998。

［58］胡续冬：《日历之力》，作家出版社，2007。

［59］黄伯荣、廖旭东：《现代汉语》，高等教育出版社，2007。

［60］黄礼孩：《午夜的孩子》，中国戏剧出版社，2009。

［61］姜涛：《巴枯宁的手》，北京大学出版社，2010。

［62］金涛声点校《陆机集》，中华书局，1982。

［63］敬文东：《感叹诗学》，作家出版社，2017。

［64］敬文东：《诗歌在解构的日子里》，北京大学出版社，2008。

［65］敬文东：《守夜人呓语》，新星出版社，2013。

［66］敬文东：《抒情的盆地》，湖南文艺出版社，2006。

［67］敬文东：《随"贝格尔号"出游——论动作（action）和话语（discourse）的关系》，河南大学出版社，2010。

［68］敬文东：《用文字抵抗现实》，昆仑出版社，2013。

［69］柯平：《写给小白的 71 首情诗》，海南出版社，1994。

［70］乐黛云等主编《世界诗学大辞典》，春风文艺出版社，1993。

［71］雷平阳：《云南记》，长江文艺出版社，2009。

［72］李零：《中国方术考》，东方出版社，2001。

［73］李圃主编《异体字字典》，学林出版社，1997。

［74］李亚伟：《豪猪的诗篇》，花城出版社，2006。

［75］李怡：《中国现代新诗与古典诗歌传统》，北京大学出版社，2008。

［76］李泽厚：《中国古代思想史论》，人民出版社，1985。

［77］林庚：《林庚诗文集》第二卷，清华大学出版社，2005。

［78］刘文典撰：《庄子补正》，安徽大学出版社，1999。

［79］刘文英：《中国古代的时空观念》，南开大学出版社，2000。

［80］陆忆敏：《出梅入夏》，北岳文艺出版社，2015。

［81］逯钦立辑校《先秦汉魏晋南北朝诗》，中华书局，1983。

［82］吕正惠：《抒情传统与政治现实》，华中师范大学出版社，2011。

［83］罗常培、王均：《普通语音学纲要》，商务印书馆，2002。

［84］罗竹风主编《汉语大词典》第5卷，汉语大词典出版社，1990。

［85］洛夫：《洛夫自选集》，江苏文艺出版社，2010。

［86］洛夫：《烟之外》，江苏文艺出版社，2010。

［87］马建忠：《马氏文通》，商务印书馆，1998。

［88］芒克：《重量：芒克集 1971~2010》，作家出版社，2017。

［89］《穆旦诗文集》，人民文学出版社，2006。

［90］欧阳江河：《如此博学的饥饿：欧阳江河集 1983~2012》，作家出版社，2013。

［91］欧阳江河：《透过词语的玻璃》，改革出版社，1997。

［92］钱锺书：《管锥编》，三联书店，2008。

［93］森子：《森子诗选》，长江文艺出版社，2016。

［94］邵敬敏：《现代汉语通论》，上海教育出版社，2007。

［95］石安石：《语义论》，商务印书馆，1998。

［96］石民编《诗经 楚辞 古诗 唐诗选》，香港中流出版社，1982。

［97］舒婷：《舒婷的诗》，人民文学出版社，2011。

［98］束定芳：《隐喻学研究》，上海外语教育出版社，2000。

［99］孙文波：《孙文波的诗》，人民文学出版社，2001。

［100］孙文波：《新山水诗》，人民文学出版社，2012。

［101］孙文波：《与无关有关》，重庆大学出版社，2011。

［102］ 孙文波：《在相对性中写作》，北京大学出版社，2010。

［103］ 唐圭璋：《词话丛编》，中华书局，1986。

［104］ 王家新：《塔可夫斯基的树：王家新集　1990～2013》，作家出版社，2013。

［105］ 王家新：《王家新的诗》，人民文学出版社，2001。

［106］ 王寅：《语义理论与语言教学》，上海外语教育出版社，2001。

［107］ 王又平：《文学理论批评术语汇释》，高等教育出版社，2006。

［108］ 闻一多：《神话与诗》，上海人民出版社，2005。

［109］ 闻一多：《唐诗杂论》，上海古籍出版社，2006。

［110］ 《闻一多全集》，湖北人民出版社，1994。

［111］ 吴国盛：《时间的观念》，北京大学出版社，2006。

［112］ 西川：《我和我：西川集　1985～2002》，作家出版社，2013。

［113］ 西川编《海子诗全集》，作家出版社，2009。

［114］ 西渡：《守望与倾听》，中央编译出版社，2000。

［115］ 西渡：《灵魂的未来》，河南大学出版社，2009。

［116］ 西渡编《戈麦诗全编》，三联书店，1999。

［117］ 萧涤非等：《唐诗鉴赏辞典》，上海辞书出版社，2006。

［118］ 萧开愚：《此时此地：萧开愚自选集》，河南大学出版社，2008。

［119］ 谢冕编《中国新文学大系》（诗卷），上海文艺出版社，2009。

［120］ 谢冕主编《中国新诗总系》（十卷本），人民文学出版社，2010。

［121］ 徐复观：《中国文学精神》，上海世纪出版集团，2006。

［122］ 徐敬亚等编《中国现代主义诗群体大观　1986～1988》，同济大学出版社，1988。

［123］ 徐敬亚主编《中国诗典　1978～2008》，时代文艺出版社，2009。

［124］ 严力：《历史的扑克牌》，山东文艺出版社，2007。

［125］ 杨克编《2001中国新诗年鉴》，海风出版社，2002。

［126］ 杨匡汉、刘福春编《中国现代诗论》，花城出版社，1995。

［127］ 杨匡汉、刘福春编《西方现代诗论》，花城出版社，1988。

［128］ 杨玉成：《奥斯汀：语言现象学与哲学》，商务印书馆，2002。

［129］ 姚小平：《洪堡特——人文研究与语言研究》，外语教学与研究

出版社，1995。

[130] 叶嘉莹：《迦陵论诗丛稿》，河北教育出版社，1997。

[131] 叶嘉莹：《迦陵文集》第三卷，河北教育出版社，1997。

[132] 叶嘉莹：《秋兴八首集说》，河北教育出版社，2001。

[133] 叶嘉莹：《叶嘉莹说诗讲稿》，中华书局，2008。

[134] 叶舒宪：《诗经的文化阐释——中国诗歌的发生研究》，湖北人民出版社，1996。

[135] 叶维廉：《中国诗学》，三联书店，1996。

[136] 一行：《词的伦理》，上海世纪出版集团，2007。

[137] 于坚：《我述说你所见：于坚集 1982~2012》，作家出版社，2013。

[138] 于坚：《于坚的诗》，人民文学出版社，2002。

[139] 于坚：《棕皮手记》，东方出版中心，1997。

[140] 余光中：《余光中集》，百花文艺出版社，2004。

[141] 袁行霈：《陶渊明集笺注》，中华书局，2003。

[142] 袁毓林编《朱德熙选集》，东北师范大学出版社，2001。

[143] 臧棣：《新鲜的荆棘》，新世界出版社，2002。

[144] 臧棣：《燕园纪事》，文化艺术出版社，1998。

[145] 翟永明：《翟永明的诗》，人民文学出版社，2012。

[146] 翟永明：《最委婉的词》，东方出版社，2008。

[147] 詹锳：《李白全集校注汇释集评》，百花文艺出版社，1996。

[148] 张玞：《骆一禾诗全编》，三联书店，1997。

[149] 张柠：《土地的黄昏——中国乡村经验的微观权力分析》（修订版），中国人民大学出版社，2013。

[150] 张少康：《司空图及其诗论研究》，学苑出版社，2005。

[151] 张曙光：《午后的降雪》，重庆大学出版社，2010。

[152] 张曙光：《小丑的花格外衣》，文化艺术出版社，1998。

[153] 张桃洲：《现代汉语的诗性空间——新诗话语研究》，北京大学出版社，2005。

[154] 张桃洲：《语词的探险：中国新诗的文本与现实》，社会科学文献出版社，2012。

［155］张新颖编《中国新诗：1916～2000》，复旦大学出版社，2004。

［156］张枣：《春秋来信》，文化艺术出版社，1998。

［157］张枣：《张枣的诗》，人民文学出版社，2010。

［158］张枣：《张枣随笔选》，颜炼军编选，人民文学出版社，2012。

［159］赵野：《逝者如斯》，作家出版社，2003。

［160］赵一凡：《欧美新学赏析》，冯川译，中央编译出版社，1996。

［161］赵一凡主编《西方文论关键词》，外语教学与研究出版社，2006。

［162］赵毅衡：《重访新批评》，四川文艺出版社，2013。

［163］赵元任：《赵元任语言学论文集》，商务印书馆，2002。

［164］《全唐诗》，中华书局，1999。

［165］钟鸣：《秋天的戏剧》，学林出版社，2002。

［166］钟鸣：《畜界，人界》，上海人民出版社，2010。

［167］钟鸣：《畜界，人界》，东方出版社，1995。

［168］周伦佑：《打开肉体之门——非非主义：从理论到作品》，敦煌文艺出版社，1994。

［169］周伦佑：《周伦佑诗选》，花城出版社，2006。

［170］周振甫：《诗品译注》，中华书局，2004。

［171］周振甫：《文心雕龙今译》，中华书局，2005。

［172］朱光潜：《诗论》，北京出版社，2009。

［173］朱自清：《诗言志辨》，开明书店，1947。

［174］朱自清编选《中国新文学大系》诗集，影印本，上海文艺出版社，1935。

［175］宗福邦等主编《故训汇纂》，商务印书馆，2003。

二　中文译著

［1］〔阿根廷〕博尔赫斯：《博尔赫斯小说集》，王永年、陈泉译，浙江文艺出版社，2005。

［2］〔德〕保罗·策兰：《保罗·策兰诗文选》，王家新、芮虎译，河北教育出版社，2002。

［3］〔德〕恩斯特·卡西尔：《语言与神话》，于晓等译，三联书店，1988。

[4] 〔德〕海德格尔:《诗·语言·思》,彭富春译,文化艺术出版社,1991。

[5] 〔德〕海德格尔:《在通向语言的途中》修订译本,孙周兴译,商务印书馆,2005。

[6] 〔英〕维特根斯坦:《哲学研究》,陈嘉映译,上海人民出版社,2001年。

[7] 〔德〕本雅明:《发达资本主义时代的抒情诗人》,张旭东、魏文生译,三联书店,2007。

[8] 〔德〕威廉·冯·洪堡特:《论人类语言结构的差异及其对人类精神发展的影响》,姚小平译,商务印书馆,1999。

[9] 〔俄〕波利亚科夫编《结构—符号学文艺学——方法论体系和论争》,佟景韩译,文化艺术出版社,1994。

[10] 〔法〕保罗·利科:《活的隐喻》,汪家堂译,上海译文出版社,2006。

[11] 〔法〕程抱一:《中国诗画语言研究》,涂卫群译,江苏人民出版社,2006。

[12] 〔法〕弗朗索瓦·于连:《圣人无意——或哲学的他者》,闫素伟译,商务印书馆,2004。

[13] 〔法〕加斯东·巴什拉:《火的精神分析》,杜小真、顾嘉琛译,三联书店,1992。

[14] 〔法〕加斯东·巴什拉:《梦想的诗学》,刘自强译,三联书店,1996。

[15] 〔法〕加斯东·巴什拉:《水与梦——论物质的想象》,顾嘉琛译,岳麓书社,2005。

[16] 〔法〕拉伯雷:《巨人传》,鲍文蔚译,人民文学出版社,2004。

[17] 〔法〕罗兰·巴尔特:《符号学原理:结构主义文学理论文选》,李幼蒸译,三联书店,1988。

[18] 〔法〕罗兰·巴特:《恋人絮语:一个解构主义的文本》,潘耀进、武佩蓉译,上海人民出版社,2004。

[19] 〔法〕米歇尔·福柯:《词与物:人文科学考古学》,莫伟民译,

三联书店，2012。

［20］〔法〕米歇尔·福柯：《知识考古学》，谢强、马月译，三联书店，2003。

［21］〔法〕莫里斯·梅洛－庞蒂：《世界的散文》，杨大春译，商务印书馆，2005。

［22］〔法〕莫里斯·梅洛－庞蒂：《哲学赞词》，杨大春译，商务印书馆，2000。

［23］〔法〕雅克·德里达：《论文字学》，汪堂家译，上海译文出版社，1999。

［24］〔加拿大〕诺斯罗普·弗莱：《批评的解剖》，陈慧等译，百花文艺出版社，2006。

［25］〔美〕M. H. 艾布拉姆斯：《欧美文学术语词典》，朱金鹏、朱荔译，北京大学出版社，1990。

［26］〔英〕戴维·克里斯特尔：《现代语言学词典》，沈家煊译，商务印书馆，2000。

［27］〔美〕高友工、梅祖麟：《唐诗的魅力》，李世耀译，上海古籍出版社，1989。

［28］〔美〕高友工：《美典：中国文学研究论集》，三联书店，2008。

［29］〔美〕华莱士·史蒂文斯：《最高虚构笔记》，张枣、陈东飙译，华东师范大学出版社，2009。

［30］〔美〕克林斯·布鲁克斯：《精致的瓮：诗歌结构研究》，郭乙瑶等译，上海人民出版社，2008。

［31］〔美〕雷可夫、詹森：《我们赖以生存的譬喻》，周世箴译注，联经出版公司，2006。

［32］〔美〕雷纳·韦勒克、奥斯汀·沃伦：《文学理论》，刘象愚等译，三联书店，1984。

［33］〔美〕罗伯特·弗罗斯特：《弗罗斯特集》，曹明伦译，辽宁教育出版社，2002。

［34］〔美〕迈克尔·霍奎斯特：《米哈伊尔·巴赫金》，语冰译，中国人民大学出版社，2000。

[35]〔美〕乔纳森·卡勒:《文学理论》,李平译,辽宁教育出版社,1998。

[36]〔美〕奚密:《现代汉诗:一九一七年以来的理论与实践》,奚密、宋炳辉译,三联书店,2008。

[37]〔美〕宇文所安:《追忆——中国古典文学中的往事再现》,郑学勤译,三联书店,2004。

[38]〔美〕约瑟夫·布罗斯基:《小于一》,黄灿然译,浙江文艺出版社,2014。

[39]〔墨西哥〕奥克塔维奥·帕斯:《批评的激情》,赵振江译,云南人民出版社,1995。

[40]〔日〕金森修:《巴什拉:科学与诗》,武青艳、包国光译,河北教育出版社,2001。

[41]〔瑞士〕费尔迪南·德·索绪尔:《普通语言学教程》修订译本,高名凯译,商务印书馆,1999。

[42]〔苏联〕巴赫金:《巴赫金文集》第二卷,李辉凡等译,河北教育出版社,1998。

[43]〔意大利〕伊塔洛·卡尔维诺:《卡尔维诺文集》,吕同六、张洁主编,译林出版社,2001。

[44]〔意大利〕伊塔洛·卡尔维诺:《新千年文学备忘录》,黄灿然译,译林出版社,2009。

[45]〔意大利〕伊塔洛·卡尔维诺:《宇宙奇趣全集》,张密等译,译林出版社,2011。

[46]〔英〕阿道司·赫胥黎:《美妙的新世界》,孙法理译,译林出版社,2000。

[47]〔英〕奥维德:《变形记》,杨周翰译,人民文学出版社,2008。

[48]〔英〕哈德:《牛津英语词源词典》,上海外语教育出版社,2000。

[49]〔英〕罗吉·福勒:《现代西方文学批评术语词典》,袁德成译,四川人民出版社,1987。

[50]〔英〕乔治·奥威尔:《一九八四》,董乐山译,上海译文出版社,2006。

[51]〔英〕泰伦斯·霍克斯:《隐喻》,穆南译,北岳文艺出版社,1990。

［52］〔英〕汤普森：《牛津现代英汉双解词典》，外语教育与研究出版社，2004。

［53］〔英〕特伦斯·霍克斯：《结构主义和符号学》，翟铁鹏译，上海译文出版社，1987。

［54］〔英〕威廉·燕卜荪：《朦胧的七种类型》，周邦宪等译，中国美术学院出版社，1996。

［55］柳鸣九主编《从现代主义到后现代主义》，中国社会科学出版社，1994。

［56］王家新、沈睿编选《二十世纪外国重要诗人如是说》，河南人民出版社，1992。

［57］张隆溪：《道与逻各斯》，冯川译，江苏教育出版社，2006。

［58］赵毅衡：《符号学文学论文集》，百花文艺出版社，2004。

［59］赵毅衡编选《新批评文集》，中国社会科学出版社，1988。

［60］赵毅衡编译《美国现代诗选》，外国文学出版社，1985。

三　期刊

［1］〔俄〕B. 什克洛夫斯基：《词语的复活》，《外国文学评论》1993年第2期。

［2］北岛等：《今天》，2010年夏季号。

［3］多多：《边缘，靠近家园——2010年纽斯塔特文学奖受奖辞》，《名作欣赏》2011年第13期。

［4］多多：《请帮助光，培养另外的眼睛——多多的受奖词》，《当代作家评论》2005年第3期。

［5］凌越、多多：《被动者得其词》，《当代作家评论》2011年第3期。

［6］范云晶：《词语的多副面孔或表意的焦虑——以孙文波诗集〈新山水诗〉为例》，《南京理工大学学报》2015年第4期。

［7］范云晶：《重低音、辩证法及其他——周庆荣散文诗论》，《文艺争鸣》2015年第5期。

［8］葛兆光：《严昏晓之节——古代中国关于白天与夜晚观念的思想史分析》，《台大历史学报》2003年第32期。

［9］寒烟：《月亮向西》，《诗选刊》2011 年第 6 期。

［10］韩东：《只有石头和天空》，《人民文学》1989 年第 6 期。

［11］胡桑：《韩东论》，《赶路诗刊》2006 年第 4 期。

［12］敬文东：《词语的三种面目或一分为三的词语》，《扬子江诗刊》
2013 年第 2 期。

［13］树才：《词语这种材料》，《诗探索》2000 年第 Z1 期。

［14］孙文波、阿翔：《写作·世界的重新拆解和组装——孙文波访
谈》，《山花》2013 年第 18 期。

［15］汪民安：《电灯、黑夜与月亮》，《花城》2014 年第 5 期。

［16］王小妮：《诗是现实中的意外》，《诗刊》2011 年第 12 期。

［17］王立、王之江：《望夫石意象传说及深层结构》，《辽宁大学学报》
1994 年第 5 期。

［18］吴世雄：《应该区分词语的含混与歧义》，《外语教学》1994 年第 2 期。

［19］吴晓东：《期待 21 世纪的现代汉语诗学》，《诗探索》1996 年第 1 期。

［20］夏可君：《语词的来临——以大解、横行胭脂和修远为例》，《红
岩》2010 年第 1 期。

［21］夏可君：《在紊乱时代独自沉吟——孙文波语词的柔韧》，《山花》
2013 年第 18 期。

［22］哑石：《青城诗章》，《人民文学》2002 年第 2 期。

［23］叶嘉莹：《从西方文论看李商隐的几首诗》，《陕西师范大学学报》
2005 年第 4 期。

［24］一行：《月亮诗学：神话与历史——中国当代新诗中的月亮经
验》，《零度》2011 年第 1 期。

［25］臧棣：《可能的诗学：得意于万古愁—谈〈万古愁丛书〉的诗歌
动机》，《名作欣赏》2011 年第 15 期。

［26］臧棣：《诗道鳟燕》，《诗刊》2014 年第 17 期。

［27］臧棣：《取材于月亮的偏见》，《星星》2015 年第 1 期。

［28］赵野：《春望》，《西部》2013 年第 9 期。

［29］郑敏：《世纪末的回顾：汉语语言变革与中国新诗创作》，《文学
评论》1993 年第 3 期。

［30］钟鸣、曹梦琰等：《蜀山夜雨》上，《名作欣赏》2015 年第 7 期。

［31］钟鸣：《笼子里的鸟儿和外面的俄耳甫斯》，《当代作家评论》1999 年第 3 期。

［32］周伦佑主编《非非》1993 年号。

［33］朱恒夫：《望夫石传说考论》，《江海学刊》1995 年第 4 期。

四 学位论文

［1］陈爱中：《中国现代新诗语言研究》，东北师范大学博士学位论文，2006。

［2］郭爱婷：《论朦胧诗的太阳反题现象》，中央民族大学硕士学位论文，2010。

［3］刘富华：《中国新诗韵律与语言存在形态现状研究》，吉林大学博士学位论文，2006。

［4］朱恒：《现代汉语与现代汉诗关系研究》，华中科技大学博士学位论文，2008。

五 外文著作

［1］Ezra Pound, *cathay*, London：Elkin Mathews, 1915.

［2］William Empson, *Seven Types of Ambiguity*, London：Chatto and Windus, 1949.

［3］Wittgenstein, *Phosophical investigations*, Translated by G. E. M. Aancombe, Great Britain：Basil Blackwell Ltd, 1958.

后记

　　2019 年的冬天，阳光格外恩赐，白雪盛情款待。也是在一个有阳光的缓慢的下午，我再次写下后记。明天，也许后天，庚子年的初雪便会再次降临北方。写作，抑或是现代汉语诗歌中的词语，像阳光也像重临的雪，充满了已知与未知的熟稔与新奇之感。

　　呈现在读者面前的这本小书名为《现代汉诗"词的歧义性"》，它脱胎于我的博士学位论文。还记得答辩时，张桃洲、西渡、姜涛、王家平以及张洁宇几位师长都对论文提出了颇为中肯的意见和修改建议。按照师长们的部分建议，我将博士学位论文作了删改，但是大的框架与主要内容仍然保留了原样。之所以这样做的原因主要有两个：一是做博士后以后，我看待问题的角度、想法以及行文风格有了较大的变化，假如大刀阔斧地删改，可能会阻断文气，破坏行文风格的一致性；二是考虑到它是我在现代汉语诗歌研习过程中一个阶段所思所想、所悟所感的忠实记录，我更愿意如实保留这蹒跚学步的印迹。

　　自博士学位论文完成，又已 3 年有余。在这 3 年期间，我有幸南下去四季如春的花城，跟随贺仲明先生在暨南大学从事博士后研究工作，所做题目其实仍然是此书所论及问题的深入和细化。现在再看本书，我发现其中很多问题仍然值得探讨，也有着它自身独特的意义和价值，这也是我出版这部书的重要因由。

　　该书的部分章节有幸在《南京理工大学学报》《读诗》《长沙理工大学学报》《星星·诗歌理论》《现代中文学刊》《首都师范大学学报》等刊物发表，感谢黄梵、易彬、熊焱、陈子善、黄平、张桃洲等前辈和师友的提携。还要感谢社会科学文献出版社，特别是吴超编辑和范迎编辑，是吴编辑对选题的肯定，范编辑的悉心编校，才使得这部小书得以问世。本书的出版，有幸得到了内蒙古大学一流学科建设资金的资助，在此一并感谢。

必须要感谢我的博士生导师敬文东先生，是他，可能也唯有他，能够让我在已近不惑之年，还有勇气和锐气打开并进入诗歌批评的另一扇大门，让我有幸体会到迥异于亦步亦趋地跟在文本屁股后"拾人牙慧"的存在感和成就感。看似不长的读博3年于我而言如同"创世纪"（此处借用了文东师一首诗的题目）一般意义重大。我的每一次进步、每一步成长都与文东师密切相关。每每有新的想法和新文章，文东师总是毫不吝啬地和学生们分享，我们有幸成为他新鲜出炉、尚带余温的思想的第一批"采气者"。每次阅读吾师的文章，我总会有许多闪光点和小想法挤进头脑，并"偷"到许多个"惊叹号"。跟随文东师读博，所得到的又何止是学问的增进，视野的开阔。许多个或冷或暖、或阴或晴的傍晚，与同门师兄弟围坐桌旁，聆听文东师用独特的方式"传道""授业""解惑"……文东师的眼界学识、学术眼光、日臻完美的文字表达以及对学生掏心掏肺的付出，对于我们而言是最好的"言传身教"范本，我渴望自己变成他那样的"智者"，更万分期待文东师心目中的完美之作的"横空出世"。

感谢将我领进现当代诗歌研究大门的硕士生导师陈超先生。就是在某个阳光洒进课堂的上午，先生用他那充满磁性和魅力的低沉嗓音，唤醒了我内心沉睡的诗歌精灵。还记得博士学位论文选题刚刚确定时，我与先生兴致勃勃电话交流的情景。本想在本书出版之后拿给先生一看，而今却变成永远无法达成的夙愿。我会用先生最热爱的方式将它达成，并始终相信安居于天堂的先生仍然有诗为伴。

还记得自己在博士学位论文的后记中写下的最后一段话。如今1000多个日夜已经又悄然流逝，这段话仍能准确表达我对于现代汉语诗歌的初心与热爱。原文特录于此，作为鼓励我继续在这条道路上前行的箴言：

一直都觉得自己是幸运的人。如今，我能够更加深刻地领悟到

"幸运"的真意。能够进入诗歌研究的大门,能够忝列先生门下,能够蒙受先生的提点和启悟……"能够和自己心仪的作品、作家结伴,在酷寒无边的世界上活下去,就是一种难得的幸福和额外的奖赏。"(文东师语)

而我,得到的远不止于此,那么我应该是加倍幸运且幸福的人。

写于 2016 年 4~5 月季节轮换之时

改于 2020 年 1 月又一个季节轮换之时

图书在版编目(CIP)数据

现代汉诗"词的歧义性"/范云晶著. -- 北京：
社会科学文献出版社，2020.9
ISBN 978 - 7 - 5201 - 6908 - 0

Ⅰ. ①现…　Ⅱ. ①范…　Ⅲ. ①诗歌研究 - 中国 - 现代
Ⅳ. ①I207.22

中国版本图书馆 CIP 数据核字（2020）第 128085 号

现代汉诗"词的歧义性"

著　　者 / 范云晶

出 版 人 / 谢寿光
责任编辑 / 范　迎

出　　版 / 社会科学文献出版社·人文分社 （010）59367215
　　　　　　地址：北京市北三环中路甲 29 号院华龙大厦　邮编：100029
　　　　　　网址：www.ssap.com.cn
发　　行 / 市场营销中心（010）59367081　59367083
印　　装 / 三河市尚艺印装有限公司

规　　格 / 开　本：787mm × 1092mm　1/16
　　　　　　印　张：20　字　数：295 千字
版　　次 / 2020 年 9 月第 1 版　2020 年 9 月第 1 次印刷
书　　号 / ISBN 978 - 7 - 5201 - 6908 - 0
定　　价 / 159.00 元